Carsten Pape
Die Glocke

Carsten Pape
Die Glocke
Roman

Bibliografische Information der Deutschen Nationalbibliothek
Die Deutsche Nationalbibliothek verzeichnet diese Publikation in der Deutschen Nationalbibliografie; detaillierte bibliografische Daten sind im Internet über http://dnb.dnb.de abrufbar.

Carsten Pape 2013
Die Glocke
© Marianne Leim Verlag – Inhaber Armin Sengbusch
Herstellung: Books on Demand GmbH, Norderstedt

ISBN: 978-3-9815916-2-0

Nachdruck und Vervielfältigung jeder Art, auch auf Bild-, Ton-, Daten- und anderen Trägern, Fotokopie (auch zum »privaten« Gebrauch), Digitalisierung – in jedweder Form – sind nicht erlaubt und nur nach vorheriger Absprache mit dem Autor möglich.

Für Lise-Lotte Möller

Inhaltsverzeichnis

Prolog..9

Wettereinbruch..13

Willkommen in Hamburg...29

Wechselwirkung..49

Eiertänze...75

Der Durchbruch...87

Theorie und Praxis...97

Zwischenbilanz..109

Die Guten und die Bösen..119

Siegerprognosen..129

Scheißhausgedanken...143

Scheibenschießen..151

12 Uhr mittags...169

Sieger und Verlierer...183

Epilog..195

Glossar..197

Karte der Glocke..201

* *Kursiv gedruckte Textstellen sind Zitate aus »Das Lied von der Glocke« von Friedrich Schiller.*

Prolog

Es war in irgendeiner regnerischen Novembernacht 1977, als Michael Feldhahn, damals Redakteur beim Bayrischen Rundfunk, durch den Regen auf seinen Wagen zulief. Er quetschte sich pitschnass hinter das Lenkrad seines uralten Käfers. Die Scheiben waren von innen beschlagen, die Lüftung seines Autos arbeitete auf Hochtouren und gab ein lautes, nervendes, jaulendes Geräusch von sich. Ohne zunächst eine große Wirkung zu erzielen. Michael drehte langsam seinen Kopf und sah mit abschätzendem Blick in alle Richtungen. Leider konnte er bei den beschlagenen Scheiben und den wie Bindfäden erscheinendem Regen, nicht sehr viel erkennen. Seitdem er Recherchen anstellte, was den Terrorismus betraf, sprich: sich über die RAF informierte, litt er hin und wieder unter leichten paranoiden Zuständen.

Ganz genau erklären, warum das so war, konnte er sich das nicht, denn er war weder von jemand belästigt worden, noch hatte er in letzter Zeit, einen Schatten hinter sich verschwinden sehen. Nein, es war nur so ein Gefühl. Michael schaltete den Blinker ein, sah in den Rückspiegel und begab sich in die Regenschlacht.

Was ihm aber wirklich Spaß bei den Recherchen machte, war die Tatsache, dass man mit vielen skurrilen Menschen zu tun hatte und darüber hinaus sie, über das Interview, sogar noch ein wenig kennenlernen konnte. Da waren die Weltverbesserer, die Kommunisten, die Einzelgänger, die Atomkraftgegner, die Pazifisten und alle gaben sehr gern und ausführlich Auskunft darüber, wie sie die Welt sahen und was noch zu tun sei. Aber je näher man dem Kern oder dem Umkreis der RAF kam, desto spärlicher fielen die Ausführungen der Angesprochenen aus. Natürlich gab es auch jede Menge Spinner, die einfach nur die Gunst der Stunde nutzten, um sich selbst in Szene setzen zu können. Er hatte jetzt schon einiges erlebt, wenn es darum ging, dass Menschen unerkannt bleiben wollten, ihr Gesicht nicht zeigten, oder bei ihm mit verstellter Stimme im Büro anriefen. Aber heute schien es ihm so, als wenn er zu einem besonders mysteriösen Termin fuhr. Vor ungefähr drei Wochen hatte er eine Postkarte in die Redaktion bekommen, die in Reykjavik, Island abgestempelt worden war. Darauf hieß es, dass er sich einen Gefallen täte, wenn er auf die Einladung, die er im November hinter seinem Scheibenwischer fände, reagieren würde, weil er dadurch noch mehr über den internationalen Terrorismus lernen und noch mehr über die RAF erfahren würde. Michael Feldhahn hatte diese Postkarte ein paar Sekunden später wieder vergessen.

Bis gestern.

Denn als er abends, so gegen 18 Uhr sein Büro verlassen hatte und auf sein Auto zuging, sah er von Weitem schon einen kleinen Jungen neben seinem Wagen stehen, der ihm freudig zuwinkte und mit der anderen Hand auf ein Stück Papier zeigte, welches hinter seinen Scheibenwischer geklemmt war. Als Michael sein Gefährt erreicht hatte, nahm er das Stück Papier an sich und steckte es in seine Manteltasche. Dann sah er den Jungen an.

»Guten Tag, Herr Feldhahn, ich ...«

Michael sah dem kleinen Jungen verdutzt ins Gesicht. »Woher kennst du meinen Namen?«

Der Kleine lächelte wieder. »Hat mir der Mann gesagt, der mir gesagt hat ...« Er sah etwas verlegen auf den Boden und schabte mit seinem linken Fuß hin und her.

»Was hat der Mann denn gesagt?«

»Na ja, dass, wenn ich darauf aufpasse, dass Sie diese Nachricht wirklich bekommen, Sie mir bestimmt eine Belohnung geben würden.«

Michael sah dem Jungen verständnislos ins Gesicht. Der wiederum nahm verunsichert seine Mütze ab und drehte sie in seinen Händen. »Er meinte die Nachricht sei sehr, sehr wichtig für Sie.« Leicht mit dem Kopf schüttelnd, fasste er gedankenversunken in seine linke Hosentasche und kramte, auch zu seinem eigenen Erstaunen, einen Zehnmarkschein hervor. Dann schoss plötzlich ein Gedanke durch seinen Kopf. »Wenn du mir sagst, wie der Mann aussah, kannst du dir den hier verdienen. Was denkst du?« Michael hielt den Geldschein in die Luft.

Der Junge grinste. »Das ist eigentlich ganz einfach, weil mir so jemand wirklich noch nie begegnet ist.«

Er sah den kleinen Jungen neugierig an.

»Der hatte so eine ganz tiefe Stimme und hat ganz langsam gesprochen. So eine Stimme habe ich noch nie gehört. Hat sich auch ganz langsam bewegt. Also, ich mein' ... Wie soll ich sagen?« Er kratzte sich verlegen an der Wange und Michael sah ihn auffordernd an. »Nicht langsam, aber sehr genau. Wenn ich das Mal so sagen darf.«

Michael musste sich zur Ruhe zwingen. »Ich meinte damit, ob er zum Beispiel einen Bart gehabt hat? Oder ob er eher groß oder klein war? Was für eine Augenfarbe hatte er?«

Der Kleine schüttelte den Kopf. »Das kann ich Ihnen nicht so genau sagen, weil der Typ auf einem Motorrad saß und einen Helm trug mit dunklem Visier.«

Michael atmete tief aus und drückte dem freudestrahlenden Jungen, die zehn Mark in die Hand.

Die Lichtkegel seines Wagens schnitten zwei helle Schneisen in die Regennacht und erleuchteten das, was er gestern auf dem voll gekritzelten Zettel an seiner Windschutzscheibe, genauso beschrieben vorfand. Die Telefonzelle in der Pitzingergasse in Haidhausen, in der um 24 Uhr das Telefon klingeln sollte. Er kannte solche Situationen nur aus schlechten amerikanischen Krimiserien, wenn es in einer Telefonzelle klingelte und irgendein Gangster oder FBI Agent da rein marschierte und Befehle entgegennahm. Er stieg aus seinem Auto aus und lief mit hochgeschlagenem Kragen seiner Jacke durch die Regennacht. Dann riss er die Tür der Telefonzelle auf und sprang hinein. Er rieb sich mit den Händen über die Oberarme und sah dabei alle paar Sekunden auf die Uhr. Als der kleine und der große Zeiger beide auf Zwölf standen und der Sekundenzeiger diese bereits über dreißig Sekunden überschritten hatte, zweifelte Michael Feldhahn wirklich ein wenig an seinem Verstand. Er wartete um Mitternacht in einer Telefonzelle auf einen Anruf von einem Menschen, der ihn auf sehr aufwändige Weise hierher gelockt hatte. Dieser wollte sich aber vermutlich nur ein bisschen wichtig tun und irgendetwas über die Illuminaten oder Freimaurer zum Besten geben. Vielleicht hatte auch nur einer seiner Freunde Lust, ihn an der Nase herumzuführen. Wer wusste das schon und in letzter Zeit, war das mehr als nur einmal vorgekommen. Er konnte seine Zeit wirklich besser nutzen, als nachts in irgendwelchen Telefonzellen auf irgendwelche Anrufe zu warten. Der Sekundenzeiger seiner Uhr tickte unaufhörlich weiter. Nur seine Neugierde ließ ihn noch ein paar Sekunden verharren. Gerade, als er wieder die Tür aufreißen und sich in die feuchte Nacht stürzen wollte, klingelte plötzlich hinter ihm das Telefon.

Einmal ...
Zweimal ...
Dreimal ...
Viermal ...

Erst nach dem fünften Klingeln drehte er sich langsam herum und nahm den Hörer ab. Selbst wenn das die größte Verarsche aller Zeiten ist, dachte Michael, als er den Telefonhörer immer näher an sein Ohr führte, eins hab ich gelernt, dass man wirklich in Telefonzellen anrufen kann.

»Feldhahn. Wer ist da?«

Zunächst war nur ein Rauschen die Antwort. Er riss sein kleines, neu erworbenes, Diktiergerät aus seiner Jackentasche, drückte auf Aufnahme und presste es, mit seinem linken Ohr zusammen, auf die Hörmuschel.

»Nennen Sie mich in diesem Gespräch doch einfach Doktor Lichtenfelds.« Die Stimme klang vornehm und etwas arrogant, aber keineswegs tief. Noch einmal knatterte die Leitung und der Wind fegte ein paar Bindfäden um die Telefonzelle.

»Was kann ich für Sie tun, Doktor?«

Er hörte ein leises Schnaufen von der anderen Seite. »Wollen Sie sich über mich lustig machen, Herr Feldhahn? Es stellt sich doch hier eher die Frage, so glaube ich zumindest, was ich für Sie tun kann. Schließlich bin ich schon ein alter Hase im Terrorgeschäft, während Sie das ja wohl eher so als Hobby betreiben«

Michael verspürte wenig Lust, sich die halbe Nacht auf ein müßiges Gespräch mit einem etwas durch geknallten Typen einzulassen und entschied sich, seine Frage neu zu formulieren.

»Also, gut Dr. Lichtenfelds. Was können Sie für mich tun?«

Wieder ertönte ein Schnaufen in der Leitung.

»Ich könnte Ihnen von jemandem erzählen, der seit über zwanzig Jahren erfolgreich im Terrorgeschäft steckt und seine Finger meistens in irgendwelchen weltpolitisch entscheidenden Geschäften hat.«

Michael bekam langsam die große Befürchtung, dass er sich gleich wieder eine Version dieser hanebüchenen Verschwörungstheorien anhören musste, die so auf der Welt grassierten. Vielleicht handelte es sich aber auch einfach um jemanden, der ein paar James Bond Filme zu viel gesehen hatte.

»Und wie ist sein Name?«

»Dr. Franz Ferdinand Dregger.«
»Hab ich noch nie gehört.«
»Überrascht Sie das?«, zischte die Stimme auf der anderen Seite.
»Und woher kennen Sie ihn?«
»Ich habe sehr lange mit ihm zusammengearbeitet und halte ihn für äußerst gefährlich.«

Oh, dachte Michael endlich mal was Neues. Einer, der sich gleich selbst als leitender Angestellter in die Weltverschwörung einbaut.

Gott, war er es Leid, sich so einen Mist anzuhören und dann auch noch nachts, in irgendeiner kalten Telefonzelle. Michael erhob seine Stimme. »Haben Sie Fakten? Also, ich meine, wann er die Weltpolitik beeinflusst hat und wo? Ohne dabei überhaupt in Erscheinung getreten zu sein? Wie hat er, sozusagen als Einzelner, an der großen Schraube mitgedreht? Wie ist so etwas möglich? Gibt es da irgendwelche Beweise?«

Eine kleine Pause trat ein, in der er bemerkte, dass es sich bei dem Anrufer, scheinbar um einen älteren oder aber um einen asthmakranken Mann handeln musste, da das Atmen auf der anderen Seite wie ein Pfeifen klang. »Er wird sicherlich sehr viel Energie in seine Projekte der Wetterveränderung stecken, um seinen Leitsatz endlich in die Tat umsetzen zu können: Schlechtes Wetter ist die höchste Form von Terrorismus. Er wird ...«

Michael versuchte, seine langsam in ihm aufsteigende Wut, so gut es ging, unter Kontrolle zu behalten. »Nicht was er tun wird, Dr. Lichtenfelds, sondern was er bereits getan hat, das interessiert mich. Verstehen Sie mich? Was er getan hat.« Das Wetter verändern, so ein Science-Fiction-Scheiß.

Es entstand wieder eine kleine Pause.
»Er hat John F. Kennedy ermordet.«
»Er hat was?«
»John F. Kennedy ermordet.«
Michael verdrehte die Augen. »Er selbst?«
»Nein, natürlich nicht. Eine seiner Maschinen. Ein Off-Score der damals neuen Generation. Eine Mischung aus Mensch und Maschine.«

Michael hatte genug gehört und knallte einfach den Hörer auf die Gabel. Er lief zurück zu seinem Auto und klemmte sich hinters Lenkrad. Was für ein Scheiß! Nein, dass würde er nicht einmal aus Spaß in einer seiner Sendungen bringen. Er würde ja jede Glaubwürdigkeit verlieren. Und was hatte das alles, was er da gehört hatte, überhaupt mit Terrorismus zu tun? Nichts ...

Auf dem Weg nach Hause fuhr er an etlichen kleineren und größeren Unfallstellen vorbei. Der feine Regen und der dazu einsetzende Frost hatten die Straßen in Rutschbahnen verwandelt. Am nächsten Morgen hörte er im Radio, dass fast in ganz Schwabing niemand zur Arbeit kommen konnte. Jedenfalls nicht mit dem Auto und die U-Bahnen fuhren durch mehrere Wassereinbrüche, auch nur sehr unregelmäßig. Die Zeit schien in München für einen Tag stillzustehen.

Wettereinbruch

Fest gemauert in der Erden
Steht die Form aus Lehm gebrannt.
Heute muss die Glocke werden
Frisch, Gesellen, seid zur Hand.
Von der Stirne heiß
Rinnen muss der Schweiß,
Soll das Werk den Meister loben!
Doch der Segen kommt von oben. *

Die Spinne seilte sich, leicht verquer von der Türklinke, zum Boden ab. Weil dieses Flugschiff, alles andere als klinisch getestet war, wunderte es Max auch überhaupt nicht, wie diese Spinne hier an Bord gekommen war. Denn Kapitän Edward Briggs führte auf der Tolstoy ein zwar strenges und sauberes, aber auch ein sehr familiäres Regiment. Da konnte es durchaus sein, dass einer vom Reinigungstrupp der Spinne ihr Leben ließ, als es der Sauberkeit zu opfern. Das hatte er bei der Begrüßung, vor ein paar Stunden, sofort bemerkt. Wahrscheinlich ist sie hier geboren, dachte er sich. Als die Spinne endlich, bei diesem Geschaukel eine kleine Meisterleistung, den Boden heil erreicht hatte, verschwand sie auf Nimmerwiedersehen unter dem mit Klebestreifen zusammengehaltenen Wandschrank.

»Das war eine wirkliche Meisterleistung und echt schönes Entertainment, Mademoiselle.« Max Taelton oder von den meisten, die ihn kannten, auch »Voice« genannt, versuchte sich langsam und vorsichtig in Richtung Waschbecken zu bewegen. Doch genau in diesem Moment traf eine sehr starke Böe die Tolstoy Steuerbord und Max wurde unsanft gegen den Schrank geschleudert, unter dem die Spinne gerade verschwunden war. Ein unbedarfter Zuschauer hätte denken können, dass er gerade die Verfolgung aufnehmen wollte.

Er versuchte noch, mit der linken Hand die Türklinke zu erwischen, die aber wie von Geisterhand herunter gedrückt wurde, bevor er in ihre Nähe kam. Hals über Kopf flog da der junge, aber doch eher übergroß und ungelenk wirkende Steward Tom Smutgard mit den Worten »Entschuldigung, Sir.«, quer durch die Kajüte und prallte mit dem Gesicht direkt auf das Bullauge. Nach einem weiteren Rütteln spendierte der Sturm den beiden eine kleine Verschnaufpause. Jetzt konnte man deutlich den Regen hören, der auf die Tolstoy niederprasselte.

»Haben Sie sich wehgetan, Sir?« Obwohl ihm Blut aus der Nase lief, probierte Smutgard noch ein Lächeln. »Wir haben zwar das beste Stabilisierungssystem der Flotte Sir, aber bei diesem Sturm ...«

Max lächelte. »Bei mir ist alles gut, nur an deiner Stelle, Tom, würde ich mal Dr. Belwik aufsuchen.«

Tom wischte sich mit dem Handrücken die Nase frei und starrte auf seine blutverschmierte Hand. Dann wandte er sich wieder zu Voice. »Sie möchten zu Kapitän Briggs kommen, Sir.«

»Brauchen Sie noch meine Hilfe, Tom, soll ich Sie vielleicht auf die Krankenstation bringen?«

Tom schüttelte den Kopf. »Danke Sir, das ist nicht nötig. Ich komme klar.«

Max setzte seinen Hut auf, warf sich seinen Mantel über und verließ die Kajüte. Auf dem Weg zur Brücke bemerkte er, dass der Sturm etwas nachgelassen hatte. Max hätte natürlich mit dem Fahrstuhl fahren können, aber da es seine erste Fahrt auf der Tolstoy war, entschied er sich lieber zu Fuß zu gehen und so den Weg vom Achterunterdeck zum Obervordeck besser kennenzulernen. Die Entwicklung der Flugschiffe, die sich mit Pressluft und Wasserstoff in der Luft hielten und vorwärts bewegten, war in den letzten zwanzig Jahren wirklich enorm gewesen. So ein Flugschiff wie die Tolstoy hätte man sich vor fünfzig Jahren nicht vorstellen können.

Einundvierzig Mann Besatzung.

Einhundertsechsunddreißig Meter lang.

Einundzwanzig Meter breit.

Sechsunddreißig Meter hoch.

Höchstgeschwindigkeit 332 Knoten bei einer Höhe von einundfünfzig Metern.

Als sein Blick durch die Bullaugen des Mitteldecks streifte, kam es ihm plötzlich vor, als wenn sie gewendet hätten, aber bei diesem Wetter war das wirklich schwer zu sagen. An einem der Bullaugen blieb er kurz stehen, um vielleicht erkennen zu können, wo sie sich befinden würden, schließlich kannte er die Gegend ja ganz gut. Aber alles, was er erkennen konnte, war aufgewirbeltes Wasser und eine im Hintergrund milchig erscheinende Glockenwand, die Angst einflößend und unheimlich wirkte.

Wie nicht von dieser Welt!

Als Max die Brücke erreicht hatte, begrüßte er alle Anwesenden mit einem leichten Kopfnicken. Israel Hands der Navigator und Jack Bowen der Meteorologe grüßten zurück, indem sie kurz mit ihren Fingern an ihren Hut tippten. Nur Stephen Foster, der Steuermann, hatte alle Hände voll zu tun und grüßte nur mit einem Kopfnicken. Dann wandte sich Voice zu Kapitän Briggs, der ihn mit einer Handbewegung aufforderte, Platz zu nehmen.

Er bestätigte nach kurzem Smalltalk, das so eben Gedachte. »Wir haben beigedreht, Mister Taelton. Mit der Begründung, dass wir Hamburg so nicht erreichen können. Jedenfalls nicht heute. Das Wetter ist einfach zu schlecht. Die Glocke ...« Er neigte seinen Kopf ein wenig zum großen Frontbullauge der Tolstoy. Von hier aus konnte man die Umrisse der Glocke, die undurchdringlich wirkte, genau erkennen. »So einen Sturm hat es sicherlich in den letzten 100 Jahren nicht mehr gegeben. Unglaublich!«

Er kratzte mit drei Fingern, die Bartstoppeln an seinem Kinn. »Ich habe so etwas noch nie gesehen, geschweige denn bin ich schon mal hindurch geflogen.« Die Tolstoy wurde wie von einer großen Hand zur Steuerbordseite gedrückt. So, als ob der Herr der Stürme dies vernommen hätte und sich aufgefordert fühlte, durch ein mächtiges Rütteln an der Tolstoy, noch einmal die Worte von Kapitän Briggs zu unterstreichen.»Und obwohl wir in einer Höhe von 24 Metern geflogen sind, hat uns doch eben beim Anfliegen der Glocke eine Wellenspitze erwischt. Deswegen habe ich beidrehen lassen.«

Er kratzte sich abermals am Kinn und wandte seinen Blick dann wieder Max zu.»Da ist kein Durchkommen, Mister Voice.« Er beugte sich plötzlich nach vorne und schlug sich mit beiden Händen auf die Oberschenkel. Dabei hatte er seinen Oberkörper zu Voice gedreht und sah ihm ins Gesicht.»Außerdem hatte ich gerade ein sehr unangenehmes Laptop-Rendezvous mit Major Jäger. Der war durchaus der Meinung, dass wir diese Glocke doch einfach durchbrechen könnten wie in San Francisco.« Er zuckte zynisch grinsend mit den Schultern. »Ich habe ihm daraufhin erst einmal erklärt, dass es sich hierbei um eine Naturkatastrophe handelt und nicht um einen von Dreggers Anschlägen. Seine Wetterbomben sind dagegen doch der reinste Hohn. Das hier ist zwanzig Mal gewaltiger als San Francisco oder Reykjavik.« Er machte eine kleine Pause und schüttelte den Kopf.»Und er fragte, wozu wir denn ein so hoch gelobtes Flugschiff wie die Tolstoy überhaupt gebaut hätten. Ich möchte ihn nicht im Original-Ton zitieren, aber er war doch sehr schwer zu überzeugen, dass es sich nicht um den Weltuntergang handeln würde, sondern nur um eine ...« Käpt'n Briggs ließ sich auf seinen Sessel zurückfallen und atmete dabei laut aus: »... sagen wir mal, zweitägige Verspätung. Zu guter Letzt soll ich Ihnen noch Grüße ausrichten und eine wohl etwas ironische Frage stellen.« Briggs zog die Augenbrauen ein wenig hoch und sah Max jetzt direkt in die Augen.»Jetzt zitiere ich ihn doch einmal wörtlich. Ob Sie das kleine Stück nicht schwimmen könnten!? Seltsame Art von Humor, finden Sie nicht, Mister Taelton?«

Max musste schmunzeln, verkniff es sich aber so gut es ging, denn er sah, in das ernst dreinblickende Gesicht von Kapitän Briggs.»Haben Sie einen Schluck zu trinken, Käpt'n?«

Fast hektisch kam er wieder mit dem Oberkörper etwas weiter nach vorne. »Entschuldigen Sie, Mister Taelton. Cognac? Wasser?«

»Wasser ist ja draußen wirklich genug. Bier, ich hätte gern ein Bier, Sir.«

»Kein Problem.«

Kapitän Briggs beugte sich leicht nach vorne und sprach in ein Mikrofon. »Tom?«

»Aye, Sir!«

»Bring mal zwei Bier auf die Brücke.«

»Schon erledigt, Sir!«

Eine starke Böe erwischte die Tolstoy und entlockte ihr ein lautes Knarren und einen ganz schrillen Pfeifton. Max schob seinen Hut ein wenig in den Nacken.»Also ganz ehrlich gesagt: So komisch meinte Major Jäger das gar nicht.«

Briggs zog die Augenbrauen hoch. »Was?«

»Na, das mit dem Schwimmen, Käpt'n Briggs.«

Ein erneutes Rütteln ließ Käpt'n Briggs aufschrecken und er warf seinem Steuermann Stephen Foster einen durchdringenden Blick entgegen.»Geben Sie mehr Druck auf die Seitenflächen, Mister Foster und sagen Sie Mister Colbrek im Maschinenraum, er soll die Achterdeck-Düsen noch mehr anziehen.«

»Aye-Aye, Sir!«

Dann drehte er sich langsam mit seinem Drehsessel herum und starrte wieder direkt in die Augen von Max. »Schwimmen? Wo sich ein Flugschiff kaum halten kann? Draußen herrscht übrigens Windstärke 12. Wir wissen nicht mal, ob es nach der letzten Evakuierung überhaupt noch Überlebende innerhalb der Glocke gibt. Die letzten Menschen, die da raus gekommen sind, behaupten, der Fernsehturm sei umgefallen. Das ist natürlich nur ein Gerücht, aber wer weiß.«

Briggs verschränkte die Arme hinter seinem Kopf. »Und Sie sehen mich an und wollen mir doch nicht wirklich weiß machen: ‚Ach, das Stück schwimm ich mal eben kurz.' Warum haben Sie nicht dann gleich in Island einen Kopfsprung ins Wasser gemacht und sind das kurze Stück bis Hamburg mal eben geschwommen, Mister Taelton?«

Max lächelte ihn an. »Das wäre wirklich ein bisschen weit gewesen, Käpt'n Briggs.« Max nahm seinen Hut ab und legte ihn vor sich auf den Tisch. Dann stand er auf und ging ein Stück auf das übergroße Meschnukbullauge zu und sah in die tobende Umgebung. Die Wolken zogen mit gespenstischer Geschwindigkeit an dem Flugschiff vorbei, und da das Lichtspiel der Glocke ständig zwischen hell und dunkel wechselte, konnte man auf der Brücke der Tolstoy nie genau sagen, ob es Tag oder Nacht war. »Wie lange sind Sie schon beim U.P.D., Käpt'n?«

Briggs legte jetzt seine Hände in gemütlicher Form auf die Lehnen seines Sessels und räusperte sich ein wenig. »Lange genug jedenfalls, Mister Taelton, um zu wissen, dass Sie sicherlich sehr außergewöhnliche Fähigkeiten besitzen. Aber selbst wenn ich Ihnen sagen würde: Gut, springen Sie doch über Bord - welcher Umstand würde diese Eile denn rechtfertigen? Dass Sie ihr Leben aufs Spiel setzen? Wo doch Major Jäger nicht müde wird, zu betonen, dass Sie mit Sicherheit einer der besten Männer beim U.P.D. sind. Also, was weiß ich nicht?« Briggs war aufgestanden und stand jetzt mit verschränkten Armen auf dem Rücken, neben Max. »Oder sagen wir mal so: Was ist so wichtig oder so schlimm, dass Felix Jäger am Telefon total aufgebracht ist? Fast möchte ich meinen, dass er ängstlich klang.« Er machte eine kleine Pause. »Geht denn doch die Welt unter, Mister Taelton?«

Der letzte Satz klang in Max seinen Ohren doch ein wenig zu ironisch. Er zuckte mit den Schultern. »Das nun wahrscheinlich nicht, Käpt'n, oder sagen wir mal: noch nicht.« Max zuckte mit den Schultern. »Vielleicht übertreibt Major Jäger auch, aber es geht um den Norden Deutschlands, der von dem 6. Clan der Deutschen besiedelt ist und im Moment in erster Linie um Hamburg.« Eine Böe rüttelte noch einmal kräftig an der Tolstoy. »Jäger ist, im Gegensatz zu Ihnen, Käpt'n Briggs, da völlig anderer Meinung. Und zwar glaubt er, dass es sich auf jeden Fall um eine Wetterbombe handelt. Auch glaubt er, dass Dr. Dregger dahinter steckt.«

Kapitän Briggs sah Max erschrocken an. »Ach, Mister Taelton, so was kann doch kein einzelner Mensch verursachen. Nicht mal mithilfe seiner Scores!«

Max hob die Hand. »Also falls, ich meine nur, falls Major Jägers Theorie wirklich stimmen sollte, nun dann könnte es sein, dass ab demnächst der Norden Deutschlands nicht dem 6., noch irgendeinem anderen Clan der Deutschen gehören wird. Sondern ...«

Briggs beugte sich ein wenig nach vorne. »Das ist völlig absurd, Mister Taelton.«

»Stimmt. Es klingt genauso absurd, als wenn jemand vor 80 Jahren zu Ihnen gesagt hätte, dass er das World Trade Center in die Luft jagen wollte. Nur komischerweise klingt das heutzutage gar nicht mehr so absurd. Oder, Käpt'n?« Es entstand eine kleine Pause. Dann fuhr Max fort. »Nein, ich weiß auch nicht, ob es stimmt oder nicht. Ich weiß nur, dass ich schon ein paar Jahre mit Major Jäger zusammenarbeite, und Sie, Käpt'n Briggs, kennen ihn bestimmt genauso gut wie ich.« Max machte eine kleine Pause, wartete aber vergeblich auf eine Reaktion von Briggs. »Ich weiß nicht, ob Sie mir recht geben können, Käpt'n, aber ich finde Major Jäger ist alles andere, als ein Panikmacher, oder?«

Briggs nickte zustimmend.

Max fuhr fort. »Eher besonnen. Nein, sein Anliegen ist, dass ich so schnell wie möglich nach Hamburg komme und die ganze Stadt nach Scores absuche. Jeden Winkel. So albern es klingen mag, wenn Jägers Theorie stimmt, können wir eine richtige Portion Ärger hier im Norden bekommen.«

Kapitän Briggs starrte aus dem Bullauge und bemerkte, dass sein Hirn es regelrecht verweigerte, glauben zu können, dass das ganze Chaos da draußen auf dem Mist eines einzelnen Menschen gewachsen sein soll. Er wollte es nicht glauben, aber er kannte Jäger. Ehe der so eine Behauptung aufstellte, hatte er Beweise gesammelt. »Warum hat er mir denn nicht gleich gesagt, worum es ging?«

Max zuckte mit den Schultern. »Im Grunde hat er mir den Zeitpunkt überlassen, wann ich es Ihnen mitteile. Warum er es Ihnen nicht gleich gesagt hat, weiß ich nicht, Sir. Da müssen Sie ihn schon selbst fragen.«

Für einen kleinen Augenblick schwiegen die beiden.

»Vielleicht wollte er sich nicht blamieren und wollte mich erst mal gucken lassen, falls es doch nur eine Schnapsidee sein sollte. Dabei hat er sicherlich nicht mit der Dichte der Glockenwand gerechnet.«

»Und wie ist denn nun die Theorie unseres Oberindianers?«, fragte Kapitän Briggs.

Voice ging zum Tisch zurück, setzte sich seinen Hut auf und sah dann wieder mit ernstem Blick in die Augen von Kapitän Briggs. »Jäger war von Anfang an der Auffassung, dass es sich nicht um eine Umweltkatastrophe, sondern um einen terroristischen Anschlag handeln würde.« Max lächelte Briggs an. »Aber wir wissen ja, wie viel Hohn und Spott man ernten kann, wenn man bei irgendeiner hohen Regierungsstelle den Namen Dregger erwähnt. Selbst wenn man Major beim United Police Department ist.«

»Oder gerade dann«, unterbrach ihn Käpt'n Briggs.

»Stimmt. Drei Monate hat es dann gedauert, bis er sich durchsetzen konnte. Erst dann erteilte das Militär Lord Hellbrek die Genehmigung, Major Jäger den

Auftrag erteilen zu dürfen, auf seine Verantwortung hin, die Tolstoy in die Glocke fliegen zu lassen.« Max machte eine wegwerfende Handbewegung.
»Das war echter Bürokratenkrieg, meinte Jäger.«
Die Tolstoy neigte sich ein wenig zur Seite und verlieh dem letzten Satz von Max auf diese Weise noch ein wenig Nachdruck. »Mittlerweile glaubt fast keiner der Verantwortlichen mehr, dass es sich nur um ein Unwetter handelt.« Voice verschränkte die Arme vor der Brust. »Jäger meint, dass innerhalb dieser Glocke jede Menge Scores entstehen, ohne dass wir eingreifen können. Das Material wäre ja auch vorhanden: Menschen!«
Briggs sah ihn verdutzt an. »Sie meinen ...«
»Ich meine gar nichts. Jäger meint, dass, wenn die Wetterglocke zusammenbricht und man Hamburg wieder betreten kann, wir es mit was-weiß-ich-wievielen Scores zu tun kriegen. Was das bedeuten kann, können Sie sich ja vorstellen, Käpt'n.«
Kapitän Briggs räusperte sich leicht. »Und ihr Auftrag ist: Sie gehen da rein und knallen die alle ab, oder wie?«
»Nein, mein Auftrag ist, das Radiodrom zu dekodieren, um so die Wetterbombe zu entschärfen. Dann ist die Überraschung auf unserer Seite. Wir überfallen die Scores, nicht sie uns.« Voice stand jetzt dicht neben Briggs und umfasste mit seiner Hand den Unterarm des Kapitäns. »Deswegen ist solche Eile geboten. Je länger wir brauchen, desto mehr Scores können uns erwarten.«
Briggs schüttelte den Kopf. »Dann haben wir dieses Scheißwetter wirklich Doktor Dregger zu verdanken?«
Voice nickte. »Wenn Jägers Theorie stimmt, ja, dann war das Dregger.«
Je weiter sich die Tolstoy von Hamburg entfernte, desto ruhiger wurde auch das Wetter. Trotzdem servierte Tom Smutgard das Bier genau in dem Moment, als das Flugschiff einen kleinen Ruck nach Steuerbord machte und er mit den beiden Bieren direkt gegen die Wand prallte und sich dabei beide Hände aufschnitt.
Im Nu war ein großes Tohuwabohu auf der Brücke im Gange. Smutgard blutete wie ein Springbrunnen, versuchte dabei immer noch zu lächeln und sich zu entschuldigen. Als das Blutbad einigermaßen unter Kontrolle gebracht und Smutgard endlich auf die Krankenstation verfrachtet worden war, sah Voice einen trotzig dreinblickenden Kapitän Briggs vor sich. »Was denken Sie Mister Taelton, haben Sie eine Idee, wie wir Hamburg erreichen könnten?«
Voice lehnte sich auf seinem Stuhl zurück und holte tief Luft. »Ehrlich gesagt, finde ich die Idee von Jäger auch leicht überzogen.« Voice schürzte ein wenig die Lippen. »Aber, wenn es sich wirklich um eine Wetterbombe handelt, dann wird sich das Wetter auch nicht auf einmal aufklären. Bei diesen Bomben gibt es ja erfahrungsgemäß so Zwei-Stunden-Schübe. Wenn wir uns das Wetter jetzt angucken, werden wir feststellen, dass die Windgeschwindigkeit in ungefähr einer halben Stunde etwas abflauen wird. Ich weiß natürlich nicht wie doll, und ob es zu einem Windstillstand kommt, aber wir könnten es probieren. Dass wir vielleicht nicht bis Wedel vordringen können, ist klar. Doch, wenn Sie mich hier absetzen würden ...« Voice zeigte mit dem Finger auf eine Karte der

Umgebung Hamburgs, die über einem Laptop, als Holographie schwebte. »Von da aus könnte ich doch zumindest das Falkensteiner Ufer erreichen.«

Kapitän Briggs runzelte ein wenig die Stirn. »Ich möchte Ihnen nicht widersprechen, Mister Taelton, aber das sind von da aus bestimmt ...« Kapitän Briggs schielte noch einmal auf die Karte: »... das sind noch vier bis fünf Kilometer. Bei dem Wetter ...«

Max unterbrach ihn, in dem er kurz mit seiner Hand, wieder Briggs seinen Unterarm berührte. »Wie gesagt: Der Sturm wird etwas nachlassen und ein Kinderspiel wird es sicherlich nicht. Und ohne jetzt etwas dramatisieren zu wollen, Käpt'n Briggs. Wir werden auch in zwei Wochen mit Ihrem Flugschiff Hamburg nicht erreichen können. Und wenn nicht mit einem Flugschiff, womit dann?« Max wischte sich mit dem Handrücken über die Stirn. »Je länger wir warten ...«

Briggs schloss die Augen. »Ja, Sie haben natürlich recht. Und wenn Jägers Theorie wirklich stimmen sollte, zählt jede Stunde. Und je eher Sie in Hamburg sind, Mister Taelton, desto besser.« Käpt'n Briggs riskierte noch einen Seitenblick durch das Bullauge. »Und Sie sind sich wirklich ganz sicher, Mister Taelton, dass Sie da raus wollen?«

Max nickte nur kurz mit zusammengepressten Lippen. Wer weiß, dachte er, wie viele es jetzt schon sind? Aber selbst, wenn Jäger falsch liegt und nirgends ein Score zu sehen sein wird, es ist auf jeden Fall eine Wetterbombe. Und irgendjemand muss das Radiodrom dekodieren.

Voice entspannte sich ein wenig. »Ich bin alles andere als ein Selbstmörder, Käpt'n, und zumindest behaupte ich jetzt mal, dass ich noch einigermaßen zurechnungsfähig bin.«

Voice und Briggs lächelten sich an.

»Gut, Mister Taelton. dann packen Sie mal ihre Sachen zusammen und ich werde die Tolstoy noch einmal Richtung Hamburg wenden. Ich werde Ihnen rechtzeitig Bescheid geben, wann es denn soweit ist.«

Die beiden nickten sich kurz zu.

»Okay, Käpt'n, dann werden wir mal das Beste draus machen.«

Als Max Taelton die Brücke wieder verlassen hatte, schüttelte Briggs unwillkürlich den Kopf. Er starrte aus dem Fenster und beobachtete das Wetter. Luftwirbel, die sich ineinander verfingen und sich mit aufbrausendem Wasser paarten. Vielleicht sollte man doch diesen Typen mal auf seinen Geisteszustand untersuchen lassen. »Foster, wenden Sie wieder Richtung Hamburg.«

Der Steuermann zuckte erschrocken zusammen.

»Aye, Sir. Wie bitte?«

»Ja. Sie haben mich schon richtig verstanden.«

Kaum zwei Minuten später steigerte sich das Ruckeln erneut.

Vielleicht sollten wir uns am Besten alle mal auf unseren Geisteszustand untersuchen lassen, dachte Briggs.

Nachdem Voice wieder seine Kajüte erreicht hatte, bemerkte er an der immer unruhiger werdenden Fahrt der Tolstoy, dass es wieder nach Hamburg ging. Egal, es gab schwerere Aufgaben als ein paar Scores in Hamburg auszumachen.

Er hatte schon in den unmöglichsten Winkeln der Welt mit ihnen gekämpft. Sie verflucht. Im Dschungel, der Sahara, in Island. Überall war es gefährlich, sich mit diesen Scheißtypen anzulegen. Das Radiodrom zu finden, war eine andere Sache, aber mit dem Navigationsgerät würde ihm das schon gelingen. Natürlich hatte er Angst. Es wäre dumm, es zu leugnen, aber irgendwie hatte er auch das Gefühl, dass er es einfach tun musste. Dass ihn irgendetwas trieb. Er hegte keinen Hass gegen die Scores. Sie kamen ihm oft vor wie irgendwelche fehlgeleiteten Soldaten, die es unter den Menschen auch gab. Der A1 war da natürlich noch eine ganz andere Kategorie. Er kannte kein Erbarmen und war dazu noch sehr schwer zu zerstören. Kaputtzukriegen. Fertigzumachen. Zu töten. Der A1 gehört jetzt fast seit dreißig Jahren zu der neuen Generation der Scores. Immer in der Entwicklung. Angst einflößend. Aber er hasste sie nicht, er wusste nur, wenn es sie gibt, kann es ihn nicht geben. Das normale Leben nicht. Die einfachen Menschen nicht. Sein Blick glitt einmal durch die Kabine und blieb am Bullauge hängen. Wahrscheinlich war es nur diese furchteinflößende Umgebung, die ihn zu solch theatralischen Gedanken hinreißen konnte. Es war eben sein Job. Max lächelte noch einmal in den schmutzverschmierten Spiegel und rang seinen Augen etwas Selbstverständliches ab, das ihm schon so oft in seinem Leben abhandengekommen war.

 Bei seinem kleinen Ausflug auf der Tolstoy hatte er bemerkt, dass das Schiff nicht im besten Zustand war. Der Einsatz, ihn von Reykjavik nach Hamburg zu bringen, war nicht ihr erster in letzter Zeit, sie waren schon drei oder vier Monate unterwegs gewesen. Aber die Tolstoy war das einzige Flugschiff des U.P.D., das durch die Glockenwand brechen könnte. Nur heute nicht. Heute war er erstmal dran!

 Das Schiff schaukelte und rotierte extrem stark dafür, dass sie sich nicht mehr auf dem offenen Meer, sondern nur über der Elbe befanden. Er hielt sich mit beiden Händen am Rand des Bullauges fest. Vielleicht hatte Felix Jäger ja recht mit seiner Prognose, dass sich hier ein ganz fettes Ding ankündigte. Ich werde meinen kleinen Torpedo packen, dachte Max. So nannte er die Packtasche, die aber eher einer Sauerstoffflasche glich und die er bei gefährlichen Einsätzen immer im Wasser auf dem Rücken trug. Durch Pressluft, die er per Knopfdruck über einen Handschuh abrufen konnte, würde ihm sein Torpedo auch beim Vorwärtskommen sehr behilflich sein. Diese Hilfe würde er brauchen. Er hatte sich auf Hamburg gefreut, aber wie man es schon aus den Nachrichten erfahren hatte, hatte sich die Stadt stark verändert. Laut letzten Meldungen hielten sich nicht einmal mehr als 40 000 Menschen in einem Umkreis von 1743 Quadratkilometern in und um Hamburg auf. Die Stadt selbst war bereits evakuiert worden, bevor sich die Glocke komplett schloss. Und wenn man bedachte, wie viele Einwohner dort vorher gelebt hatten, konnte man die Gegend jetzt als durchaus menschenleer bezeichnen. Aber es waren immer noch genug Menschen, um eine enorme Anzahl Scores daraus herstellen zu können. Vielleicht sogar eine Armee?

 Bei diesem Gedanken lief ihm ein kalter Schauer über den Rücken. Na, lassen wir uns überraschen, dachte Max, und legte sich noch einmal in seine

Koje. Seine Augen begleiteten durch das Bullauge eine Möwe, die sich scheinbar wie in Zeitlupe durch den strömenden Regen kämpfte. Der Regen war überaus stark und die Möwe kämpfte intensiv, klatschte aber plötzlich kraftlos ins Wasser. Die Tolstoy kam jetzt noch mehr ins Schlingern und gab ein lautes Kreischen von sich. Wenn man Angst riechen könnte, würde es jetzt langsam anfangen, in meiner Kajüte zu stinken, dachte Max. Er fiel in einen leichten Halbschlaf, der ihm aber trotzdem nicht vorenthielt, dass eine verirrte Fliege, geräuschvoll mit ihrem Schädel versuchte die Kajütentür aufzubrechen. Sein letzter Gedanke war, wo die Tolstoy wohl überall herumgekreuzt sein mochte. Eine harmlose Fliege dieser Art hatte er vor ein paar Jahren zum letzten Mal gesehen.

*

Da Flugschiffe durch Pressluft und Wasserstoff fortbewegt und gelenkt wurden und mit Stabilisatoren flogen, die ursprünglich für die Raumfahrt konstruiert worden waren, konnte man sie als die wetterunempfindlichsten Fortbewegungsmittel bezeichnen. Mit einem normalen Schiff oder einem Flugzeug überhaupt nicht zu vergleichen. Trotzdem schlingerte die Tolstoy hin und her. Es war ein Winden!
Kapitän Briggs stand zwei Meter hinter seinem Steuermann und versuchte die Lage einzuschätzen.
»Sir?«
»Was gibt es Mister Foster, kommen schon irgendwelche Monster aus dem Wasser geschossen und greifen uns an, oder wieso machen Sie so ein Gesicht?«
Aber das Wetter war gruselig genug und Foster überhaupt nicht mehr zu Scherzen aufgelegt, da er das Steuerrad mit aller Kraft festhalten musste. An eine automatische Steuerung war im Moment überhaupt nicht zu denken. »Wir brauchen mehr Stabilität vom Maschinenraum, sonst seilt mir die Karre gleich ab, Sir.«
Da Fosters Stimme ein wenig gehetzt, fast einen Hauch von Hysterie in sich trug, bemühte sich Kapitän Briggs, möglichst locker zu klingen. Was ihm auch durchaus gelang. »Okay, lassen Sie die Tolstoy nach hinten abfallen. Viel näher kommen wir sowieso nicht mehr ran.« Briggs drückte auf seinen Messenger. »Mister Colbrek?«
Im Maschinenraum ertönte laut das »Käpt'n-Sign« auf dem Messenger von Steve Colbrek dem 1. Maschinisten der Tolstoy. Er musste einmal quer durch den Maschinenraum hetzen, da er »dieses blöde Ding« mal wieder auf seinem Schreibtisch vergessen hatte. Briggs tippelte nervös mit seinen Fingern auf dem Messenger, bis sich eine atemlose Stimme meldete: »Aye, Sir.«
»Nehmen Sie die Vorwärtsbewegung raus. Wir versuchen, die Karre hier auf der Stelle zu halten, und so wenig Schaden davonzutragen, wie nur irgendwie möglich. Hatten Sie Wassereinbruch?«
Colbrek wischte sich den Schweiß von der Stirn. »Ja Sir, das ist wirklich verrückt, wir sind über zwanzig Meter hoch und haben Wassereinbruch. Aber

es hält sich in Grenzen.«

»Halten Sie ihre Leute bei Laune, Mister Colbrek, in zirka einer halben Stunde sind wir hier wieder weg.« Colbreks Antwort kam immer noch atemlos. »Das klingt verlockend, Sir.«

Briggs drehte sich auf seinem Kapitänstuhl herum. »Mister Hands, was denken Sie?«

Der Navigator der Tolstoy, Israel Hands, sah von seinem Laptop auf, den er, wie jeder an Bord, der an seinem Arbeitsplatz saß, an den riesigen Bordcomputer mit Namen »Elf« angedockt hatte. Unaufhörlich hatte er die ganze Zeit auf die Tastatur eingehämmert. »Ich denke nichts, Sir. Oder sagen wir: Hier geht nichts mehr. Beim besten Willen, Sir, ich kann Ihnen nicht genau sagen, wo wir sind. Tut mir leid, Sir.«

Auch das noch, dachte Briggs.

»Ist schon in Ordnung, Mister Hands.« Seit vier Jahren war er jetzt Kapitän der Tolstoy, aber so ein Unwetter hatte er noch nie erlebt. Auch auf keinem anderen Flugschiff davor und das sollte eine Dr.-Dregger-Aktion sein? Diese Umweltkatastrophe? Ausgeschlossen! Allerdings hatte er hatte keine Erklärung dafür, wie die Natur das hingekriegt haben sollte. Die Tolstoy hatte schon so manchen Sturm überstanden und auf jeden Fall war sie ein Flugschiff, auf das sich Kapitän Briggs absolut verlassen konnte, aber sie befand sich im Moment in einem miserablen Zustand. Die Fahrten waren zu lang, die Einsätze zu hart. Die Mannschaft war ausgemergelt. Wir brauchen mal wieder eine Pause, dachte Briggs.

»Entfernung zum Wasser, Mister Foster?«

»18 Meter Sir.«

Eine Wellenspitze klatschte gegen die Scheibe der Brücke. 18 Meter hohe Wellen vor Hamburg, dachte Israel Hands, das gibt's doch gar nicht.

»Wir können keinen Meter mehr tiefer gehen, Sir. Unter uns sind lauter in sich verwobene Wirbelstürme. Es würde uns zerreißen!« Israel Hands deutete auf den Bildschirm seines Laptops, den er wild herumgerissen hatte, und hätte er nicht so laut geschrien, wie er konnte, hätte ihn Briggs gar nicht wahrgenommen. Kapitän Briggs allerdings tat weiterhin so, als ob sie sich auf einem Ausflug befinden würden.

»Beruhigen Sie sich, Mister Hands!« Er machte eine kleine Kunstpause. »Mister Foster.«

»Aye, Sir!«

»Zwei Strich Backbord und sagen Sie Mister Colbrek, Ventile sieben bis 24 schließen. Sie gehen mit den Steuerbord-Düsen, Viertel Kraft West-Süd-West.«

»Aye, Sir.«

Zehn Minuten später konnte man zwar immer noch nicht von gutem Wetter reden, aber es war durchaus ruhiger geworden. Die Stabilisatoren der Tolstoy arbeiteten auf Hochtouren.

»Wie viel Meter können wir noch tiefer, was denken Sie?«

Die Stimmung auf der Brücke hatte sich ein wenig beruhigt, was nicht nur an der etwas stabileren Lage der Tolstoy, sondern auch mit der Ruhe zu tun hatte, die der Kapitän ausstrahlte.

»Höchstens zwei bis drei Meter, aber dann ist Schluss, Sir.«

»Gut, dann gehen Sie die Sache so vorsichtig wie möglich an. Ich will, dass Mister Voice in fünf Minuten aussteigen kann und wir die Karre dabei so ruhig wie möglich halten. Wir müssen, wenn wir runtergehen, auf den wirbelnden Bodensturm achten. Denken Sie, Sie kriegen das in den Griff?«

Stephen Foster war zwar nicht wohl in seiner Haut, aber er gab Kapitän Briggs die Antwort, die dieser auch erwartete. »Das werden wir schon packen, Sir.« Aber dann schob er seinen Hut ein wenig in den Nacken und kratzte sich verlegen an der Stirn. »Eine Frage interessiert mich dann doch noch, Sir.«

»Nur zu, Mister Foster.«

»Mit welchem Fahrzeug will Mister Taelton denn nach Hambu ...«

Foster wurde bereits von Briggs unterbrochen, bevor er seine Frage zu Ende formuliert hatte. »Schwimmen, Mister Foster. Einfach schwimmen.«

Briggs sah einen völlig verdutzt dreinblickenden Stephen Foster vor sich. »Aber, Sir, das ist doch Selbstmord.«

Briggs zuckte ein wenig mit den Schultern. »Mister Taelton weiß schon was er tut und Sie machen sich einfach nur noch den einen Gedanken: Wie halte ich die Tolstoy so ruhig wie möglich!? Alles klar, Mister Foster?«

»Aye-Aye, Sir.«

Auch Kapitän Briggs konnte sich einiges vorstellen - nur irgendwie nicht von hier aus ans Falkensteiner Ufer zu schwimmen, zu laufen oder zu fliegen.

*

Voice wurde durch ein Kribbeln an der Nase geweckt.

Er machte die Augen auf und sah in das lächelnde, aber doch sehr blasse Gesicht von Tom Smutgard. Genau in diesem Moment ächzte die Tolstoy vom Wind gepeinigt laut auf, man konnte sich nur noch schreiend unterhalten.

»Tut mir leid Sir, wenn ich Sie erschreckt haben sollte, Sir. Aber die Tür war nicht verschlossen, und als sie auf das Klingeln nicht reagiert haben, da dachte ich ...«

Max nickte lächelnd. »Ist schon okay, Tom. Wieso sind Sie denn gar nicht mehr auf der Krankenstation?«

Tom winkte ab. »Das ist schon in Ordnung, Sir. Sie merken doch, wie die Karre wackelt«, krächzte er. »Na ja, und auf der Krankenstation ist es natürlich auch nicht viel besser. Da hab ich mir gedacht ich gehe Ihnen noch ein wenig zur Hand ...«

Voice sah auf die verbundenen Hände von Smutgard, dann Smutgard ins Gesicht und beide prusteten los.

»Ha-ha ... das war ein bisschen dumm ausgedrückt, Sir, aber ich könnte jemanden holen, der ihr Gepäck trägt, Sir. Oder haben Sie gar kein Gepäck?«

Voice schwankte zum Waschbecken, drehte das kalte Wasser auf und klatschte sich ein paar Hände davon ins Gesicht. »Nein, nur dieses leicht angerostete Teil da, was ich in der Ecke angelascht habe.«

»Aber das erscheint mir ziemlich schwer, Sir.«

»Oh, nein ganz im Gegenteil. Versuchen Sie ruhig, wenn ich es nachher abgelascht habe, es mal hochzuheben. Das geht selbst mit Ihren Händen. Es ist federleicht. Aber Sie könnten mir den Frachtraum zeigen.«

Tom starrte immer noch unbeirrt auf den Torpedo.

»Es funktioniert so ähnlich wie die Down-Trains der Head-Hunter.«

Tom lachte erstaunt auf und rieb sich dabei vorsichtig seine verletzten Hände. »Ja, die kenne ich natürlich, Sir.«

Voice begann, leicht hin und her wackelnd, mit ein paar Dehnübungen.

»Wenn ich mir noch eine Frage herausnehmen dürfte?«

Voice musste innerlich schmunzeln. Die gesamte Höflichkeit, die hier auf der Tolstoy herrschte, gefiel ihm, und wer je auf einem Flugschiff der Militärs mitgeflogen war, wusste, wovon er redete. »Nur zu, mein lieber Tom.«

Der Schiffssteward räusperte sich, und die Tolstoy ächzte noch einmal laut auf wie ein gepeinigtes Tier. Dann kehrte ein Augenblick der Stille ein, in der die Tolstoy ganz ruhig in der Luft lag und erst nach einem kurzen Augenblick wieder anfing, sich in sich geräuschvoll zu verbiegen.

Tom räusperte sich erneut. »Entschuldigen Sie, Sir, aber ich finde Sie ein wenig abgebrüht.«

Tom starrte verlegen zu Boden, und Voice nahm sich lächelnd ein paar kleine Hanteln. Er fing an seine Unterarme auf und nieder zu bewegen, um die Bizepsmuskeln aufzuwecken.

»Ich komme bei Ihnen vorbei und Sie schlafen seelenruhig. Obwohl sich fast jeder hier an Bord fragt, wie man das überleben soll. Einfach schwimmen. Dann brauchen Sie nicht einmal Gepäck Sir? Und Sie sollen in Hamburg, also wenn ich mich nicht verhört habe, Scores jagen. Ich hätte Todesangst, Sir.«

Die Tolstoy rüttelte erneut und Voice rutschte die rechte kleine Hantel aus der Hand und Tom führte einen kleinen Tanz in der Kajüte auf.

Vor zwei Stunden war es noch eine Theorie, von der selbst Major Jäger nicht so ganz genau wusste, ob er sich nun sicher war, doch jetzt war es bereits klar, dass es in der Glocke nur so von Scores wimmeln würde. Gerüchte verbreiteten sich schnell auf Flugschiffen. Tom hustete noch einmal, um auf sich aufmerksam zu machen.

»Da geht doch was nicht zusammen, Sir.«

»Also ...« Voice stockte für einen Moment, denn im Grunde genommen, hatte Tom gar nicht mal so unrecht, mit dem was er da meinte. Doch das sagte er ihm natürlich nicht. »Eins nach dem anderen. Ich habe nur geschlafen, weil ich der Meinung bin, dass man sich vor großen Ereignissen ein wenig ausruhen sollte, zweitens ...« Max bemühte sich, seine Stimme sehr überzeugend klingen zu lassen. »Ich schwimme nicht nur einfach, sondern ...« Voice zeigte wieder auf das angelaschte Ding in der Ecke. »Das ist sozusagen ...«, er klatschte mit der flachen Hand auf das lange Rohr, »... mein eigener Torpedo, der mich genauso vorantreibt wie uns die Tolstoy, Tom: Mit Pressluft. Ja, ich schwimme auch. Aber das ist schon eine große Hilfe. Eigentlich funktioniert es eben wie ein Down-Train, ist nur ein Stück größer.«

Tom nickte.

Max hatte den richtigen Ton getroffen. Nur, ob das Wetter ihm nichts anhaben konnte, diese Frage stellte er sich besser nicht. Und wenn Jägers Theorie stimmen sollte, wie viele Scores werden es sein? Wie viele A1er?

Vor dem Bullauge zischte und knallte es erneut. Es klang wie ein Pistolenschuss, der direkt vor dem Bullauge abgegeben worden war, und die Tolstoy machte einen Ruck nach links und fiel um drei Meter Höhe. Nach seiner beruhigenden Ansprache brachte ihn der Knall wieder auf den Boden der Tatsachen zurück. Er flog kopfüber mit Tom Smutgard zusammen durch seine Kajüte und landete unter dem Waschbecken.

Als Detektiv beim U.P.D. gibt es immer wieder Momente, wo du dich fragst: Warum mache ich das eigentlich? Dies war mit Sicherheit einer davon, dachte Max.

Über Messenger ertönte plötzlich die Stimme von Kapitän Briggs. »Mister Taelton, so schnell wie möglich in den Frachtraum Nummer 12 im Unterdeck. Ich bitte um Beeilung. Frachtraum Nummer 12.«

Tom nahm noch einmal kurz den Torpedo, hob ihn an und nickte anerkennend, »Stimmt, federleicht!« Dann hängte er ihn sich über den Rücken. Voice zog sich rasch seinen Taucheranzug über.

»Kommen Sie, Tom, führen Sie mich so schnell es geht zu dem Frachtraum No.12.«

Die beiden liefen geduckt und stolpernd durch das Unterdeck, welches zu den Seiten abfallend nur aus Glas zu bestehen schien. Tom bemerkte plötzlich das besorgte Gesicht von Voice. »Vielleicht kann ich Sie jetzt mal ein bisschen beruhigen, Sir, das ist kein Glas.«

Er sah Max mit wichtiger Miene an. »Das ist Meschnuk. Eine Mischung aus Glas und einem Stoff, den man vor zwanzig oder dreißig Jahren, so glaube ich zumindest, irgendwo im Dschungel entdeckt hat. Hält noch viel mehr aus, Sir. Es könnte sich in sich selbst verdrehen, es würde nicht bersten. Wegen der Sideway vom Unterdeck saufen wir bestimmt nicht ab, Sir.« Tom schlug noch einmal, wie zur Bestätigung mit der Faust leicht gegen die Scheibe und verzog prompt vor Schmerzen sein Gesicht.

Max musste lächeln. Diese Neuheit kannte er schon seit seiner Schulzeit. Das war damals die Sensation gewesen. Fast unzerstörbares Glas, das feuerfest und biegbar war. Aber das Beste war, es war federleicht.

Durch das ewige Abstützen und Festhalten sickerte jetzt wieder ein bisschen Blut durch Toms Handverbände. Sie bewegten sich weiter schwankend, stolpernd und immer wieder zu Boden fallend, aber Voice fiel auf, dass sich Tom alles andere als ungeschickt dabei anstellte. Nicht wie vorhin beim Bier servieren.

»Frachtraum Nummer 12, Sir.«

Tom hielt sich mit einer Hand mühsam am Griff neben der Tür fest, während seine andere Hand auf die Nummer zeigte. Die Tolstoy krächzte und schrie vor Schmerz. Max war jetzt ebenfalls an der Tür angekommen. Er schien jetzt, ohne sich festhalten zu müssen, sein Gleichgewicht halten zu können. Er legte eine Hand auf Smutgards Schulter.

»Um ihre Frage noch kurz bis zum Schluss zu beantworten. Meine U.P.D. Ausrüstung, meine Waffen, sind auch in dem Bauch meines Torpedos. Ja richtig, genauso leicht wie der Torpedo.«

Tom sah ihn mit einem Stirnrunzeln an.

Max zog ihn ein wenig dichter an sich heran, um nicht so laut schreien zu müssen. »Mal wieder so eine Idee von Korkoff und seinem wissenschaftlichem Team.« Er holte noch einmal tief Luft. »Sie haben einen Trick gefunden den Raum innerhalb meines Torpedos, zu einem Vakuum zu machen, der die Gravitation aufhebt. Jedenfalls für alle Gegenstände, die sich in meinem Torpedo befinden. Diese Anti-Gravitation drückt die Außenhaut hoch, sodass sogar der Torpedo selbst um einige Kilo leichter wird.«

Max sah in das völlig verdatterte Gesicht von Tom Smutgard. »Erstaunlich, oder?«

»Faszinierend, Sir!«

Max musste noch einmal tief Luft holen, als sein Blick auf der Tür mit der 12 hängen blieb. Obwohl der Torpedo nicht mehr als drei Kilo wog, hatte er das Gefühl, als wenn eine Zentner schwere Last auf seinen Schultern läge. »Und für meine persönlichen Freunde, die Scores, habe ich auch noch meine 21er und die P110 im Gepäck. Na, Tom, beruhigt Sie das ein bisschen?«

Tom salutierte lächelnd und öffnete ihm die Tür. »Sehr, Sir. Viel Glück.«

Tom gab Max seinen Torpedo. War es vorher auf dem Unterdeck schon laut, so übertönte der Frachtraum Nummer 12 das bei Weitem. Kapitän Briggs nickte Voice zu und schrie ihm irgendetwas ins Ohr, was er aber kaum verstand. Voice machte ihm mit einer Handbewegung klar, dass es losgehen könnte.

Kapitän Briggs war mit zwei seiner Männer erschienen, wovon der eine jetzt Voice half, den Torpedo auf dem Rücken zu befestigen. Bis auf Max klinkten nun alle ihre die Sicherheitsverschlüsse ein. Die Tolstoy sackte noch einmal bedenklich nach, als sich von Frachtraum Nummer 12 die Ladeluke langsam öffnete.

Voice sah in ein wahres Inferno. Der Wind heulte und die Wasseroberfläche war kaum zu erkennen, soviel Gischt wirbelte durch die Luft. Noch einmal trafen sich die Blicke von Kapitän Briggs und Voice, wobei Briggs mit dem Kopf schüttelte. Dann machte Voice einen Schritt nach vorne und mit einem lauten Schrei, der alle zusammenzucken ließ, verschwand Voice mit seinem Torpedo auf dem Rücken in den Fluten vor Hamburg. Langsam schloss sich die automatische Ladeluke wieder und verbarg den Ausblick in die Hölle.

*

Noch immer peitschte ein wilder Regenguss auf die Meschnukscheibe der Brücke der Tolstoy, hinter der Kapitän Briggs mit einer Tasse Tee in der Hand stand. Aber es war bei Weitem nicht mit dem Unwetter von noch vor drei Stunden zu vergleichen. Viele Gedanken jagten ihm durch den Kopf und es kostete ihn einige Mühe, sie auch in die richtigen Bahnen zu lenken.

»Kann ich noch irgendetwas für Sie tun, Sir?«

Briggs nippte an seinem Tee, während sein Blick kopfschüttelnd an Smutgard klebte. »Ja, Tom wechsel endlich einmal deine Verbände, sonst blutest du mir noch die ganze Brücke voll.« Tom machte ein verlegenes Gesicht.
»Entschuldigen Sie, Sir, aber ich ... «
»Nun hauen Sie schon ab, Tom! «
Briggs glitt mit den Augen über die Holographie der über seinem Laptop schwebenden Landkarte. Sie zeigte Hamburg, dessen Umgebung und den Verlauf der Glocke. Jack Bowen, sein Meteorologe hatte sie installiert und es sah erschreckend aus. Er konnte es sich zwar nach wie vor nicht vorstellen, aber irgendwie hatte er das Gefühl, das Max Taelton Hamburg erreichen könnte. Zumindest hatte er eine Chance. Wenn ja, brauchte er irgendwann Unterstützung von außen. Vielleicht könnte man auch irgendwie durchbrechen.
Irgendwann. Taelton hatte ihm gefallen. Obwohl sie beide schon mehr als zehn Jahre beim U.P.D. waren, hatten sie sich vor diesem Einsatz nie kennengelernt. Das war nichts Seltenes, schließlich unterschieden sich die Pflichten eines Flugschiff Kapitäns bei Weitem von denen eines Detektivs. Er fand ihn nicht angeberisch heldenhaft, sondern eher geradlinig. Das hatte ihm imponiert. Es waren schon genug andere an der Glocke gescheitert. Spaceshuttles hatten gar keine Chance gehabt. Ebenso die Düsenjäger, drei waren sogar zerschellt. Schnell-Flug-Boote der Militärs hatten ebenso wenig Erfolg. Selbst die Brahms hatte fast einen Absturz zu vermelden, als sie im Norden, in der Nähe von Pinneberg durchbrechen wollte. Nein, schämen brauchte er sich nicht. Trotzdem fühlte er sich nicht so recht wohl in seiner Haut. Es war nicht seine Art, jemand in der Scheiße abzusetzen, nach Hause zu fahren und Bier zu trinken.
»Sir?«
Der 1. Steuermann schreckte ihn aus seinen Gedanken. »Was gibt es, Foster?«
»Wir müssen demnächst wieder mal an die Pumpe, Sir, welchen Hafen wollen Sie anlaufen?«
Er überlegte einen Moment. »Wir nehmen Kiel, Mister Foster. Sagen Sie Mister Hands Bescheid und auch unserem Wetterfrosch Mister Bowen. Ich will Sie genau in einer Stunde in meiner Kapitänskajüte sehen. Ist das klar?«
»Aye-Aye, Sir.« Tom Smutgard hatte das Gefühl, dass seine Stunde noch kommen würde. Es würde vielleicht schwerer werden als erwartet, aber es würde auf jeden Fall passieren.

*

Der Aufprall auf dem Wasser war hart. Knallhart. Dadurch, dass er ein bisschen unglücklich ins Wasser eingetaucht war. Nicht mit dem Kopf, nicht mit den Füßen, einfach seitlich voll aufs Wasser. Dabei hatte er sich sein rechtes Bein verdreht. Wie oft musste man etwas üben? Aber trotzdem konnte er zufrieden sein, es hätte schlimmer kommen können. Solch unruhiges Wasser hatte er noch nie in seinem Leben erlebt. Das Eintauchen war ihm misslungen, weil er von oben die Entfernung zur Wasseroberfläche nicht hatte einschätzen können. Jetzt machte die Elbe mit ihm, was sie wollte. Na ja, fast jedenfalls.

Der Torpedo saß auf seinem Rücken, aber die Taucherbrille war ihm bereits vom Kopf geflogen, bevor er die Elbe auch nur berührt hatte. Der Navigator am Handgelenk hatte zwar angezeigt, dass er richtig wäre, aber im Moment hatte er völlig die Kontrolle verloren. Voice konnte jetzt beim besten Willen nicht mehr sagen, ob er über oder unter Wasser war. Auf jeden Fall hatte er seit mindestens fünf Minuten keinen Atemzug genommen und nichts mehr erkennen können.

Ist die Welt über mir oder unter mir?

Die Schwerkraft schien jetzt für ihn aufgehoben zu sein. Ein Stück seines Taucheranzuges riss ihm vom Körper. Schmerzhaft verdrehte etwas seinen linken Arm.

Er konnte nicht atmen.

Jetzt bestimmt schon zehn Minuten.

Das war noch nicht die kritische Phase.. Er hatte mit den Jahren seiner Ausbildung gelernt, wie weit er gehen konnte. Max konnte länger die Luft anhalten, als jemals ein Mensch zuvor. 23:45 Minuten, das war sein Rekord. So etwas konnte man sich nicht erarbeiten, da musste man schon etwas mitbringen. Etwas mehr als nur Talent.

»Du bist eben mehr Fisch als Mensch«, dröhnte plötzlich der Satz Felix Jägers durch seinen Kopf.

Dann schoss ein noch schlimmerer Schmerz durch sein bereits verdrehtes Bein. Irgendetwas hat mich erwischt, irgendetwas Beschissenes ist mir quer durch die Wade geknallt. Der Schmerz rollte wie ein Spruchband von einer Lokomotive gezogen durch seinen Kopf. Nicht aufgeben. Nicht nachlassen. Dieser verdammte Torpedo funktionierte die ganze Zeit nicht richtig.

Was für ein Riesen-Arschloch ich doch bin, das Teil nicht richtig zu überprüfen. Er ist eine neue Erfindung und ich gehe einfach davon aus, dass er richtig funktionsfähig ist, ich Idiot. Das Wasser um ihn herum sprudelte nur so von Luftblasen.

Ich bin nicht mehr unter Wasser, schoss es ihm abermals durch den Kopf. Das ist ein Tornado, der Wasser durch die Luft wirbelt. Oder was ist das? Ich fliege durch die Luft.

Luft.

Ich brauche Sauerstoff.

Seine Kräfte ließen eindeutig nach.

Sollte hier schon das Ende seiner Reise sein?

Das durfte nicht sein.

Die Dunkelheit und das Wasser wurden plötzlich zu einem riesigen Fesselballon voller Schmerzen. Sein Bein hatte irgendetwas gestochen. Noch einmal aufbäumen. Nicht aufgeben, ich muss jetzt jeden Moment einatmen, es nützt nichts. Max spannte seine Stimmbänder an. Er schrie so laut er konnte und machte seinem Namen in diesem Moment alle Ehre. Er fuhr plötzlich eine dunkle Straße entlang, in ein grelles aufflammendes Licht hinein.

Willkommen in Hamburg

Da wird es von uns zeugen laut.
Noch dauern wird's in späten Tagen
Und rühren vieler Menschen Ohr
Und wird mit dem Betrübten klagen
Und stimmen zu der Andacht Chor. *

Alles fühlte sich feucht an und es donnerte laut. Einzelne Schläge. Der Boden. Die Luft. Es fiel ihm schwer, zu atmen. Aber er konnte wieder atmen.
Wie gut das tat.
Atmen.
Max blinzelte schwerfällig und konnte einen hellroten Punkt erkennen, der von drei schwarzen Schatten umlagert war. Dieser rote Punkt schien Wärme auszustrahlen. Zumindest kam es ihm so vor. Obwohl er nicht wusste, wo er war, schien ihm von der Situation nichts Bedrohliches auszugehen. Jedenfalls meldete sich sein Instinkt nicht. Einer der drei Schatten beugte sich nach vorn und ein schmutziges Gesicht erschien vor seinem immer klarer werdenden Blick.
»Er wacht auf, Leute.«
Ein anderer Schatten meldete sich zu Wort. »Vielleicht ist es ja Jesus, schließlich ist er vom Himmel gefallen.«
»Quatsch, Bell-Bob, der ist einfach, wie so viele andere, in den Wirbelsturm gezogen und zur falschen Seite wieder ausgespuckt worden. Ich wusste bis jetzt nur nicht, dass man das auch überleben kann.«
Der Schatten direkt vor ihm zuckte mit den Schultern. »Das ist wahrlich Pech, sage ich euch, denn wenn er draufgegangen wäre, hätte er das Schlimmste wahrscheinlich schon hinter sich.«
Der Dritte im Bunde machte einige Gebärden und verzog das Gesicht zum Zeichen dafür, dass es doch kein Pech sein könnte, wenn man überlebt hat. Die anderen beiden Männer nickten, so, als ob sie sagen wollten, dass man das natürlich auch so sehen könnte. Jo Brückner, so hieß der Schatten, der direkt vor Voice saß, warf einen kleinen Ast in die Luft. »Ja, er hat wirklich Glück gehabt, dass er wenigstens überlebt hat. Ich mein, der ist ganz schön weit geschleudert worden.« Er machte eine ausschweifende Armbewegung, den die beiden anderen Schatten mit einem starken Kopfnicken begleiteten. »Im hohen Bogen. Hätte diese alte Eiche ihn nicht aufgefangen, wäre der doch wie eine Tomate, die jemand aus dem fünften Stock geschmissen hat, auseinandergeplatzt.« Jo wandte seinen Blick wieder zu Voice und fragte sich, wie viele Knochen der Mann sich wohl gebrochen hatte. Und dann noch dieser Stock in seiner Wade!
Voice blinzelte ein wenig mit den Augen und Jo kam noch etwas dichter an sein Gesicht heran. »Na, wie sieht es aus, mein Junge?«
So wurde Max zum letzten Mal vor hundert Jahren, so kam es ihm zumindest

vor, von seinem Ziehvater Esnikek genannt, der ihn immer so ansprach, wenn er das Gefühl hatte, dass irgendetwas schief gegangen sei. Er öffnete langsam die Augen und sah in das unrasierte, zerzauste Gesicht eines freundlich dreinblickenden Mannes, der so ungefähr um die fünfzig war.

»Hast du starke Schmerzen, Junge? Dein Bein sieht wahrlich nicht gut aus, es steckt ein Riesensplitter in deiner Wade.«

Trotz des Windes und des donnernden Regens, dachte Voice, dass er einen freundlichen Menschen getroffen hatte. Er versuchte sich etwas aufzurichten und stützte sich auf seinen Ellenbogen ab. »Eigentlich alles ganz okay.« Beim Hochkommen verzog er sein Gesicht und atmete so laut aus, dass es sogar bei diesem Regen zu hören war. »Gut wäre, wenn du mir ein wenig helfen könntest. Ich hab soviel Wasser geschluckt, ich muss mal sitzen.«

Jo legte einen Arm um seine Schulter und zog ihn hoch. »Mach ich gern, Junge.«

Der Blick von Voice wurde jetzt wieder klarer und er konnte seine Umgebung langsam identifizieren. Das Szenario war erschreckend. Es schien irgendeine Waldlichtung zu sein, in die ein riesiges, weißes Haus hineingestürzt war. Das Dach war unbeschädigt geblieben und hatte auf ein paar eingeknickten Bäumen Platz genommen, die es aber dennoch so hoch hielten, dass die Vier darunter Unterschlupf finden konnten. Wie ein übergroßer Vogel, der schützend seine Flügel über sie gelegt hatte. Durch die hohe Luftfeuchtigkeit erschienen alle Gegenstände, Pflanzen und Menschen als würden sie schwitzen. Der Regen war wütend geworden und schien jetzt alle, die nicht schon tot waren, ertränken zu wollen. In einigen Kilometern Entfernung wirbelte die Glocke an ihnen vorbei und verschwand hinter ein paar Bäumen und tauchte dann am Horizont wieder auf. Das Licht, welches sie ausstrahlte, war aschfahl und dadurch so bedrückend, dass Voice das Gefühl hatte, alle Farben hätten ihr Strahlen verloren und wären von einem braunen Schleier überzogen. Wie ein alter Film in schlechter Qualität.

Bell-Bob konnte Voice' Gedanken erraten, als er seinem suchenden Blick folgte. Er drehte seinen Zeigefinger über seinem Kopf. »Diese Wassermauer geht einmal um Hamburg herum. Also soweit wir das beurteilen können. Kein Durchkommen.« Er ließ demonstrativ die Schultern fallen. »Brauchst nur die Hand reinzuhalten und es reißt dich weg. Wir haben schon ein paar Tragödien miterleben müssen, schrecklich sag ich Dir.«

Ein stechender Schmerz von seiner Wade ausgesendet, der wie ein kriechender Lavafluss auf seiner rechten Seite Richtung Schmerzzentrum kroch, verschmolz mit einem Gedanken in seinem Hirn, der ihn nicht loslassen wollte. Wenn das wirklich eine Wetterbombe von Dr. Dregger war, dann hatte er sich unglaublich gesteigert. Was für eine Macht, wenn er das auch noch kontrollieren konnte. Das war mit den anderen drei Wetterbomben, die Dregger zu verantworten hatte, überhaupt nicht zu vergleichen. Fast war man vor vier Jahren in San Francisco beim U.P.D. froh über den Anschlag gewesen. Nein, sicher nicht, aber es lief glimpflich ab, und Menschen kamen dabei auch nicht zu Schaden. Bis auf zwei Verletzte. Das Beste aber war gewesen, dass sie nach etlichen Jahren wieder eine Spur von Dr. Dregger gefunden hatten und den Beweis für viele Ungläubige beim Militär und der Regierung bringen konnten, dass es Scores wirklich gab. Dass Dr. Dregger existiert! Nicht zu vergessen, dass das auch die Daseinsberechtigung des U.P.D. gesteigert hatte, denn ohne ihr schnelles Eingreifen hätte es sicher Todesopfer gegeben. Nicht viel anders bei den darauf folgenden Anschlägen in Sidney und Reykjavik. Die Weltöffentlichkeit wurde für dumm verkauft und alle Geheimdienste, die außer dem U.P.D. davon Wind bekommen hatten, hielten es für besser, die ganze Sache zu vertuschen und dieses kleine Geheimnis für sich zu behalten, dass es sich bei allen Anschlägen um ein und denselben Täter gehandelt hatte. Trotz dieser Erfolge, hatte man lange daran gezweifelt, dass es sich in Hamburg um einen weiteren Anschlag von Dr. Dregger handeln würde. Und wenn Major Felix Jäger nicht so hartnäckig gewesen wäre, hätte das U.P.D. den Auftrag niemals bekommen. Das seltsame Gefühl, welches ihn beschlichen hatte, war, dass alle beim U.P.D. Dr. Dregger bei Weitem unterschätzt hatten. Bis auf vielleicht ... Felix Jäger.

Die Stimme von Brückner riss ihn aus seinen Gedanken. »Können wir irgendetwas für dich tun, mein Junge?«

Voice bewegte seinen Fuß und ihm schoss ein Schmerzschauer durch den Körper. Ehe Max antworten konnte, ergriff Bell-Bob das Wort. »Bevor wir jetzt irgendetwas unternehmen, würde ich sagen, stellen wir uns erst einmal vor. Das gehört sich ja wohl so.«

Bell-Bob richtete sich etwas gestelzt auf, wollte sich verbeugen und knallte dabei mit dem Kopf gegen einen Dachbalken, ging zu Boden und fiel auf den Hintern. Jo brach in fürchterliches Gelächter aus, Jim Beam kugelte sich am Boden und gab seltsame Laute von sich. Bell-Bob blieb sitzen, rieb sich etwas verlegen am Kopf und versuchte zu lächeln.

»Ich bin Jo Brückner, das ist Bell-Bob und das ist unser stummer Freund Jim Beam.« Jo zeigte mit seinem Daumen hinter sich, und ein schlanker Mann in alter Armeehose und einem dreckigen Poncho um den Hals verbeugte sich und lächelte zu ihm herüber.

»Wir haben ihn vor drei Tagen ein paar Kilometer von hier entfernt getroffen und einfach Jim Beam genannt, weil er eine Flasche davon dabei hatte.«

Jim nickte und Voice räusperte sich. »Ich bin Max. So nennt mich eigentlich jeder.« Dann wandte er sich an Jo. »Bevor ich mich um mein Bein kümmern kann, wäre es noch gut, wenn ich vorher wüsste, ob ihr eine ... Na, wie soll ich sagen ...« Er sah einmal suchend in die Runde und dann fragend in alle drei Gesichter.

»... große Gasflasche gefunden habt?«, unterbrach ihn Jo. Max lächelte ihn erleichtert an.

»Da hinten haben wir sie hingelegt. Wir bitten um Vergebung, aber wir haben uns schon ein wenig dran Zuschaffen gemacht. Aufgekriegt, wenn das denn geht, haben wir das Ding nicht. Ich hol sie.«

Voice fiel mehr als nur ein Stein vom Herzen. Unter dem Staunen aller Anwesenden öffnete Max die sogenannte Gasflasche, die ein lautes Zischen von sich gab, mit zwei leichten Handgriffen. Die Szene erschien ihm völlig absurd. Gibt es eigentlich einen wirklichen Grund, warum ich das alles tue?

Der Regen ergoss sich weiter in Strömen, über das Dach, unter dem sie sich zusammenkauerten, aber der Wind hatte nachgelassen. Das war jedoch auch typisch für die anderen Wetterbomben gewesen, allerdings in einem ganz anderen Maßstab.

Viel kleiner.

Viel schwächer.

Während es außerhalb der Wetterbomben noch in einigen Kilometer Entfernung vereinzelt zu starken Stürmen kam, verhielt sich das Wetter, nachdem es ein paar Wochen innerhalb der Glocke gewütet hatte, doch einigermaßen normal. Sein Rücken begann jetzt, ihm ungeheuer wehzutun und aus seiner Wade ragte immer noch ein übergroßer Splitter. Ein Ast von irgendeinem Baum. Dabei kam er doch gerade aus dem Wasser. Jo verfolgte Max' ungläubigen Blick, als er seine Wade in Augenschein nahm.

»Ich kann Dir helfen. Also ich meine, dass ich dich von diesem Scheißding da befreien kann.«

»Okay, ich pule mich erstmal so gut es geht aus diesem Badeanzug hier raus. AAHHH!« Max war gegen einen Stein mit seiner Wade gestoßen.

»Warte doch!« Bell-Bob und Jo halfen Voice aus seinem Anzug, während Jim auf Anweisungen von Max eine Decke unter ihm ausbreitete, die er auch in der Gasflasche gefunden hatte.

»Erstaunlich, dass das Teil so leicht war, obwohl soviel dringesteckt hatte und jetzt wo die Gasflasche auf ist, es alles noch viel schwerer erscheint. Kann mir das einer erklären? Ich kapier' das nicht«, murmelte Jo.

Max wollte gerade zu einer Erklärung ansetzten, sah aber, dass Bell-Bob auf seine Hände starrte, die wie aus Geisterhand gezaubert eine Flasche Rum fest hielten. Die Frage mit dem Gewicht schien für ihn erledigt zu sein. Voice blinzelte ihm mit einem Auge zu. »Ich dachte mir, dass ich die spendiere, wenn ihr mich von diesem miesen Ding da befreit habt.«

Jetzt ging die ‚Operation' doch recht flott voran. Als Jo den Stock aus seiner Wade zog, schrie Voice laut auf und hielt sich mit beiden Händen an Jim Beam und Bell-Bob fest. Nach zwei Minuten war das Schlimmste überstanden. Nachdem Jo den Verbandskasten hervorholte, fiel Voice auf, dass er sich alles andere als dumm dabei anstellte, als er ihm die Wade schiente. Er lächelte Jo an.

»Sieht gut aus, Jo, vielen Dank.«

Ein paar Schluck Rum machten den Schmerz dann erträglicher. Max schlüpfte mit Hilfe von Bell-Bob und Jim in seine Kampfuniform, die er auch in seinem Torpedo verstaut hatte. Das Feuer, Jim versuchte ihm mit vielen Gesten klar zu machen, wie schwierig es gewesen war, das Holz bei dem Regen einigermaßen trocken zu lagern. Es erfüllte jetzt nicht nur einen wärmenden, sondern auch einen romantischen Aspekt. Voice saß auf einer Decke, seine Wade war verbunden. Er hatte wieder trockene Klamotten an. Seine Kampfhose, seine Kampfschuhe, seine Weste mit den unzähligen Taschen und natürlich seinen grauen Mantel und seinen grauen Hut, die ihm eine fast wohlige Wärme vermittelten. Er fühlte sich endlich wieder in Sicherheit. Die schmerzstillenden Medikamente trugen genauso ihren Teil dazu bei, wie die drei oder vier Schluck Rum. Die Kondeck 21, seine Dienstwaffe, versuchte er so unauffällig wie möglich zwischen seinen Beinen zu postieren. Sein Gewehr, die P110, ließ er noch im Torpedo. Sie war von den anderen unentdeckt geblieben. Eine ganze Zeit saßen sie gedankenversunken da, jeder seinen eigenen Träumen nachhängend, trinkend, und dabei ins Feuer starrend.

Der Regen schlug auf das Dach ein, als wäre es seine Ehefrau, über die er gerade erfahren hatte, dass sie ihn seit 20 Jahren betrog. »Wisst ihr ...«, Bell-Bob warf noch ein Stück Holz, mit dem er sich gerade eine Zigarette angesteckt hatte, ins Feuer zurück. »Wisst ihr, plötzlich taucht oben am Himmel ein kleiner schwarzer Punkt auf.« Er formte mit seinem Zeigefinger und seinem Daumen einen kleinen Kreis in der Luft. »Dann wird er größer und geht an den Seiten runter wie eine Jalousie und schneidet dich von der Welt ab. Von einer Stunde auf die andere. Dann bleibt das einfach so.« Er versuchte, die Worte für einen Zeitabstand zu finden. »Wie lange mag das jetzt schon so sein?« Er sah fragend in die Runde.

»Drei Monate, fast auf den Tag genau.«

Alle sahen Voice mit zweifelnder Miene an.

»Mir kommt es so vor, als wenn es schon Jahre wären. Drei Monate.« Jo warf noch ein trockenes Stück Holz ins Feuer. Für einen kurzen Moment schwiegen sie alle.

Dann ergriff Bell-Bob wieder das Wort. »Die ersten Menschen wurden evakuiert, natürlich schön nach Reihenfolge, die wichtigen zuerst.« Er kratzte sich. »Am Anfang war das ja auch gar nicht so schlecht.« Er sah einmal in die Runde, nahm noch einen Schluck Rum aus der Flasche, reichte sie dann weiter an Jim und wischte sich den Mund ab. »Ich mein, für mich als Penner. Nach kurzer Zeit sahen fast alle aus wie Penner und die Supermärkte standen weit offen und kein Verkäufer weit und breit.« Er klatschte in die Hände und lachte laut auf. Das Feuer kämpfte lautstark mit den feuchten Holzfasern. »An dem Tag, an dem ein Polizeiwagen meinen Kumpel Piet einkassierte, ging die Wand zu. Von einer Minute auf die andere.« Seine Augen füllten sich plötzlich mit Tränen und er sprach stockend weiter. »Ich habe als Soldat die dritte Asien-Offensive erlebt, aber so viele Tote habe ich noch nie gesehen. Schrecklich.« Er stockte erneut. »Vierzehn Tage lang zog ein Wirbelsturm durch Hamburg, der fast alles zerstörte. Ärzte liefen durch die Straßen. Rettungswagen überall und plötzlich ging gar nichts mehr. Eine wirbelnde Wasserwolke hatte Hamburg ...«, er fuchtelte mit seinen Händen: »... umzingelt sozusagen. Panik brach aus!« Bell-Bob holte tief Luft, ließ sich von Jim die Flasche wiedergeben und nahm einen großen Schluck. »Aber, was rede ich, du hast sicherlich auch deine Story auf Lager. Wie bist du in die Glockenwand geraten? Ich mein, aus welchem Stadtteil bist du denn hierher geschleudert worden?«

Max zog seinen Hut ein Stückchen tiefer ins Gesicht. »Ich komme von der anderen Seite, ich war vorher gar nicht in Hamburg.«

Er sah plötzlich in drei total erstaunte Gesichter.
Jo ergriff als Erster wieder das Wort. »Du willst uns doch wohl nicht wirklich weiß machen, dass du durch diese graue Wasserwand geflogen bist? Ohne, dass sie dich auseinandergerissen hat? Das gibt es nicht.«
Den letzten Satz hatte Jo geschrien, nicht weil er so aufgebracht war, sondern weil der prasselnde Regen eine enorme Lautstärke angenommen hatte. Max bemerkte, dass die gerade aufgebaute Vertrauensbasis ins Wanken geriet. Die Drei sahen ihn an, als wenn sie keine große Lust hätten, sich verarschen zu lassen. Warum sollte er ihnen nicht einfach die Wahrheit sagen? Es war ein Geheimauftrag. Aber er brauchte auch Verbündete, denen er vertrauen konnte. Jetzt hatte er die Möglichkeit. »Wenn ihr mir das schon nicht glauben wollt, weiß ich nicht, was ihr von der ganzen Geschichte halten werdet. Aber ich möchte sie euch nicht vorenthalten, wenn ihr mir eine Chance gebt, sie zu erzählen. Und eins möchte ich noch sagen, bevor ich anfange ...« Er sah allen Dreien nacheinander ernst in die Augen. Sie erwiderten seinen Blick. Max hatte das Gefühl, dass jeder in der Runde spürte, dass es ihm sehr wichtig war. »Ich schwöre euch, dass alles, was ich euch gleich erzählen werde, der absoluten Wahrheit entspricht, es ...«
Doch bevor Max weiter erzählen konnte, durchzog ein stechender Schmerz seinen Rücken und beendete seine Rede. Max ließ sich stöhnend nach hinten fallen. Jo war sich immer noch nicht ganz sicher, ob da nicht ein absoluter Spinner vor ihnen saß. In letzter Zeit traf man häufiger verwirrte Leute, die mit der ganzen Situation nicht so ganz klarkamen. Aber er war aus dieser Wasserwand geflogen, dass war Fakt. Außerdem klang seine Stimme nicht wie die eines Verwirrten.
»Wenn es da irgendetwas gibt, das du uns erzählen möchtest, dann nur zu, wir sind ganz Ohr.«
Jo lächelte Max auffordernd an.
»Ich weiß nicht, ob ich es möchte Jo, aber ich glaube es muss sein.« Es donnerte und blitzte. Fast schien es so, als ob Gott ein Erinnerungsfoto von den Vieren schießen wollte.

*

Kapitän Briggs ging auf seiner Brücke hin und her. Das war so eine Angewohnheit, wenn er nervös war. Das Wetter hatte sich weitgehend beruhigt. Es wehte nur ein mäßiger Wind aus Süd-Ost, in den sich einige Regentropfen gemischt hatten. Er ließ die Tolstoy fünfundzwanzig Meter über der Ostsee auf der Stelle stehen. Obwohl er wusste, dass die Presslufttanks fast leer waren, hatte er seinen Befehl zurückgezogen, Kiel anzulaufen. War es wirklich der beste Bestimmungshafen, den sie wählen konnten? Welcher Teufel hatte ihn nur geritten? Wie hatte er das zulassen können? Dieser arme Kerl war doch sicher gleich abgesoffen. Und wenn nicht? Wie sollte er Max Taelton am Besten unterstützen? Das, was ihn aber am meisten quälte, war die Tatsache, dass er einfach nicht wusste, was er tun sollte. Diesen Zustand hasste Kapitän Briggs.

Es gab bis jetzt noch keinen neuen Auftrag. Zu niemandem bestand eine intakte Funkverbindung. Das Gespräch mit dem Navigator und dem Meteorologen der Tolstoy, Hands und Bowen, hatte auch nicht sehr viel neue Erkenntnisse gebracht. Auf die Frage, ob man diesen Wasserwirbelsturm durchbrechen könnte, wirkten sie beide zunächst etwas nervös, versicherten dann aber, dass sie sich die Sache nochmals sehr genau ansehen wollen. »Wir sind nicht die Ersten, die das probieren wollen, Sir, und wir müssten zunächst erst einmal rauskriegen, was die anderen alle falsch gemacht haben und welche Vorteile bei der Tolstoy liegen.«

Dass der Kapitän die Frage ernst nahm, bereitete Israel Hands und Jack Bowen ein etwas mulmiges Gefühl in der Magengegend. Schließlich wussten sie beide, dass ein Spaceshuttle der USA bereits gescheitert war. War das mit einem Flugschiff wirklich zu schaffen? Der Regen wurde jetzt wieder stärker und prasselte auf das große Bullauge der Brücke. Er schreckte Briggs aus seinen Gedanken und jagte ihm einen Geistesblitz durch den Kopf. »Mister Foster!«

Der Steuermann der Tolstoy schreckte herum. »Aye, Sir.«

»Kursänderung! Wir laufen den U.P.D. Freihafen Perlgrün vor Lübeck an. Versuchen Sie, Kontakt aufzunehmen. Wenn das nicht klappt, probieren Sie es mit Lichtzeichen, sowie wir in Sichtweite sind. Neuer Kurs, drei Strich Backbord und steuern Sie ein wenig gegen den Wind gegen an, so können wir noch etwas Luft sparen und dann abfallen lassen bei Kurs Nordnordost.«

»Aye-Aye Sir, Perlgrün – neuer Kurs.« Foster freute sich innerlich. Perlgrün. Ja, da gab es Huren, was zu saufen, was zu kiffen. Ein bisschen Traumstoff. Er war mit Sicherheit kein alter, versoffener Hurenbock, aber nach den ganzen Anstrengungen hatten sie sich ein bisschen Vergnügen doch wirklich verdient.

Dass Kapitän Briggs an Vergnügen dachte und auch an das seiner Mannschaft, war nicht neu. Aber Kapitän Briggs dachte weder an die Huren noch an die Spielkasinos. Nein, er hatte nur im Kopf, dort vielleicht einen alten Bekannten anzutreffen. Cliff Honah. Cliff hatte er kennengelernt, als er damals für die Tolstoy ein neues Steuerrad besorgen wollte. Ein Holzsteuerrad, so wie es auf Segelschiffen zu finden war, die im vorigen Jahrtausend über die Weltmeere streiften. Er wollte keinen von diesen kleinen Lenkknüppeln, er wollte ein traditionelles Holzsteuerrad. Aber egal, wo er seine Beziehungen auch spielen ließ, Kapitän Briggs hatte einfach keinen Erfolg. Bis ihm Jack Bowen Sergeant damals Cliff Honah vorstellte. »Das brauch ich einfach«, hatte er zu Cliff gesagt, »sonst krieg ich das Gefühl für mein Schiff nicht.« Cliff hatte gelächelt und zwei Wochen später hatte er sein Steuerrad. Aus Holz natürlich! In gewisser Weise bewunderte Kapitän Briggs diesen Sergeant der U.P.D. Head-Hunter.

Er nahm sehr viel Traumstoff, rauchte wie ein Schlot und ließ auch selten mal ein Bier aus. Aber noch nie hatte er einen Sergeant gesehen, der seine Head-Hunter so gut im Griff hatte und der mit so viel Respekt von seinen Leuten behandelt wurde. Durch seine Heldentat in Sidney war er beim U.P.D. eine lebende Legende geworden. Beim Anblick des alten Steuerrades keimte in ihm die Hoffnung auf, er könne Honah in Perlgrün treffen. Wer, wenn nicht Honah, konnte einige Head-Hunter überzeugen, für eine Fahrt auf der Tolstoy anzuheuern. Egal, wohin es gehen würde. Zu ihm hatten die Head-Hunter Vertrauen. Er wäre auf jeden Fall eine Verstärkung. Egal, wie die nächsten Befehle ausfallen würden.

Briggs drückte auf seinen Messenger. »Brücke an Maschinenraum!«
Innerhalb von einer Sekunde meldete sich Mister Colbrek. »Aye, Sir.«
»Es gibt eine Kursänderung, wir landen jetzt im Freihafen Perlgrün.«
Ein Lächeln überzog das Gesicht von Steve Colbrek.

»Ich möchte gern in einer halben Stunde anlegen, aber wir fliegen Perlgrün nicht schnell an, wir gehen auf 20 Knoten und verzögern dann langsam, Mister Colbrek.«

»Aye-Aye, Sir. Gerne.«

Kapitän Briggs drehte sich jetzt auf dem Absatz um und sah gerade Tom Smutgard aus der Fahrstuhltür schlüpfen. Mit neuen Verbänden an den Händen. »Ah, gut, dass Sie kommen Tom, sagen Sie bitte Dr. Belwik und unserem neuen Koch Mister Hauke Bescheid, dass sie bei unserer Landung in Perlgrün ihre U.P.D. Uniformen tragen sollen.«

Tom drehte ein wenig sein Gesicht nach links. »Gibt es etwas zu feiern Sir?«
Briggs schüttelte lächelnd den Kopf. »Nein, das nicht Tom, aber ich möchte, dass unsere beiden Uniform-Allergiker so aussehen, als wenn sie zur Mannschaft der Tolstoy gehören und mir nicht wieder mit der Ausrede kommen, sie hätten den Messenger nicht gehört. Also sagen Sie es ihnen bitte persönlich.«

Tom tippte mit zwei Fingern an seine Stirn. »Aye-Aye, Sir.«

Die Fahrstuhltür schloss sich zischend, Tom war wieder verschwunden und Kapitän Briggs wandte sich an seinen Navigator. »Mister Hands, bitte veranlassen Sie über Messenger, dass die Mannschaft bei der Landung in Perlgrün in Uniformen antreten soll.«

Hands griff nach seinem Messenger.

»Ach, Mister Hands, aber nicht in Ausguniform, sondern in Kampfuniform.« Alle auf der Brücke richteten plötzlich ihr Augenmerk, erstaunt auf den Kapitän. »Ich habe meine Gründe, meine Herren.«

*

Die Tolstoy bekam Landeerlaubnis an Pier 13. Allerdings nicht durch Funkkontakt, sondern sie wurde mit Fahnen eingewunken. Die Lotsen, aber auch die Männer der Tolstoy, lieferten dabei gute Arbeit ab. Denn so etwas geschah nicht alle Tage. Das war die gute alte Schule, die noch einige beherrschen. Die Tür vom Mitteldeck öffnete sich und mit einem lauten Rattern wurde die Gangway ausgefahren, bis sie von einigen Lotsen am Pier in Empfang genommen wurde. Kapitän Briggs hatte seine Offiziere ebenfalls auf dem Mitteldeck versammelt und gab jetzt seinen Matrosen das Zeichen zum Entern der Gangway. Während die Mannschaft auf dem Pier Aufstellung nahm, wurde die Tolstoy fest verankert und vertäut.

»So meine Herren, jetzt sind wir dran, die holde Insel zu betreten. Ziehen Sie die Hüte ein Stückchen tiefer ins Gesicht, damit unsere unrasierten Gesichter noch ein bisschen finsterer wirken.«

Briggs sah lächelnd in die Runde.

Jack Bowen fing an zu begreifen, worum es ging. Als er in die Gesichter der anderen sah, wusste er, dass auch sie verstanden hatten. Kapitän Briggs wollte Eindruck bei den anwesenden Head-Huntern machen. Interesse erzeugen. Denn je verwegener eine Mannschaft aussah, desto größer die Abenteuer und umso mehr Geld wurde verdient. Das war die Philosophie der Head-Hunter und sie lagen gar nicht mal so oft falsch damit. Der Kapitän wollte Head-Hunter anheuern. Damit war für Jack Bowen jetzt endgültig klar, dass sie den Durchbruch versuchen würden. Das Gefühl in seiner Magengegend wurde nicht besser, als er hinter Kapitän Briggs und Israel Hands den Pier betrat. Ihm folgten der 1. Maschinist Steve Colbrek und der 1. Shooter Jett Weinberg. Das Schlusslicht bildete Dr. Belwik mit seinem weißen Mantel und dem weißen Hut. Dann standen sie alle einen Meter hinter Kapitän Briggs vor der Mannschaft.

Briggs erhob die Hand und berührte mit ausgestreckten Fingern seine Hutkrempe. Die Crew erwiderte seinen Gruß. Der Kapitän musterte mit seinen Augen jeden Einzelnen, und was er sah, gefiel ihm. Der Nieselregen fiel auf ihre abgewetzten blauen Mäntel und Hüte. Verlieh ihren Gesichtern Glanz und ihren Augen Entschlossenheit. Das Gewehr, die P110, rechts geschultert und den Mantel links zurückgeschlagen, damit die Kondeck 21 in ihrem Halfter auch ein wenig zur Geltung kam. Ein leichtes Nicken von Kapitän Briggs bewirkte, dass die Hände seiner Offiziere ebenfalls an ihre Hutkrempen wanderten. Das gehörte zur Zeremonie.

Jetzt kehrte absolute Ruhe ein und man konnte nur noch das leise Prasseln des Regens hören. Für einen Zuschauer, der vor über einem Jahrhundert gelebt hatte, hätte es wahrscheinlich so ausgesehen wie ein Treffen von wichtigen Mafiabossen und ihrer Gang. Nur die Kampfhosen und Schuhe passten nicht so ganz. Auch die schusssicheren Westen hatten sich verändert. Sicherlich trugen sie die Hüte und Mäntel auch aus Traditionsgründen, schließlich war das U.P.D. 1958 gegründet worden. Aber in erster Linie diente die Kleidung dazu, das eigene Leben zu schützen. Niemand vom U.P.D. würde auf seinen Hut und Mantel bei einem Kampf oder Katastropheneinsatz verzichten.

Ein lautes »ACHTUNG!« vom 1. Offizier und Navigator Israel Hands zerriss die Stille. Nur dem 1. Offizier auf einem Flugschiff war es vorbehalten, die Schweigeminute bei der Zeremonie zu beenden.

Abermals nickte Briggs und drückte auf seinen Messenger. »Hier Briggs an Brücke.« Die Stimme von Stephen Foster meldete sich, der mit der ersten Wache zusammen an Bord geblieben war.

»Aye, Sir.«

Der Regen nahm jetzt wieder etwas zu und die Tropfen zerschellten auf ihren Hüten.

»Machen Sie Musik, Mister Foster.«

Aus den Außenlautsprechern der Tolstoy schallte ein stampfender Rhythmus, der von einer E-Gitarre, einem Bass und einem Schlagzeug getrieben wurde. Der ganze Hafen von Perlgrün bebte unter den Klängen. Kapitän Briggs liebte diese alte Musik. Er hatte von seinem Ur-Opa, die gesamte CD-Kollektion geerbt und darunter wirkliche Musikschätze entdeckt. Der Sänger erhob seine Stimme.
»We don't need no education.«
Der Rhythmus stampfte weiter.
»We don't need no thought control.«
Aus den Augenwinkeln konnte er erkennen, dass sich die ersten Schaulustigen zum Pier 13 auf den Weg machten. Sie hatten Glück, denn vor einigen Tagen waren einige hundert Siedler angekommen, die auf ihre Weiterfahrt warteten. Denen war jede Abwechslung, recht und so ein Flugschiff wie die Tolstoy sah man auch nicht alle Tage.
»All in all you're just another brick in the wall.«
Kapitän Briggs Plan schien aufzugehen, denn unter den Zuschauern konnte Israel Hands auch einige braune Mäntel und Hüte ausmachen: Es waren Head-Hunter anwesend. Als beim Gitarrensolo auch noch düstere Wolken am Horizont aufzogen, kam es Briggs so vor, als hätte eine höhere Macht das alles arrangiert. Mit einer Armbewegung des Kapitäns wurde die Musik abrupt von Stephen Foster auf der Brücke beendet. Sie waren umringt von armen, kleinen Siedlerkindern, die nach Beendigung der Musik euphorisch applaudierten. Von jungen Männern und Frauen in geflickten Lumpen, die Briggs für Flüchtlinge aus Hamburg hielt, und in deren Gesichtern sich Verzweiflung und Unsicherheit widerspiegelten. Einige Huren lächelten schon anbiedernd zu den Offizieren der Tolstoy herüber.

Wem das wirklich am Besten gefiel, war Dr. Belwik, der eine kleine, süße Blonde mit Zöpfen entdeckt hatte. Er hatte in letzter Zeit ziemlich schlechte Laune gehabt, und dass sie ihm zugewinkt und dabei einen sehr erotischen Kussmund gemacht hatte, hellte seine Laune ein bisschen auf.

Die Zeremonie war noch nicht beendet und es kehrte wieder Ruhe ein. Der Kapitän nahm die zum Gruß erhobene Hand synchron mit seiner Mannschaft wieder herunter. Dann machte Briggs einen Schritt nach hinten und stand in einer Reihe mit seinen Offizieren. Sein Blick traf Israel Hands, der nun das Wort an die Mannschaft ergriff. Er hatte als erster Offizier die Auswahl zwischen einigen Sprüchen, die ihm die Tradition vorgab. Er wählte diesen:
»Der Kapitän dankt für die Strapazen,
  die ihr auf euch genommen habt,
  die Sehnsucht und das Heimweh,
  und eurer Tränenfluss.«
Die Mannschaft rief die Antwort:
»Wir danken unserem Käpt'n,
  für Wissen, Speis und Trank,
  und für seine Weitsicht,
  dem Himmel sei gedankt.«

Jetzt zogen die Offiziere und der Kapitän vor der Mannschaft ihren Hut und die Mannschaft tat das Gleiche als Antwort. Unter lautem Jubel der Passanten, ließ Israel Hands die Mannschaft wegtreten. Briggs und Hands lächelten sich an, denn bei dieser Zeremonie war eins klar geworden: Hier steht eine entschlossene Crew, auf deren Schiff man getrost als Head-Hunter anheuern konnte. Kapitän Briggs wollte sich sofort erkundigen, ob Cliff Honah auf der Insel sei. Doch seine Suche wurde eine Zehntelsekunde später durch ein Tippen auf seiner Schulter wieder beendet. Er drehte sich herum und sah in das lächelnde Gesicht von Cliff, in dessen Mundwinkel eine Zigarettenkippe steckte. Seinen braunen, abgewetzten Hut hatte er ein wenig in den Nacken geschoben und den Kragen seines Mantels hochgeschlagen.

»Na, Käpt'n, geht's auf große Fahrt?«

Die beiden schlossen sich lachend in die Arme.

*

Die künstlich angelegte Insel Perlgrün wurde im Moment mit Notstrom versorgt, und so kam es vor, dass auch das Licht in Cliff Honahs Büro hin und wieder flackerte. Der Regen hatte aufgehört und der Wind wieder zugenommen. Er hatte soviel an Kraft dazu gewonnen, dass er ein wenig an der mit Magneten fest verankerten Insel rütteln konnte. Die große Glasscheibe, die das Büro von Honah zierte, ließ den Blick auf die gesamte Lübecker Bucht frei. Obwohl man die Glockenwand durchaus sehen konnte, war der restliche Himmel sternenklar. Fast romantisch, wenn da nicht der heftige Wind gewesen wäre. Die Glühbirne, die nackt an der Decke hing, flackerte wieder heftig. Doch das Feuer im Kamin glich das aus und verlieh dem Raum ein wohliges Gefühl von Geborgenheit. Kapitän Briggs hatte um diese Unterredung gebeten, an der Israel Hands, Jack Bowen, Cliff Honah und Dr. Belwik teilnehmen sollten.

Sie hatten sich in die tiefen Sessel fallen lassen, die Sergeant Honah um seinen sogenannten Konferenztisch aufgebaut hatte. Cliff hatte noch jedem ein Bier serviert und Briggs ergriff das Wort. »Ich möchte gern von Ihnen, meine Herren, etwas Zusammenfassendes hören. Ihre eigene Meinung und was Sie über einen Durchbruch denken. Wie wäre es, wenn Sie beginnen würden, Mister Hands?«

Israel Hands setzte sich aufrecht in den Sessel: »Wir haben keine besonderen Schäden an der Tolstoy. Wenn wir hier in Perlgrün zwei oder drei Tage vor Anker liegen, sind die Kleinigkeiten, die uns beim Eindringen in die Glocke behindern könnten, auch behoben.«

Er nahm einen Zettel aus der Innentasche seiner Jacke und legte ihn vor sich auf den Tisch. »Wie mir auf Perlgrün alle Communicator bestätigten, gibt es bis jetzt keinen Kontakt zu anderen Häfen oder Flugschiffen. Ich konnte durch einen Zufall auf der Tolstoy einige Brocken vom Wetterdienst aufschnappen. Da hieß es, dass sich auch um Kiel eine weitere Wetterfront gebildet hat. Aber das kann man auch von hier aus mit bloßem Auge erkennen.«

Er machte eine kleine Pause, wobei sein Blick über seinen Zettel glitt. »Ich denke nicht, dass es sich um eine weitere Wetterbombe handelt.« Er nahm den Zettel und steckte ihn zurück in seine Innentasche. Dann sah er noch einmal in die Runde. »Über einen Durchbruchsversuch kann ich mir im Moment noch keine richtige Meinung bilden. Uns fehlen doch einige entscheidende Berechnungen.« Sein Blick blieb an Jack Bowen hängen. »Und die müssten Jack und ich noch einmal angehen.«

Jack Bowen nickte.

Wieder ergriff Kapitän Briggs das Wort. »Berechnungen hin oder her, Mister Bowen, halten Sie es denn überhaupt für möglich, einen Durchbruch mit der Tolstoy zu schaffen?«

Während die Glühbirne an der Decke noch einmal flackerte, sahen alle Anwesenden in die Richtung von Jack Bowen.

»Ich gehe mal davon aus, dass wir weiterhin vermuten, dass es sich hier nicht um normales Wetter, sondern um eine Wetterbombe handelt.« Jack stand auf, ging zum Fenster und drehte ihnen den Rücken zu. »Wenn es also eine Doktor-Dregger-Wetterbombe sein sollte, ist eins auf jeden Fall klar, meine Herren, es ist die Schlimmste und ...« Bowen breitete pathetisch seine Arme aus: »... und sie hat bereits eine Größe angenommen, die wir einer Wetterbombe niemals zugetraut hätten, egal wer für die Zündung verantwortlich wäre.«

Jack wandte seinen Blick von der Scheibe ab, drehte sich wieder zu den Anwesenden. Dann klappte er seinen Laptop auf, den er vor seinem Platz auf dem Tisch aufgebaut hatte. Nachdem er auf einige Tasten gedrückt hatte, schwebte eine Holographie über dem Laptop, die eine Wetterkarte der Gegend um Hamburg widerspiegelte. »Eine Erfahrung, meine Herren, haben wir von den anderen Wetterbomben, auch wenn die erheblich kleiner waren. Gezündet wurden sie immer von außen, aufrechterhalten wurden sie immer von innen. Durch die Erfindung des Radiodroms kann ein Kontakt zum Zündungssatelliten hergestellt werden, was das Unwetter zwar nicht kontrollierbar macht, aber immerhin an einem Punkt hält. Dekodiert man das Radiodrom, verfliegt der Spuk innerhalb weniger Stunden. Zerstört man aber nur den Wettersatelliten, würde es zu einer Katastrophe kommen, deren Ausmaß wir nicht absehen können.«

Jack Bowen sah von seinen Wetteraufzeichnungen auf und für einen Moment, wirkten alle etwas nachdenklich. »Ich kann weder sagen, ob ein Durchbruch machbar ist oder nicht. Wir, Mister Hands und ich, müssten noch einige Nachforschungen und Berechnungen anstellen. Gut wäre, wenn man noch einmal mit Wladimir Korkoff sprechen könnte. Sobald wir wieder Funkkontakt haben, werden wir das in die Wege leiten.«

Bowen nahm sein Bier vom Tisch und ließ sich wieder in den Sessel fallen. Niemand sagte ein Wort, bis Cliff Honah das Schweigen unterbrach. »Wenn das also wirklich eine Wetterbombe ist, dann ist nicht nur das Wetter meine ganz große Sorge, sondern ...«

Alle aus der Runde sahen jetzt Cliff an.

»... mit was für Scores werden wir es zu tun bekommen und vor allen

Dingen: mit wie vielen? Wenn es also wirklich so ist, dann sollten wir keine Befehle mehr abwarten, sondern handeln.« Er stützte sich mit einer Hand an der Tischkante ab und wandte sich jetzt an den 1. und 2. Offizier der Tolstoy. »Damit möchte ich Sie nicht zu unüberlegten Handlungen treiben. Aber im Moment ist die Zeit auf Dreggers Seite.«

Kapitän Briggs ergriff wieder das Wort. »Sergeant Honah hat recht, wir sollten alle Vorkehrungen treffen, um so schnell wie möglich auslaufen zu können. Halten Sie es für realistisch Mister Hands, dass wir übermorgen früh um 9 Uhr Perlgrün wieder verlassen können?«

Hands warf einen kurzen Seitenblick zu Bowen, dann nickte er. »Die Mannschaft braucht etwas Ruhe. Mister Hands, Mister Bowen veranlassen sie alles Weitere und benachrichtigen Sie bitte den Rest der Besatzung«, ordnete Briggs an.

»Aye-Aye, Sir.«

Die beiden wollten sich erheben, aber der Blick von Kapitän Briggs hielt sie noch zurück. »Bevor Sie gehen meine Herren, würde ich mich sehr freuen, wenn Sie die Antwort auf die Frage, die ich Doktor Belwik stellen möchte, noch abwarten.«

Doktor Belwik zuckte ein wenig zusammen, als er seinen Namen hörte. »Doc, bei den letzten Wetterbomben, gab es bereits eine Glockenbildung, wenn auch nicht so groß, aber wir hatten festgestellt, dass sich innerhalb der Glocke enorm viele Bakterien sammelten, sodass es bei der Bevölkerung zu heftigen Infektionen und tödlichen Krankheiten kam. Können Sie mir sagen, Doc, ob die Bakterien und die daraus entstehenden Infektionen bei einer Glocke mit diesem Ausmaß noch stärker werden?«

Dr. Belwik legte seine Stirn in Falten, nahm einen kleinen Schluck Bier und legte seinen Hut vor sich auf den Tisch.

»Ich denke ja, Käpt'n. Die Impfungen der Mannschaft sollten erneuert werden, damit uns böse Überraschungen erspart bleiben. Ich werde alles veranlassen, damit wir sofort impfbereit sind, wenn wir auf Menschen innerhalb der Glocke treffen.« Er räusperte sich kurz. »Eins ist allerdings klar, je länger die Glocke bestehen bleiben kann, desto höher entwickelte Bakterienkulturen werden wir vorfinden. Ob gefährlich oder ungefährlich: Wenn Sie mich fragen, ob wir einen Durchbruch riskieren sollten oder nicht ...« Seine Lippen wurden zu einem Strich, bevor er den Satz beendete: »... kann ich das nur aus medizinischer Sicht beantworten. Lassen Sie uns so schnell wie möglich durchbrechen. Egal, wie es um die Menschen in der Glocke steht, je eher wir drinnen sind, desto besser für sie.« Doktor Belwik setzte seinen Hut wieder auf. »Wenn Sie mich fragen, Sir, würde ich am Liebsten nie in meinem Leben in so eine graue Wand reinfliegen. Das ist meine Meinung. Brauchen Sie mich noch, Sir?«

»Danke, Doktor Belwik!«

Der Doktor verließ mit einer leichten Verbeugung gemeinsam mit Hands und Bowen das Büro. Der kalte Wind veranlasste alle drei dazu, die Temperatur in ihren Mänteln höher zu stellen und ihre Hüte davon abzuhalten, wegzufliegen.

Doktor Belwik verabschiedete sich plötzlich von den anderen beiden und schlug den entgegengesetzten Weg ein. Er ging allein durch einige schummrige Gassen. Seit über zwei Monaten war er nicht mehr zu Hause gewesen. Seine Heimat war ein kleines Häuschen in der Nähe von Warschau. Da war zwar keine Frau, die auf ihn wartete, aber er hatte einen sehr schönen Garten. Vor diesen zwei Monaten war er eine Woche zu Hause. Er konnte einfach nicht mehr.

Doktor Belwik war es leid, in irgendwelchen Verwundungen rumzustochern oder irgendwelche Familien aus Krisengebieten rauszufliegen. Um diesen Zustand des Verdrusses ein wenig zu mildern, gab es nur ein Mittel: Sich ordentlich ein paar Whiskey hinter die Binde zu kippen. Er hatte sein Ziel erreicht und öffnete die Tür der Kneipe, die er immer besuchte, wenn er auf Perlgrün war. Sie hieß »Zum Alten Störtebeker«. Dass der Name eines Piraten so lange überleben konnte, war ihm ein Rätsel. Hier verkehrten keine Huren, was er im Moment fast ein bisschen Schade fand. Der »Störtebeker« gehörte nicht zu den Kneipen, in denen keine Musik lief oder Besoffenen wildfremde Menschen ansprachen. Wunderbar, diese teure Einrichtung, dachte er, als er in einer Ecke Platz nahm. Der Tisch stand auf einem kleinen Podium und durch die dunkle Beleuchtung konnte er von hier aus den ganzen Laden unauffällig beobachten, ohne selbst richtig in Erscheinung treten zu müssen. Eigentlich gab es nicht sehr viel zu sehen, bis auf ein paar ältere Herrschaften, die vereinzelt an Tischen saßen und tranken oder sich leise unterhielten. Der Ober stellte ihm eine Flasche mit seiner Whiskymarke und einem Glas auf seinen Tisch. Er schlüpfte aus seinem Mantel, hängte ihn über die Stuhllehne. Dann legte er seinen Hut auf den Tisch und schraubte die Flasche auf.

So saß er einige Zeit da und trank Glas auf Glas. Knapp zehn Jahre noch und er könnte beim U.P.D. seine Rente einreichen. Die war sicher nicht hoch, aber ausreichend, um sich das Nötigste erlauben zu können. Er könnte nebenbei praktizieren und noch ein bisschen Schotter dazuverdienen. Seinen Garten pflegen.

Er schenkte sich das nächste Glas ein und leerte es in einem Zug. Plötzlich umspielte ein kalter Wind seine Beine. Er schreckte hoch und sah zur Tür, die gerade wieder ins Schloss fiel. Ein schwarzer Umhang, der eine Kapuze trug kam auf ihn zu. Eine Frauenstimme sprach aus der Dunkelheit der Kapuze, zu ihm. »Darf ich mich setzen, Doc?«

Er war so verwirrt und seiner Worte beraubt, dass er nur den Stuhl neben seinem ein Stück zurückzog. Sie setzte sich und streifte ihre Kapuze ab. Es war diese süße Blonde, die ihm unten am Hafen schon einen Flugkuss zugeworfen hatte. Sie hatte eine so erotische Ausstrahlung auf ihn, dass er sofort etwas zwischen seinen Beinen spürte. »Ich weiß nicht Doktor, ich möchte Ihnen wirklich keine großen Märchen erzählen und ich weiß auch nicht, ob Sie mich verstehen werden, aber ...« Sie streifte den Umhang von ihren Schultern. Durch ihre feuchte weiße Bluse sah er ihre aufgerichteten Brustwarzen. Dann wanderte sie unter dem Tisch mit ihrer Hand auf der Innenseite seines Schenkels langsam auf sein bestes Stück zu. Sie kam ganz dicht mit dem Gesicht an seins und leckte mit ihrer Zunge über seine Wange, während sie sprach. Eigentlich hätte er es wahrscheinlich nur vulgär empfunden und überhaupt nicht erregend. Aber diese Frau hatte etwas Besonderes.

Sie sprach nicht.

Sie hauchte.

Und die Reaktion, die ihre Bewegungen mit ihrer Hand ausmachten, hatte er seit Jahren nicht mehr gefühlt.

»Du bist der erotischste Mann, den ich je gesehen hab. Und, ob du mich auslachst oder nicht:« Sie steckte für einen kleinen Augenblick ihre Zunge in seinen Mund. »Nimm mich mit auf dein Flugschiff und lass uns Onkel Doktor spielen oder wonach dir ist.« Sie nahm seine Hand und führte sie unter ihren Rock. Er bemerkte, dass sie keine Strumpfhose trug. Nicht mal eine Unterhose. Bei dem Wetter!

»Ich will deine Manneskraft in mir spüren.« Sie zog ihren Kopf ein Stück zurück, sah ihm tief in die Augen und feuchtete währenddessen ihre Lippen an.

Er sah sie verlegen an. »Ist das ein Spiel, Mam? Wie viel Geld wollen Sie?«

Sie hatte unter dem Tisch sein hartes Geschlecht bereits von der zu eng gewordenen Hose befreit. Sie fing an, an ihm zu reiben. Während sie langsam von ihrem Stuhl herunterrutschte und unter dem Tisch verschwand, hauchte sie ihm entgegen. »Es ist kein Spiel. Ich will kein Geld.« Bevor ihre Lippen sich um seine Eichel schlossen, flüsterte sie: »Ich will Dich!«

Er wusste in diesem Moment, dass er sie mit auf die Tolstoy nehmen würde. Überall hin würde er sie mitnehmen.

*

Das Feuer im Kamin knisterte. Cliff Honah drehte noch einmal am Verschluss der Flasche und schenkte die beiden Gläser voll. So voll, wie es sich für Whisky gehörte. Cliff reichte Kapitän Briggs ein Glas rüber. Sie sahen sich kurz in die Augen, leerten das Glas in einem Zug und knallten die Gläser scheppernd wieder auf den Tisch. Sergeant Honah wischte sich mit dem Handrücken den Mund ab. »Was ist los mit Dir, Eddy? Bedrückt dich irgendetwas? Ich kenn dich lange genug, du hast doch was.«

Briggs zuckte mit den Schultern und ließ sich tiefer in den Sessel sinken. »Ich bin hin- und hergerissen, einerseits will ich meine Mannschaft und das Schiff nicht in Gefahr bringen, andererseits will ich den Durchbruch schaffen.«

»Warum?«, unterbrach ihn Cliff.

Briggs richtete sich schnaufend in seinem Sessel auf, rieb seine Handflächen gegeneinander. »Ich weiß nicht, wie es dazu kommen konnte, dass ich Max Taelton abgesetzt habe und selbst mit meinem Schiff wieder abgehauen bin.« Er sah Cliff Honah von der Seite an. »In meinem Bericht wird das so rüberkommen, dass ich zwar das Schiffsmaterial des U.P.D. schone, aber ein absoluter Feigling bin. Das kann ich nicht auf mir sitzen lassen. Außerdem braucht Voice so schnell wie möglich Hilfe.« Briggs stockte und fügte leiser hinzu. »Wenn er denn überhaupt noch lebt.« Er räusperte sich leicht und sah dann für die Länge eines Atemzuges Cliff Honah direkt in die Augen. »Ich bin wütend, weißt du? Ich bekam den Auftrag, die Glockenwand zu durchbrechen, und setzte ihn da einfach nur ab. Ich komme mir Voice gegenüber einfach ziemlich beschissen vor. Verstehst du das?«

Honah nickte.

»Ich will, wenn Befehle kommen, die richtigen Leute an Bord haben und wenn keine kommen, will ich die Möglichkeit haben, zuschlagen zu können. Bist du dabei, Cliff?«

Cliff Honah schenkte noch einmal nach und sah ihn lächelnd an. »Was dachtest du, Eddy? Nach der Show, die ihr da heute im Hafen abgeliefert habt, werden euch die Head-Hunter die Bude einrennen.« Er hob sein Glas zum Anstoßen. »Und das es Gute sind, dafür werd ich sorgen.«

Dann leerten sie auch das nächste Glas in einem Zug.

»Wir werden das Kind schon schaukeln, und deinen guten Ruf als Held stellen wir auch wieder her.« Er lachte laut auf und trank dann noch einen Schluck aus der Flasche und reichte sie Kapitän Briggs. Der trank ebenfalls einen großen Schluck. »Ich verlass mich auf Dich, Cliff.«

»Das kannst du.«

Dann fügte er hinzu: »Ich werde mit meinen Jungs da sein und jetzt mach ich uns ein wenig Traumstoff klar. Okay, Sir?«

Er klatschte in die Hände und sprang auf. »Aber Sie nehmen doch ein paar Nasen mit, Sir? Oder nicht, Sir? Oder doch, Sir?«

Die beiden lachten sich an.

»Ja, meinetwegen.«

Das konnte auch der Kapitän der Tolstoy hin und wieder mal ganz gut gebrauchen. Die Lichter des Freihafens flackerten noch einmal. Bis sie endgültig den Geist aufgaben. Der Freihafen Perlgrün befand sich in der Nähe vom Timmendorfer Strand und man hätte mit einem Nachtsichtgerät sicher einige Leute beim Sex erwischen können. Während Cliff das weiße Pulver auf dem Spiegel verteilte und kurze Kommentare abgab, wie gut dieser Stoff eigentlich sei, flog Kapitän Briggs Blick über Perlgrün.

Perlgrün war terrassenförmig angelegt worden und eigentlich auch ein sehr schöner Hafen. Durch die schnell vorbeiziehenden Wolken und das immer wieder schwach und dann mal wieder heller aufflackernde Licht bekam die ganze Atmosphäre etwas Unwirkliches. Oder es war nur der Whisky, der ihm in den Kopf stieg.

Honah zündete sich eine Zigarette an. Diesmal war es Briggs, der zuerst die Flasche aufschraubte. »Du kennst doch Taelton wirklich gut. Du bist sein Freund. Wie soll ich es ausdrücken?« Briggs überlegte einen Moment und signalisierte Cliff mit einer Handbewegung, dass er ihn nicht unterbrechen sollte. »Ich habe in all den Jahren gelernt, dass es Tapferkeit nicht gibt. Sie entsteht entweder aus Angst oder durch Dummheit. Wie ist das bei Taelton?«

Honah musste wirklich lachen, weil es viele Leute gab, die, wenn sie Voice kennenlernten, irgendwie ins Grübeln kamen. »Finde dich doch einfach damit ab, dass er so was wie ein Held ist.« Er rollte einen Geldschein in seinen

Händen und pustete den Rauch seiner Zigarette in die Luft. »Mach dir keine Vorwürfe, weder du noch sonst wer hätten ihn davon abhalten können, zu springen, wenn er sich dafür entschieden hatte.« Cliff legte seine Hand beim Aufstehen auf Briggs Schulter. »Du hast das Beste getan, was du tun konntest.«

Dann beugte sich Honah nach vorne und zog sich das über das Tablett verteilte, weiße Pulver in die Nase und das, was er wild atmend übrig ließ, reichte er Kapitän Briggs. Es waren zwei überdimensionale Nasen. Beide saßen einen Augenblick später in ihren Sesseln und lachten aus vollem Halse. Erst Minuten später hatten sie sich wieder beruhigt. Dann wurden sie ganz still und lauschten nur dem Singen des Windes. Honah zog noch einmal tief an seiner Zigarette und blies beim Sprechen den Rauch in die Luft. »Max Taelton hat mir mehr als einmal das Leben gerettet. Wir haben zusammen das Attentat in Edinburgh verhindert. Wir haben auch zusammen in Sidney gekämpft. Der kann mit seiner Stimme Sachen machen, das glaubst du erst, wenn du es selbst siehst.«

Briggs inhalierte das restliche weiße Pulver.

»Du hast erzählt, wie er aus der Tolstoy rausgesprungen ist. Ich kann es mir gut vorstellen.« Draußen setzte plötzlich starker Regen ein und ein Windstoß erfolgte, der den ganzen Freihafen erzittern ließ. Der plötzliche Ruck verursachte, dass sie sich beide für einen Moment verdutzt in die Augen sahen. Dann lachten sie erneut lauthals los. Plötzlich dachte Briggs, er höre eine Stimme aus einer anderen Welt. Eine Stimme, die ganz tief aus seinem Gehirn kam. Er hatte das Gefühl, als er zu Sergeant Honah rüber sah, dass er sie auch vernommen hatte. Denn er drehte hektisch suchend seinen Kopf hin und her.

»Cliff, wenn du mich hörst, komm melde dich. U.P.D. Malente ruft Perlgrün. Sergeant Honah! Melden Sie sich ...«

Sie waren beide langsam aufgestanden und starrten auf das alte Funkgerät, welches in Cliff Honahs Büro hinten in der Ecke stand. So alt, wie das aussah, konnte es gar nicht mehr funktionieren, dachte Briggs.

Das Zeug fing an zu wirken.

»Hier spricht Korkoff aus Malente. Hörst du mich, Cliff?« Das Funkgerät schien wirklich eine Nachricht zu senden. Kapitän Briggs aber sah einen Sergeantdes United Police Department vor sich, dem er durch seinen verschwommenen Blick hindurch durchaus etwas absolut Nüchternes abgewinnen konnte, auch wenn er stark torkelte. Cliff nahm das Mikrofon in die Hand und drückte die Sendetaste.

»Bist du es, Easy?«

Es tuckerte zunächst ein paar Mal in der Leitung. Dann erklang eine Stimme. »So ist es. Hör jetzt gut zu, bevor die Verbindung abreißt. Hat mich genug Nerven gekostet, das hinzukriegen.« Es erklang ein kurzes Lachen aus dem Lautsprecher. »Hatte doch geahnt, dass du mit dem alten Kasten auf Sendung bist. Jetzt pass auf.« Er hüstelte noch einmal kurz. »Weißt du, wo die Tolstoy steckt? Ich hab Befehl von Major Jäger mit Briggs Kontakt aufzunehmen.«

Honah sah Kapitän Briggs lächelnd von der Seite an. »Der steht gerade neben mir.«

Am anderen Ende der Leitung erklang ein Ausruf der Freude. »Das ist die erste gute Nachricht seit Langem ... Ein tiefes Rauschen unterbrach den Empfang. »Ich miete mir ein Flugboot und morgen Mittag bin ich in Perlgrün ...«

Wieder das Rauschen.

Tot. Die Leitung war tot.

Cliff Honah sackte zusammen und sah fragend zu Kapitän Briggs. »Du kennst Easy?«

Briggs versuchte, durch leichtes Schütteln seines Kopfes wieder einen klaren Blick zu bekommen. »Klar, wenn auch nicht persönlich. Wladimir Korkoff. Ich denke, dass wir ihn verdammt gut gebrauchen können.« Honah nickte geistesabwesend, drehte sich auf die Seite und entschlummerte mit einem Engelsgesicht. Briggs nahm noch einen Schluck Whisky aus der Flasche. Dann warf er sich seinen Hut und Mantel über und schloss die Tür leise hinter sich. Kapitän Briggs bugsierte sich mühevoll durch den verschachtelten Freihafen von Perlgrün. Bis zu dem Poller, an dem die Tolstoy mit der Südleine befestigt war. Er setzte sich darauf und seine Augen überflogen das Flugschiff. Der Regen prasselte auf seinen Hut und lief an seinem Mantel herunter. Wie ein übergroßes Wildpferd kam sie ihm vor. Verdammt, vielleicht wäre es doch besser, wenn keiner von der Mannschaft ihn in diesem Zustand antreffen würde. Briggs stand auf und trat den Weg zur Gangway an. Beim Einschlafen hatte er noch einige seltsame Gedanken. Er hatte sogar noch eine schwache Halluzination einer schönen nackten Frau. Dann schlief er ein.

Doktor Belwik hatte keine Halluzination. Die Frau in seinem Bett war echt.

*

In dieser Nacht saßen Israel Hands und Jack Bowen noch lange zusammen. Über ihre Laptops gebeugt fachsimpelten sie über die Navigationskarten und die letzten Wettermeldungen. Die beiden waren nicht mehr auf dem neuesten Stand, was das Wetter anging. Schließlich war die Tolstoy seit sechsundzwanzig Stunden ohne Funkkontakt. Aber sie wollten ihr Bestes geben, was die Berechnungen anging, was den Durchbruch und den Standort des Radiodroms anbelangte. Beide kamen zu der Auffassung, dass man am Besten Hamburg oder besser: die Glocke von Süden her anfliegen sollte. Genau bestimmen, wo sich das Radiodrom befand, konnten sie beide nicht.

Als am nächsten Morgen gegen 11 Uhr Wladimir Korkoff die Tolstoy betrat, fiel Israel Hands und auch Jack Bowen ein Stein vom Herzen. Wladimir Korkoff war nicht nur einer der besten Mitarbeiter des wissenschaftlichen Teams des U.P.D., sondern auch ein genialer Erfinder. Von seinen Fähigkeiten als Communicator mal ganz zu schweigen. Er begrüßte die beiden lächelnd, mit den Worten: »Dann wollen wir mal ein wenig Gott spielen und das Wetter verändern. Und so gut, finde ich, ist ihm das ja auch nicht immer gelungen.«

Die beiden sahen ihn verdutzt an.

»Ich meinte nicht Gott spielen, ich meinte das Wetter.«

*

Voice hatte seinen letzten Satz beendet und nippte noch einmal an der Flasche Rum, dann reichte er sie an Jo weiter. Er hatte die Geschichte erzählt. Dass das Wetter kein reales Wetter war. Dass er auf der Suche nach einem Teil war, das, wenn er es entschärfen würde, sich das Wetter kurze Zeit später wieder normalisieren würde. Dass für die ganze Sache ein gewisser Doktor Dregger verantwortlich sein sollte. Um seiner Geschichte mehr Glaubwürdigkeit zu verleihen, zeigte er jedem am Schluss noch seinen Ausweis des U.P.D.. Von den Scores hatte er besser nichts erzählt. Es stand ja noch nicht einmal fest, ob es hier überhaupt welche gab. Außerdem hatte er schlechte Erfahrungen mit Menschen gemacht, die zum ersten Mal in ihrem Leben von Scores hörten. Sie glaubten ab dem Moment kein Wort mehr. Vor allen Dingen dann nicht mehr, wenn man noch erwähnte, dass diese Maschinen seit über hundert Jahren existierten.

Der Regen nahm in diesem Moment eine derartige Heftigkeit an, dass die Vier unabhängig voneinander skeptisch das Hausdach betrachteten. Jim Beam warf noch ein Holzscheit aufs Feuer und Jo ergriff als Erster wieder das Wort.

»Du willst uns also allen Ernstes erzählen, dass für die ganze Scheiße hier nur ein Mensch verantwortlich sein soll?«

Voice zuckte mit den Schultern. »Es könnte auf jeden Fall sein.«

Jo sah Bell-Bob und Jim Beam an. »Hat einer von euch beiden jemals etwas von einem Doktor Dregger gehört?«

Bell-Bob schüttelte den Kopf und krabbelte müde in seinen Schlafsack, während Jim nur desinteressiert mit den Schultern zuckte. Die beiden schien das Thema nicht so recht zu interessieren. Jo beugte sich leicht nach vorne und begann erneut die Flasche aufzuschrauben. Für einen Moment wurde der jaulende Wind zu einem schreienden Sturm. Dann beruhigte sich alles wieder in Sekundenschnelle.

»Deine Story klingt irre, aber du klingst nicht wie ein Irrer.« Jo zuckte mit den Schultern und warf die leere Flasche hinter sich. »Was soll's, ich bin müde und du könntest auch eine Mütze Schlaf vertragen.«

Max nickte und rollte sich in seinen Mantel ein. War es Nacht? Nur weil es sich ein wenig verdunkelt hatte und die anderen drei schliefen? Die Schmerzen in seinem rechten Bein hatten wieder zugenommen. Voice streckte sich ein wenig, wobei er bemerkte, dass er jeden seiner Knochen spürte. Der Sturz aus diesem Wasserwirbelsturm hatte ihm mehr ausgemacht, als er wahrhaben wollte. Er war tatsächlich mehrere Kilometer durch die Luft geschleudert worden.

Max sackte müde in sich zusammen. Noch eine Schmerztablette nehmen und schlafen. Einfach nur schlafen. Jeder muss irgendwann mal schlafen. Der Regen prasselte weiter in unangenehmer Lautstärke.

Da war irgendetwas.

Irgendein neues Geräusch beinhaltete der Regen.

Ein Geräusch, das ihn unruhig machte.

Ein Geräusch, das er kannte.

Wie ein leises, bestialisch klingendes Zischen.

Das nächste, noch lautere Zischen ließ ihn von seinem feuchten Lager wieder aufschrecken. Er hörte ein weiteres Geräusch aus einer anderen Richtung. Voice reckte seinen Kopf hoch und eine Hand suchte nach der Kondeck. Trotz des starken Regens konnte er in einigen Metern Entfernung hinter einem Strauch Bewegungen ausmachen. Als er dann die leuchtenden Augen und das widerlich schmatzende Maul sah, war er sich sicher.

Score-Dogs.

Jägers Theorie!

Sie stimmte!

Diese ganze Scheiße hier, hatte auf jeden Fall was mit Dregger zu tun.

Wechselwirkung

Laßt's mit Aschensalz durchdringen,
Das befördert schnell den Guß.
Auch von Schaume rein
Muss die Mischung sein,
Dass vom reinlichen Metalle
Rein und voll die Stimme schalle. *

Drei!
Mehr konnte er nicht erkennen.
Aber sie griffen nicht an.
Noch nicht.
Voice wollte jetzt etwas tun, was sie wirklich überraschen würde. Ich werde sie angreifen, dachte er. Trotz des ewig rauschenden Regens entsicherte er so leise wie möglich die Kondeck, weil er wusste, wie gut diese Biester hören konnten. Schnell weckte er seine neuen Mitstreiter, rüttelte sie vorsichtig und legte ihnen dabei seinen Zeigefinger auf den Mund. Dann wandte er sich von ihnen ab und ging geduckt einige Meter vor das Hausdach. Der Regen schlug energisch auf seinen Hut ein, während seine Schuhe ein paar Zentimeter in den Schlamm sackten. Er ging in die Knie und stützte sich mit seiner linken Hand in einer Pfütze ab, seine rechte umklammerte die Kondeck. Max holte noch einmal tief Luft, machte eine Rolle vorwärts, stieß sich ab und für ein oder zwei Sekunden hatte man das Gefühl, er würde einen Meter über dem Boden in der Luft schweben.

Die Score-Dogs reagierten fast genauso schnell, aber eben nur fast. Der Körper eines Score-Dog war fast identisch mit dem eines großen Kormorans, doch der Kopf war eher der eines Wildschweins - mit großem Maul und scharfen Zähnen. Eines von diesen übergroßen Wildschweinen, welches ebenfalls auf Voice zu gesprungen war, wurde plötzlich durch einen Schrei zu Boden gestreckt. Das Biest schlitterte durch aufspritzende Pfützen ein paar Meter rückwärts, wo er dann von einer aus dem Boden ragenden Eisenstange aufgespießt wurde. Von einer nicht enden wollenden Mechanik angetrieben, drehte er sich noch weiter um sich selbst. Der nächste Schrei war ein Volltreffer und riss ihm den Kopf weg.

Den zweiten Burschen verfehlte Voice mit dem ersten Schuss aus der Kondeck, erwischte ihn aber mit dem Zweiten und schoss ihm die Hinterläufe weg. Was ihm aber, nachdem er auch ein paar Meter durch den Regenmatsch gerutscht war, gar nichts weiter auszumachen schien. Denn er schüttelte sich nur zweimal kurz und fing sofort wieder an sich mit den Vorderläufen durch den Schlamm ziehend, auf Voice zuzubewegen.

Der Letzte von den Dreien begnügte sich zunächst erst einmal damit, sich vor Voice aufzubauen und fürchterliche Geräusche von sich zu geben, die einem Fauchen noch am ähnlichsten waren. Diesmal war der Score-Dog etwas schneller und biss Voice in den rechten Arm. Durch eine ruckartige Bewegung konnte er sich von dem Vieh befreien konnte und schleuderte es zu Boden. Mit ausgestrecktem Arm zielte er auf den Kopf des Score-Dogs. Es ertönte ein Schrei, den man mehr fühlte, als hörte. Dem Score-Dog riss es den Kopf nach hinten und schleuderte ihn gegen ein Stück Restmauer, wo er regungslos liegen blieb. Fast zeitgleich hatte Voice mit der Kondeck, den auf ihn zukriechenden, nur noch mit Vorderläufen bewaffneten Score-Dog, den Kopf weggeschossen.

Voice spähte in die vom Regen durchsetzte, grotesk aussehende Umgebung im Dämmerlicht. Für einen Moment schien die Zeit stillzustehen. Eine leichte Böe zog an seiner Hutkrempe und wirbelte ein paar nasse Blätter vom Boden hoch. Dann peitschte ein Schuss durch die Luft, der Voice von hinten in der rechten Schulter traf. Der Treffer schleuderte ihn zu Boden und ein zerreißender Schmerz durchzog seinen Körper. Noch bevor er in der Matschpfütze landete, riss er seinen Oberkörper herum, stieß einen Schrei aus und schoss noch zweimal mit der Kondeck in die Richtung aus der, der Schuss gekommen war.

Er versuchte, so schnell wie möglich wieder auf die Beine zu kommen. Ein paar Sekunden später stand er wild atmend in einer Pfütze und hielt mit ausgestrecktem Armen die Kondeck in den Händen.

Stille.

Nur der Regen wollte sein Konzert nicht beenden.

Kurze Zeit später standen sie zu viert um den Off-Score herum, der durch Max' Schrei kopflos am Boden lag. Bell-Bobs Oberkörper zuckte ein paar Mal, dann musste er sich übergeben. Er kotzte direkt auf den Off-Score. Off-Scores waren die Weiterentwicklungen der Score-Dogs und sahen bei Weitem nicht so erschreckend aus. Bei ihrer Entwicklung hatte Dr. Dregger auf andere Dinge Wert gelegt. Aufrechter Gang, sehr menschenähnlich. Eigentlich vermittelten sie das Gefühl, als wenn man es mit einem in Leder gekleideten Motorradfahrer zu tun hatte, dessen Gesicht man nicht erkennen konnte.

Dunkles Visier.

Max hatte einige davon erlebt, die sogar richtig sprechen konnten. Nachdem sich Bell-Bob wieder beruhigt hatte, standen sie wortlos ein paar Minuten im strömenden Regen und starrten auf den Off-Score. Der Erste, der sich wieder bewegte, war Jo, der wie in Trance in die Knie ging und dabei aus Versehen gegen den Helm stieß, der zur Seite kippte und ein schmatzendes Geräusch von sich gab. Das dunkle Visier klappte auf und ein menschliches Gehirn kam zum Vorschein und rollte in den Matsch. Es war mit Mikrochips und Kabeln versehen, die wohl vorher fest mit dem Oberkörper verankert gewesen waren. Jo lief ein kalter Schauer über den Rücken und er sah fassungslos in Voice' Gesicht. Max erwiderte seinen Blick, während Bell-Bob sich wieder übergeben musste. Jim Beam hielt ihn dabei an den Schultern fest.

Sie hatten sich wieder unter ihrem Dach versammelt. Max lag mit schmerzverzerrter Miene auf einer feuchten Decke. Die anderen saßen auf Holzkisten und Jim Beam hatte wortlos das Feuer wieder in Gange gebracht. Auch der

Boden unter dem Dach war vom Regen mittlerweile völlig durchnässt. Dennoch erwehrte sich das Feuer seines Lebens.

Bell-Bob war zwar immer noch kreidebleich, schien sich aber langsam wieder zu erholen. Jim Beam stocherte mit starrem Blick im Feuer herum, während Jo Max einen neuen Verband anlegte. Die Wade sah nicht gut aus.

Das wird sich sicherlich entzünden und er wird Fieber bekommen, dachte Jo. »Um ehrlich zu sein, sieht dein Bein nicht gerade gut aus. Und wie schwer bist du an der Schulter verletzt?«

Max berührte kurz mit seiner Hand die Stelle, wo die Kugel ihn erwischt hatte. »Nicht besonders, vielleicht ein kleiner blauer Fleck.«

Jo, Jim und Bell-Bob sahen Max an, als wenn sie ihm nicht ganz folgen könnten. »Die Kugel hat dich doch ...«

»Ach so.«, Max lächelte ein wenig. »Wisst ihr, diesen Mantel und diesen Hut trage ich nicht nur, weil ich das so schick finde oder so gerne im Mafia-Outfit rumlaufe, sondern weil sie mich beschützen. Wie eine Ritterrüstung, sozusagen. Nur, dass man sich viel besser bewegen kann.«

Die Drei sahen ihn immer noch ein wenig verdutzt an.

Er fuhr mit erklärender Stimme fort. »Es ist die Erfindung von einem Typen mit Namen Korkoff, Wladimir Korkoff. Der hat sich hingesetzt und solange gegrübelt, bis er es hatte. Ein Stoff, wie er mir einmal versicherte, der aus reiner Synthetik besteht, aber ohne den Wurzelsaft der Cubarübe nicht machbar gewesen wäre. So dumm das mit der Rübe auch klingen mag, es stimmt. Es ist so eine Art Glasur. Egal, jedenfalls ist dieser Stoff schuss- und feuerfest und wasserabweisend. Eine wirklich geniale Erfindung. Hat mir mehr als nur ein Mal das Leben gerettet.«

Max hielt den Dreien seinen Hut hin, den Jim wie ein kleines Weltwunder beäugte. »Und wenn man den Trick mit dem Hut raus hat, fliegt der einem auch nicht mehr vom Kopf. Egal wie stark der Wind ist«

»Faszinierend, was alles möglich ist«, meinte Bell-Bob mit immer noch sehr blassem Gesicht. Genau in diesem Moment hörte plötzlich der Regen auf. Das Dauerrauschen, an das sich jeder bereits gewöhnt hatte, war verschwunden. Ein anderes Rauschen wiederum durchzog die Bäume und ein eiskalter Wind fing langsam an, ihre Nasen zu umspielen.

Max hielt selbige in die Luft und reckte sich ein wenig. »Wir müssen unsere Sachen packen und hier verschwinden, uns ein wärmeres Plätzchen suchen, denn es wird bestimmt demnächst arschkalt werden. Außerdem ...« Max räusperte sich leicht und verzog dabei wieder das Gesicht vor Schmerz. »Außerdem wissen wir nicht, ob noch mehr von unseren Freunden in der Nähe sind.«

Bell-Bob und Jim sahen ihn entsetzt an. Jo zitterte zwar ein bisschen, legte aber alle Ruhe, die er noch aufbringen konnte, in seine Stimme. Sie klang fast gleichgültig. »Dann gibt es aber mit Sicherheit noch ein kleines Problem.«

»Und das wäre, Jo?«

»Guck dir mal dein Bein an, Max. Wir mussten dich ja eben schon bei dem Weg von dem Biest dahinten bis hierher stützen. Also, ich mein, ein Stück schaffen wir sicher, aber: Das ist raues Gelände hier, und wenn ich mir dein

Bein etwas genauer angucke, hat sich die Wunde wahrscheinlich auch noch entzündet. Du brauchst Ruhe.«

Max wurde durch einen leichten Schlag auf die Schulter auf Jim Beam aufmerksam. Jim malte aufgeregt Zeichen in die Luft, machte einige Oh- und Ah-Laute und zeigte immer wieder Richtung Norden. Jo schien zu verstehen, was Jim meinte, während Max der Sinn des Ganzen doch mehr als nur verborgen blieb.

»Wenn ich dich richtig verstanden habe, liegt hier ganz in der Nähe ein kleines Flugboot, das du, bevor du uns getroffen hast, entdeckt hattest. Stimmt das?«

Jim nickte lächelnd.

»Das wäre natürlich was, vorausgesetzt es hat noch genug Pressluft. Aber Gucken kostet ja nichts.«

Max wollte gerade darauf aufmerksam machen, dass er noch einen Energiestab im Torpedo hatte, den man auch gut als Gehstock benutzen könnte. Aber Jo kam ihm zuvor.

»Jim und ich holen die Karre, Bell-Bob und du ihr wartet hier auf uns. Wenn der Weg denn umsonst sein sollte und wir ohne Flugboot wiederkommen, hast du zumindest Kraft gespart. Wir beeilen uns. Komm, Jim ...«

Voice schob sich den Hut unter den Kopf, deckte sich mit seinem Mantel zu und schlief sofort ein. Er war wirklich am Ende. Bell-Bob legte das letzte trockene Holz nach, das sie noch hatten. Auch er kuschelte sich in seinen durchnässten Parka, denn es wurde von Minute zu Minute immer kühler und der Wind nahm zu. Sein Blick fiel auf einen der Kadaver der Score-Dogs. Er war in der Mitte aufgeplatzt und sein Kopf war halb weggerissen.

Ekelhaft!

Nicht nur das Blut.

Es vermischten sich auch noch Mikrochips, Verkabelungen und Gedärme. Widerlich.

Diese furchtbaren Zähne. Noch nie hatte er etwas von solchen Biestern gehört. Wo die wohl herkamen? Wieso hatte Max eigentlich nichts von dem Biss abgekriegt? Ach ja, wahrscheinlich auch dieser Mantel. Aber wie er das mit seiner Stimme gemacht hatte? So etwas hatte Bell-Bob wirklich noch nie in seinem Leben gesehen. Was für ein Trick das wohl war?

Auf jeden Fall nahm er sich vor, dieses Kunststück mal ganz genau unter die Lupe zu nehmen. Er rieb sich noch einmal die Hände und bemerkte, dass eine Schneeflocke langsam zu Boden schwebte. Als er seinen Blick nach oben richtete, sah er, dass Millionen ihrer Freunde folgten.

*

Einige Off-Scores brachten gerade eine neue Menschenladung, während Arturh im Regen vor dem Glüsinger Hof, der auf der südlichen Seite der Glocke stand, mit dem Fernglas die Glockenwand, die hinter dem Maschener Kreuz entlang ging, beobachtete. Perfekt, dachte er, besser hätten wir es nicht hinkriegen können oder anders gesagt: Besser hätte es Dregger nicht hinkriegen können. Artuhr war kein Mensch, er war eine lernende Intelligenz. So zumindest bezeichnete er sich selbst sehr gern. Der A1 Typ war allen anderen Scores bei Weitem überlegen. Er hatte ein Ich. Vor allen Dingen aber war er den Menschen überlegen, die zwar ein Ich hatten, aber größtenteils ein jämmerlicher Haufen von Kreaturen waren, die mitleiderregend durch die Gegend rannten. Aber man durfte sie auch nie unterschätzen, das hatte er in den letzten Jahren begreifen müssen. Vor allem ein Mensch hatte sehr heftig an seinem Selbstbewusstsein gerüttelt. Max Taelton. Ein Mensch mit sehr sonderbaren Fertigkeiten, die er noch bei keinem weiteren entdeckt hatte. Zum Glück! Sein Instinkt sagte ihm, dass Voice schon in die Glocke eingedrungen war. Er konnte ihn förmlich riechen. Deswegen hatte er ein paar Patrouillen mit Off-Scores und Score-Dogs losgeschickt. Sicher ist sicher. Das Einzige, was ihm ein wenig Kopfzerbrechen bereitete, war die Tatsache, dass der einzige A1, der ihn bis jetzt begleitet hatte, verschwunden war. Aber egal, er hatte jetzt genügend Material gesammelt, um neue und bessere A1er herzustellen. Ein paar Informationen brauchte er noch dazu und die konnte er nur von Dregger bekommen. Der hatte sich bis jetzt noch nicht bei ihm melden können. Sonst hätte er es sicherlich schon getan. Er sah noch einmal durch sein Fernglas.

Das, was Dregger hier vollbracht hatte, war großartig. Respekt! Er hatte es geschafft, diesen ganzen Umkreis, Hamburg und Umgebung, von der Außenwelt zu isolieren. Er musste ein wenig schmunzeln, das tat er sehr selten, aber wenn er daran dachte, dass es in ein paar Stunden anfinge, zu schneien, war ihm fast zum Lachen zumute. Wenn die Berechnungen genau stimmten. Das taten sie bis jetzt und das wiederum rang ihm ein weiteres Schmunzeln ab.

Er hatte sich wieder einmal getäuscht. Diese Perfektion hatte er Dregger nach den ersten drei Wetterbomben nicht zugetraut. Nicht, dass sie nicht ihren Zweck erfüllt hätten, aber gegen das hier waren das doch eher kleinere Tests gewesen. Dregger spielte sich manchmal wie der große Übervater auf.

Dabei hatte weder ein A1 noch ein Off-Score und auch kein Score-Dog einen Vater. Einen Hersteller vielleicht, aber keinen Vater und auch keine Mutter. Jetzt musste er zum dritten Mal schmunzeln, das war ein Rekord. Er war vermutlich gerade auf dem Weg, den Humor zu entdecken.

Dregger hatte ihm genaue Anweisungen gegeben, über die Brauchbaren und die Unbrauchbaren. Gerade wollte er noch einen Blick durch das Fernglas werfen, als er aus dem Augenwinkel sah, wie ein Off-Score auf ihn zu lief. Als er vor Artuhr salutierte, gab es einen gewaltigen Blitz am Himmel und der Regen machte erneut durch seine Heftigkeit auf sich aufmerksam, ging dann aber in leichten Nieselregen über. Artuhr fiel auf, dass sie jetzt auf dem matschigen Vorplatz des Glüsinger Hofes bis zu den Knöcheln im Wasser standen. Nicht jeder Off-Score konnte sprechen, aber der, der da vor ihm stand, konnte es ziemlich gut. Er ist ja auch mein Werk, dachte Artuhr.

»Was gibt es?«

»Wir haben da ein Problem.«

»Das wäre?«

»Immer, wenn wir eine neue Ladung haben, wissen wir nicht genau, welches die Brauchbaren und welches die Unbrauchbaren sind.«

Bei allen kämpferischen Qualitäten der Off-Scores, sind sie manchmal so verschissen bescheuert, dass sie mich ein wenig an die Menschen erinnern, dachte Artuhr.

»Ich guck mir das Mal an.« Sie gingen auf den Lastwagen zu, der auf seiner Ladefläche, völlig durchnässte und schlotternde Menschen beherbergte. Einige hatten abgerissene Gliedmaßen und waren bereits ohnmächtig oder tot, während andere ihn mit flehendem, um Gnade suchenden, leeren Blick anstarrten. Plötzlich hatte er die Idee, so zu tun, als wenn das gar nicht so einfach wäre, die Brauchbaren von den anderen zu unterscheiden. Das würde ihm vielleicht noch mehr Ansehen bei den Off-Scores bringen. Ja, vielleicht würde es ihm sogar ein wenig Spaß machen, sie zu quälen. Sie schreien manchmal so herrlich.

»Zieht sie alle nackt aus und sagt ihnen, sie sollen sich hier in die Pfützen legen.« Das wird Spaß machen! So langsam fange ich an zu begreifen, was die Menschen mit Humor meinen. »Bringt mir mal den mit den seltsam bemalten Armen her.«

Die Off-Scores drückten den zappelnden Menschen zu Boden. Es war eine Frau.

»Spreizt ihr mal die Beine. Wir wollen uns das ganz genau angucken.«

Wie sie jetzt schrie, als er gewollt langsam auf sie zuging. Süß! Ja, so langsam fing er an zu begreifen, was die Menschen mit Humor meinten.

*

Ein paar Stunden später saß Artuhr wieder an seinem Arbeitsplatz im Glüsinger Hof und starrte den Off-Score an, der sich vor seinem Schreibtisch aufgebaut hatte.

»Wie soll ich es erklären?«

Artuhr sah ihn mit seinen durchdringenden Augen an. »Bitte, ich höre.« Die Landschaft um den Glüsinger Hof hatte durch das Einsetzen des Schneetreibens gespenstische Formen angenommen. Während der Schnee sich an einigen Stellen auftürmte, blieb er an anderen nicht liegen oder taute sofort. Wie von Geisterhand bildeten sich trotz Kälte kleine Seen zwischen aufgetürmten Schneebergen. Es erinnerte ein wenig an eine weiße, hügelige Mondlandschaft.

»Nun ja, sie sind eben nicht wiedergekommen. Drei Score-Dogs und ein Off-Score. Verlaufen, tipp ich mal.« Artuhr wurde langsam sauer. »Was sind das denn für Sprüche, du Vollidiot?«

Der Off-Score fuhr mit monotoner Stimme fort. »Sie sind ja noch nicht lange weg. Ich geh suchen.«

Artuhr stand hinter seinem Schreibtisch auf und ging zum Fenster. »Nein, das tust du nicht, die kommen schon wieder. Wir haben jetzt auch genug Gefangene. Seht zu, dass ihr die Gegend hier gut besetzt. Macht eine Festung daraus und keine Ausflüge mehr. Die Gegend ist sowieso mit Lastwagen im Moment nicht mehr zu befahren. Wer weiß, wann die einen Durchbruch wagen.« Den letzten Satz hatte er mehr zu sich selbst gesagt, denn nach dem Fernbleiben der Scores war ihm klar, dass Voice in Hamburg eingetroffen sein musste. Auf jeden Fall meldete sich sein Instinkt wieder. Artuhr machte dem Off-Score mit einer Handbewegung klar, dass er aus seinem Büro verschwinden sollte.

Das Thermometer, welches am Fenstersims befestigt war, zeigte minus 17 Grad an. Vor dem Fenster vermehrten sich die Schneeflocken zu immer dichter werdenden Tanzgruppen.

Das wird den restlichen menschlichen Arschgeigen den Todesstoß versetzen. Die auf den Straßen rumlungern, schaffen das nicht.

Er musste wieder schmunzeln. Nichts amüsierte ihn in letzter Zeit so sehr, wie Menschen zu quälen. Dieses Spaß-Gefühl war neu. Es gab auch noch einige andere Gefühle, die er bemerkte. Rache war ein anderes. Über solche Sachen hatte er sich früher nie Gedanken gemacht.

Das Klingeln des uralten schwarzen Telefons durchschnitt plötzlich die kalte Luft des Raumes. Einige Ratten krochen erschreckt in die Ecken, während Artuhr langsam an dem langen Tresen vorbei auf seinen Schreibtisch zuging. Er starrte fast ungläubig auf das schwarze Ding, welches sich da auf dem Tisch schüttelte. Es klingelte zum fünften Mal.

Artuhr nahm den Hörer ab. »Ja, wer ist da?« Seine Stimme klang hart.

»Ach, Artuhr du Idiot, wer soll denn schon dran sein? Doktor Dregger natürlich. Wie sieht's aus da drinnen?«

Es war wirklich Dreggers Stimme. Die Arroganz im Unterton war unverkennbar.

»Großartig, wir haben denen richtig eingeheizt. Das war ein Spaß. Die Glocke sieht fantastisch aus, Mein Kompliment. Alles Weitere läuft absolut nach Plan.«

Dregger lachte am anderen Ende der Leitung laut auf. »Du redest manchmal schon wie ein Mensch. Hast du alle meine Anweisungen befolgt, auch die mit den Brauchbaren und ...«

»Auf das Genaueste.«

Dregger mochte es überhaupt nicht, wenn man ihn unterbrach und sagte forsch. »Wie viele Brauchbare hast du?«

Artuhr war sich seines Fehlers voll bewusst und ließ seine Stimme etwas demütiger klingen. »Knapp tausend und jede Menge Ausschuss.«

Am anderen Ende der Leitung entstand eine kurze Pause. Dann fuhr Dregger mit ruhiger Stimme fort. »Du hast gut gearbeitet, Artuhr, aber trotzdem haben wir viel Zeit verloren. Ich hatte nicht damit gerechnet, dass die Glockenwand so undurchdringlich wird. Dass ich dich auf so altmodischem und umständlichem Weg überhaupt erreichen konnte, liegt nur an meiner vorausschauenden, ich möchte fast behaupten: genialen Planung, auch an das kleinste Detail zu denken. Sogar an eine hundert Jahre alte Telefonleitung.«

Für einen Moment driftete Dr. Dregger in den Selbstlob-Teil ab, fing sich dann aber wieder und kam zum Thema zurück. »Mit dem Material, das du hast, kannst du sechzig A1er herstellen. Ich ärgere mich wahnsinnig darüber, dass ich dir die Aktivierungscodes des neuen A1er erst jetzt durchgeben kann. Aber besser jetzt als nie. Also sperr die Ohren auf und speicher die Zahlen ab.«

Über zwanzig Minuten lang, gab Dregger Artuhr Zahlenkombinationen durch. Als er mit den Zahlencodes fertig war, wurde seine Stimme wieder intensiver. »Du hast jetzt alles, was du brauchst. Du kannst eine punktuelle DNA-Analyse machen. Du kannst fixieren. Du hast dir die medizinischen Möglichkeiten geschaffen. Du hast die neuen Aktivierungscodes. Du hast alles, was du brauchst, um A1er zu erschaffen. Also tu es.«

Die letzten Worte hatte Dregger geschrien.

»Ich fange sofort an.« Die Leitung knirschte plötzlich.

»Da ist noch etwas, Artuhr ...«

In der Leitung knirschte es erneut.

»Hallo, Doktor Dregger?«

Totenstille.

Die Verbindung war unterbrochen. Artuhr legte den Hörer zurück auf die Gabel. Endlich konnte er seinesgleichen herstellen. Wenn er sich die Zahlen in seinem Kopf allerdings vor Augen hielt, war ihm klar, dass der neue A1 wieder eine Weiterentwicklung werden würde. Er hatte keine Angst davor, schließlich wäre er ja ihr Schöpfer. Ihr Vater. Der Gedanke gefiel ihm. Er wollte sich sofort an die Arbeit machen. Vorher gönnte er sich noch einen kleinen Spaß mit einem jungen Mann, den er zunächst windelweich schlug und später in einer eiskalten Pfütze ertränkte. Die Grimassen die Artuhr dabei machte, sahen furchterregend aus. Für ihn war es Lachen.

*

Seit zwei Tagen kreuzten sie jetzt nördlich von Lüneburg. Viel dichter kam man auch an diese Wetterwand nicht heran. Natürlich konnte man auch bis Winsen fliegen, nur da war das Wetter schon so unruhig, dass es nicht schwierig war, sich auf der Tolstoy mit heißem Kaffee die Hände zu verbrühen. Nein, für ihre Überlegungen brauchten sie etwas mehr Ruhe. Hier in Lüneburg gab es auch noch ein paar Ausläufer, aber längst nicht so schlimm.

Die etwas seltsam verlaufende Wettermauer, die an eine schräge Kirchenglocke erinnerte, lief knapp vor Lüneburg entlang. Das Außenthermometer zeigte minus 13 Grad. Lüneburg erinnerte ein wenig an eine Geisterstadt, aber hier war die Front! Es wimmelte hier nur so von Soldaten. Und dann waren da noch ein paar Menschen, die ihre Heimat nicht verlassen wollten. Der Plan der Vereinten Nationen war der, die Glocke zu umstellen und somit eine Front zu bilden, falls es irgendwann zu einem Durchbruch der Scores kommen sollte. Aber besser wäre es, wenn man es verhindern konnte, denn je weniger an die Öffentlichkeit kam, desto besser. Wie sollte man den Menschen erklären, woher diese Wesen überhaupt kamen? So mussten die Vereinten Nationen der Theorie des United Police Departments schweren Herzens Glauben schenken, dass es sich tatsächlich um einen Anschlag von Franz Ferdinand Dregger handeln würde. Diese Theorie aber der Öffentlichkeit zugänglich zu machen, das wäre in den Augen der Vereinten Nationen doch zu weit gegangen. So wussten weder die Soldaten noch die im Überfluss auftauchenden und von der zurückgebliebenen Bevölkerung als größte Plage bezeichneten Reporter und Kamerateams, worum es genau ging. Es machten zu diesem Zeitpunkt die wildesten Gerüchte in Lüneburg ihre Runde. Die gesamte Front war ein Chaos.

Aber noch viel ärgerlicher war, dass man nicht wusste, mit wie vielen Scores man es zu tun kriegen würde. Das konnte böse enden, dachte Briggs.

»Mister Foster.«

»Aye, Sir?«

»Übernehmen Sie das Steuer, ich muss mir mal eben die Beine vertreten gehen.«

»Aye-Aye, Sir.«

Foster schüttelte den Kopf, als er in das Schneetreiben sah und von automatischer wieder auf manuelle Steuerung umschaltete, um noch einen kleinen Bogen zu fliegen. Die Tolstoy war nicht das einzige Schiff, das es hätte wagen können, den Durchbruch zu riskieren, aber sie waren die Einzigen, die richtige Besatzung an Bord hatten. Es wimmelte ja nur so von Experten des U.P.D. an Bord. Foster wünschte sich manchmal, er wäre doch lieber Steuermann auf einem Luxusliner geworden. Da hätte er dann ein paar geile, alte, reiche Weiber durch die Gegend geflogen und keine Luftlandetruppen.

Als Kapitän Briggs an der Reling entlang schlenderte, kam er an der Tür des Schiffsarztes vorbei und hörte ein lautes Stöhnen. Um was für eine Untersuchung es sich dabei wohl handeln würde, dachte Briggs.

Ja, Doktor Belwik hatte es tatsächlich geschafft, diese kleine Hure mit an Bord zu schmuggeln. Diese großen, aber festen Brüste ... lecker! Aber am Schönsten war ihr Ideenreichtum. Der Moment, als sie ihn anrief, während er bei einem kranken Patienten auf Deck 3 war; ob er abends noch Lust auf ein bisschen Sekt hätte. Er hatte sich unglaublich beeilt, zurück in die Kabine zu kommen. Und da lag sie schon mit kurzem Rock auf seinem Schreibtisch, nichts drunter, mit weit gespreizten Beinen und sagte mit ihrer lasziven Stimme: »Komm, steck mir deinen großen, steifen Schwanz rein, aber vorher leck mir meine Möse noch matschig ...« Er wäre fast durchgedreht. Belwik riss sich die Hose vom Leib, denn sein Steifer war zu einem harten Stück Eisen geworden. Er war süchtig und wollte sie haben. Sie sah ihn an und machte einen Schmollmund.

»Oh, dem möchte ich aber erstmal was ins Ohr flüstern.« Ihre Hand umschloss heftig seinen pochenden Penis. »Na, der ist aber hart.« Sie lächelte vulgär und ließ seinen Schwanz tief in ihrem Mund verschwinden. »Lecker!«, hauchte sie noch einmal.

Kurze Zeit später lag Belwik selbst auf seinem Schreibtisch und wurde geritten, von einer stöhnenden Blondine, die dabei auf seinen Penis urinierte. »Der Sekt, wie versprochen ...«

Als er sich immer mehr seinem Orgasmus näherte, kam ihm der Gedanke, dass Gott ihm dieses geile Frauenzimmer spendiert hatte. Als er kam, schrie er: »Danke, Gott!«

Auch Sergeant Honah ging kurze Zeit nach Briggs an der Kabine von Doc Belwik vorbei. Und hörte ein lautes Stöhnen. Aber er hatte jetzt andere Sachen im Kopf, als sich über ein Stöhnen des Schiffarztes Gedanken zu machen. Er sollte in ein paar Tagen die Glocke durchbrechen, mit seinen Leuten da aussteigen.

Ein komisches Gefühl, wenn du von vornherein weißt, dass nicht alle wieder zurückkommen werden.

Das war in Sidney so, das war in Reykjavik so, das würde auch in Hamburg so sein. Er würde mit 32 Leuten aussteigen. Seine Jungs! Wer weiß, wie viele es erwischen würde. Aber am meisten wurmte ihn, dass Head-Hunter Seidenmeyer, mit Vornamen Janina, mit von der Partie sein würde. Herrliche braune Augen, herrlich lockiges Haar und vor allen Dingen genau seine Kragenweite. Fange nie etwas mit Frauen aus deiner Einheit an. Das war in diesem Fall mehr als nur schwer.

Janina Seidenmeyer stand, während sich Cliff Honah Gedanken über sie machte, vor dem Spiegel und kämmte sich ihre langen Haare durch. Nein, offen tragen sollte sie ihr Haar besser nicht. Das wäre vielleicht ein bisschen zu auffällig. Als sie sich beim Kämmen in die Augen sah, verspürte sie den Drang, sich mehr über Sergeant Honah zu informieren. Dieser neue kleine U.P.D. Laptop, war dazu sicherlich bestens geeignet. Ganz schwarz mit dieser weißen Aufschrift. Ein wenig schmunzelte sie schon über sich selbst, wie sie jetzt so da saß und über ihren neuen Vorgesetzten ein paar Erkundigungen einzog. Nicht langweilig, was sie da las, aber auch nichts wirklich Neues.

Sie sah durch das Bullauge ihrer Kajüte dem Schneetreiben zu und ihre Gedanken schweiften zu Voice ab. Vor ein paar Jahren hatte sie ihn zufällig kennengelernt. Irgendwie hatte er sie beeindruckt. Ob er noch am Leben war?

Sie hatte ihren Laptop auf den Knien postiert und musste einmal mit dem Kopf schütteln, um ihren verschwommenen Blick wieder deutlich zu bekommen. Der Bericht über Edinburgh. Da hatten die beiden zusammen gekämpft. Honah und Voice! War ja geradezu heldenhaft, was sie über die beiden lesen konnte. Und in Sidney auch. Sie selbst war in San Francisco dabei gewesen. Das war wirklich kein Zuckerschlecken. Wieder musste sie den Kopf heftig schütteln, um die Bilder und Gedanken der Vergangenheit zu vertreiben.

Score-Dogs, die einen einfach zerfetzen, wenn sie mit ein paar Viechern auf dich losgehen. Off-Scores sind diese widerlichen Biester, denen man am liebsten den Schädel wegschießt, wenn sie diese seltsamen Laute von sich geben. Ihre Spezialität ist, wenn sie dir die Finger in die Augen rammen und dann mit ihrer unglaublichen Kraft dir einfach den Schädel abreißen. Ach so, den A1, den hab ich noch nie gesehen, der soll aber allen anderen Scores bei Weitem überlegen sein.

Sehr menschenähnlich sah er auf dem Foto aus, welches auf ihrem Laptop erschienen war. Vielleicht machte sie das so ängstlich, diese Ähnlichkeit. Diese kalten Augen. Kurz bevor sie den Laptop wieder zuklappte, fiel ihr Blick noch einmal auf einen kurzen Ausschnitt der Mannschaftsliste, die auf dem Bildschirm zu sehen war. Woher um alles in der Welt, kannte sie dieses Gesicht.

In welchem Zusammenhang ... Verdammt, es fiel ihr nicht ein ... Egal, später. Sie klappte den Laptop zu.

*

Kurze Zeit später waren Soldat Seidenmeyer und Sergeant Honah im Bordrestaurant in ein anregendes Gespräch vertieft, während Wladimir Korkoff, nicht nur Wissenschaftler, sondern auch Nachrichtenchef des U.P.D., seinen Kugelschreiber nervös auf den Tisch schlug. Plötzlich ging die Tür auf und Kapitän Briggs stürmte ins Besprechungszimmer. »Tut mir Leid, meine Herren ... hatte mich noch etwas hingelegt und verschlafen. Entschuldigen Sie.«
»Ist schon okay, Käpt'n. Dann können wir ja anfangen.« Korkoffs Blick schweifte in die Runde und blieb einen kleinen Moment bei Doc Belwik hängen, der ihm etwas geistesabwesend erschien, und landete dann aber letztendlich bei Jack Bowen. »Mister Bowen, was haben Sie denn so rausgekriegt.«
Jack Bowen war von Natur aus etwas schüchtern, deswegen kratzte er sich zunächst erst einmal am Kopf, ehe er sich räusperte. »Die wirkliche Wettermauer ist von hier aus gesehen 15 Kilometer entfernt, beginnt also kurz hinter Winsen.« Er hatte seinen Laptop an den Großbildschirm angeschlossen und eine Karte von Hamburg und Umgebung tauchte auf, mit den Markierungen, wo die Glocke entlang lief. »Ich habe mit allen Spähfliegern gesprochen. Ihren Messgeräten nach zu urteilen, ist die Wettermauer so zirka fünf Kilometer dick.«
Ein erstauntes lautes Ausatmen kam aus der Ecke, wo Israel Hands und Kapitän Briggs saßen. »Wie kann man sich die Lage denn vorstellen, Mister Bowen, also wie schlimm sieht es für den Teil der Bevölkerung aus, den man nicht evakuieren konnte?«
Bowen räusperte sich erneut. »Ja, also, nachdem das Schneetreiben eingesetzt hat, ist es für die Späher noch schwieriger geworden, etwas rauszukriegen. Fakt ist, dass höchstwahrscheinlich ...« Bowen sah in die Runde und machte eine kleine Pause. »... dass höchstwahrscheinlich so Kleinstädte, wie zum Beispiel Stelle nicht mehr existieren. Sehen Sie hier ...« Er fuhr mit einem Zeigestock über die Städte Buxtehude, Jork, Neu Wulmstorf, Trittau, Bad Oldesloh, Uetersen, Elmshorn und noch über viele andere, die in dem roten Kreis, der sich um Hamburg herum zog, eingezeichnet waren. »Da ist eigentlich nichts mehr! Ob da jemand überleben kann, ist die Frage. Ich persönlich glaube es nicht.«
Alle sahen stumm auf die Karte und Käpt'n Briggs ließ sich etwas niedergeschlagen in den Stuhl zurückfallen. Er hatte Voice doch tatsächlich vor einen fünf Kilometer breiten Todesstreifen aus seinem Flugschiff springen lassen. Mitten hinein in die Scheiße. Wie hatte er das nur zu lassen können?
»Ich wollte noch, bevor wir zur eigentlichen Frage kommen, Ihnen zeigen, dass wir in diesem Fall von der Armee unterstützt werden.« Korkoff hatte den Satz einfach in die Stille hinein gesagt, sodass jetzt alle in seine Richtung starten. »Obwohl wir uns ja auch als Soldaten bezeichnen, haben wir bis jetzt

immer allein gegen die Scores gekämpft. Vor einer Stunde kam der Funkspruch, dass trotz größter Unannehmlichkeiten durch das Wetter, die Amerikaner in Bad Segeberg gelandet sind, und so das gesamte Gebiet um Hamburg eingekreist ist.«

Korkoff schloss kurzerhand seinen Laptop auch an den Bildschirm an und fast genau die gleiche Karte wie bei Bowen erschien - mit dem kleinen, aber doch gravierenden Unterschied, dass hier Truppenbewegungen und Stützpunkte eingezeichnet waren. Nach den ersten drei Wetterbomben hatten wohl doch einige Verantwortliche kalte Füße gekriegt, sodass jetzt auch die Armee aufmarschierte. »Kommen wir zu unserem eigentlichen Problem, meine Herren!« Korkoff setzte sich wieder. »Wie kommen wir da durch?«

Die Tolstoy war nicht das erste Flugschiff, das diesen Versuch unternehmen sollte. Die Brahms, neben der Tolstoy das größte U.P.D.-Flugschiff, war bei Geesthacht kläglich gescheitert. Die Luftwaffe hatte es mit Düsenjägern probiert: mit dem Resultat, dass sie entweder abprallten oder einfach zerschellten. Kleinere Flugschiffe schienen gar keine Chance zu haben. Wenn man das Wetter nicht noch endlos lange ertragen wollte, musste jemand durchbrechen und das Radiodrom dekodieren. Die Tolstoy war wirklich eine der letzten Möglichkeiten, der ganzen Sache ein vorzeitiges Ende zu bereiten.

»Hier ist mein Plan, meine Herren, und ich glaube sogar, dass wir eine faire Chance haben, denn ...« Alles, was Korkoff erklärte und mit großen Gesten unter Beweis zu stellen versuchte, klang einleuchtend. Auf dem Papier zumindest. Briggs fiel während der Erläuterungen von Korkoff immer wieder auf, dass Doc Belwik irgendwie geistesabwesend, ja, verstört schien. Irgendetwas stimmte mit ihm nicht. Sowie er Zeit hatte, wollte Briggs mit ihm reden.

*

Der Tolstoy stand eine unruhige Nacht bevor. Das Schneetreiben hatte sich mit einem Sturm vereint, der gegen Mitternacht immer stärker wurde. Am Steuerrad stand Thomas Brink, 2. Steuermann der Tolstoy und behielt selbiges nur im Auge, weil die Steuerung auf Automatik geschaltet war. Käpt'n Briggs hatte wieder einmal seine typische Haltung angenommen: mit hinter dem Rücken verschränkten Händen auf und ab gehend, sah er dem Wettertreiben durch das Bullauge zu. In vier Tagen sollte es also losgehen. Ja, irgendwie glaubte er auch, dass sie eine Chance hatten. Aber Voice. Der hatte verloren ... oder? Jäger kannte ihn gut und hatte fast alle seine Einsätze geleitet.

Briggs klappte seinen Laptop auf und tippte Jägers Namen mit dem dazugehörigen Zahlencode ein. Jägers Gesicht tauchte auf dem Monitor auf und wirkte mehr müde als verschlafen. »Käpt'n Briggs, was kann ich für Sie tun?«

»Entschuldigung, Sir, ich hoffe ich störe Sie nicht?«

»Ist okay, Käpt'n, was gibt es?«

»Meine Frage ist die, Major: Voice hat schon viele heikle Einsätze für Sie gefahren, er hat sich oft in Lebensgefahr gebracht. Wissen Sie, Sir, ich fühle mich etwas schlecht, weil ich ihn einfach ...«

»Ihre Frage, Briggs!«, unterbrach ihn Jäger ein wenig schroff.

Briggs hüstelte. »Bei welchem Einsatz haben Sie gedacht: Er geht dabei drauf, weil er eigentlich gar keine Chance hat?«

Major Jäger ärgerte sich ein wenig über die Formulierung der Frage, wusste aber worauf Briggs hinaus wollte. Er wollte etwas Unglaubliches hören. Er tat einen Moment so, als wenn er überlegen würde, und sah dann wieder etwas freundlicher aus dem Monitor heraus in Briggs Gesicht. »Also eine Sache fällt mir da ein, aber das war kein Einsatz, sondern mehr ein Unfall.« Er steckte sich eine Zigarette an und machte es sich etwas bequemer. »Drei Scores von der Kategorie A1 hatten sich an Bord des Flugzeugträgers »Milwaukee« geschmuggelt und vor Long Island versucht, das Schiff zu übernehmen. Wenn Sie mich jetzt fragen, wie die drei an Bord gekommen sind, kann ich nur sagen, dass die Soldaten zu dem Zeitpunkt noch gar nicht wussten, was ein Score überhaupt ist. Durch Zufall war Voice an Bord, um nicht zu sagen, dem Himmel sei Dank. Er hatte da einen Freund besucht. Jedenfalls mussten etliche Menschen sterben und wirklich nur Voice ist es zu verdanken, dass sie den Kahn nicht entern konnten. Zwei von ihnen konnte er aufgrund seiner stimmlichen Fähigkeiten schon an Bord ausschalten, der dritte aber ...« Jäger zog noch einmal an seiner Zigarette: »... der dritte aber erwischte ihn am Arm und die beiden gingen über Bord. Im Wasser ging der Kampf weiter und Sie wissen, Briggs: Wenn einer von diesen A1 Typen einen zu fassen hat, dann hat man eigentlich keine Chance mehr. Nicht so Voice. Er kämpfte mit diesem A1 in gut 180 Meter Tiefe und er schaffte es tatsächlich, ihn zu töten. Wenn man diese Dinger denn töten kann. Aber das Beste ist: Sie waren beide über 20 Minuten unter Wasser.« Er machte eine kurze Pause. »Voice überlebt noch ganz andere Sachen, als aus einem Flugschiff zu springen. Und jetzt: gute Nacht, Kapitän Briggs!«

Briggs starte den dunkel gewordenen Monitor an. Wenn das stimmte ... Aber warum sollte Jäger lügen. Die Geschichte beruhigte Briggs ein wenig. Er stand kurz davor, gute Laune zu bekommen und schnarrte ins Mikrofon. »Tom, bring mir doch mal einen Cognac auf die Brücke.«

»Aye, Sir, wie immer?«

»Wie immer ...« Briggs musste lächeln. Tom Smutgard war wirklich eine Seele von Mensch. In dieser Nacht bekam kaum jemand ein Auge zu. Das lag nicht nur am Wetter, sondern eher daran, dass es sich bis zum letzten Mann an Bord herumgesprochen hatte, die Tolstoy würde am Morgen des vierten Tages starten. Zum großen Durchbruch! Steve Colbrek sah in dieser Nacht immer wieder auf seine Maschinen und stellte sich die Frage, ob er den Vortrag von Korkoff nun wirklich gut finden sollte. Es befiel ihn auch ein leichtes Gefühl der Vergänglichkeit. Das war aber wirklich nichts Besonderes, das war vor solchen Einsätzen fast immer so. Sergeant Honah schlief in dieser Nacht sehr unruhig. Das lag allerdings weder am Wetter noch an dem Einsatz. Und Head-Hunter Seidenmeyer klappte noch des Öfteren ihren Laptop auf und fragte sich, wieso ihr der Name nicht bekannt vorkam, aber das Gesicht. Sie kannte dieses Gesicht und es fühlte sich so an, als ob es keine schöne Erinnerung wäre.

Thomas Brink, der 2. Steuermann, fühlte sich auch etwas unwohl, bei dem Gedanken, was er sich vorgenommen hatte. Aber er würde es tun. Mit Sicherheit!

In dieser Nacht wehte ein seltsamer kalter Wind durch die Flure und Korridore der Tolstoy, der in alle Ritzen drang und den man durchaus als Gefühl der Angst beschreiben könnte. Nur bei einer Person nicht.

Sie hatte wirklich etwas anderes im Kopf.

Sie hatte keine Angst.

Auch nicht, als die Tolstoy bei einer etwas heftigeren Böe ein wenig mehr wackelte als sonst.

Sie hatte sich einfach weiter ihre Zöpfe geflochten.

Die kleine Hure.

*

Jim Beam hatte sich nicht getäuscht. Es war tatsächlich ein kleines Flugboot und das Beste war, dass es in seinem Tank noch soviel Pressluft hatte, um es noch ein paar Kilometer vorwärts zu bewegen. Was für ein Glück! Die Landschaft, die Voice im Vorbeifliegen beobachten konnte - sie bewegten sich zirka in zwei Meter Höhe und flogen mit sechs Knoten - erschien ihm mehr als nur erschreckend. Wie ein fremder Planet. Er wusste zwar, dass er in Hamburg war, aber er wusste beim besten Willen nicht, in welchem Stadtteil er sich befand. Und er konnte behaupten, er kenne Hamburg gut. Schließlich war das sein Bezirk seit vielen Jahren. Was man durch den Schneeschleier hindurch erkennen konnte, waren eingerissene, umgestürzte Häuser, die schon derart mit Pflanzenwuchs besetzt waren, dass man beim besten Willen nicht sagen konnte, ob man jetzt in Mundsburg oder auf dem Kiez war. Es gab natürlich auch einige Gebäude, die den Anfangsstürmen innerhalb der Glocke getrotzt hatten. Doch die eingeschlagenen Scheiben spiegelten ihre Verlassenheit wider. Eine zerstörte Stadt, in der die Ratten ihre Fußspuren in den Schnee stapften.

Aber dann erkannte Voice etwas. Den Altonaer Bahnhof! Er konnte den alten Mc-Donalds-Laden erkennen. Oder was von dem übrig war. Bell-Bob landete das kleine Flugschiff etwas unsanft, dann stolperten sie ins Schneegestöber hinaus, Jo ging voraus. Jim Beam und Bell-Bob stützten Voice, der plötzlich starkes Fieber bekommen hatte. Der Wind fegte die Schneeflocken über sie hinweg und zerrte an ihrer Kleidung. Sie erreichten die ersten Treppen, die zu den U-Bahnschächten hinunter führten.

»Wir sind fast da!«, erklang Jos Stimme. Er drehte sich zu Voice um, der immer noch von Bell-Bob und Jim gehalten wurde. Max hörte ihm mit verschwommenem Blick zu. »Hier hat ein Kollege von mir in den U-Bahnschächten eine ...« Er verdrehte die Augen. »Er hat hier eine Praxis aufgemacht. Er hat gute Medizin am Start, wenn wir Glück haben, ist er mit seinen Leuten noch da.«

Dr. Meyler war noch da! Er war auch nicht alleine. Je tiefer sie in die U-Bahnschächte vordrangen, desto mehr Menschen drängelten sich um brennende Mülltonnen herum. Viele nur in Lumpen gekleidet, die vor Kälte schlotternd ihre Hände über die Schultern rieben. An den meisten Wänden hingen Fackeln und der Geruch, der ihnen entgegenschlug, war eine Mischung aus Urin, Blut, Verzweiflung, Angst und der Ungewissheit.

Der Geräuschpegel der Diskutierenden, der laut Stöhnenden, der Murmelnden, der Sterbenden und der hysterisch Lachenden wurde in Max' Kopf zu einem Donnern, zu einem Düsenjäger aus hoffnungslosen Informationen. Die Menschen hatten auch Mitbewohner bekommen, die sie sich nicht ausgesucht hatten.

Ratten!

Es wimmelte hier nur so von ihnen. Beide Rassen hatten aber ein stillschweigendes Abkommen miteinander. Die Menschen brachten ihre Toten weit nach unten, in ein paar abgelegene Korridore, wo die Ratten dann ihren Festschmaus abhalten konnten. Als Gegenleistung konnten sich die Menschen hier und da mal einen Sonntagsbraten angeln, ohne dass einer der anderen haarigen Artgenossen eingegriffen hätte. Eine Hand wusch die andere. Und hier drinnen war es immer noch besser als draußen, denn dort herrschte bereits eine Temperatur von minus 21 Grad. Das war weder für die Ratte noch für den Menschen als angenehm zu bezeichnen.

Max hörte, wie Jo mit ein paar Leuten redete. Kurze Zeit später wurde er von Jim und Bell-Bob in einen mit dunklen Planen abgehängten Raum gebracht. Vorsichtig legten sie ihn auf eine Pritsche. Sein Bein pochte wie wild und sein vom Fieber gezeichnetes Gesicht war leichenblass. Ein paar Minuten vergingen und Max bemerkte, dass sich ein paar Menschen mit dreckigen weißen Kitteln um ihn herum versammelt hatten. Einer von ihnen beugte sich herunter und hauchte ihm ein paar Sätze ins Ohr. »Sie haben heute wirklich doppelt Glück, Mann. Als Erstes geraten Sie an Doktor Brückner, den besten Arzt, den man in Hamburg auftreiben kann und dann haben wir auch noch den richtigen Stoff, der ihrer Infektion das Leben aushauchen wird. Ist das nichts? Wir kriegen sie schon wieder hin«

Wer war Dr. Brückner? Voice bekam eine Spritze und seine Gedanken beschäftigten sich nicht mehr mit dieser Welt.

Als er drei Stunden später wieder zu Bewusstsein kam, sah er in das Gesicht von Jo Brückner. Eine nackte Glühbirne tauchte den Raum in ein mattes Licht. Jo war rasiert und sah ganz anders aus, als noch vor ein paar Stunden. Er hatte seine Klamotten gewechselt, trug einen alten Parker, eine Armeehose und dicke Schnürstiefel.

»Du bist Arzt?«

Jo rieb mit seinen Händen auf seinen Beinen hin und her. »Ja. Oder war ich zumindest. Chefarzt der Chirurgie in St. Georg.«

Voice holte einmal tief Luft und bemerkte dabei, dass er sich erheblich besser fühlte, als noch vor ein paar Stunden. Sein Fieber war fast verschwunden. Für den Moment eines Wimpernschlags sahen sie sich direkt in die Augen. Max' Finger umschlossen den Unterarm von Jo. »Diese Biester, die uns aufgelauert haben, sind auch eine Erfindung von Dr. Dregger unglaublich, oder?«

Jo legte Max' Hand aufs Bett zurück, beugte sich nach vorne und zog mit dem Daumen das untere Lid von Max' linken Auge herunter.

»Unglaublich? Warum sollte ich dir die Geschichte mit diesen Biestern und Dr. Dregger denn nicht glauben? Ich habe diese Viecher doch gesehen. Wenn mir vor einem Jahr jemand gesagt hätte, Hamburg wird bald in Schutt und Asche gelegt werden, hätte ich wahrscheinlich nur laut gelacht. Natürlich weiß ich, dass es um unsere Umwelt alles andere als gut bestellt ist.« Jo schüttelte langsam den Kopf. »Irgendwann geht natürlich die Welt unter, aber ich hatte nie gedacht, dass ich dabei sein würde. Ich habe in den letzten Monaten Dinge gesehen, die ich in meinen schlimmsten Alpträumen noch nicht erlebt habe.«

Jo nahm eine Hand vor den Mund und räusperte sich leicht. »Ich hätte sicherlich noch Millionen von Fragen an dich, aber ich will sie mir sparen, um mich selbst zu schonen. Deswegen interessiert mich im Moment nur eins.« Er wischte sich mit dem Handrücken über seine Stirn. »Wenn ich dir richtig zugehört habe, hast du eine Möglichkeit dieses Wetter oder sagen wir lieber: die Glocke zu zerstören. Stimmt das?«

Das helle Licht vor Max' Auge verschwand wieder. Er nickte. Jo ließ die Taschenlampe in seiner Parkatasche verschwinden. »Dann lass mich dir dabei behilflich sein. Wenn wir wirklich die Möglichkeit haben, diesen Wahnsinn zu beenden, dann lass es uns probieren.«

Voice hatte das Gefühl, dass er in dieser obskuren Situation einen wirklichen Partner gefunden hatte. Jemand, dem das wirklich Elementare zu tun mehr wert war, als sich stundenlang darüber zu unterhalten, ob es Dregger nun gab oder nicht. »Ich habe einen Navigator im Laptop, der in meinem Torpedo steckt, und einen trage ich am Handgelenk.« Voice drehte sein Handgelenk so, dass Jo ohne Schwierigkeit einen Blick darauf werfen konnte. So einen Navigator, ein Gebilde ähnlich einer Uhr, auf dem permanent verschiedene Zahlen aufflackerten und ein Zeiger, der ständig die Farbe wechselte, hatte Jo noch nie gesehen. »Ich müsste eine Konferenzschaltung der beiden Geräte herstellen. Dann könnte ich das Radiodrom ohne Weiteres ausfindig machen.«

Jo zog die Augenbrauen hoch und sah Voice ein wenig zweifelnd an.

Max versuchte, zu lächeln. »Ich habe schon einige Radiodrome dekodiert und mit diesem Gerät aufgespürt. Ich denke wir haben eine faire Chance, auch dieses Radiodrom zu finden und es unschädlich zu machen.«

Die beiden lächelten sich an. »Gut, dann gebe ich dir noch eine Spritze und du ruhst dich noch ein wenig aus. Ich such schon mal die Sachen zusammen, die wir für unsere Expedition so gebrauchen können.«

Max spürte einen kleinen Stich an seinem linken Oberarm. Jo tupfte die Wunde ab und erhob sich langsam. »Hamburg ging es in den letzten Jahren wirklich schlecht. Scheiß-Politiker, zu viele Gewaltverbrechen, die hohe Arbeitslosigkeit. Aber von Maschinen will ich mir wirklich nichts diktieren lassen, ich werde mich nicht einschüchtern lassen, von diesen ... oh, verdammt, wie heißen die eigentlich?«

»Scores.«

»Okay, von denen nun wirklich nicht.«

Voice bekam die letzten Worte von Jo gar nicht mehr mit. Er schlief wieder. Als er erwachte, stellte er fest, dass er fast mühelos gehen konnte und wie erleichtert er war, diesen stechenden Schmerz nicht mehr zu spüren, aber die Stimmung in dem U-Bahnschacht war mehr als nur bedrückend.

*

»Wo finde ich meine Sachen, Schwester?«
»Ich habe alles dort hinten auf den Stuhl gelegt. Ach so ja, diese rote Sauerstoffflasche oder was das ist, liegt von Ihrer Tür aus gesehen links ...« Sie zeigte mit der flachen Hand in die Richtung.
»Danke, Schwester!«
Er kniete vor seinem Torpedo und steckte die Kondeck wieder in seinen Holster. Alles war noch an seinem Platz. Auf die Drei ist ja wirklich Verlass, dachte Voice. Eigentlich war es immer das Gleiche: Wenn er seinen Hut aufsetzte und in seinen Mantel schlüpfte, fühlte er sich mehr in Sicherheit als vorher, einfach wohler. Voice stellte sich auf seinen linken Fuß und winkelte sein rechtes Bein ein wenig an.
»Na, das geht ja schon wieder ganz gut.« Neben ihm stand plötzlich Dr. Meyler, der ihn wieder zusammengeflickt hatte und lächelte. Jetzt erst fiel Max auf, dass er hier nicht der einzige Verletzte war. Er wollte gerade etwas antworten, wurde aber dabei unterbrochen, weil ein anderes Organ sich noch vor seiner Stimme meldete: Sein Magen knurrte mit einem lauten tiefen Ton.
Dr. Meyler schien ein fröhlicher Mensch zu sein, denn er lachte jetzt laut auf und legte Max die Hand auf die Schulter. »Vielleicht sollten Sie sich erst mal lieber stärken, bevor sie mir antworten. Kommen Sie mit.«
Max Voice hatte nicht gewusst, wie gut ein Eintopf ohne Fleischeinlage schmecken konnte. Er war wirklich froh darüber, denn bei dem Wort Fleisch musste er an die kleinen Rattenspieße denken, die sich hier auf den Fluren drehten. Die leicht gebogene Lampe, die auf dem Schreibtisch stand, beleuchtete zwar Dr. Meylers Hände, ließ aber sein Gesicht im Dunkeln verschwinden. Er hielt ein Stück Papier in der Hand. »Sie haben wirklich eine Menge abbekommen, Mister ...«
»Max Taelton.«
»Mister Taelton, zwei Wirbel in Ihrem Rücken waren ausgerenkt. Vier Rippen sind gebrochen. Ihren rechten Arm ziert ein wahrlich großer blauer Fleck. Die Infektion in ihrem Bein hätte Sie das Leben kosten können.« Sein Mund tauchte jetzt im Lichtkegel der Lampe auf. »Von der Schnittwunde in der Wade mal ganz zu schweigen. Aber Sie sitzen vor mir und essen gemütlich einen Teller Suppe. Haben Sie denn gar keine Schmerzen mehr, Mister Taelton?«
Max schlürfte seine Suppe und schüttelte mit dem Kopf.
»Kompliment, Sie halten wirklich eine Menge aus.« Meyler hatte sich soweit nach vorne gebeugt, dass sein angeleuchteter Kopf wie ein Mond über den Tisch hing.
»Da mögen Sie recht haben, Doktor.« Max stellte die leere Suppenschüssel auf den Tisch, nahm seinen Hut und legte ihn direkt daneben. Diese Eigenart,

den Hut vor sich auf den Tisch zu legen, hatten fast alle Mitarbeiter des U.P.D. Warum auch immer. In einem kurzen Smalltalk über die Lage innerhalb der Glocke machte sich Dr. Meyler ernsthaft darüber Gedanken, dass die Infektionskrankheiten immer häufiger und immer tödlicher wurden.

Voice strich mit einem Finger über die Tischkante.

»Sind Sie noch gar nicht von Banden bedroht worden, Doktor Meyler?«

Meyler sah ihn verwundert an. »Von wem bitte?«

Max beugte sich ein wenig nach vorne. »Ähm, also ich mein da ganz bestimmte Gangs, die Menschen verschleppen und ...«

Dr. Meyler unterbrach ihn plötzlich. »Sie meinen diese widerlichen Motorradtypen, die Hunde haben, die aussehen wie Wildschweine?«

Max wurde hellhörig. »Genau die.«

Dr. Meyler lächelte überlegen. »Ich hab nur von denen gehört, gesehen hab ich die noch nie und ich denke mir, dass es bei den Beschreibungen, die ich gehört habe, einige menschliche Fantasien durchgegangen sind. Wissen Sie, einige Hirne vertragen das Glockendasein einfach nicht so gut. Außerdem haben die sich mehr an die leichteren Opfer gehalten.« Dr. Meylers Gesicht verschwand wieder lächelnd in der Dunkelheit. »Wir sind hier einfach zu gut organisiert, Mister Taelton.«

Ihr Wort in Gottes Ohr Dr. Meyler, dachte Max.

»Möchten Sie einen Kaffee, Mister Taelton?«

»Gerne.«

Meyler stand auf und verschwand im Dunkeln. Kurze Zeit später war er wieder zurück und stellte zwei Becher Kaffee auf den Tisch und faltete seinen Hände erneut im Lichtkegel. »Sie sind vom U.P.D., nicht wahr?«

Max war erstaunt. »Sie kennen ...«

»Ich habe mal durch Zufall einen Bericht über diese Sondereinheit im TV-12 gesehen. Terroristenbekämpfung und Katastrophenschutz.«

Voice nickte. Die letzten Sätze hatte Dr. Brückner auch mit bekommen, als er gerade den Raum betreten hatte. Voice und Jo tauschten einen freundlichen Blick aus, als er sich hinsetzte.

»Darf ich dir eine Frage stellen?«

»Jederzeit.«

»Danke! Wenn ich mich nicht völlig täusche, hast du vorhin – wie heißen diese Monster noch mal?«

»Scores ...«

»Okay, Scores. Seltsamerweise verdränge ich den Namen dieser Viecher immer wieder aus meinem Gehirn. Also, vorhin hast du die einfach weggeschrien, ohne dass man den Schrei richtig hören konnte, ich meine ...«

»Weggeschrien?«, schoss es aus Dr. Meyler heraus.

Brückner nickte.

»Ja, es klingt etwas seltsam, aber Max hat sie mit seiner Stimme regelrecht weggepustet. Sie sind in den Matsch geknallt und einfach nicht mehr aufgestanden! Wie geht so etwas? Woher hast du das?«

Max setzte wieder seinen Hut auf, lehnte sich etwas nach hinten und verschränkte seine Arme vor der Brust. »Ich möchte euch diese Geschichte wirklich nicht vorenthalten, aber sie ist sehr lang und es gibt da einige Sachen, die jetzt wichtiger sind. Zum Beispiel, wie kommen wir in die Nähe des Radiodroms, es ist laut meines Navigators etliche Kilometer entfernt? Südlich von hier ...« Voice beugte sich jetzt wieder in den Lichtkegel der Lampe, schob seinen Hut ein paar Zentimeter aus dem Gesicht und sah beide eindringlich an. »Die Herstellung eines Scores bedarf Menschen. Das heißt, alle Menschen, die sie entführt haben, werden eines verdammt grausamen Todes sterben. Ewig wird auch diese Glocke nicht standhalten. Das klingt zwar im ersten Moment ganz gut, aber dann könnte die große Stunde der Scores kommen ...«

Dr. Meyler und auch Jo sahen Voice fragend an.

»Ich glaube, der Plan der Scores ist folgender: So viele Scores herstellen, wie nur möglich. Danach bricht die Glocke zusammen. Sie könnten sich dann im ganzen Norden verteilen und die Menschen hier verdrängen. Dann hätten sie etwas geschafft, was sie noch nie geschafft haben. Sie hätten sozusagen ein eigenes Land, ihr Territorium.«

Jo und Dr. Meyler sahen sich in die Augen.

»Aber Mister Taelton, Sie sagten doch, dass es sich um Maschinen handeln würde.«

Voice nickte.

»Dann brauchen die doch einen Anführer, einen der sie baut, sie programmiert und so weiter ...«

»Den haben sie. Dr. Franz Ferdinand Dregger.«

»Das sagtest du schon zu mir Max, aber du sagtest mir auch, dass sein erstes Attentat ...« Jo kratzte sich verlegen am Hinterkopf und sah aus dem Augenwinkel Dr. Meyler an. »... dass sein erstes Attentat 1963 war. John F. Kennedy.«

Dr. Meyler sah die beiden verdutzt an. »Das ist doch nun wirklich völliger Quatsch! Das ist doch schon über hundert Jahre her. Na gut, der Mord wurde nie richtig aufgeklärt, aber bitte, meine Herren, wer Killermaschinen baut, ist noch lange nicht unsterblich.«

Jo unterbrach Dr. Meyler. »Da gebe ich dir natürlich völlig recht, aber was mich fast noch mehr interessiert, ist die Tatsache, dass seit über hundert Jahren niemand etwas davon mitgekriegt hat, dass es Scores überhaupt gibt?«

Voice nickte.

»... und einen Dr. Dregger, von dem ich noch nie etwas in meinem Leben gehört habe. Und wieso hat die Weltöffentlichkeit das alles nicht mitbekommen.« Er sah fragend in Max' Gesicht. »Ich meine, bei der Sensationsgeilheit der Medien. Wie konnte das verheimlicht werden? Und was ist der Grund dieser Geheimnistuerei? «

Voice setzte sich wieder gerade hin und dadurch verschwand sein Gesicht wieder im Halbdunkel. »Das war sicher nicht immer leicht. 1954 bekam Dr. Dregger den Auftrag, den Universal Soldier zu bauen. Der Gedanke kam dadurch zustande, dass man nicht wie im 2. Weltkrieg Menschen opfern wollte, falls es noch einmal zu einem solchen Krieg kommen würde. Der Auftrag ging an einen Deutschen. 1956 bei der ersten Vorführung kam es zu einem Desaster, die Maschine geriet außer Kontrolle und erschoss einige hohe Generäle. Daraufhin wurden Dregger sämtliche Gelder gestrichen. Er wurde wütend und ging in den Untergrund ...«

Jo unterbrach Voice und berührte ihn dabei ganz kurz mit seiner Hand an der Schulter. »Wer war denn nun der Auftraggeber?«

»Die Regierung der Vereinigten Staaten von Amerika. Deswegen drang kaum etwas nach außen. Wie hätte das ausgesehen? Eine Regierung lässt Maschinen herstellen, die sich verselbstständigt haben und auf Menschen losgehen? Aber manchmal war es auch schwierig, das alles immer wieder zu vertuschen.«

Dr. Meyler kratzte sich ungläubig am Kopf, während Dr. Jo Brückner ein lautes Ausatmen von sich gab. Nach einer kurzen Pause ergriff Dr. Meyler noch einmal das Wort. »Mister Taelton, wenn ich Ihren Worten glauben schenken soll, also ich behaupte nicht, dass Sie ein Lügner sind ...«

Voice lächelte verständnisvoll.

»... wann war denn der Moment, als ... Wie soll ich mich ausdrücken? Na ja, ich meine es ist doch schon was anderes Kennedy zu erschießen, als eine Wetterbombe zu zünden und ...«

»Sie meinen, die Entwicklung von Dr. Dregger, das Ausmaß ...«

»Genau ...«

»Als zu Beginn dieses Jahrtausends das World Trade Center in die Luft geflogen ist ...«

Die anderen beiden erstarrten.

»Das war doch ein Religionskrieg.«

»Das stimmt, aber damals wurden Beweise sichergestellt, dass Dregger auf jeden Fall seine Finger im Spiel hatte. Unter den Toten, die geborgen werden konnten, fand man auch zwei seltsame Gerippe, die man zunächst nicht zuordnen konnte. Das waren die ersten A1-Scores, mit denen es das U.P.D. zu tun kriegte. Damals waren die Off-Scores und Score-Dogs noch erheblich bessere Kampfmaschinen als der A1-Typ, aber das hat sich in der Zwischenzeit auch drastisch geändert ...«

»Alter Schwede!«, rutschte es aus Jos Mund.

Plötzlich hörten sie Schreie, die durch die Gänge des U-Bahnschachtes galoppierten. Dann peitschten einige Schüsse durch die Luft, deren Lautstärke sie zusammenzucken ließen. Max setzte seinen Hut auf und erhob sich eilig von seinem Stuhl. Durch das Gegenlicht im Flur konnte man eine weibliche Silhouette erkennen, die zwar den Vorhang, der als Tür diente, aufhielt, aber von einem dickeren männlichen Schatten zur Seite gedrängt wurde. Der Vorhang wurde aufgerissen.

»Max, komm schnell, du bist der Einzige, der gegen den was unternehmen kann.«

Bell-Bobs Stimme überschlug sich und er schnaubte schwer.

»Nun mal ganz ruhig, Bell-Bob.«

Bell-Bob kam hastig auf ihn zu und packte ihn am Ärmel seines Mantels.

»Nein, keine Zeit, Max. Dieses Monster hat jetzt schon einige zerfetzt. Einfach so. Er sieht anders aus als die, die uns draußen überfallen haben.«

Bell-Bob bewegte zwei Finger auf Voice' Augen zu.

Max wusste sofort, was gemeint war.

»Dieser stählerne Blick. Er hat einen freien Oberkörper, nur eine Weste an. Bei dem Wetter!« Bell-Bob sah mit Tränen in den Augen gequält in die Runde. »Er hat vor meinen Augen einfach ein Kind in der Luft zerrissen. Es war furchtbar.« Er sackte in sich zusammen und fing an zu weinen.

Jetzt packte Voice Bell-Bob mit seinen Händen an den Schultern und hielt ihn fest. Die Beschreibung passte haargenau auf einen A1.

Gott steh mir bei, dachte Max. Er versuchte, seine Stimme so ruhig wie möglich klingen zu lassen. »Wo steckt dieses Vieh?« Bell-Bob beruhigte sich schnell. »Vorn bei den Gleisen. Der Einzige, der versucht, ihn aufzuhalten, ist Henry. Der hat 'ne Pump Gun. Aber lange geht das nicht mehr gut. Dem Scheißding scheinen die Kugeln nichts auszumachen, außer, dass er ab und zu ein paar Schritte zurücktorkelt.«

Kein Wunder, dachte Max, schließlich ist das ein A1, der lacht über 'ne Pump Gun. Er holte seine Kondeck aus dem Holster und überprüfte sein Magazin. Dann entsicherte er die Waffe, schob sie wieder in den Holster und wandte sich an Jo und Dr. Meyler. »Besser, ihr bleibt hier. Bell-Bob, du kommst ein Stück mit und zeigst mir den Weg.«

Der verzog ängstlich sein Gesicht. »Aber ich ...«

»Keine Angst, du wirst schon weit genug weg sein.«

Ohne ein weiteres Wort ließen die beiden Dr. Brückner und Dr. Meyler stehen. Voice drehte sich noch einmal um, ging auf Jo zu und drückte ihm wortlos das Navigationsgerät in die Hand. Die beiden liefen unzähligen, teilweise schreienden Menschen entgegen. Einige Mütter trugen weinend ihre verstörten Kinder auf den Armen. Die Schüsse wurden jetzt lauter.

Sie erreichten die halb eingestürzte Bahnhofshalle.

Gerade als Voice seinem Mitstreiter klar machen wollte, dass er jetzt umdrehen könne, erstarben die Schüsse. Ein lauter Schrei erklang und ein reißendes Geräusch erfüllte die Luft. »Lauf, was das Zeug hält.« Das ließ Bell-Bob sich nicht zweimal sagen und verschwand in dem Zwielicht des U-Bahnschachtes.

Voice sprang auf den Bahnsteig und lief ein paar Treppen hinauf, bis er die Halle erreichte. Er hielt seine entsicherte Kondeck in der rechten Hand, während er seinen linken Arm ausgestreckt vor sich hielt. Max hatte das Glück, dass der A1 ihm den Rücken zuwandte, als er die Halle betrat. Von Henry war nur noch ein Haufen Matsch übrig geblieben. Einige Menschen liefen schreiend durch die Bahnhofshalle. Max wollte die Aufmerksamkeit des A1 auf sich lenken und überlegte nicht lange.

Er schoss ihm vier Kugeln in den Rücken.

Für einen Menschen hätte eine Kugel gelangt, um ihm das Lebenslicht auszublasen. Aber bei einem A1 war das etwas schwieriger. Die Kugeln der Kondeck explodierten zwar beim Aufschlag und sandten dann auch noch Stromstöße aus, die bei einem Menschen unerträgliche Schmerzen hervorriefen und in den meisten Fällen auch zum Herzstillstand führten, aber bei den Maschinen waren die Treffer nicht immer von Erfolg gekrönt. Zumindest hatte Voice noch nie erlebt, dass jemand mit einem Treffer der Kondeck 21 je einen A1 erledigt hätte. Mit der P110 vielleicht, nur lag die immer noch in seinem Torpedo. Hier hätte er sie aufgrund der Einsturzgefahr ohnehin nicht benutzen können.

Die Maschine flog kopfüber in eine Mischung aus Dreck, Blut und Schnee, der durch die offenen Bahnhofseingänge von dem immer stärker werdenden Wind hereingeweht worden war und dem Boden eine dünne, weiße, schleimige Schicht verpasst hatte. Der A1 rutschte einige Meter. Aber noch während des Rutschens machte er schon wieder Anstalten, sich aufzurichten.

Dann stand er plötzlich und sah Max direkt in die Augen. Wenn er noch nie in seinem Leben mit einem A1 gekämpft hätte, wäre er bei dem Blick einfach vor Angst umgefallen. Aber er hatte eine bessere Idee. Fast so, als wäre der Schrei von seinem linken Arm geführt worden, riss es den Score die Beine weg. Er rutschte abermals einige Meter, bis ein Betonpfeiler seine Fahrt beendete. Es war ein harter Aufprall. Voice schickte noch drei Kugeln seiner Kondeck hinter her.

Zwei trafen den A1 in die Brust, die dritte Kugel traf den Pfeiler. Die Aufschlagsexplosionen der Kugeln schickten grelle rote Blitze durch die Luft.

Die marode Bahnhofshalle erzitterte. Betonstaub fiel von der Decke und vermischte sich mit den Schneepartikeln, die durch die Luft wirbelten. Für Sekundenbruchteile hatte Max das Gefühl, die Decke würde ihm entgegen kommen.

Wenn ich hier noch einen Pfeiler treffe, der eine tragende Funktion hat, dann gute Nacht.

Der A1 hatte sich wieder aufgerappelt, nahm Anlauf und flog mit einem Riesensprung auf Voice zu. Jetzt war die Maschine schneller gewesen, als der Mensch. Der Schrei, den Voice ausstieß, traf den A1 voll vor die Brust, veränderte zwar seine Flugbahn ein wenig, aber mit seiner Hand erwischte er Max' rechten Fuß. Er ging zu Boden.

Jetzt noch einmal mit der Kondeck zu schießen, wäre Wahnsinn, dachte Max.

Der A1 wollte sich auf Voice stürzen, der sich aber gerade noch rechtzeitig wegdrehen konnte, sodass der A1 aufs Gesicht klatschte. Beide waren im Nu wieder auf den Beinen. Wieder war die Maschine etwas schneller als der Mensch. Wenn auch nur ein bisschen, aber schneller.

Der A1 packte Voice an den Schultern, stemmte ihn in die Luft und wollte ihm gerade die Arme abreißen, als Voice einen Schrei ausstieß, der dem A1 den Kopf abriss und ihn wie von einer großen Faust getroffen wieder zu Boden schickte. Im Fallen schleuderte er Max noch in hohen Bogen durch die Luft. Der Aufprall war hart, sehr hart sogar. Aber sein Mantel verhinderte Schlimmeres.

Dem A1 war zwar die Sicht genommen, denn selbst die ausgereifteste Form eines Scores, konnte ohne Augen nichts erkennen. Aber seine Sensoren wiesen ihm den Weg zu seinem Opfer. Voice versuchte wieder auf die Beine zu kommen und bemerkte dabei, dass sich ein starker Schmerz durch seine Schultern zog. War er nicht gerade von seinem Krankenlager aufgestanden?

Er konnte seine Arme kaum noch bewegen, war aber noch in der Lage, einen ungezielten Schrei auszustoßen und zu warten, bis der A1 näher kam. Zunächst hatte der A1 sich einfach nur ein paar Mal um sich selbst gedreht, aber dann machte er plötzlich einen Fünf-Meter-Satz direkt auf Voice zu und umklammerte sein linkes Fußgelenk mit der Hand. Voice stieß erneut einen Schrei aus, der die schon arg lädierte Brust des A1, völlig zerfetzte.

Max war einer der Agenten des U.P.D., der es schon oft mit einem A1 zu tun gehabt hatte. Deswegen kannte er auch ihre unterschiedliche Konstitution. Der hier schien aber besonders widerstandsfähig zu sein. Nicht sehr schlau, aber hart im Nehmen. Die beiden schlitterten von Voice' Schrei getrieben durch die Halle und fielen dabei die Treppen herunter und knallten auf die Betonplattform der U-Bahnhaltestelle. Währenddessen versuchte die Maschine noch zweimal, den Kopf von Voice mit der Faust zu treffen. Beim ersten Schlag konnte er ausweichen, der Zweite traf seinen Hut.

Normalerweise hätte er jetzt gar keinen Kopf mehr.

Doch sein Hut und auch seine gute Reaktion, ersparten ihm einen Schädelbruch. Für einen Augenblick blieben die beiden regungslos liegen. Dann setzte sich der A1 plötzlich auf und wollte mit der Faust Max in den Magen schlagen. Aber wieder konterte er mit einem Schrei.

Der Oberkörper der Maschine riss noch weiter auf.

Er rutschte über die Bahnsteigkante hinaus und knallte aus drei Meter Höhe auf die Magnetschienen. Langsam fing der A1 an, sich wieder zu bewegen. Auch Voice versuchte, oben auf dem Bahnsteig wieder auf seine wackeligen Beine zu kommen und sich auf den nächsten Schrei vorzubereiten. Dann sah er plötzlich eine Gestalt aus dem U-Bahnschacht springen, die einen Stumper mit beiden Händen fest umklammert hielt. Die Gestalt rammte den Stock in die Öffnung, wo vor ein paar Minuten noch der Kopf des A1 war - ein innerlicher Kurzschluss beendete alle Aktionen der Maschine, die noch ein paar Mal zuckte, dann sackte sie in sich zusammen. Auch Max sank zu Boden, sah aber verschwommen das Gesicht von Jim Beam vor sich.

»Jim. Mein Gott, Jim. Das war eine Heldentat. Ich hätte mir in meinen kühnsten Träumen nicht vorstellen können, dass du so gut mit einem Stumper umgehen kannst. War das mein Energiestab?«

Jim nickte und riss die Arme hoch. Dann stieß er einen lautlosen Schrei aus. So, als ob er ein Tor geschossen hätte, tanzte er um Max herum.

Der letzte Gedanke, der Voice durch den Kopf schoss, war, dass er sich fragte, warum der A1 keine Laserwaffe bei sich getragen hatte. Dass ihn kurze Zeit später ein paar vorsichtig agierende Hände auf eine Trage hievten, merkte er nicht mehr.

*

Ungefähr zwei Stunden nach diesem Kampf erlosch das Schneetreiben so plötzlich wie eine Kerze, die irgendjemand ausgeblasen hatte. Sonnenstrahlen setzten ein. Aber war es wirklich die Sonne? Die Glocke um Hamburg erschien wie eine Feuerwand. Innerhalb der Glockenwand erhöhte sich die Temperatur auf 60 bis 70 Grad Plus. Der Einsatz der Tolstoy konnte nicht stattfinden, da sie wahrscheinlich verglüht wäre. Alle Flüchtlingslager außerhalb der Glocke und auch die gesamte Front wurde aufgrund der Hitze einige Kilometer weiter von der Glocke entfernt nach hinten verlegt.

*

Artuhr konnte viele Menschen nicht verarbeiten, sie vergammelten ihm sozusagen. Er führte zwei hektische Gespräche mit Dregger, die aber immer unterbrochen wurden. Jedenfalls hatte er begriffen, dass Dregger behauptete, alles im Griff zu haben. Er glaubte ihm nicht.

Denn, wem sollte das Glühen der Glocke etwas nützen? Artuhr erzählte Dregger zwar, dass er sieben A1-Typen hergestellt hatte. Aber er erzählte ihm nicht, dass er drei Score-Dogs und einen Off-Score verloren hatte. Schon gar nicht würde er erwähnen, dass ein A1 verschwunden war. Einfach weg. Seine Waffe lag noch in seinem Quartier.

Nein, das war nicht sein Fehler! Diesen A1 hatte nicht er gebaut. Er war schlecht programmiert, würde er sagen.

*

Sechs Tage und Nächte vergingen, in denen das über Monate gefallene Wasser innerhalb der Glocke sich zu Nebel auftürmte und von der Glockenwand förmlich eingesogen wurde. Die Hitze wurde für viele Menschen innerhalb der Glocke zu einer tödlichen Falle. Max bekam von all dem nicht so besonders viel mit, denn er betrat erst mit den ersten Regentropfen wieder die Showbühne der Realität. Ein anderer Mensch hätte diesen Kampf wohl nicht überlebt.

Wie auch!

Fast zwei Tage und drei Nächte kämpften Dr. Brückner und Dr. Meyler um sein Leben. Nachdem sie ihn wieder zusammengeflickt hatten, bemerkten die beiden, unabhängig voneinander, dass die inneren Verletzungen und auch die Hautabschürfungen, sowie auch die gebrochenen Rippen, viel schneller verheilten, als bei anderen Menschen. Es grenzte fast an ein kleines Wunder. Beide Ärzte verloren zwar kaum ein Wort darüber, sahen sich aber hin und wieder während der Behandlung fragend und verwundert an.

Dr. Brückner nutzte noch den Rest seiner Zeit, sich den A1 genauer anzusehen. Er hatte sich mit dem Klonen von Menschen nie sehr beschäftigt, sein Engagement galt der Lebenserhaltung und der Lebensrettung. Lebewesen herzustellen, wollte er lieber Gott überlassen. Das, was er da untersuchte, hatte aber auch nicht soviel mit Klonen zu tun. Nein, man konnte es eher als eine neue Rasse bezeichnen, die nur teilweise aus menschlichen Organen bestand, wie zum Beispiel das Herz oder dem Gehirn, die beide scheinbar durch Mikrochips angetrieben wurden und das gesamte System aufrecht erhielten. Am interessantesten fand er allerdings die Haut, die aus sehr vielen Schichten bestand und eine Art Legierung enthalten hatte, die sehr widerstandsfähig zu sein schien. Unverwundbar sozusagen. Mit menschlicher Haut hatte das allerdings überhaupt nichts zu tun, auch wenn sie auf den ersten Blick so aussah.

Dr. Jo Brückner hatte hier nicht die Möglichkeiten, die er brauchte, um eine genaue Analyse durchzuführen. Viele Dinge und Zusammenhänge kapierte er auch nicht, denn Max hatte nicht soviel von dem A1 übrig gelassen. Jo sank müde auf einem alten Stuhl und starrte auf die dreckigen Vorhänge, die seinen kleinen Korridor vom Rest der Welt trennten. Die nackte Birne an der Decke flackerte und ein kühler Wind wehte unter dem Vorhang hindurch.

Angenehm, dachte er, dass diese bepisste Glocke wenigstens nicht mehr glühte. Das spürte man sogar in den Tiefen der U-Bahnschächte. Eins wurde ihm immer klarer, je länger er sich mit seinem neuen Patienten beschäftigte hatte: Er war froh, dass er tot war.

Eiertänze

Denn mit der Freude Feierklänge
Begrüßt sie das geliebte Kind
Auf seines Lebens erstem Gange,
Den es in Schlafes Arm beginnt;
Ihm ruhen noch im Zeitenschoße
Die schwarzen und die heiter'n Lose *

Sie sah aus ihrem Bullauge heraus in eine Trostlosigkeit aus Wetterumschwüngen, die von einem Halbdunkel beleuchtet wurden. Jetzt fing es gerade wieder an, sich einzuregnen. Besser als dieser Hitzeschock, der die letzten Tage grassierte, war das Wetter jetzt aber allemal. Die Glocke hatte geglüht. Sechs Tage lang! Der Anblick war unglaublich gewesen. Ein rot durchtränkter Film, der sich durch die Luft schwang und Hamburg wie einen Samtvorhang einkreiste. Auch die Tolstoy musste die Flucht ergreifen, konnte ihren Auftrag nicht wie geplant durchführen. Es wäre Wahnsinn gewesen, in eine glühende Wand zu fliegen. Jetzt kreiste sie nordöstlich von Lüneburg in einigen Kilometern Entfernung von der Glocke.

Lüneburg sah aus 130 Meter Höhe aus wie ein schlafender Hund, der dem immer stärker werdenden Regen trotzte, in dem er sich immer mehr zusammen kauerte. Der Regen und die Wettermauer ließen sie ein wenig frösteln. Es war alles in allem ein wirklich frustrierender Ausblick. Irgendwann in den nächsten Stunden wird der Einsatzbefehl kommen. Es sei denn, die Glocke würde plötzlich wieder anfangen, zu glühen.

Janina Seidenmeyer war schon zu lange bei den Head-Huntern des U.P.D., um sich selbst irgendetwas vorzumachen. Dieser Einsatz in der Glocke würde viele Menschen das Leben kosten. So war jedenfalls die Einschätzung ihres unmittelbaren Vorgesetzten Sergeant Cliff Honah. Sie hatte ihn um eine ehrliche Antwort gebeten und er hatte ihr eine gegeben. Nur um das Siegel der Verschwiegenheit hatte er sie lächelnd gebeten, da es doch wirklich unklug sei, solche düsteren Prognosen vor einem Gefecht in der Öffentlichkeit zu verbreiten.

Sie mochte ihn.

In den letzten Tagen hatten sie sich immer besser kennengelernt und sie sah in Cliff Honah einen wirklich verantwortungsvollen Chef, der trotz dieser düsteren Prognose immer wieder versuchte unter seinen Leuten gute Laune zu verbreiten.

Ja, sie mochte ihn.

Und sie glaubte, er spürte das auch. Vielleicht war seine Prognose auch deswegen so schlecht, um ihr zu vermitteln, dass das die vielleicht letzte Chance war, um mit ihm ins Bett zu gehen. Aber unter welchen Umständen auch immer, im Augenblick hatte sie keine Lust auf Sex, egal mit wem.

Sie wandte ihre Augen vom Bullauge ab, setzte sich an den kleinen Tisch, zündete sich eine Zigarette an und klappte wie so oft in den letzten Tagen ihren Laptop auf. Ihr Gehirn war vom ständigen Überlegen schon völlig malträtiert. Der Name sagte ihr nichts. Oder doch? Aber das Gesicht, das sagte ihr etwas! Auf jeden Fall! Es wurde ihr schon manchmal schlecht vom Überlegen. Nein, das kannte sie nicht von sich selbst!

Vielleicht werde ich ja doch schon eine vergessliche alte Nudel. Mit dreiunddreißig Jahren ein bisschen früh.

Was auch immer sie davon zurückhielt, auf den Mann zuzugehen und zu fragen, woher sie sich denn kennen würden, wusste sie nicht genau, aber ihr Instinkt sagte ihr, es besser nicht zu tun.

Während der Regen schon erheblich stärker als noch vor zehn Minuten gegen das Bullauge prasselte, entschloss sich Janina noch einen Blick in die Bar zu werfen. Ein Drink konnte jetzt wirklich nicht schaden und außerdem war ihr gar nicht danach, alleine in ihrer Kajüte rumzuhängen. Tief in ihrem Inneren hoffte sie, dass es Cliff genauso gehen würde. Kurz bevor sie ihre Kajütentür hinter sich schloss, fiel ihr Blick noch einmal in den Spiegel. Sie lächelte sich auffordernd an.

Cliff Honah aber war nicht in der Bar. Er saß in der Kapitänskajüte einem nachdenklich dreinblickenden Kapitän Briggs gegenüber. Die Tolstoy lag unruhig in der Luft, sodass Cliff Schwierigkeiten bekam, seine Zigarette, sein halb volles Glas Whisky und seine Straße, die er sich mit Traumstoff auf den Rand des Tisches für sich gehackt hatte, unter Kontrolle zu kriegen.

Er schaffte es!

Mit einem tiefen Atemzug sog er mit einem Ruck die TS-Straße weg, schüttete danach den Inhalt seines Glases in sich hinein, nahm einen tiefen Zug von seiner Zigarette und lehnte sich zurück.

»Wann geht es los, Eddy?«

»Du weißt, Cliff, die Vorschriften.«

Cliff Honah kam ein Stück aus seinem Sessel heraus und sah Käpt'n Briggs in die Augen. »Komm Eddy, es geht mir doch nur darum, meine Jungs ein bisschen drauf einzustellen. Ich sag schon keinem, wann es genau losgeht. Nur, dass ich Bescheid weiß. Oder glaubst du ehrlich, ich wäre eine von den undichten Stellen zu Dregger? Nein, Scheiße ... ehrlich jetzt mal!«

Briggs nahm seinen Kapitänshut ab und legte ihn auf den Tisch. Dann sah er Cliff an und verdrehte die Augen zur Decke. »Sorry. In 36 Stunden.«

»Ich dachte ...«

»Bowen will sich noch ein wenig das Wetter angucken. Vielleicht ist das Quatsch, aber er meinte, dass er eine gewisse Regelmäßigkeit errechnen könnte. Was uns das nützt, hat er mir zwar erklärt, aber so ganz begriffen, hab ich es nicht.« Briggs stand auf und ging mit verschränkten Armen hinter dem Rücken, auf das große Bullauge am Ende seiner Kajüte zu. »Aber in 36 Stunden geht es los! Egal, was passiert.«

Ein Blitz schleuderte plötzlich aus der Wettermauer heraus und schlug mit einem lauten Krachen in die Michaelis Kirche ein. Eines der ältesten Bauwerke Lüneburgs brannte lichterloh. Von oben bekam Lüneburg jetzt das Bild eines aufgeschreckten Ameisenhaufens, in den gerade ein Mensch getreten war. Für ein paar Sekunden standen die beiden wortlos nebeneinander und sahen diesem Weltuntergangsszenario zu. Das riesige Bullauge vermittelte das Gefühl, als wenn es sich nur um einen schlechten Katastrophenfilm im Fernsehen handeln würde.

Nur, es war kein Film.

Cliff Honah wandte sich ab und ließ sich wieder in den Sessel fallen. Ohne lange zu überlegen hackte er sich eine weitere Straße TS, nahm einen Schluck Whisky aus der Flasche und zündete sich noch eine Zigarette an. Briggs sah weiter aus dem Bullauge und drehte ihm den Rücken zu. »Welche Chancen haben wir, Eddy?«

Draußen zuckte ein weiterer Blitz aus der Wettermauer, der zwar ins Leere ging, der Tolstoy aber dennoch ein deutliches Wackeln abverlangte. Beim Linksdrall des Flugschiffes inhalierte Sergeant Honah gekonnt die TS-Straße, während er beim Rechtsdrall sich noch einen Whisky einschenkte, so, als ob er demonstrieren wollte, wie gut er die ganze Lage im Griff hatte. Aber wer hatte das schon?

»Entschuldige!« Briggs drückte auf seinen Messenger, den er in der Hosentasche hatte. »Kapitän Briggs an Brücke.«

»Aye Sir, Israel Hands auf Brücke.«

»Mister Hands, 16 Prozent mehr Druck auf die Außendüsen. Stabilisatoren auf über 50 Prozent hoch und die Energie auf den Abwehrschirm verstärken. Ach ja, fragen Sie Mister Colbrek, wie viel Luft die Maschine jetzt verbraucht.«

»Aye, Sir! Ist fast schon erledigt.«

Briggs drückte den Ausknopf und wandte sich Honah zu. »Woher soll ich wissen, wie die Chancen stehen?«

Honah leerte das Whisky-Glas. »Von der sachlichen Seite, weißt du, ich muss in die Scheiße da mitten rein und ich würde schon gerne wissen, jedenfalls so einigermaßen: Was wurde am Schreibtisch geplant? Das würde ich gern wissen.« Er machte eine auffordernde Handbewegung, während die Tolstoy ein wenig nach links absackte und das leere Whisky Glas auf den Boden polterte.

»Mein Gott, Cliff, was willst du hören?«

Käpt'n Briggs kam mit immer noch verschränkten Armen auf dem Rücken auf ihn zu und blieb überdimensional groß neben ihm stehen. Das ist der Stoff, dachte Cliff, er sieht aus wie ein Riese.

»Ich hab eine verdammt gute Mannschaft auf der Brücke, wir können denen da unten schon ganz schön einheizen, das kannst du mir glauben. Korkoff macht die Abwehr, du weißt, wie gut er ist. Hands, Bowen und ich im Angriff. Wir sind auch sehr gut! Nicht zu vergessen unsere sechs Scharfschützen, unter der Führung von Mister Weinberg.« Er versuchte ein Lächeln und ließ sich in den Sessel plumpsen, der mit dem von Sergeant Honah auf gleicher Höhe war.

»Und wenn du mich danach fragst, wie wir von außen her unterstützt werden, hat Major Jäger alle strategischen Vorkehrungen getroffen.«

Käpt'n Briggs drückte auf einen der Knöpfe, die auf der Unterseite seines Tisches angebracht waren. Eine Karte stand plötzlich in der Luft, die Hamburg von der Glocke umgeben zeigte. »Wir haben seit zwei Stunden zwar keine Verbindung mehr, aber letzter Stand der Dinge ist der ...« Briggs zeigte mit dem Finger auf die Landkarte. »Die Brahms kreuzt zwischen Elmshorn und Stade, in Harsefeld und Tostedt sind je vier Schnell-Flug-Boote stationiert. Das ist im Westen ...« Briggs drückte auf einen weiteren Knopf und die Vergrößerung der Ostseite erschien. »Die Nowak kreuzt zwischen Bad Oldesloe und Schwarzenbek und wird ebenfalls von vier Schnell-Flug-Booten begleitet. Unsere Begleitboote bleiben hier in Lüneburg, bis wir das Radiodrom dekodiert haben. Demnach könnten sie in ein paar Minuten bei uns sein.« Briggs machte eine kreisende Bewegung mit seinem rechten Arm um die Karte herum. »Das ist die so genannte erste Front, und sobald die Glocke aufgeht, rücken Richtung Hamburg etliche Panzer-Divisionen der Vereinten Nationen vor. Die Engländer aus Glückstadt, die Amis aus Bad Segeberg und die Deutschen aus Lüneburg!« Briggs setzte sich wieder in den Sessel, drehte sich zu Cliff und ließ mit einem weiteren Knopfdruck die Karte über dem Tisch wieder verschwinden.

»Das klingt nicht so schlecht«, stammelte Cliff Honah. Briggs erhob sich erneut, setzte seinen Kapitänshut wieder auf und bemerkte, als er durch das Bullauge sah, dass sich das Schneetreiben wieder verstärkte.

»Doch es gibt zu viele Wenn und Aber«, fuhr Honah fort. »Wir könnten auch in ein paar Stunden tot sein. Keine Ahnung! Vielleicht fängt die Glocke plötzlich wieder an zu glühen, wenn wir mitten drin sind ...«

Briggs zuckte mit den Schultern. »Ich hoffe einfach nur das Beste! Vielleicht ist es ja auch so, dass Voice das Radiodrom noch vor unserem Durchbruch dekodiert und wir nur auf ein paar Scores treffen, die aufgrund unserer Überlegenheit keine Chance haben. Wer weiß.«

Cliff Honah bewegte sich jetzt ganz langsam aus seinem Sessel hoch, wobei er sich an der Schulter von Käpt'n Briggs festhielt, und ging, zumindest ein wenig torkelnd, auf die Kajütentür zu. Die Tür öffnete sich und Sergeant Honah machte noch eine tiefe Verbeugung und sah dabei auf seine Uhr. »In 35 Stunden und 36 Minuten geht es los ...«

Er lehnte sich schnaufend an den Türpfeiler und die Augenpaare der beiden trafen sich. Sie spürten diese Vergänglichkeit, die man sich so ungern eingesteht.

»Gott schütze dich, Eddy ...«

»Gott schütze dich, Cliff ...«

Mit einem leichten Surren schloss sich die Kajütentür, hinter der Sergeant Honah verschwand. Er war high! Nachdem er fast seine Kajütentür erreicht hatte, sah er plötzlich eine Gestalt vor sich. Er war high! Ganz klar!

*

In der Bar der Tolstoy war es nach und nach immer voller geworden. Das

Gerücht hatte die Runde gemacht, dass man sich noch so 20 Stunden ausruhen konnte. Dann sollte es irgendwann losgehen. Noch Zeit, was zu trinken oder sich vielleicht ein wenig TS reinzuziehen und den lieben Gott einen guten Mann sein lassen. Egal, wie auch immer, alle möglichen Leute tummelten sich hier, nur eben nicht Cliff Honah, nach dem Janina schon die ganze Zeit Ausschau gehalten hatte. Als dann auch noch die Offiziere der Tolstoy ein kleines Saufgelage veranstalteten, wobei Tom Smutgard, Israel Hands, Steve Colbrek und Thomas Brink, das Gelächter besonders auf sich zogen, musste Janina die Bar fluchtartig verlassen. Sie wollte ihm nicht die Chance geben, dass er sie erkennen könnte. Das wollte sie nicht! Auf keinen Fall! Sie rannte in ihre Kabine und riss noch einmal ihren Laptop auf. Nein, der Name sagte ihr nichts, aber das Gesicht! Sie schlug vor Wut auf den Tisch, aber es nützte nichts, es fiel ihr einfach nicht ein.

*

Wladimir Korkoff, der Communicator und Abwehrchef, und Stephen Foster hatten andere Probleme, als sich nicht erinnern zu können. Sie gingen immer wieder die so einigermaßen zu berechnende Route durch, die sie möglichst unbeschadet durch diese Glockenwand bringen könnte. Das große Steuerrad entpuppte sich als ziemlich großer Vorteil bei schlechtem Wetter. Die Tolstoy ließ sich erheblich wendiger manövrieren als mit einem Stick. Das hätte Foster als alter Steuermann nicht gedacht. Er hatte die ganze Zeit vermutet, dass es sich nur um irgendeinen Tick vom Käpt'n handeln würde. Aber ansonsten sah die Lage ziemlich beschissen aus. Bowen hatte kaum neue Erkenntnisse vorzuweisen, und die Glocke sah immer noch reichlich unfreundlich aus.

*

Sie hatte Dr. Belwik gefesselt auf seinem Bett, mit einem Knebel im Mund und einer riesigen Erektion zurückgelassen. Er konnte das mit ihr tun, was man Ficken und Bumsen nannte und es machte auch … Wie sollte sie es sagen? Spaß? Aber es kam zu keinem Ergebnis. Wie oft hatte sie es probiert? Alle möglichen Tricks angewandt ... Sie musste jetzt handeln, denn demnächst würde es durch die Glocke gehen. Dr. Belwik war seit Tagen krankgemeldet und so würde ihn auch niemand in den letzten Stunden vorm großen Durchbruch vermissen. Sie verwandelte sich in sehr kurzer Zeit von einem kleinen unschuldigen Mädchen in einen männermordenden Vamp. Sie wusste, dass ihr kaum ein Mann widerstehen konnte, aber sie musste vorsichtig sein. Denn die Huren mussten schon längst von Bord sein und viele aus der Mannschaft der Tolstoy waren zwar geil, aber auch verdammt pflichtbewusst. Also stellte sie sich auf einen gefährlichen Weg durch das Schiff ein. Aber sie hatte das große Glück, als sie ihre Kajütentür öffnete und vor diesem gutgebauten Sergeant stand, der ihr schon ein paar Mal aufgefallen war und sie anstarrte, als wenn er

sie auffressen wollte. Sie lächelte ihn mit leicht angefeuchteten Lippen an.
»Hallo Sergeant, wohin des Weges?«

Die erotische Ausstrahlung der Person, die da mit verführerischem Blick vor ihm stand, verschlug ihm die Sprache. Sie berührte ihn einfach sanft mit ihrer Hand zwischen seinen Beinen und spürte sofort eine starke Erektion. Dann leckte sie mit ihrer Zunge über seinen Hals und über seine Lippen. Cliff Honah fiel in einen Rauschzustand, der alle Sinne völlig benebelte und ihn nur noch an Sex denken ließ. Das blonde Geschöpf schubste ihn fast zärtlich weg, um sich dann unter seinen Blicken langsam die Bluse aufzuknöpfen. Sie fuhr mit zwei Fingern ihren Oberschenkel herauf, um ihren kurzen Rock noch ein wenig höher zu schieben. »Willst du noch eine warme, feuchte Frucht kosten, bevor du in den Krieg ziehst, mein großer Held?«

Er ging einfach auf sie zu und riss ihr die Bluse auf.

Der erste Akt fand gleich auf dem Gang statt. Über 10 Stunden hatten sie fast ununterbrochen Sex miteinander. Sie hatte nicht für möglich gehalten, dass ein Mann das schaffen konnte. Sie fühlte es und sie wusste es. Das, was sie in der ganzen Zeit nicht geschafft hatte, war eingetreten. Es war endlich passiert!

*

Die Tolstoy schaukelte jetzt so sehr, dass sie sich hinsetzte und anschnallte. Über den Messenger, den sie Dr. Belwik abgenommen hatte, kam die Durchsage, dass man sich auf seinem vorgeschriebenen Platz einfinden, Hut aufsetzen und Mantel über und sich im Fly-Case festschnallen solle.

»In 25 Minuten Eintritt in die Glocke.«

Sie wischte sich das Blut von den Händen und aus dem Gesicht. Dann krabbelte Sie in das Fly-Case. Sie lächelte. Doc Belwik, diesen Versager hatte sie aus dem Weg geräumt und dieser Sergeant hatte ihr das gegeben, wozu sie bestimmt war. Die Tolstoy bäumte sich auf wie ein Wildpferd. Sie lächelte. Jetzt konnte sie die Tolstoy verlassen, ohne ein schlechtes Gewissen zu haben. So oft hatte sie es schon versucht! Jetzt endlich hatte sie es geschafft!

*

Käpt'n Briggs Blick verharrte für einen Moment an der Glocke. Es war eine einzige Verwirbelung von Stürmen. Der Regen peitschte weiterhin die Tolstoy und niemand auf der Brücke konnte mit Sicherheit sagen, um welche Tageszeit es sich da draußen handeln würde. Das Licht wechselte zwischen dunkel und hell in kurzen Abständen und immer wieder wurde das Bild durch helle Lichtblitze zerrissen. Egal welchen Zeitpunkt er auch immer wählen würde, um die Glocke zu durchbrechen, er konnte das Gefühl nicht loswerden, dass es immer der falsche sein würde. Kapitän Briggs schossen plötzlich viele Dinge durch den Kopf, die sein Leben betrafen. Seine Ex-Frau, seine beiden Kinder, die er schon so lange nicht mehr gesehen hatte, sein kleines Häuschen in der Nähe von Amsterdam. All die unerledigten Aufgaben und all die Momente, die in dein Hirn eingebrannt waren. Ob er

wollte oder nicht: Diese Gedanken wanderten immer wieder durch seinen Kopf.
  Er wandte seine Augen wieder von der Glocke ab, ließ seinen Blick durch die Gesichter gleiten, die auf der Brücke der Tolstoy anwesend waren. »Sind Sie bereit meine Herren?«
  Es klang fast so, als ob die Crew der Brücke, es jahrelang geprobt hätte, wie aus einem Mund zu antworten. »Aye-Aye, Sir ...«
  »Gut, dann wollen wir mal ...« Käpt'n Briggs drückte auf seinen Messenger und ein sehr heller Ton erklang, der dann in einen etwas tieferen überging und verschwand. Über alle Messenger an Bord erklang jetzt Briggs Stimme. Eigentlich hätte es gelangt, wenn nur Mister Colbrek ihm zugehört hätte. »Maschinen stopp, Mister Colbrek, Pumpen aus!«
  »Aye, Sir ...«, erklang Colbreks Stimme über den Lautsprecher.
  »Lassen Sie sie abfallen, Mister Foster!«
  »Aye, Sir.«
  Wie ein Blatt im Wind fühlte sich die Tolstoy plötzlich an. Das Geräusch der Pumpen war verstummt und jeder an Bord fühlte, wie sie sich ein wenig in sich verbog und sehr schnell an Höhe verlor.
  »Ständige Höhenangabe, Mister Hands.«
  »Aye, Sir 112 ... 107 ... 102 ...«
  Mit einem Ruck beschleunigte sich die Abfahrt.
  »86 ... 74 ... 56 ... Sir! 41 ...«
  Käpt'n Briggs schloss die Augen und zählte langsam von Fünf rückwärts.
  Fünf.
  Vier.
  Drei.
  Zwei.
  Eins.
  Null! »Okay, Mister Foster. Zwei Strich Backbord senkrecht! Mister Colbrek, alle 24er-Düsen 90 Prozent ...«
  »Aye, Sir ...«
  »Jetzt das Steuer auf 80 Prozent Steigung, Mister Foster! Sonst bekommen wir ein Problem.« Es gab einen sehr lauten Knall und die Tolstoy tauchte mit ihrer Nase in die Glocke ein und wurde mitgerissen.
  Höhe: 82 Meter.
  *

  Wenn Dregger gewollt hätte, hätte er die Hitzewelle verhindern können! Ja, müssen sogar! Er meinte ja, er hätte es können, aber er hat es nicht getan. Schwachsinn! Er hatte die Kontrolle verloren. Das war es. Dregger war nun doch nicht so allwissend, wie er immer tat.
  Arthurs Gedanken rasten durch seinen Kopf. Aber es war gar nicht der Ärger über Dregger, der so an ihm nagte, sondern eher die Wut auf sich selbst. Er war zu langsam und er hatte schon Verluste hinnehmen müssen, ohne dass etwas passiert war. Doch am Schlimmsten war seine Unbeholfenheit beim Herstellen des A1. Es sollten laut Zeitplan schon über zwanzig Stück fertig sein müssen.

Artuhr hatte aber erst sieben.

Weiter. Er musste sich aufraffen, weiterzuarbeiten. Aber vorher wollte er noch ein wenig Spaß haben!

Dann tat er etwas, was er noch nie zuvor getan hatte. Er nahm zwei Frauen mit in die unterirdischen Gänge, die am Glüsinger Hof anfingen und die bis weit ins Moor ragten. Dort vergewaltigte er die Frauen in einem kleinen schmutzigen Raum. Als er fertig war - eine Maschine konnte natürlich keinen Orgasmus bekommen, trotzdem hatte Artuhr seine eigenen Kriterien der Befriedigung -, brachte er beiden noch etwas zu essen und warme Decken. Irgendetwas in ihm sagte, dass er sie nicht töten sollte. Was auch immer das war.

Dann ging er wieder an die Arbeit, wo er zehn Minuten später in einen offenen Brustkorb fasste und ein pumpendes Herz herausfischte. Er versuchte Nummer acht zu bauen.

*

Hab ich keine Augen,
dann seh ich durch deine,
egal, wo du bist,
bist du nicht alleine.

Dregger hatte jetzt einen guten TGT, die Verbindung war hervorragend. So konnte er endlich wieder durch Artuhrs Augen sehen. Das Erste, was er sah, erschreckte ihn. Artuhr war viel zu langsam beim Herstellen des A1. So weit er informiert war, würde die Tolstoy schon in ein paar Stunden den Durchbruch versuchen. Es war ärgerlich, aber es musste sein: Er musste seinen Plan ändern, sonst würde er in Bedrängnis kommen. Die Zeit war ihm trotz der langen Planung davongelaufen. Vielleicht hatte er auch Artuhrs Fähigkeiten überschätzt, was das Bauen von A1ern anging. Jetzt kam es darauf an, schnell zu reagieren.

Plan B musste zum Einsatz kommen.

Das Zweite, was er sah, überraschte ihn. Artuhr vergewaltigte eine Frau. Wow! Ohne sie halbtot zu schlagen. Ein bisschen gefügig machen, ja klar. Aber eben nicht so wie sonst und er schlachtete sie nicht ab, im Gegenteil, er gab ihr etwas zu essen! Dregger musste diese Entwicklung unbedingt weiter beobachten, sie machte ihn unruhig. Schließlich entsprach es keineswegs der Programmierung eines A1ers, einem Menschen etwas zu Essen zu geben. Sehr interessant. Sehr ungewöhnlich. Sehr gefährlich. Viel zu eigenständig!

Jetzt aber erst einmal Plan B.

Er hatte zwar einen TGT, konnte aber Artuhrs Handlungen weder beeinflussen, noch in seine Gedanken eindringen. Kein wirklich guter Kontakt. Vielleicht sollte er es noch einmal mit dem Telefon probieren. Dregger ließ die Nummer des schwarzen Telefons wählen.

Erstes Klingeln ...

Zweites Klingeln ...

*

Max lehnte sich mit dem Rücken gegen die feuchte Wand, die vor dem Altonaer Bahnhof ein wenig links auf einer Erhöhung stand. Ein paar Meter entfernt sah er Jo Brückner, der sich langsam auf ihn zu bewegte und ihm eine Zigarre anbot. Max sah ihn verdutzt an. »Du hast Zigarren? Woher?«
»Einfach gut aufbewahrt. Möchtest du?«
Max lächelte und griff nach der Zigarre. »Gern Mann, gern ...« Voice schützte die Zigarre mit der linken Hand, während er sie mit der anderen an seiner Nase entlang zog.
»Ist 'ne ganz einfache Sumatra.«
»Riecht gut.«
Jo gab Voice Feuer. Beide pafften an der Zigarre und ein Rauch stieg in die Luft, der beiden eine noch verschleierte Version von dem zerstörten Hamburg gab. Einzelne Straßenzüge waren nicht mehr zu erkennen. Jedenfalls die Umgebung, die von diesem kleinen Plateau aus zu sehen war, konnte Voice nicht mehr als Hamburg identifizieren. Es hätte auch ein anderes zerstörtes Stückchen Erde gewesen sein können, nicht unbedingt Altona. Er zog noch einmal an seiner Zigarre. »Hast du eigentlich eine Frau, Jo?«
Jo wendete ein wenig sein Gesicht ab und paffte noch einmal an seiner Zigarre. »Bevor dieser Schwachsinn hier losging ...« Er musste noch einmal schlucken. »... hatte ich eine Frau und zwei Kinder. Und ich kann noch gar nicht glauben, dass es sie nicht mehr gibt ...« Dann sah er Voice direkt in die Augen und machte eine ausholende Handbewegung. »Ich kann aber auch kaum glauben, dass dies hier alles wirklich geschieht. So ein Schwachsinn ...« Jo hatte Tränen in den Augen.
Für einen kleinen Augenblick wurde der Nieselregen zu Peitschenhieben und das provisorische Plastikdach über ihren Köpfen flog davon. Während Jo den Kopf einzog, sah er, dass Voice nicht die Spur einer Reaktion zeigte und dieser kurze Wolkenbruch einfach an seinem Hut und Mantel abprallte.
»Ich weiß nicht mehr, wie viele Menschen ich kannte, die von Scores umgebracht wurden, aber es sind mit Sicherheit einige ...« Max berührte fast zärtlich die Schulter von Jo mit einer Hand. »Doch das ist nichts dagegen, wenn jemand seine ganze Familie verliert. Es tut mir schrecklich leid, Jo.«
Dann standen die beiden eine ganze Zeit lang wortlos nebeneinander und pafften ihre Zigarren. Max ergriff wieder das Wort. »Jo, ich brauch deine Hilfe. Ich habe das Navigationsgerät an meinen Laptop angeschlossen und die Holografie der Landkarte hat mir gezeigt, dass wir im Süden suchen müssen.« Er zog noch einmal an seiner Zigarre. »Je näher wir kommen desto genauer weiß ich Bescheid. Jetzt kann ich nur sagen, Meckelfeld, Fleestedt, Glüsingen. Da irgendwo ist das Radiodrom. Nur, wie komm ich so schnell wie möglich da hin? Mir meinen Torpedo auf den Rücken schnallen, geht nicht, der ist völlig unbrauchbar«, Max zuckte mit den Schultern. »Natürlich ist es auch zu Fuß möglich, aber um ehrlich zu sein, weiß ich nicht, wie gefährlich das ist und wie viel Zeit es in Anspruch nehmen würde. Nur, wenn mir wirklich nichts anderes

übrig bleibt. Hast du eine Idee?«

Bevor Jo ihm antworten konnte, zuckten plötzlich einige Blitze aus der Wettermauer und blendeten die beiden. Der Regen wurde schlagartig heftiger und so flüchteten sie sich wieder in die Sicherheit der U-Bahnschächte. Jo schüttelte ein wenig die Feuchtigkeit aus seiner Wollmütze und seinem uralten Parka, den er sich bei Dr. Meyler aus irgendeiner Tonne mit Altkleidern gefischt hatte.

»Ich habe mich während deines Komas umgehört. Ich möchte dir Eva Gardes vorstellen, sie ist die einzige, die noch ein Flug-Boot hat und sie würde es uns zur Verfügung stellen.«

»Das ist doch ein Wort!«

»Unter einer Bedingung.«

»Und die wäre?«

*

»Sie wollen also unbedingt mit?« Vor Voice und Jo stand Eva Gardes, die in diesem ganzen Dreck, eine unaufgesetzte erotische Ausstrahlung hatte, die selbst mit sehr viel Schminke kaum zu erreichen wäre. Im Gegenteil: Sie trug sehr dreckige Klamotten und ihr Gesicht zierten ein paar schwarze Ölflecke.

»Ja, ich habe meine Gründe. Meine Familie lebt im Süden von Hamburg«, sie musste schlucken und konnte für einen Moment nicht weiter reden. »Ich will einfach wissen, ob sie noch da sind!« Ein paar Tränen liefen ihr über das Gesicht und sie drehte sich ein wenig zur Seite.

Voice konnte ihr Anliegen gut verstehen, aber es war ein Himmelfahrtskommando. Egal, er konnte es ihr einfach nicht abschlagen. Außerdem brauchte er das Flug-Boot, und es ihr einfach wegzunehmen, war nicht seine Art. »Es wird sehr gefährlich, das sag ich Ihnen gleich.«

Sie machte einen Schritt auf Voice zu und sah ihm in die Augen. »Heißt das, wir gehen zusammen?«

Max nickte.

Sie lächelte ihn an. »Großartig! In drei Stunden hier vor dem Bahnhof, okay?«

Max nickte abermals.

Eva Gardes drehte sich auf dem Absatz um und verschwand zwischen ein paar anderen Leuten in der Bahnhofshalle. Voice sah ihr gedankenverloren hinterher.

»Erotisches Frauenzimmer, oder nicht?« Schmunzelnd bewegte Max sein Kinn ein wenig rauf und runter. »Das kann man wohl sagen, Jo.«

Sie sahen sich an, mussten lächeln und schlugen fast gleichzeitig den Kragen hoch, weil ein eisiger Wind in durch die Halle fegte. »Der Winter kommt auch mal wieder ganz unverhofft.«

Die Stimme von Bell-Bob ließ Jo und Voice herumschrecken. »Jim und ich haben uns entschlossen, bei euch zu bleiben. Wir wollen hier nicht blödsinnig verrecken ...« Bell-Bob räusperte sich leicht. »Entschuldigung ... nicht einfach warten. Wir kämpfen lieber. Wir sind keine Helden, Sir, das nicht, aber auf uns ist Verlass!«

Max sah in die unsicher fragenden Gesichter der beiden. »Natürlich kommt ihr mit. Packt eure Sachen. In drei Stunden. Ihr habt es ja gehört.« Beide drehten lächelnd ab und liefen auf die U-Bahnschächte zu.

»Denkst du wirklich, dass das eine gute Idee ist?«

Voice schielte mit dem einen Auge zum Eingang der Bahnhofshalle, wo er mit Erstaunen entgegennahm, dass es wieder langsam anfing zu schneien. »Ja, ich denke, dass es gut ist, zusammenzubleiben. Und was Jim Beam angeht, habe ich das, was er mit dem Energiestab gemacht hat, wirklich nur einmal zuvor gesehen ...«

Jo unterbrach Voice, indem er ganz kurz seinen Arm berührte. »Das ist schon okay. Lass uns die letzten Vorbereitungen treffen und hier abhauen!«

Fast genau drei Stunden später standen Bell-Bob, Jim Beam, Max Taelton und Dr. Jo Brückner vor dem Bahnhofsgebäude im Schneetreiben, neben dem kleinen Flug-Boot mit Namen »Filli« und hielten Ausschau nach Eva Gardes. Zehn Minuten später erschien sie, sah in ihren Kampfstiefeln und Armeeklamotten noch attraktiver aus, als bei ihrer ersten Begegnung. Sie verstauten eilig ihre Sachen und starteten. Nachdem sie ein paar Minuten in der Luft waren, beugte sich Jo zu Voice und flüsterte ihm etwas ins Ohr. »Eine Frage wäre da aber doch noch ...«

Max sah mit gerunzelter Stirn Jo fragend ins Gesicht.

»Woher wusste Eva eigentlich, dass wir nach Süden wollen?«

Max zuckte nur mit den Schultern.

*

Drittes Klingeln!
Viertes Klingeln!
Dieses alte schwarze Telefon. Abheben.
»Ja?«

Die Glocke machte plötzlich eine Drehung nach innen. Es donnerte und einige Blitze schlugen durch die Luft. Bilder blieben für ein paar Sekunden in der Luft stehen. Momentaufnahmen, in denen man für einen Augenblick die Angst in Artuhrs Augen sehen konnte. Zum ersten Mal Angst, wo kam die nur her?

»Ja?!«, schrie er erneut in die knackende Leitung. Er zuckte leicht zusammen, als er die Stimme auf der anderen Seite erkannte.

»Ich bin nicht mit dir zufrieden!«, klang es bedrohlich wispernd, aber sehr deutlich aus dem Hörer. »Aber, Sir ... Dr. Dregger ... ich ...«

»Halt deinen vorlauten Mund, Maschinchen.« Dregger machte eine verheißungsvolle Pause und Artuhr bemerkte, was für eine Wut in ihm aufstieg. Er hatte ihn Maschinchen genannt! Dregger atmete ein paar Mal laut durch.

»Es folgt jetzt Plan B.«

»Aber, Sir.«

»Schnauze, du kennst Plan B?«

Artuhr atmete tief durch die Nase ein. »Ich kenne Plan B, Sir, und ich werde ihn durchführen, Sir ...«

Dregger fuhr in erheblich freundlicherem Ton fort. »Gut, mein lieber Artuhr, dann tu dein Bestes.« Das Gespräch wurde durch Zischen und Krächzen unterbrochen. »Ich denke ... dass... A24 ... « Wieder ein Knacken und Zischen. Ende. Vorbei.

Die Leitung war tot.

Artuhr legte völlig benommen den nun nutzlosen Hörer auf die Gabel und sah aus dem Fenster seines Büros. Erneute Blitze und leichtes Schneetreiben setzten ein. Plan B, wieso nicht? Und was um alles in der Welt meinte er mit A24? Egal, er hatte ohnehin nichts mehr zu verlieren. Artuhr war ungeheuer wütend und riss die Tür zu seinem Büro auf, lief hinaus in das immer stärker werdende Schneetreiben. Dann schrie er laut. Ja, er würde es machen und genau davor hatte er Angst: vor dem Sterben. Aber egal. Er würde es tun, Plan B. Bevor er aber anfing, wollte er noch den beiden Frauen was zu Essen und zu Trinken bringen. Als er die Tür öffnete, sahen sie ihn fast freundlich an. Dregger hatte bei Weitem nicht alles im Griff. Bei Weitem nicht.

*

Von all diesen Ereignissen wusste der neu ernannte Pressesprecher des U.P.D., Major Felix Jäger so gut wie gar nichts. Sein Problem war es, dass er in zirka zwei Stunden eine weltweite Pressekonferenz geben musste, in der er erklären sollte, dass es sich bei der Wetterbombe über Hamburg nur um eine Umweltkatastrophe handelte, die man spätestens in neun Stunden im Griff haben würde. Nur das »Wie« konnte er nicht so ganz beantworten. Die Wahrheit wäre ihm lieber gewesen, aber die würde sich viel zu unglaublich anhören. Die Vereinten Nationen hatten ihm klar gemacht, dass es besser sei, mit einer schlechten Lüge zu arbeiten, als unnötig Panik zu verbreiten.

Der Durchbruch

Der Mutterliebe zarte Sorgen
Bewachen seinen goldnen Morgen.
Die Jahre fliehen pfeilgeschwind.
Vom Mädchen reißt sich stolz der Knabe,
Er stürmt ins Leben wild hinaus,
Durchmißt die Welt am Wanderstabe.
Fremd kehrt er heim ins Vaterhaus *

Die Tolstoy krächzte, schrie, aber sie brach nicht auseinander. Sie kam in die Seitenlage. Sie überschlug sich. Aber sie brach nicht auseinander.

Für einen kleinen Moment streifte das Schiff Backbord den Boden und wurde wieder nach oben geschleudert. Aber sie brach nicht auseinander!

Dann gab es einen Sog zur Steuerbord-Seite und eine Stimme erfüllte die Räumlichkeit des Moments. »Jetzt zwei Strich Backbord, Mister Foster und heben sie ein wenig die Seitenflächen ...« Die Tolstoy machte eine ruckartige Drehung nach links. Foster klammerte sich an das Steuer und versuchte, ein »Aye, Sir!« herauszuschreien.

»Brücke an Maschinenraum!«

Briggs wunderte sich über die Dinge, welche ihm jetzt alle durch den Kopf gingen. Seine Befehle kamen automatisch gesteuert aus seinem Mund, während das Gehirn versuchte, wichtig von unwichtig zu trennen. Alles, was er durch die Frontscheibe der Brücke sah, ließ ihn frösteln. Wie ein anderer Planet, der beschlossen hatte, sich selbst zu zerstören. Er hatte 100 Prozent des inneren Stabilitätsmechanismus auf die Brücke geschaltet. Das war auf jeden Fall eine richtige Entscheidung gewesen, denn sonst hätte hier niemand mehr die Tolstoy fliegen können, geschweige denn stehen, ohne andauernd gegen die Wände geschleudert zu werden. Die anderen Decks mussten sich eben mit den Fly-Cases begnügen.

Ein ungeheurer Krach drang aus den Lautsprechern, als die Stimme von Steve Colbrek daraus dröhnte: »Aye Sir.«

»Jetzt ist es soweit, Mister Colbrek.

24er Ventile auf sechs Prozent. Stabilität Null Prozent. Die waagerechten 12er auf 36 Prozent. Geben sie den Außendüsen Steuerbord alles, was sie an Schub haben. 100 Prozent, wenn es geht. Wenn ich sage: ‚Jetzt!' Haben sie mich verstanden, Mister Colbrek?«

»Aye Sir, wenn Sie ‚jetzt' sagen!« Colbrek wischte sich den Schweiß von der Stirn und starrte durch ein kleines Seitenfenster des Maschinenraums. Das, was er da draußen sah, hätte er mit Worten niemanden beschreiben können. Es erschien fast so, als wenn die Zeit stehen bleiben würde. Tat sie aber nicht.

»Jetzt!«, dröhnte die Stimme von Briggs aus dem Lautsprecher. Es klang wie

das Schnauben eines alten Pferdes, als sich die Tolstoy noch einmal um sich selbst drehte und dann, wie durch die Außenhaut einer Seifenblase in das Innere schlüpfte . Mit einem lauten Krachen durchbrach sie die Glockenwand. Sofort wurde die Fahrt des Schiffes ruhiger. Käpt'n Briggs Stimme ertönte im Flüsterton. »Mister Foster, stabilisieren Sie wieder die Seitenflächen, gehen Sie auf acht Knoten, Höhe 28 Meter. Mister Hands, versuchen Sie herauszufinden, wo wir genau sind.« Er wischte sich den Schweiß von der Stirn, sah lächelnd in die Runde. Dann drückte er den Messenger und erhob erneut die Stimme. »Brücke an Maschinenraum!«
»Aye, Sir.«
»Schleichfahrt, Mister Colbrek ...«
»Aye, Käpt'n. Schleichfahrt.«

*

Cliff Honahs Instinkt sagte, dass es sich hier nicht um einen blödsinnigen Fluchtversuch, sondern um etwas anderes handeln musste. Kaum, dass die Tolstoy die Glockenwand durchbrochen hatte und wieder ruhigere Fahrt aufnahm, den Klang der Pumpen nach zu urteilen Schleichfahrt, befreite sich Head-Hunter Seidenmeyer aus ihrem Fly-Case und verließ den Absprungraum mit den Worten. »Mir ist etwas Furchtbares eingefallen.« Wie furchtbar das auch immer sein mochte, was ihr eingefallen war, er konnte es nicht zulassen, dass sich jemand so von seiner Truppe entfernte. Ihr war es gelungen, an ihm vorbei zu kommen, weil er sich noch etwas wackelig auf den Beinen fühlte, nachdem er sein Fly-Case verlassen hatte und er sich erstmal auf seinen Hosenboden setzten musste. Einige andere Head-Hunter hatten sich sogar während der Durchfahrt übergeben. Es war eben doch etwas anderes, mit einem Down-Train zu fliegen oder von einem außer Kontrolle geratenen Schiff hin- und hergeworfen zu werden.
»Karek!« Einer der Soldaten torkelte benommen auf Sergeant Honah zu.
»Ja, Sir!«
»Was auch immer da eben in Seidenmeyer gefahren sein mag. Ich muss ihr hinter her. Sie übernehmen solange das Kommando. Falls Briggs den Sprungbefehl gibt und ich noch nicht wieder zurück sein sollte. Springen Sie! Sie sind dann der Chef von dem Sauhaufen!«
Cliff schlug ihm freundschaftlich auf die Schulter und Head-Hunter Karek fühlte sich sichtlich geschmeichelt. Dann riss Honah die Tür auf und folgte Janina Seidenmeyer. Nach dieser Nacht mit dieser holden blonden Schönheit, erst auf dem Flur und dann in der Wäschekammer, fühlte er sich zwar recht gut, aber auch ganz schön ausgelaugt. Im Nachhinein fragte er sich, ob es eine Halluzination gewesen sein könnte, schließlich hatte er sich vorher ganz schön zugedröhnt. Doch so, wie er sich jetzt fühlte, war klar, dass es geschehen sein musste. Und jetzt auch noch das. Seine Schritte polterten über den Gang und er legte noch etwas Geschwindigkeit zu. Was war mit Seidenmeyer? War sie plötzlich verrückt geworden?

*

Auf der Brücke der Tolstoy atmeten alle tief durch und die Stille wurde nur von einem leisen Säuseln der Pumpen begleitet, die die Tolstoy in Schleichfahrt vorantrieben. Kapitän Briggs stützte sich an der Konsole vor ihm ab und erhob seine Stimme. »Mister Bowen, alle Außenkameras auf unsere Monitore! Mister Foster, warten Sie noch mit der Außenbeleuchtung, bis wir wissen, wo wir genau sind ...« Kapitän Briggs hatte im Flüsterton gesprochen und alle anderen nahmen den Befehl nur mit einem Nicken entgegen. Durch die riesige Meschnukscheibe der Brücke erschien Hamburg wie eine Geisterstadt. Das, was sie erkennen konnten, erschien Käpt'n Briggs wie das gestörte Bild eines viel zu weit entfernten Fernsehsenders, der nicht richtig empfangen werden konnte. Es ließ alle Anwesenden der Brücke für einen zeitlosen Augenblick erstarren. Das Schneetreiben war von unheimlich feinem Schnee durchsetzt, der fast wie Staub wirkte. Das Licht wechselte, als wenn jemand den Dimmer eines Lichtschalters ständig von Hell auf Dunkel drehen würde. Nie aber ganz hell und auch nie ganz dunkel. Israel Hands Stimme durchbrach die erneut eingetretene Stille.

»Wir sind über der Ost-West-Straße, Sir, in der ungefähren Höhe des Michels! Die Außentemperatur beträgt minus 23 Grad!«

Ein Räuspern drang aus der Ecke und Mister Korkoff meldete sich ebenfalls zu Wort. »Ich habe das Signal vom Radiodrom auf dem Schirm.«

Briggs verzog anerkennend sein Gesicht und drehte sich mit dem Oberkörper in die Richtung von Korkoff. »Na, das ging ja aber wirklich schnell. Dann legen Sie mal los, Mister Korkoff... Haben wir es denn noch weit? Bis zu unseren Freunden?« Korkoff tippte mit dem Zeigefinger auf den Bildschirm seines Laptops, der immer noch mit dem großen Hauptcomputer der Tolstoy verbunden war. »Ein Stückchen ist es noch. Glüsingen! Genau da, wo mein Finger ist ... Ungefähr 25 Kilometer Luftlinie von uns entfernt.« Er machte eine kleine Kunstpause. »Da ist das Radiodrom!«

Kapitän Briggs drehte sich mit dem Rücken zum Fahrstuhl, was sich ein paar Minuten später als Fehler erweisen würde und sah mit zusammengekniffenen Augen, auf die sechs Monitore, die in der Mitte der Brücke von einer verstellbaren Teleskopgabel gehalten wurden. »Dann machen Sie uns doch mal Licht an, Mister Foster.«

»Aye, Sir.«

Die Außenscheinwerfer der Tolstoy fluteten die Umgebung mit Licht. Fast erschien es so, als ob jedem auf der Brücke der Atem stocken würde. Vor allem denjenigen, die Hamburg als Großstadt kannten waren völlig entsetzt. Alle Stellen, die von den langsam wanderten Lichtkegeln erhellt wurden, sahen aus, als wenn Hamburg einer Bombardierung zum Opfer gefallen wäre. Fassungslose Gesichter starrten auf die Monitore, wo man zwar nur verschneit und im Wechsellicht Hamburg sah, aber den Grad der Zerstörung mehr als nur erahnen konnte. Hamburg gab es nicht mehr, jedenfalls nicht so, wie die Menschen es kannten. Niemand, bis auf Tom Smutgard, der vom Durchbruch völlig fertig war, bemerkte, dass jemand den Fahrstuhl zur Brücke betätigte. Er machte sich keine weiteren Gedanken darüber, denn sein Blick fiel auf einen der Monitore und seine Gedanken waren mit anderen Dingen beschäftigt. Armes Hamburg! Alle standen mit dem Rücken zum Fahrstuhl, als der sich öffnete. Nur Tom Smutgard schreckte herum. Deswegen konnte er als Erster reagieren.

*

Die polternden Schritte vor ihm waren verstummt. Cliff Honah bog wild schnaufend um die Ecke der Reling des Unterdecks und stand direkt vor Janina Seidenmeyer, die verzweifelt auf den Fahrstuhlknopf hämmerte. »Es fährt schon jemand hoch, ich wusste es ...« Sergeant Honah starrte auf die Fahrstuhlanzeige und packte dann Janina an der Schulter und schlug mit der anderen Hand gegen die Fahrstuhltür.
»Was ist mit ihnen los, Seidenmeyer? Sind Sie verrückt geworden?«,
Janina sah jetzt Cliff direkt in die Augen. »Vielleicht täusche ich mich, aber wenn ich recht habe, schweben wir alle in Lebensgefahr. Ich habe hier jemanden wieder erkannt, den ich lieber vergessen hätte ... Vor allem Kapitän Briggs befindet sich in höchster Gefahr. Wenn ich recht habe ...«
Er packte sie an den Schultern und schüttelte sie. Dann blieben beide ganz ruhig voreinander stehen. Sie versuchte, Cliff so schnell wie möglich zu schildern, worum es ging. »Wieso ich nicht früher drauf gekommen bin, weiß ich nicht. Jedenfalls war es einer meiner ersten Fälle für das U.P.D. Vor so zehn Jahren. Ich wurde eingeschaltet, weil man aufgrund der Brutalität des Mordes, auch auf einen Score hätte tippen können. Aber es war kein Score, sondern ein Mensch ...« Sie schüttelte bei dem Gedanken an die Bilder von der Toten den Kopf. »Tom Belho gehörte zu dem engsten Kreis der Verdächtigen. Ich wusste, dass er es war, aber wir konnten ihm nichts nachweisen. Ein Psychopath, der sich in eine Rangordnung begibt, sich unterordnet, um alles in einem einzigen Moment zerstören zu wollen. Zu töten!«
Sergeant Honah schob seinen Hut ein wenig nach hinten und kratzte sich am Kopf. »Und der soll hier an Bord sein? Wie das denn? Außerdem kenne ich keinen, wie war der Name nochmal ...«
»Heute heißt er ...« Sie unterbrach sich selbst mitten im Satz. »Der Fahrstuhl ist frei!« Das Heranrauschen des Fahrstuhls drang in ihre Ohren. Und noch etwas. Etwas, das nach dem Bellen einer Kondeck 21 klang. Die Schüsse kamen eindeutig von der Brücke.
»Verdammte Scheiße!«
Die Tolstoy kippte ruckartig nach Backbord. Im Fallen drückte Cliff Honah noch einmal den Knopf des Fahrstuhls und sie purzelten kopfüber in die sich gerade öffnende Fahrstuhltür. Langsam, fast wie in Zeitlupe richtete sich die Tolstoy wieder auf. Beide entsicherten ihre Kondeck, legten sich flach auf den Boden, zogen ihre Hüte ein Stückchen tiefer ins Gesicht und schlugen die Kragen ihrer Mäntel hoch. Die Tolstoy musste irgendetwas gestreift haben, denn ein Rucken und Knarren durchzog die Korridore des Schiffes und stoppte

den Fahrstuhl für Sekundenbruchteile. Dann ging die Fahrt unter lautem Ächzen und Knarren weiter.

Brücke!

Die Tür öffnete sich und das Erste, was Sergeant Honah sah, war, dass die Bordscheibe voller Blut und Hirnmasse war. Eddy. Scheiße. Soldat Seidenmeyer wusste sofort, auf wen sie schießen sollte. Sie zielte kurz und traf. Gerade noch rechtzeitig!

*

Ohne weiter zu überlegen warf sich Tom Smutgard nach vorne, machte eine Rolle und traf die Beine von Thomas Brinks, dem 2. Steuermann. Der auf der Brücke eigentlich nichts zu suchen hatte.

Jedenfalls nicht jetzt!

Brinks hatte seine Kondeck im Anschlag und diesen seltsamen Blick. Tom hatte keine Erklärung, aber er schien den Käpt'n umlegen zu wollen. Wieso? Dann ging alles furchtbar schnell. Als Brinks zu Fall kam, drückte er einfach auf den Abzug, ohne wirklich zielen zu können. Zwei Monitore explodierten. Stephen Fosters Kopf flog einfach auseinander und schmückte die Frontbordscheibe mit einem widerlichen Graffiti. Er hätte Briggs Befehl 'Hüte auf' berücksichtigen sollen. Als die Tolstoy zur Backbord-Seite abrutschte, versuchte Israel Hands mit einem Hechtsprung das Steuer der Tolstoy zu erreichen. Er schaffte es gerade noch, die Steuerung auf Automatik zu stellen, konnte aber die Geschwindigkeit nicht drosseln, weil ihn ein Querschläger am Kopf traf und er vor dem Steuer in sich zusammensackte. Kapitän Briggs war durch etwas, was an seinem linken Arm gezerrt hatte, auf den Rücken geschleudert worden. Blut schoss aus der Wunde. Die Tolstoy richtete sich langsam wieder auf.

Smutgard und Brinks waren mittlerweile ein Knäuel geworden, wobei Brinks ungezielt weiter schoss. Dann konnte er sich plötzlich lösen und schoss gezielt Bowen nieder und dann Korkoff. Kapitän Briggs versuchte, sich mithilfe seiner linken Hand wieder aufzurichten, aber sie war nicht mehr da.

Die Tolstoy krachte gegen irgendetwas, wackelte und fing sich dann wieder. Briggs starrte in den Lauf einer Kondeck, hinter der sich das Gesicht von seinem zweiten Steuermann befand.

»Wieso Brinks? Wieso?«

Die Fahrstuhltür öffnete sich und ein gezielter Schuss ließ Thomas Brinks Brustkorb auseinander fliegen. Plötzlich sah Briggs das verzerrte Gesicht von Cliff Honah über sich, der schrie, dass er etwas zum Abbinden brauchte. Wofür war ihm nicht ganz klar.

*

Vor Artuhr standen alle A1er, die er gebaut hatte. Alle fünf. Ja, es waren am Anfang acht gewesen, aber drei waren nichts geworden. Er würde es Dregger gegenüber nicht eingestehen, er würde es nicht einmal bemerken. Plan B, wie abgesprochen. Sie waren wirklich außerordentlich geworden. Wie Menschen. Nicht ganz. Aber fast. Einer von ihnen war in Lumpen gekleidet. »Cäsar, setz du dich einen Augenblick hierhin.« Artuhr zeigte auf einen Stuhl, der etwas abseitsstand. Cäsar nickte und setzte sich. Artuhr sah mit eindringlichem Blick auf die anderen vier. »Ihr wisst, was ihr zu tun habt?«

»Ja, Sir ...«, klang es wie aus einem Mund.

»Gut, dann geht jetzt.«

Artuhr musste ein wenig den Blick senken, schließlich waren es seine Geschöpfe. »Hano!«

Der Letzte der A1er, der das Büro von Artuhr verlassen wollte, drehte sich um. »Ja, Sir?«

»Du suchst mit den anderen die Tolstoy und versuchst, sie zu vernichten.«

Es erschien fast wie ein höhnisches Lächeln, als er sich umdrehte und antworte: »Wen sonst, Sir?«

Das ist die nächste Generation, dachte Artuhr. Und ich habe sie erschaffen!

Die Tür wurde aufgerissen und die grelle Stimme eines Off-Scores schreckte ihn aus seinen Gedanken. »Wir sind der Meinung, Sir, dass wir ein Rauschen gehört haben, was sehr an ein Flugschiff erinnert, aber wieder verschwunden ist, jedenfalls für diesen Moment, aber einer von meinen Leuten hat ein paar Lichter über Hamburg erkennen können. Ganz plötzlich, Sir, und dann waren sie wieder weg.«

Sie sind durch, dachte Artuhr. Ohne auch nur einen einzigen Beweis weiter zu erhalten, ob das auch der Wahrheit entsprechen würde, drehte er sich zu Cäsar um. »Ich erkläre dir jetzt etwas, was du unbedingt begreifen musst!«

»Warum sollte ich nicht, Sir?«

Wie der schon kurz nach der Aktivierung redet, dachte Artuhr. Auf dem Weg in die unterirdischen Gänge hinter dem Glüsinger Hof, schoss es Artuhr plötzlich durch den Kopf. Dregger hatte irgendwann beim letzten Telefonat was von A24 gesagt. Was sollte das sein? Dregger war ein Spinner. Jetzt läuft Plan B, die letzte Chance für mich. Ich werde sterben, wenn ich es denn kann. Sterben oder auch nicht. Wenn ich schlau bin.

*

Durch das Schneegestöber konnten sie die Anfangsgeschwindigkeit bei Weitem nicht halten. Max' Blick verfing sich in der Unendlichkeit des Ausblickes, sodass er sich einfach nicht zurechtfinden konnte. Das war nicht Hamburg. Unmöglich! Kein einzelner Mensch konnte dazu in der Lage sein, das anzurichten. Und wenn es tatsächlich so sein sollte, was lief da denn falsch? Wie konnte es dazu kommen? Er hatte sich schon daran gewöhnt, sein Leben damit zu verbringen, gegen Maschinen zu kämpfen, ohne lange nachzufragen. Aber Zerstörung solchen Ausmaßes war er nicht gewohnt, zu sehen. Er war noch nie im Krieg gewesen. In allererster Linie war Max schließlich Detektiv. Wo steckte Dregger und wie kam er zum vierten Mal an ein Radiodrom? Das

Gleiche konnte es nicht sein, denn zwei hatte er selbst dekodiert und beim U.P.D. abgeliefert. Gab es undichte Stellen bei uns? Oder konnte Dregger selbst ein Radiodrom bauen? Kaum vorstellbar, aber möglich. Mit wie vielen Scores hatten sie es jetzt aber tun? All diese Fragen ließen ihn erschaudern. Voice hatte für einen Moment das Bedürfnis, die Schneeflocken zu zählen, die sich noch vermehrt hatten und sie fast wie eine Mauer umschlossen. Sichtweite vielleicht fünf Meter.

Bell-Bob verlangsamte die Fahrt erneut.

Ich bringe sie alle in Gefahr, dachte Voice plötzlich, verwarf diesen Gedanken aber gleich wieder. Aufgrund der wenigen Pressluft und wenig Wasserstoff konnten sie nur noch in zwei Meter Höhe fliegen. Also nicht Luftlinie. Bell-Bob steuerte die Karre, wobei er am Anfang mit misstrauischem Blick von Eva verfolgt wurde. Aber nach einer kurzen Zeit bemerkte jeder an Bord, dass er das Flugboot sehr gut im Griff hatte. Als Voice ihn für seine Flugkünste lobte, drehte sich Bell-Bob nur ganz kurz nach hinten und tippte an seine Wollmütze. »Gelernt ist gelernt. Bin früher mal Frachtflugschiffe geflogen. Is' aber lange her. Macht fast 'n bisschen Spaß, Sir, wenn man die Umstände vergisst.«

Jim Beam saß auf seinen Energiestab gestützt auf dem Co-Pilotsitz. Der Schneeregen klatschte gegen die Scheiben. Jo berührte Max kurz an der Schulter. »Zigarre gefällig?«

»Wie transportierst du die nur?«

Das Flugboot wurde von einer Böe durchgeschüttelt.

»Mein Geheimnis!«

Max zündete die Zigarre an und pustete den Rauch an die Decke. Verschwommen sah er das Gesicht von Eva Gardes. Ihre dunklen Haare umspielten ihr Gesicht und in Max seinen Gedanken, fand plötzlich eine Sexszene statt. Sie war verführerisch und lächelte durch den Rauch hindurch lasziv in seine Richtung. In seiner Hose rührte sich etwas, an das er schon lange nicht mehr gedacht hatte. Er paffte noch einmal an seiner Zigarre.

Plötzlich wurde das kleine Flugboot wie von einer Welle hochgehoben und wieder fallengelassen. Wäre Bell-Bob nicht wirklich ein guter Steuermann, wären sie spätestens jetzt gekentert. Durch den Schnee konnte man nichts wirklich erkennen, aber ein Rauschen flog an ihnen vorbei. Ein Kreischen, welches den Schnee durchschnitt. Dann kehrte für einen Moment lang Stille ein, die plötzlich von Jo unterbrochen wurde, der erstaunt eine Frage stellte.

»Sind das Lichter da hinten?«

Voice schreckte mit dem Kopf herum und sah gerade noch, wie die Lichter ausgingen, oder zumindest auf diese Entfernung nicht mehr zu sehen waren.

»Bell-Bob, halt die Karre an, ich muss sofort hinten an meinen Torpedo. Ich brauch' meinen Laptop. Vielleicht ist das die Tolstoy und wir können Kontakt aufnehmen.«

Kurze Zeit später setzte das kleine Flugboot auf dem Boden auf. Alle saßen um den kleinen Laptop von Voice herum, ohne zu wissen, was jetzt genau passieren würde. Nach mehrmaligen Draufhauen und Schütteln entschloss sich der Computer dazu, hochzufahren. Voice musste zunächst erst einmal etliche Codes eingeben, bevor er wirklich anfangen konnte, den Kontakt mit der Tolstoy herstellen zu können.

Dann war es soweit. »Hier ist Detektiv Max Taelton. Ich rufe die Tolstoy. Bitte kommen auf Frequenz 13.12.422. Bitte kommen ...«

*

Cliff Honah riss seinen Gürtel aus der Hose, band den Arm von Kapitän Briggs so gut es ging ab und bemühte sich, die Blutung zu stillen. Janina Seidenmeyer riss den Feuerlöscher von der Wand und versuchte alle kleinen Feuer auf der Brücke zu löschen. Vor allen Dingen versuchte sie, die Monitore, die man vielleicht noch gebrauchen konnte, zu retten. Israel Hands schien nicht tödlich getroffen worden zu sein, der Hut hatte ihm das Leben gerettet. Er versuchte, die Tolstoy nicht aus der Kontrolle zu verlieren. Dennoch kippte die Nase des Schiffes vornüber, während es so aussah, als wenn Israel Hands, am Steuerrad gegen alle Urgewalten der Welt ankämpfte. Es gab erneut einen Knall, als die Tolstoy den Boden küsste. Ohne das Eingreifen von Mister Hands hätte sie sich mit großer Sicherheit überschlagen. Alle gingen noch einmal zu Boden, flogen gegen Wände. Cliff Honah bemühte sich darum, dass der immer noch stark blutende Briggs nicht noch mehr abbekam. Dann erklang so etwas wie ein lautes Kreischen, die Tolstoy kippte zur Steuerbordseite ab und kam mit einem lauten Schnaufen endlich zur Ruhe.

Als Janina Seidenmeyer wieder die Augen öffnete, sprang gerade die Notbeleuchtung an. Immer noch schlugen vereinzelt Flammen aus den Monitoren oder Wänden. Eine unheimliche Ruhe entstand, die durch das Husten von Cliff Honah unterbrochen wurde. »Tom, lebst du noch?«, fragte Cliff, nachdem ihm sein Husten die Erlaubnis dafür erteilt hatte.

»Ja, Sir.«

»Hol Dr. Belwik her, wir müssen die Blutung stillen. Nun lauf schon los. Über Messenger kann ich ihn nicht erreichen und nimm lieber die Treppe, nicht den Fahrstuhl.« Das war eine so überflüssige Bemerkung, die selbst Tom Smutgard ein wenig überraschte.

»Natürlich, Sir.« Tom riss die Tür auf und war sofort verschwunden.

Israel Hands zog sich wieder am Steuerrad nach oben. Links unter seinem Hut sickerte etwas Blut durch. Stephen Foster und auch Jack Bowen waren tot. Auseinandergerissen von den Kugeln der Kondeck 21. Genauso Thomas Brink. Wladimir Korkoff taumelte leicht benommen über die Brücke und machte den Eindruck, als wenn er seinen Laptop suchen würde. Das stimmte nur teilweise, denn viel mehr verstörte ihn der Gedanke, dass seine eigene Erfindung ihm zum ersten Mal selbst das Leben gerettet hatte. Es führte ihn zu der Erkenntnis, dass er den Mantel und auch den Hut noch verbessern müsste. Denn jetzt hatte er bemerkt, dass es doch verdammt wehtat, wenn man eine Kugel abbekam. Käpt'n Briggs stöhnte noch einmal laut auf und sah in das Gesicht von Cliff Honah.

»Ganz ruhig mein Alter, das kriegen wir schon wieder hin.«

Honah schob ihm eine Bandotablette in den Mund. Sekunden später sackte Käpt'n Briggs wieder in sich zusammen.

Die Notbeleuchtung flackerte einen Moment, fing sich dann aber wieder. Israel Hands und auch Janina Seidenmeyer hangelten sich über die Brücke und schlugen mit ihren Mänteln die letzten kleinen Feuer aus. Korkoff schloss gerade seinen Communicator-Laptop wieder an, als ein blasser Tom Smutgard die Brücke betrat.

Im Schneidersitz und den Kopf von Kapitän Briggs im Schoß sah Cliff zu Tom Smutgard hoch. »Wo ist Doc Belwik, Tom? Ist ihm etwas zugestoßen?«

Tom lehnte sich neben die immer noch offene Fahrstuhltür an die Wand und rutschte langsam daran herunter. »Doc Belwik ist tot, Sir, aber nicht einfach draufgegangen, sondern ...«

»Was, Tom?«

Tom fing erneut an, zu reden und es schien, dass er bei jedem Wort noch blasser wurde. »Irgendjemand hat ihn in den Türrahmen genagelt, Sir, und ihm die Eier und den Schwanz ... einfach abgerissen. Er ist hingerichtet worden, Sir, so sieht das jedenfalls aus.«

Dann erbrach sich Tom in seinen eigenen Schoß. Die Notbeleuchtung flackerte erneut.

Korkoff stand auf und ging auf Cliff zu. »Bisschen kenn ich mich medizinisch ja auch aus.« Dann drehte er sich um und sah Janina Seidenmeyer an. »Kommen Sie, Mam. Helfen Sie mir, den Käpt'n auf die Krankenstation zu bringen ...«

Die Drei hatten gerade die Brücke verlassen, als plötzlich Korkoffs Laptop rauschte. »Hier ist Detektiv Max Taelton. Ich rufe die Tolstoy. Bitte kommen auf Frequenz 13.12.422. Bitte kommen ...«

Wieder dauerte es eine kleine Ewigkeit, dann ertönte ein lautes Piepen, sodass Voice die Lautstärke runterregeln musste. Eine Stimme erklang deutlich aus dem kleinen Lautsprecher des Computers. »Das gibt es nicht!«

Die Stimme schien sehr außer Atem zu sein, aber Voice musste lächeln. Es war eindeutig die Stimme von Cliff Honah. »Du lebst! Das ist ja großartig! Wo bist du?«

»Das kann ich dir gar nicht so leicht sagen. Gib mir doch einfach euren Navigator, der gibt eure Koordinaten durch und wir ...«

Die Leitung wurde von der anderen Seite unterbrochen. »Das ist gar nicht mal so einfach, wir hatten hier gerade einen kleinen Unfall oder sagen wir lieber: Überfall ...«

Cliff schilderte, so gut es ging und mit ziemlich wenig Worten, was geschehen war. Max konnte es kaum glauben. Der 2. Steuermann? Das gibt es doch nicht. Während Voice Cliff Honah zuhörte, kratzte er sich hin und wieder an der Stirn, schob seinen Hut hin und her und landete immer wieder mit seinen Augen bei Eva Gardes. Sie sah ihn wieder so an, so ... Ihr Gesicht erhielt, durch den Zigarrenrauch hindurch, etwas wundervoll Geheimnisvolles.

*

Zeitgleich verließ eine blonde Frau durch einen Riss im Unterdeck der Tolstoy das Flugschiff. Sie musste ein Stückchen schwimmen, denn die Tolstoy lag halb im Wasser. Das Schneetreiben verwandelte sich jetzt langsam wieder in leichten Nieselregen und die Temperatur stieg wieder ins Erträgliche. Das alles aber spürte sie nicht. Ihr ging beim Schwimmen durch den Kopf, ob es nicht doch besser gewesen wäre, auch den anderen Mann zu töten. Warum hatte sie es nur nicht getan? Die Möglichkeit, hätte sie gehabt. Hatte sie Mitleid mit ihm gehabt? Das Wort war neu in ihrem Wortschatz und sie würde sich irgendwann erkundigen, was es bedeutet. Als er sie auf dem Flur nahm, hatte Sie auf seiner Jacke seinen Namen gelesen. Sergeant Cliff Honah. Was für ein widerlicher Name.

Ich hätte ihn töten sollen, dachte sie.

Theorie und Praxis

Aus seinen Augen brechen Tränen,
Er flieht der Brüder wilder Reih'n.
Errötend folgt er ihren Spuren
und ist von ihrem Gruß beglückt,
Das Schönste sucht er auf den Fluren,
Womit er seine Liebe schmückt. *

Kurz nach ihrer Ankunft und einer wirklich sehr herzlichen Begrüßung auf der Tolstoy wurde aus Jo wieder Dr. Brückner. Er hatte kurzerhand die Krankenstation hergerichtet, wobei ihm seine beiden neuen Assistenten Jim Beam und Tom Smutgard sowie zwei weitere ausgebildete Sanitäter sehr hilfreich waren, sodass es wieder möglich war, Menschen zu behandeln. Das war auch bitter nötig, denn Kapitän Briggs war nicht der einzige Verletzte. Außer ihm gab es noch neun weitere Patienten, die zwar nicht in Lebensgefahr, aber doch arg von dem Durchbrechen der Glockenwand mitgenommen waren. Dr. Brückner musste etwas verschnaufen und setzte sich auf einen in der Wand befestigten Plastikstuhl. Er fühlte sich plötzlich so schläfrig, dass ihm alles wie ein schlechter Traum vorkam. Arzt war er schon lange, aber diese ganzen furchtbaren Bilder, die er in letzter Zeit mitansehen musste. Niemals mehr könnte er das vergessen. Schreiende Kinder, Häuser, die neben ihm einfach eingestürzt waren. Wieso lebte er eigentlich noch? Er hatte doch mit Gott kein Abkommen. Seine Frau war tot. Seine beiden Kinder auch. Jo fiel in einen unruhigen Schlaf. Obwohl er schon fast zehn Minuten regungslos dasaß und die Augen geschlossen hatte, liefen ihm plötzlich ein paar Tränen über die Wangen.

*

Voice hatte seine alte Kajüte wieder bezogen und ging in dieser langsam hin und her. Eine Strecke ein wenig bergab, die andere ein wenig bergauf. Die Tolstoy hatte Schieflage. Er wusste nicht, wo er anfangen sollte. Vor seinem Bullauge hatte sich das Schneegestöber wieder in stärker werdenden Regen verwandelt. Es klang, als wenn Nägel auf ein Blechdach prasseln würden.
Ich muss den Leuten jetzt einen Plan vorlegen, wie wir weiter vorgehen wollen und dazu muss ich erstmal mit Briggs reden und mich auf den neuesten Stand bringen.
Er war jetzt der Kapitän. Er wusste von diesem Einsatz jetzt mehr als alle anderen. Sein detektivischer Instinkt war angesprungen, als Cliff ihm schilderte, was hier an Bord scheinbar geschehen war. Ein Psychopath, der vorher schon mal verdächtig war, wird trotz aller Überprüfungen 2. Steuermann auf der Tolstoy? Unmöglich! Ausgeschlossen und doch passiert. Eine blonde Frau

richtete den Schiffsarzt hin. Warum hatte sie das getan? Zeugen sagten, sie hätten sie ein paar Mal mit Dr. Belwik gesehen. Jeder Zeuge beschrieb sie aber völlig anders. Seltsam. Das alles war aber doch mehr oder weniger zweitrangig. Jetzt kam es darauf an, das Radiodrom zu dekodieren oder, wenn es sein musste, einfach zu zerstören. Er wollte sofort eine Gesprächsrunde zusammenrufen. Bestehend aus Kapitän Briggs, soweit der dazu fähig war, Cliff und Steve Colbrek. Voice setzte sich seinen Hut auf, warf sich seinen Mantel über und verließ die Kabine.

Als er die Krankenstation betrat, wurde ihm sofort klar, dass mit Käpt'n Briggs noch lange nicht zu rechnen war. Er lag völlig blass auf seinem Krankenbett und war nicht bei vollem Bewusstsein. Er begrüßte Voice zwar lächelnd mit den Worten: »Schön, dass wir uns noch mal lebend wiedersehen«, sackte dann aber gleich wieder zusammen und fiel in eine leichte Ohnmacht.

»Mit ihm kannst du frühestens in drei bis vier Tagen rechnen. Er hat ziemlich viel Blut verloren ...«

Max drehte sich um und sah in das Gesicht von Dr. Brückner, welches ziemlich erschöpft aussah. Aber auch ratlos und ein wenig wütend. »Mit was für Waffen ballert ihr eigentlich durch die Gegend? Beim Aufschlag gibt es eine Explosion, sodass es wie in Käpt'n Briggs Fall einem die Hand wegreißt.« Er räusperte sich kurz. »Und dann verschickt diese Kugel auch noch Stromstöße, die den ganzen Körper malträtieren. Er hatte bis vor einer Stunde noch Herzrhythmusstörungen, der arme Kerl. Dass er überhaupt überlebt hat, hat er wahrscheinlich nur seiner starken Konstitution zu verdanken.«

Dr. Brückner fasste nach der Hand eines Patienten, der neben Briggs lag und leise aufstöhnte. Brückner sah auf die Uhr und nahm den Puls.

»Jo, die Kondeck 21 ist dafür konzipiert worden auf Scores zu schießen. Nicht auf Menschen ...«

»Geht aber auch, wie man sieht.« Er legte die Hand des Patienten zurück auf die Decke und machte eine abwehrende Bewegung mit der Hand in die Richtung von Voice. »Versteh mich jetzt nicht falsch, aber ...« Dr. Brückner lehnte sich mit der linken Hand gegen die Wand und wischte sich mit seiner rechten über die Stirn. »Vor fünf Monaten war ich noch Chefarzt in St. Georg in der Chirurgie. Mir ging es gut. Meiner Familie ging es gut. Klar, wir hatten auch unsere Probleme. Mit dem, was hier abläuft, nenne ich sie mal Problemchen, wenn überhaupt. Ich hatte ein Haus in Hittfeld. Zwei Hunde. Labradore, weißt du?«

Voice strich sich mit der Hand übers Kinn und nickte fast verlegen.

»Und dann geht plötzlich die Welt unter! Ich verliere alles, was ich hab ...« Dr. Brückner biss ein wenig die Zähne zusammen und machte eine verneinende Bewegung mit dem Kopf. »Ja, ich habe die ganze Zeit versucht, das Beste draus zu machen. Schicksal dachte ich. So ist Gott eben. Ich bin nicht der einzige Mann auf dieser Welt, der zusehen musste, wie seine Familie von herabstürzenden Trümmern erschlagen wird.« Er stockte für einen Moment und die Tolstoy wurde ein wenig von dem immer stärker werdenden Wind angehoben. Kaum spürbar, aber doch ein wenig beunruhigend.

»Jo, ich kann ...«

»Warte Max! Ich muss das einfach mal loswerden, okay?«

Voice nickte zustimmend.

Dr. Brückner stand auf und ging im Zimmer hin und her. »Plötzlich fliegst du aus der Wettermauer und alles wird anders. Das war gar nicht Gott, das war ein gewisser Dr. Dregger, der seit über hundert Jahren Kriege anzettelt. Der Maschinen-Menschen mit Namen Scores produziert und auf die Menschheit loslässt. Hat aber bis auf das U.P.D. sonst keiner mitgekriegt? Du hast mir erzählt, dass er sogar für den Mord an John F. Kennedy verantwortlich wäre?«

Dr. Brückner wurde bei jedem Satz lauter, den letzten schrie er jetzt: »Das ist über 100 Jahre her, willst du mich verarschen? Dieser Dregger muss doch schon Ewigkeiten tot sein oder hat er, wie Bell-Bob so schön sagte, auch noch das ewige Leben erfunden?«

»Das wissen wir nicht, Jo!«

Dr. Brückner räusperte sich leicht und fuhr in erheblich ruhigeren Ton fort. »Na gut, vielleicht kriegt der normale Bürger das alles gar nicht mit in seiner kleinen Welt, worum es denn wirklich geht. Welche Fäden so gesponnen werden, kennt unsereins vielleicht nur aus Filmen. Aber eine Sache ist da noch, wo ich als Arzt überhaupt nicht mit klar komme.«

Max sah ihm jetzt in die Augen. »Und die wäre?«

»Du.«

»Ich?«

»Ja, du.« Für einen Moment flackerte jetzt erneut die Notbeleuchtung, fiel ganz aus und sprang dann mit einem leisen Surren wieder an. Der Regen klatschte auf dem Dach der Tolstoy weiterhin Applaus. Beide standen jetzt einen halben Meter auseinander und sahen sich weiterhin direkt in die Augen. Brückner fuhr mit wieder lauter werdender Stimme fort. »Was denkst du? Deine Wunden verheilen atemberaubend schnell im Vergleich mit anderen Menschen. Überhaupt mit allen Menschen, die ich je behandelt habe! Bei dir bleiben nicht mal Narben und wenn höchstens kleine. Andere Menschen werden von dieser Wettermauer mitgerissen, um nicht zu sagen auseinandergerissen. Du aber springst da einfach durch! Kein Problem für dich.«

Max hatte seinen Hut abgenommen und drehte ihn verlegen in seinen Händen. »Es war ein Problem und ...«

Brückners Blick brachte Voice jedoch sofort wieder zum Schweigen. »Egal, du hast es jedenfalls überlebt ...« Wieder versuchte sich Brückner ein wenig zu beruhigen. »Max, du hast nur mit der Kraft deiner Stimme ein paar von diesen Kampfmaschinen unschädlich gemacht. Aber wenn ich danach fragen wollte, weichst du mir aus.« Dr. Brückner holte noch einmal tief Luft. »Welches Geheimnis hast du?«

Voice setzte seinen Hut wieder auf und zog ihn sich ein wenig ins Gesicht. »Jo, jetzt mal ganz ehrlich. Du hast recht, meine Wunden heilen schnell, aber eine Narbe habe ich trotzdem. Die wird auch nie weggehen.« Voice schob seinen Mantel ein wenig zur Seite und öffnete die schusssichere Kampfweste und zog sein Unterhemd ein Stück hoch. Es kam eine Narbe zum Vorschein, die ein wenig an eine Blinddarm-Operation erinnerte.

Jo nickte. »Ja, die kenne ich natürlich, die habe ich schon gesehen.«

»Die habe ich von einem Fisch, der schon seit Jahrhunderten ausgestorben sein soll. Aber einen gab es wohl noch und der hat mich sozusagen befruchtet. So nannten es jedenfalls die Ärzte, die mir damals das Leben gerettet haben. Unter anderem war mein späterer Ziehvater Esnikek auch dabei.«

Dr. Brückner sah ihn staunend an.

»Von diesem Fisch habe ich meine Fähigkeiten, Jo.«

Das absolut sprachlose Gesicht von Dr. Brückner wurde durch eine Berührung seiner Schulter aus der Fassungslosigkeit gerissen. Hinter ihm stand verlegen grinsend, aber darum bemüht, ein wichtiges Gesicht zu machen, Tom Smutgard. Dr. Brückner drehte den Kopf, schenkte Tom ein Lächeln und fragte mit ganz ruhiger Stimme: »Was gibt es, Tom?«

»Der Matrose mit der Quetschung an der Brust röchelt so komisch, Sir ...«

»Ich komm sofort mit.«

Gerade als er durch die Tür zum Hinterzimmer verschwinden wollte, drehte er sich noch einmal zu Voice um. »Ich habe mal von einem Mann gehört, dem etwas Ähnliches mit einer atomisierten Spinne passiert war. Der hatte auch plötzlich ganz besondere Eigenschaften.«

Max lächelte Jo an. »Du siehst, ich bin nicht der einzige mit einer etwas seltsamen Geschichte.«

Jo erhob abwehrend seine Hand und schüttelte mit dem Kopf. »Das war eine Comic-Figur, Max. Aus dem letzten Jahrtausend. Eine Comic-Figur!«

Brückner schenkte Max noch einen ungläubigen Blick, bevor er im Hinterzimmer verschwand. Ehe Max die Krankenstation verließ, nahm er noch den Messenger von Käpt'n Briggs an sich. Die Verbindung zu allen anderen an Bord. So leise es ging, schloss er die Tür der Krankenstation hinter sich. Das Gespräch mit Jo Brückner hatte ihn doch ganz schön mitgenommen. Jo hatte seine ganze Familie verloren. Sie waren vor seinen Augen gestorben. Dr. Jo Brückner hatte ein ganz normales Leben geführt und nun steckte er wie alle in dieser Scheiße hier. Natürlich klang die Geschichte mit dem Fisch etwas seltsam. Auch in seinen eigenen Ohren. Eine Comic-Figur! Noch nie hatte er erlebt, dass jemand vom U.P.D. seine Geschichte mit so ungläubigem Blick quittierte. Er hatte sich schon so an seine Fähigkeiten gewöhnt, dass sie ihm nicht mehr als so außergewöhnlich erschienen. Vielleicht war das nach all den Jahren ein Fehler, aber er fühlte sich wie ein ganz normaler Mensch. Langsam ging er über das Mitteldeck, welches an beiden Seiten mit Bullaugen gespickt war. Der Sturm hatte wieder nachgelassen und der Regen war auch weniger geworden. Das Licht aber war vom ständigen Hell-Dunkel-Wechsel in ein nebliges Zwielicht übergegangen. Wenn die Koordinaten von Mister Hands einigermaßen stimmten, hingen sie hier in Wilhelmsburg fest. Fast die ganze Gegend war überflutet. Sie hatten mit der Tolstoy das Glück gehabt, dass sie auf einem kleinen Hügel gelandet waren. Wobei die Schräglage daher rührte, dass sie auf einem halb eingestürzten Haus gelandet waren. Fast in der ganzen Umgebung, die Voice übersehen konnte, ragten noch einige Dächer aus dem

Wasser. Der Gestank, der von draußen hereindrang, schwebte wie schwerer Rauch durchs Zwischendeck. Die Klimaanlage konnte aufgrund von zu wenig Energie nicht betrieben werden, und außerdem wies die Tolstoy auch einige Risse auf.

Plötzlich hellte das Licht draußen auf und ging kurze Zeit später wieder in nebliges Zwielicht über. Der Augenblick aber reichte Voice, draußen im Wasser irgendetwas gesehen zu haben. Da schwamm etwas auf die Tolstoy zu. Er presste sein Gesicht an die Scheibe und konnte Wellen beobachten, die sich in Richtung des Schiffes bewegten. Er fummelte in seiner Tasche nach dem Messenger, drückte auf den Sendeknopf, während er immer noch in das Zwielicht starrte. »Cliff! Hörst du mich?«

Es rauschte zunächst nur und dann konnte er plötzlich Cliffs Stimme hören. Gemischt mit vielen anderen. Scheiße, dachte Voice, der sitzt irgendwo rum, ist besoffen und hat sich schon ein paar Nasen TS reingezogen. »Was gibt es, mein Süßer?«

Er war voll, kein Zweifel. »Bist du besoffen?«

Er hörte Husten auf der anderen Seite. »Und wenn schon, was gibt's?«

»Du musst sofort die Shooter in Stellung bringen. Wenn mich nicht alles täuscht, nähert sich im Wasser von der Backbordseite her irgendetwas der Tolstoy.«

Auf der anderen Seite verstummten alle Stimmen, bis auf die von Cliff Honah. »Die sind in Stellung, was denkst du nur von mir. Glaubst du, ich mach das hier zum ersten Mal?« Es gab eine kleine Störung im Messenger, so das Voice die nächsten Worte nicht verstehen konnte. »Ich gebe alle Anweisungen für eine Backbord-Verteidigung durch, Sir. Ende ...«

Er hat mich »Sir« genannt.

Trotz der Ernsthaftigkeit der Lage musste er lächeln. Wahrscheinlich hatte er während des Gespräches erst bemerkt, dass er vom Käpt'ns-Messenger angefunkt wurde. Die Backbordscheinwerfer sprangen an, die Notbeleuchtung ging aus und die ersten Schüsse schlugen mit dumpfem Aufprall ins Wasser. Hinter ihm rannten plötzlich ein paar Matrosen übers Zwischendeck, die mit diesen langen automatischen Wasserpumpen und Schläuchen behangen waren.

Sie rutschten an den Notstangen runter zum Unterdeck. Immer mehr Schüsse peitschten durch die Luft und laute Stimmen schrien Befehle durcheinander. Er drückte erneut auf seinen Messenger.

»Maschinenraum. Mister Colbrek.«

»Aye, Sir

»Mister Colbrek, gibt es einen Wassereinbruch?«

»Vor 20 Minuten, Sir, der eine Riss im Maschinenraum hat sich ganz schön vergrößert Sir. Wir tun unser Bestes, Sir ...«

»Okay, Mister Colbrek. Ende.« Schien zu funktionieren, dass ihn jeder für den Käpt'n hielt. Max sah auf die gut beleuchtete Backbordseite. Zwei Off-Scores und drei Score-Dogs hatten es geschafft, den Hügel zu erreichen, auf dem die Tolstoy lag. Die Off-Scores hielten Laserwaffen in den Händen. Sie bewegten sich recht zielstrebig auf den Riss im Unterdeck zu, der halb aus dem

Wasser ragte. Das ist der Maschinenraum, schoss es Voice durch den Kopf. Er setzte sich sofort in Bewegung und drückte erneut auf den Messenger. »Cliff!?«

»Aye, Sir!« Seine Stimme klang so, als ob er sich gerade im Laufschritt bewegte.

»Wir müssen runter in den Maschinenraum. Mister Colbrek kriegt da gleich Besuch. Schick deine Leute.«

»Wir sind schon auf dem Weg, Sir.«

Bei allem Drogenkonsum, dachte Voice, als er die Stange herunter rutschte, auf Cliff war Verlass!

*

Artuhr spitzte seine Ohren. Er hatte 100 Prozent seiner Energie auf seine Hörorgane gelegt. Das waren Schüsse aus weiter Entfernung. Sehr leise. Aber es war eindeutig der Klang der 44er Archer, der Bordkanonen der Tolstoy. Der Angriff hatte also schon begonnen. Anerkennend pfiff Artuhr durch die Zähne, denn »Hano«, sein Werk, hatte sehr schnell den Aufenthaltsort der Tolstoy ausgemacht. Kompliment! Die neue Generation des A1. Er hatte natürlich gar keine Chance. Aufhalten sollte er sie. Das war zwar nicht so ganz Dreggers Plan, aber seiner.

Ja, er war beeindruckt von Dregger gewesen, aber jetzt? Nein, er musste sein Ding machen, schließlich war er eine lernende Intelligenz. In ein paar Stunden oder auch Tagen würde er das Radiodrom dekodieren und wegschaffen. Das war sein Plan. Aber er würde hier bleiben und auf ihn warten. Ja, es war in den Augen eines Scores nicht zu verstehen, in den Augen eines Menschen, aber sehr wohl. Selbst dann, wenn er kein Mensch war. Einige Sachen hatte er verstanden, andere wiederum überhaupt nicht. Aber eins hatte er sehr wohl begriffen: Rache war ein Antrieb. Er musste an diesem Menschen mit der Stimme Rache nehmen. Ihm wurde immer bewusster, wie lächerlich er ihn schon gemacht hatte. Vielleicht hatte der das gar nicht bewusst gemacht, dachte Artuhr. Aber das war ihm egal. Wenn er ihn erledigt hatte, würde er Cäsar und den beiden Frauen folgen. Cäsar musste das Radiodrom hier rausbringen.

Er hörte erneut Schüsse. Plötzlich, wie aus einer anderen Zeit hörte er aus dem Vorhof das Klingeln des schwarzen Telefons. Das vierte Klingeln. Vorbei. Leck mich, dachte Artuhr.

»Telefon, Sir.«

Es war die Stimme von Dregger oder, nein, Cäsar.

»Ich geh nicht ran ...«

»Wie Sie meinen, Sir ...«

Artuhr hatte das Gefühl, dass die Stimme von Cäsar etwas höhnisch klang.

*

Das fünfte Klingeln malträtierte den Anrufer. Dr. Dregger hatte den Kontakt verloren. Ja, er hatte die Kontrolle über die Wetterbombe verloren, aber sie erfüllte dennoch ihren Zweck. Auch Artuhr war außer Kontrolle geraten. Naja, was soll's, dachte Dregger. Vielleicht hatte die Tolstoy schon alles zerstört. Wenn, dann würden sich seine besten Kämpfer jetzt mitten in Hamburg aufhalten. Seine Schöpfung. Seine Kreation. Der A24, auch wenn er jetzt schon eine kleine Ewigkeit nichts mehr von denen gehört hatte. Das Radiodrom war irgendwann nicht mehr zu retten. Auch Artuhr nicht. Dennoch musste er einen neuen Kontakt aufbauen, er musste wissen, was los war. Leider war es mit der Verbindung nicht immer so einfach. Dregger bemühte jetzt seine beste Sekretärin, so bezeichnete er sie jedenfalls, wieder Kontakt aufzunehmen. Aber auch ihr wollte es einfach nicht gelingen. Kommt Zeit, kommt Rat, dachte Dregger ...

*

Es war ein Massaker gewesen. Als sie den Maschinenraum erreichten, hatten schon einige der Marines ihr Leben lassen müssen. Es waren erheblich mehr Scores, als Voice zuvor gesehen hatte, die den Hügel erreicht hatten! Da das Unterdeck der Tolstoy Achtern ein wenig im Wasser lag, standen 15 Meter des Maschinenraums zum Heck hin knietief unter Wasser. Colbrek verteidigte gerade einen seiner Leute mit seinem Stumper, als Voice den Maschinenraum erreichte. Der 1. Maschinist schlug auf einen Score-Dog ein, der unter Wasser den Maschinenraum geentert hatte und plötzlich aus dem Nichts seinem Assistenten am Arm hing. Der schrie jetzt aus Leibeskräften, da der Score-Dog seine Hand bereits abgerissen hatte. Voice stieß einen gezielten Schrei aus und der Score wurde gegen die Bordwand geschleudert. Einen wirklich heftigen Schrei konnte Voice unter diesen Umständen nicht von sich geben, weil es wohl einige seiner Mitstreiter das Trommelfell gekostet hätte.

Dann erklang das Surren mehrerer Laserwaffen. Es gab einen fürchterlichen Knall. Die Außenbordwand wurde nach innen gedrückt. Der Riss vergrößerte sich. Es schoss noch mehr Wasser ins Schiff und etliche Off-Scores drangen jetzt zusammen mit der kleinen Flutwelle in den Maschinenraum ein. Fast gleichzeitig erreichten von der Tür aus die Head-Hunter den Raum.

»Nur die 21er benutzen, Leute, nur die 21er! Sonst fliegt uns hier noch alles um die Ohren!« Cliffs Stimme riss ab, als ein Laserstrahl seinen Mantel traf. Er ging zu Boden und flog kopfüber in das modrig stinkende Wasser. Sofort tauchte er aus dem Wasser wieder auf und schoss mit drei gezielten Schüssen zwei Oberkörper der Off-Scores auseinander. Im Maschinenraum war das Notlicht auch längst ausgefallen und Voice konnte im seltsamen Zwielicht nur Schatten erkennen. Von draußen hörte man die Schussgeräusche der 44er Archer. Auch Voice wurde von einem Laserstrahl in die Seite getroffen. Er ging zu Boden, rappelte sich aber sofort wieder auf und schoss vier oder fünf Mal auf die Score-Schatten, die sich am Riss in der Bordwand zu schaffen machten. Neben Voice standen plötzlich zwei Head-Hunter und ein paar Marines, unter denen Voice auch Bell-Bob erkannte.

Mit völlig verängstigtem Gesicht sah Bell-Bob zu Voice. »Max, ich wollte eigentlich nur beim Pumpen helfen ...«, stammelte er.

Voice sprang geistesgegenwärtig auf Bell-Bob zu, um ihn mit seinem Mantel zu schützen. Keine Sekunde zu früh, klatschen die beiden in das flache Modderwasser! Sie wurden von der Lasersalve voll erwischt. Die Head-Hunter waren durch ihre Mäntel und Hüte geschützt, die Matrosen hatten aber im Maschinenraum keinen Mantel an, geschweige denn Hüte aufgesetzt. Körperteile flogen durch die Luft, Maschinenteile ebenso. Surren. Knallen. Explosionen. Rauch. Schreie. Das Modderwasser war jetzt mit Blut angefüllt. Mit Gedärmen, aus denen seltsame Kabel ragten. Eine kleine Welle Off-Scores jagte jetzt auf Janina Seidenmeyer zu, sie schoss ihr ganzes Magazin leer. 21 Schuss. Nacheinander flogen aus dieser Welle hervortretend ein paar zerfetzte Körper durch die Luft. Dann wurde es für einen Moment totenstill. Abgesehen von den Schreien der Verletzten und dem Schnauben der Tolstoy, ihrer angeschlagenen Maschine.

Max bemerkte, dass ihn jemand am Arm berührte. Cliff sah in das Gesicht von Voice und legte den Finger auf den Mund. Dann zeigte er mit dem rechten Zeigefinger auf den Riss in der Bordwand. Max strengte seine Augen an, konnte aber nichts Entscheidendes entdecken. Beide saßen in der Hocke im Wasser und starrten in die Richtung des Risses. Das war ... mein Gott!

Mit einem Schrei, der allen Anwesenden durch Mark und Bein ging, schoss plötzlich ein A1 aus dem Wasser und riss einem Head-Hunter trotz des Mantels den Arm ab und schleuderte ihn danach durch die Luft wie ein Stück Dreck. Das war schon schlimm, aber schlimmer war noch das der A1 dabei eine Kondeck P110 erbeutete. Der Schuss dröhnte über sie hinweg und machte ein Riesenloch auf der Steuerbordseite. Eine Explosion schleuderte Cliff und Max nach vorne. Sie klatschten abermals kopfüber ins Wasser. Eine Berührung unter Wasser genügte: Cliff drehte sich nach links, Max nach rechts.

Jetzt musste Voice es riskieren, seine Stimme einzusetzen. Sonst war alles vorbei. Wirklich vorbei. Der Schrei warf den A1 aus dem Unterdeck durch den Riss hindurch raus auf den Hügel. Dann schoss Sergeant Honah vier Mal mit der 21er. Der A1 zerplatzte. Ein Paar Mal hörte man noch die Klänge der 44er Archer, deren Geschosse mit einem lautem Zischen ins Wasser tauchten. Dann war es vorüber. So schnell, wie es angefangen hatte.

Max' Augen flogen über den Wasserspiegel. »So viele auf einmal hab ich noch nie gesehen ...«

Sie standen mit dem Rücken vor der Tür, die durch einen kleinen Aufgang ins Unterdeck führte. Alle starrten mit ihren Waffen im Anschlag auf das Modderwasser und auf die Risse in der Bordwand. Alle, die noch stehen konnten. Das Wasser war jetzt ein paar Meter von ihnen entfernt, sodass sie die Verletzten wenigstens hinlegen konnten. Die Tür hinter ihnen wurde aufgerissen und die von Sergeant Honah über Messenger angeforderten Sanitäter betraten den Raum in Begleitung von Dr. Brückner, Tom Smutgard und Jim Beam. Der Abtransport der Verletzten war furchtbar. Dr. Brückner konnte gar nicht so schnell schmerzstillende Mittel spritzen, wie es verlangt wurde. Diese Schreie, wusste Bell-Bob, würde er nie vergessen. Endlich war es so weit und der Abtransport mit Rückendeckung der Head-Hunter, von denen keiner auch nur eine Sekunde lang das Modderwasser aus den Augen ließ, konnte beginnen.

*

Max sah in den Spiegel und nahm den Hut ab. Dann drehte er den Wasserhahn auf, aber es kam kein Wasser. Kein Wunder, dachte Max, auf der Tolstoy musste die Wasserversorgung eingeteilt werden. Vielleicht lag es aber auch daran, dass die Rohre kaputt waren. Er war zu müde, um sich darüber jetzt noch den Kopf zu zerbrechen. Max zog seinen Mantel aus, öffnete seine schusssichere Kampfweste und feuerte seine Stiefel in die Ecke. Dann ließ er sich aufs Bett fallen. Seine linke Seite tat ihm weh. Ein Lasertreffer.

Ohne diese Mäntel wären wir doch alle schon lange tot!

Er streckte den Rücken durch. Jägers Theorie stimmte nur zu einem gewissen Teil. So viele Scores konnte niemand in nur drei Monaten herstellen. Unmöglich. Das musste seit Jahren geplant worden sein! Von langer Hand vorbereitet. Max stützte seinen Kopf in die Hände. Morgen bei der Lagebesprechung. Heute konnte er nicht mehr denken. Er machte noch seine Hose auf und ließ sich lang aufs Bett fallen.

Es klopfte.

Es klopfte noch einmal.

Max dachte im Halbschlaf, dass das eine wirklich sehr altmodische Art war, um Einlass zu bitten. Trotzdem sagte er schlaftrunken »Herein« und war im nächsten Augenblick wieder hellwach. Eva Gardes kam zur Tür herein. Er hatte sie fast schon wieder vergessen. Max wollte aufstehen, aber Eva machte ihm mit einer Handbewegung klar, dass er liegen bleiben könne. Was ihm ganz recht war. Sie setzte sich auf seine Bettkante und legte ihre linke Hand zärtlich auf seinen Bauch. »Ihr habt euch tapfer geschlagen. Kompliment.« Sie fing an, seinen Bauch zu streicheln. »Ich hab mir den Maschinenraum angeguckt. Also wenn du mich fragst – guck nicht so, mein Vater war Maschinist ...« Sie war mit ihrer Hand noch ein wenig weiter heruntergerutscht, in Max' Hose machte sich etwas stark. Sie lächelte erneut und berührte kurz die Stelle, wo seine Hose seinen Penis gefangen hielt. »Die Tolstoy wird sich von hier nicht mehr wegbewegen. Ganz sicher nicht.« Sie legte ein wenig ihren Kopf zur Seite. »Na ja und du musst doch zu deinem Radiodrom! Sonst killen die uns noch alle.« Sie rutschte von der Bettkante herunter auf die Knie und beugte sich provozierend langsam mit dem Kopf über seinen Bauch. Dann zog sie ihm mit ihren Händen seine Hose herunter und befreite so seinen Penis von der engen Umklammerung seiner Hose. Sie leckte seinen Bauchnabel und Max zuckte zusammen. Dann berührte sie mit ihren Lippen kurz seinen Penis und drehte Max wieder das Gesicht zu. »Ich leih dir mein Flugboot. Mhm, was denkst du? Ich will nicht mal mitkommen. Ist mir viel zu gefährlich. Du rettest mich und ich tu dir noch so manchen Gefallen. Willst du mein Flug-Boot?« Bei dem Wort Flug-Boot umschlossen Evas Lippen zärtlich seinen Penis.

»Jaaa ... Ohh ...«

Kurze Zeit später sah Max verschwommen, dass Eva aufstand und sich das Höschen unter dem doch sehr kurzen Rock einfach auszog. Dann hockte sie sich auf ihn, kreiselte ein paar Mal mit dem Hintern und nahm ihn. Anders konnte Max das hinterher nicht mehr beschreiben. Es war ein wilder Ritt.

*

Major Felix Jäger wusste von all dem nichts und bereitete sich gerade auf die nächste Pressekonferenz vor. Er sah wieder auf die Uhr, das machte er in letzter Zeit andauernd. Die Tolstoy war jetzt seit über 24 Stunden in der Glocke verschwunden. Max Taelton wahrscheinlich lange tot. Verdammt. Er hätte nicht. Egal. So war es eben. Er sah aus dem Fenster seines Büros in Hannover direkt auf die Wetterglocke. Obwohl er jetzt schon sehr oft darauf gesehen hatte, erschien sie ihm immer unwirklicher. Fast kam es ihm so vor, als ob ein übergroßes Kind einen riesengroßen Brummkreisel über Hamburg gestülpt hatte und ihm immer wieder aufs Neue in Schwung brachte.

Ich bin an der Front dachte er, mehr kann ich nicht tun.

Das Militär wusste es bereits und nahm es wütend und gleichzeitig arrogant auf. Wütend aus dem Grund, dass sie so lange und ausdauernd hinters Licht geführt worden sind und arrogant, weil sie die Scores schon längst alle fertiggemacht hätten. Sie verzichteten auch darauf, ihre Soldaten mit der Kondeck 21 und der P110 auszurüsten. Mit der Begründung, dass ihre Waffen gut genug seien und sie außerdem noch Panzer und Flugzeuge hätten. Sie würden das ganze größtenteils mit Bodentruppen, aber vor allen Dingen mit Panzern erledigen. Ihre Flugschiffe konnten sie aus den Krisengebieten nicht so einfach abziehen. Was für ein Scheiß. Er setzte sich seinen Hut auf und klemmte sich die Mappe unter den Arm. Major Felix Jäger atmete einmal tief ein und aus, und kam zu dem Schluss, dass er jetzt bereit wäre, sein Büro zu verlassen. Um der Welt zu sagen, dass sie seit über hundert Jahren fast nur von einem einzigen Menschen terrorisiert worden waren. Von einem Arzt, der schon im dritten Reich agiert hatte. Dem die amerikanische Regierung 1953 höchstpersönlich den Auftrag erteilt hatte, den Universal Soldier zu bauen. Genauso wie sie den anderen Deutschen den Auftrag erteilt hatte, die Atombombe zu bauen. Das U.P.D. konnte Dregger viele Dinge nachweisen. Doch immer unter strengster Geheimhaltung – da hatten alle Clans der Amerikaner den Daumen drauf. Nein, dass sie selbst dafür den Auftrag gegeben hatten, nein, das sollte besser niemand erfahren. Dregger hatte schon Kriege angezettelt, Staatsmänner gegeneinander ausgespielt. Er hatte jetzt schon zum vierten Mal das Wetter verändert. Wenn auch dreimal mit nicht so großem Erfolg. Dafür war Hamburg ein Volltreffer. Ein Mensch ... und sie hatten ihn nie gekriegt. Über hundert Jahre nicht. Unglaublich.

Major Jäger öffnete die Tür seines Büros und wurde sofort von aufgebrachten Reportern umringt. Einige Sicherheitsbeamte drängten sich dazwischen.

Blitzlichtgewitter!

»Was ist mit der Tolstoy?«, schrie irgendeine Stimme, deren Urheber vielleicht nicht die beste, aber lauteste Frage stellte. Jäger blieb plötzlich stehen und es wurde ruhiger. »Meine Damen und Herren. Schreiben Sie in ihre Zeitungen: So ein bisschen Wind kann der Tolstoy doch nichts ausmachen! Zitat Ende!«

Jäger ging weiter und schon schwoll das Stimmengewirr um ihn herum wieder an. Theoretisch, dachte Major Jäger. Theoretisch jedenfalls!

Zwischenbilanz

Sehn wir's überglast erscheinen,
Wird's zum Gusse zeitig sein
Jetzt, Gesellen, frisch!
Prüft mir das Gemisch,
Ob das Spröde mit dem Weichen
Sich vereint zum guten Zeichen. *

Artuhr lief durch die unterirdischen Gänge des Glüsinger Hofes, an denen er die letzten fünf, aber vor allem die letzten drei Jahre hart gearbeitet hatte. Dieser ganze Umkreis war seine Festung und jetzt nach dieser hoffnungsvollen Nachricht schöpfte er wieder neue Zuversicht. Hano war zwar sein Werk, aber auch ein erstaunlicher Idiot. Denn er hatte einen Kurier geschickt mit der Botschaft, dass er mit seinen Leuten die Tolstoy sicherlich noch erobern kann. Wieso hatte er nicht das Funkgerät benutzt? Völliger Schwachsinn! Aber gut, so blieb ihm mehr Zeit. Zeit für seinen Plan. Über seinem linken Arm lagen ein paar abgerissene Klamotten, während er in seiner linken Hand einen großen Eimer mit Erbsensuppe trug. Zum Kotzen dieses Menschenfressen. Es stank fürchterlich in seiner Nase. Dann bog er in einen etwas kleineren Gang ab und schob eine verwinkelte Tür auf. Dort saßen sie nun vor ihm, die Wesen, die ihm bei seinem Plan behilflich sein sollten. Ohne sie würde er wahrscheinlich gar nicht gelingen.

Vor ihm saßen oder lagen gut zwanzig nackte, ausgemergelte, halb verhungerte Menschen, die ihn ängstlich anstarrten. Sie haben Angst, dachte Artuhr. Das sieht man. »Hier ist was zu essen und ein paar alte Klamotten zum Anziehen. Beruhigt euch, Leute, das Schlimmste ist vorbei. Ich bring euch hier raus ...« Niemand regte sich. Keiner wagte zu atmen. Artuhr sah in die Runde. Sie haben Angst, dachte er. Gut so. Er hatte schon zu viele von ihren Leuten in der Gegenwart eines Anwesenden grausam abgeschlachtet. Langsam verließ er rückwärtsgehend die Zelle und hatte wirklich seine helle Freude daran, die Angst förmlich zu spüren. Dann schloss er die Tür und blieb noch einen Augenblick stehen und horchte. Erst passierte gar nichts, aber dann hörte er leises Gerede und die Menschen machten sich über das Essen her. Es klappte ... Hervorragend. Seinem Plan stand nichts mehr im Wege. Auch nicht seiner Rache. So ganz genau wusste Artuhr zwar nicht, warum ihm das so wichtig war, aber er wollte diesem Menschen unbedingt eins auswischen. Ihn töten, zum Beispiel.

*

Dregger hatte wieder einen TGT-Kontakt, aber nicht mit Artuhr, der war meilenweit weg und hatte sich völlig verselbstständigt. Nein, das war jemand anders. Über ein Dutzend Monitore flackerten vor seinen Augen und suchten das Bild. Er war in dem Kopf eines A1. Sein Name war Cäsar. Seine neue Nummer Eins. Dregger durchforschte Cäsars Kopf und Körper. Er war begeistert! Was für eine Entwicklung. Und er hatte ihn nicht mal selbst gebaut. Aber das war ja eigentlich nichts Neues. Denn den letzten A1, den er selbst gebaut hatte, das war schon fast fünfzig Jahre her. Wenn er sich recht erinnerte.

Der TGT war kein Wunder, sondern eine Verquickung von technischen Tatsachen. Eine Entwicklung, die eine logische Schlussfolgerung war. Trotzdem hatte er Jahre damit verbracht, sie mit einem so deutlichen Bild, welches er gerade aufbaute, fertigzustellen. Mehr als ein normal andauerndes Menschenleben hatte er gebraucht. Nicht für den TGT, sondern um diese Macht zu erlangen, die er jetzt hatte. Wenn er sich an seine erste Großtat erinnerte, den Mord an John F. Kennedy. Wie lächerlich es ihm heute erschien, dass die Menschen damals wirklich glaubten, ein gewisser Lee Harvey Oswald hätte das Weltgeschehen verändert. Lächerlich! Er war einer seiner Strohmänner gewesen. Das stimmte und er hatte sich die Aufklärung des Mordes wirklich anders vorgestellt, nur mussten sie es irgendwie vertuschen, das war ihm kurze Zeit später klar geworden. Denn wie hätte man der Weltöffentlichkeit präsentieren sollen, dass eine Maschine einen der mächtigsten Männer der Welt einfach um die Ecke gebracht hatte? Es war seine erste funktionstüchtige Kampfmaschine gewesen. Für heutige Verhältnisse mehr als lächerlich, aber für damalige Zeiten höchst erstaunlich. Manches Mal fragte er sich, wieso niemand auf die Idee kam, diese Maschine einfach nachzubauen. Schließlich konnte er ja nicht flüchten.

Sie zerstörten ihn einfach, diese Vollidioten und taten dann so, als würde ihre Version von dem Mord der Wahrheit entsprechen. Die Jahre, die er im letzten Jahrtausend in einer menschlichen Hülle zugebracht hatte, waren mehr als quälend gewesen. Die Herstellung seiner Scores, der Name war ihm irgendwann nur so durch den Kopf gegangen und er beließ es dabei, stellte sich doch als sehr aufwendig heraus. Plötzlich hatte er wieder das Bild vor Augen, als er bei einem Spaziergang ein Wildschwein aus dem Wald jagen sah und es ihm wie eine Erleuchtung vorkam. Zwar wollte er sich bei der Herstellung seiner Kampfmaschinen immer an das menschliche Vorbild halten, aber das konnte der Anfang sein, sagte er sich damals.

Ein Biest, das den Menschen zumindest Angst einjagen könnte.

Eine tierische Kampfmaschine!

Der Score-Dog! An das genaue Jahr konnte er sich nicht mehr erinnern. 1971? Ja, so ungefähr müsste das stimmen. Denn Ende der 70er hatte er es mithilfe einiger Sponsoren geschafft, die nächste Generation ins Leben zu rufen. Den Off-Score. Obwohl er mit dem Off-Score wirklich einige spektakuläre Erfolge verzeichnen konnte, taten alle Geheimdienste der Welt so, als würde es sich um menschliche Terroristen handeln. Warum das so war, konnte er sich zum damaligen Zeitpunkt nicht erklären. Diese Ignoranten verschafften ihm damit einen Vorsprung, den sie nie wieder aufholen konnten.

Aber auch Dregger hatte nicht mehr so ganz seine Ruhe, denn im Jahr 2009 wurde eine Institution ins Leben gerufen, die ihn dazu zwang, seine menschliche Hülle zu verlassen. Andernfalls hätte man ihn mit Sicherheit schon lange erwischt. Diese Institution hatte ihm bis zum heutigen Tag Kopfzerbrechen bereitet und viele seiner Anschläge vereitelt hatte: das United Police Department. Sie glaubten nicht mehr, dass es sich bei allen Anschlägen um ein paar wahnsinnig gewordene Araber handelte. Sie waren gezielt hinter ihm her und machten ihm und seinen Maschinen das Leben schwer.

Jetzt hatten die Monitore auch Bild und er konnte durch die Augen von Cäsar sehen! Dr. Dregger sah einen anderen A1! Es war Artuhr und er sah irgendwie aus, als hätte er sich gerade erschreckt!

*

Als Max morgens aufgewacht war – oder war es Abends? Wer konnte das schon bei dem Licht so genau sagen – war sie schon weg. Der Sex war wirklich wunderbar gewesen! Einfach herrlich! Er hatte auch schon lange keinen mehr gehabt. Und schon gar nicht so. Eine Stimme, die ihm in diesem Moment aus seinen Gedanken riss, erschien ihm, als wenn jemand eine große Wattekugel zerriss. Es war Cliff. Max saß bereits in dem Konferenzraum von Käpt'n Briggs und bemerkte, dass die Augen aller Anwesenden auf ihn gerichtet waren.

»Voice? Hey. Alles klar?«

Max schüttelte sich einmal kurz.

»Sorry, war etwas geistesabwesend.« Cliff Honah lächelte ihn an.

»Dann legen sie mal los, Sir.«

Max sah ihn mit leicht gerunzelter Stirn an. »Cliff, was soll das denn??«

Honah hob beide Hände. »Ich weiß nicht, ob du die Vorschriften kennst?« Er sah Voice ernst ins Gesicht. »Wenn der Kapitän ausfällt, ist der Nächste in der Rangfolge automatisch der Kommandant des Schiffes. Und das bist du.« Er machte eine kleine Kunstpause und betonte das nächste Wort ganz besonders deutlich. »SIR.«

Voice wollte ihn unterbrechen, aber Sergeant Honah ließ das einfach nicht zu. »Gerade in unserer Situation sollten wir Disziplin bewahren, sollten innovativ sein und trotzdem nicht den Respekt voreinander verlieren. Sonst gehen wir unter ...« Das sagt gerade dieser alte Säufer, dachte Max und musste schmunzeln. Honah sah in die Runde, in der alle zustimmend nickten.

Alle, das waren in diesem Fall, Honah, Colbrek, der etwas schräg auf seinem Stuhl saß, weil er einen Laserstreifschuss abbekommen hatte, Korkoff, Hands und Jett Weinberg, der 1. Shooter der Tolstoy.

»Gut!«, sagte Voice und sah dabei in die Runde und sein Blick blieb bei Korkoff hängen. »Wie sieht es mit der Verteidigung aus, Mister Korkoff?«

»Das ist eigentlich ganz okay. Also, ich meine, ich habe die meiste Energie dafür verwendet, den Schutzschirm zu aktivieren. So können sie uns also nicht mehr überraschen. Jedenfalls nicht so, wie es uns gerade passiert ist. Darunter leiden natürlich einige andere Sachen wie zum Beispiel die Beleuchtung der Tolstoy, aber die halte ich nicht für so wichtig, Sir. Auch die Klimaanlage. Sie würde uns natürlich einigen Gestank ersparen, aber die Energie reicht leider nicht.«

»Das ist schon in Ordnung, Mister Korkoff.« Voice wandte sich jetzt an den 1. Maschinisten. »Mister Colbrek.«

Steve Colbrek setzte sich auf seinem Stuhl zurecht und verzog dabei unter Schmerzen sein Gesicht. »Tja, Sir, etwas ganz Genaues kann ich im Moment noch nicht sagen, nur soviel ...«, wieder unterbrach er sich, um seinen Körper noch einmal geradezurücken. »Die Wasserpumpen sind am Laufen, wir haben wirklich starke Beschädigungen an den Wasserstoffmaschinen und wir verlieren immer noch ständig Pressluft. Wir arbeiten mit unseren Hutlampen und unsere Sicht ist dadurch mehr als nur eingeschränkt.«

»Kriegst du sie wieder in Gange, Steve?« Die Frage kam von Israel Hands und Colbrek beantwortete sie zunächst nur mit einem Schulterzucken. Dann setzte er sich aufrecht hin und sah noch einmal in die Gesichter aller Anwesenden. »Wir stehen immer noch bis zu den Knien im Wasser! Das Licht ist mies, wie gesagt ...« Er macht eine kleine Pause. »Ich kann es euch vielleicht in ein paar Stunden sagen, hoffe ich.«

Max hatte schon eine Analyse von Eva Gardes gehört. Sie wusste schon, dass sich die Tolstoy nicht mehr rühren würde. Ihr Vater war wahrscheinlich ein großer Maschinist gewesen.

Jetzt meldete sich Israel Hands zu Wort. »Die Brücke ist einigermaßen in Takt geblieben, bis auf ein paar Einschränkungen, die ich Ihnen hier ersparen möchte, weil sie doch zu sehr ins Detail gehen würden, nur soviel: Wenn wir die Maschine wieder in Gang kriegen, lässt sich die Tolstoy in der Luft halten. Vielleicht nicht ganz so sicher wie sonst, aber es dürfte gehen.«

Voice stand auf und sah aus dem Riesenbullauge – 1,20 Meter breit und fast zwei Meter hoch – oben am Himmel plötzlich einen kleinen weißen Punkt, der größer zu werden schien.

»Wie hoch sind unsere Verluste?« Wie aus einer anderen Welt hörte er seine Stimme fragen.

Für den Augenblick eines Atemzuges war es totenstill. Dann erklang erneut Israel Hands Stimme. »Wir haben neun Tote und zwölf Verletzte. Wobei uns Jacks Analysen besonders fehlen.« Er machte eine kleine Pause, um weiter sprechen zu können, denn Bowen und er waren über die Jahre auf der Tolstoy Freunde geworden. »Natürlich fehlt jetzt besonders Käpt'n Briggs, aber der ist ja zum Glück nur verletzt und wir können hoffen, dass er bald wieder auf der Brücke steht. Wie sieht es bei dir aus, Cliff?«

Sergeant Honah nahm seinen Hut ab, legte ihn auf den Tisch vor ihm und kratzte sich mit seiner rechten Hand im Nacken. »Acht Tote und acht Verletzte, davon sind drei sehr schwer verletzt ...«

Voice richtete das Wort jetzt an Weinberg, der mit seinen grauen Haaren und Bart ein wenig wie ein alter weiser Mann wirkte. Max hoffte, dass er das auch war. »Mister Weinberg, was denken Sie? Wie viele haben Sie da draußen erwischt? Für uns im Maschinenraum war es bei dem schlechten Licht schwer zu analysieren, wie viele es genau waren.«

Weinberg räusperte sich ein wenig und sah mit seinen glasklar blauen Augen direkt in das Gesicht von Voice. »Also, Sir, ich würde sagen, wenn meine Shooter einigermaßen richtig mitgezählt haben, waren das sechsunddreißig Off-Scores und etliche Score-Dogs, so viele, Sir, habe ich noch nie auf einem Haufen gesehen.« Dann machte er eine kleine Pause und sah in die verdutzten Gesichter aller Anwesenden.

Ich auch nicht, dachte Max und wischte sich dabei mit dem Handrücken über den Mund.

Dann fuhr Weinberg fort. »Allerdings kein weiterer A1. Den einen habt ihr ja ins Wasser gepustet. Bei mir gab es keine weiteren Verluste, Sir.«

Die Zahl, die Weinberg nannte, hinterließ ein stilles Erschrecken.

Dann sah Voice durch das Bullauge, wie der noch eben kleine weiße Punkt sich vergrößerte und in Bruchteilen von Sekunden wurde die gesamte Wettermauer, eine sie umschließende Sonne.

Jetzt waren alle aufgesprungen, bis auf Steve Colbrek, und starrten mit schützender Hand vor den Augen in ein grelles Licht. Sofort spürte jeder, dass die Außentemperatur stieg.

Israel Hands betätigte einen Schalter, der neben dem Bullauge angebracht war. Ein Sonnenschutz schob sich vor das Fenster und ließ es verdunkeln. Langsam, ohne ein Wort zu sprechen, begaben sich alle wieder auf ihre Plätze, sahen auf den Boden und stellten in dem linken Ärmel ihres Mantels, die Temperatur ein. Das ersetzte zwar keine Klimaanlage, aber wenn es gleich heiß würde, wäre es doch so erheblich erträglicher. Wladimir Korkoff, der zum ersten Mal bei so einer Aktion dabei war, genoss wieder sichtlich seine eigene Erfindung. Schließlich war es etwas anderes, seine Schöpfung nicht im Labor, sondern bei einem Einsatz zu erleben.

Dann ergriff Max wieder das Wort. »Ich habe einen Plan, meine Herren, und wie es mir scheint, ist der sogar durchführbar. Bevor ich darauf eingehe, möchte ich noch sagen, dass die Vorkommnisse, die hier an Bord geschehen sind, einer noch wirklichen detektivischen Arbeit bedürfen. Sei es, wie es Thomas Brink bei seinen Vorstrafen gelungen ist, 2. Steuermann zu werden. Sei es, wie diese blonde Frau an Bord gekommen ist und Doc. Belwik ...« Max machte eine kleine Pause: »... abgeschlachtet hat. Es gibt noch sehr viele Ungereimtheiten, aber die liegen in der Vergangenheit. Darum werden wir uns kümmern, wenn sich unsere Situation entspannt hat. Eins möchte ich ihnen jetzt schon sagen.« Voice sah in die Runde und jeden dabei sehr ernst ins Gesicht. »Die Sache ist seit Jahren vorbereitet worden. Ich glaube, dass alle vorherigen Wetterbomben nur Ablenkungsmanöver waren. Mit der Stärke dieser Bombe waren die auch nicht zu vergleichen.« Voice holte noch einmal Luft und sah aus dem Augenwinkel, wie sich Cliff eine Zigarette ansteckte. »Major Jägers Theorie stimmt insofern, dass es hier um die Wurst geht, meine Herren. Wir haben den Standort des Radiodroms noch immer auf dem Schirm, ist das richtig, Mister Korkoff?«

»Richtig, Sir, um es genau zu sagen: Glüsingen!« Er machte eine kleine Pause und fuhr dann fort. »Noch genauer: Glüsinger Hof, eine uralte Kneipe ...«

»Gut, Mister Korkoff. Die Dekodierung muss so schnell wie möglich erfolgen, das ist ja wohl auch jedem klar.«

Alle Anwesenden nickten, wobei das Nicken von Cliff Honah besonders hartnäckig ausfiel. »Und wie wollen Sie das veranlassen, Sir?«

Voice wollte nicht, aber er musste einfach lächeln, wenn Cliff ihn »Sir« nannte. »Eine Frage muss ich vorher noch stellen.« Voice wandte sich jetzt an Weinberg und Korkoff. »Könnten Sie sich vorstellen, aus der Tolstoy eine kleine Festung zu machen, die man mit wenigen Menschen verteidigen könnte?«

Die beiden wechselten einen kurzen Blick und bejahten die Frage mit einem kurzen Nicken. »Gut, wir können nicht warten, bis die Tolstoy wieder flugfähig ist, weil niemand sagen kann, wann die Maschine wieder instand gesetzt werden kann« Er sah noch einmal zu Colbrek herüber, dessen schmerzverzerrtes Gesicht das Gesagte mit einem Nicken bestätigte.

»Für uns zählt jede Sekunde, um diesen Wahnsinn hier zu stoppen.« Max beugte sich ein wenig nach vorne und um seinen Worten noch mehr Nachdruck zu verleihen, sah er jedem für einen kurzen intensiven Moment dabei in die Augen. »Wir machen aus der Tolstoy eine Festung und Sergeant Honah und ich machen uns von einigen seiner Head-Hunter begleitet auf den Weg zum Radiodrom. Mit dem Flugboot von Eva Gardes.«

Als er den Namen aussprach, hatte er das Gefühl, als wenn alle wüssten, was in der vergangenen Nacht geschehen war. Aber das war sicher nur eine Einbildung.

»Das Flugboot hat Platz für genau zehn Passagiere plus Steuermann.« Voice sah jetzt wieder zu Sergeant Honah, der gerade seine Zigarette ausdrückte. »Ich würde vorschlagen Cliff, dass du deine besten acht Leute nimmst, Bell-Bob kann die Karre steuern.« Max schob seinen Hut ein wenig in den Nacken und sprach Israel Hands direkt an. »Sicherlich sind Sie der bessere Pilot, Mister Hands, aber wenn die Tolstoy wieder in Ordnung ist, brauchen wir jemanden, der sie auch fliegen kann, damit Sie uns als Verstärkung folgen können. Sie sind der einzige, der das kann, nachdem uns hier langsam die Steuermänner ausgehen.«

Die Hitze in der Offiziersmesse nahm zu und fast alle Anwesenden korrigierten jetzt auch die Temperatur in ihren Hüten. Korkoff lächelte dabei zufrieden und genoss die Wirkung seiner Erfindung.

»Was denken Sie darüber, meine Herren?«

»Das klingt ausgesprochen gut, Sir. Es ist doch immerhin eine Option, die sich nicht völlig absurd anhört.« Israel Hands Worte fanden ein zustimmendes Gemurmel, aus der sich dann etwas lauter Sergeant Honahs Stimme hervor tat. »Gibt es sonst noch etwas Max, äh, Sir?«

»Nein, eigentlich nicht. Ich denke, dass wir jetzt sofort mit den Vorbereitungen beginnen und so zirka in zwei Stunden starten sollten. Ist das für alle okay?«

»Aye-Aye, Sir.«

Es klang wie aus einem Mund gesprochen.

Max erhob sich von seinem Stuhl. »Gut, ich habe veranlasst, dass unser Schiffskoch, Mister Hauke, uns in der Kantine noch einen kleinen Snack vorbereitet. Mister Colbrek, ich lasse Ihnen Ihr Essen auf die Krankenstation bringen. Ruhen Sie sich noch ein wenig aus.«

»Aye-Aye, Sir«, antwortete Colbrek dankbar.

Voice drückte auf den Messenger in seiner linken Manteltasche. »Mister Hauke?«

»Aye, Sir«, ertönte die Stimme am anderen Ende.

»Wir kommen zum Essen, Mister Hauke.«

»Okay, Sir.«

Nur Cliff Honah ging nicht direkt zur Kantine. Er musste noch einmal aufs Klo. Seinem Magen ging es nicht besonders gut und er hatte das Gefühl, dass es wie bei den vorherigen Glocken zu einer Bakterienansammlung kam, die sich bei ihm zuerst im Magen bemerkbar machte. Aber es gab noch etwas anderes, das ihn bedrückte. Er hatte mit dieser blonden Frau gebumst, kurz nach dem sie Dr. Belwik im Türrahmen im wahrsten Sinne festgenagelt und auch noch entmannt hatte. Wie auch immer es gewesen sein mochte, diese Vorstellung verschlug ihm die Sprache. Wie konnte ein Mensch so abgebrüht sein?

Ich muss es ihm sagen. Zumindest Voice muss es wissen.

Aber es war ihm unangenehm. Er hatte mit dieser blonden Frau gebumst. Vielleicht war nur seine Fantasie mit ihm durchgegangen, schließlich war er ganz schön zugedröhnt gewesen. Also alles nur ein Traum? Aber so ganz konnte er das nicht glauben, nein, dazu fühlte es sich zu echt an.

Als Honah wieder auf dem Weg zur Kantine war, sah er durch ein Bullauge, dass die graue Glockenwand sich komplett purpur gefärbt hatte. Und er bemerkte, wie der Gestank durch die Hitze immer stärker wurde.

Die Scheiße ist wirklich am brodeln, dachte er.

*

Die Tolstoy war etwa dreihundert Meter von ihm entfernt. Jetzt, da das Hell-Dunkel-Wechsellicht wieder den Sonnenstrahlen gewichen war, konnte er sie besser erkennen. Es war schon ein imponierendes Schiff. Noch mehr aber hatte Hano die Bewaffnung der Tolstoy imponiert.

Warum haben wir nicht solche Waffen?

Es erschien ihm ausgeschlossen, die Tolstoy mit einem weiteren Gewaltangriff erobern zu können. Irgendetwas war faul an Artuhrs Befehl. Es konnte einfach nicht richtig sein, sich bei der Eroberung von diesem Schiff völlig aufzureiben. Die Verluste waren sehr hoch und sie hatten nichts erreicht, bis auf eines dieser Gewehre erobert zu haben. Hano hielt eine P110 in den Händen, die Bezeichnung war auf dem Lauf der Waffe eingraviert. Er hatte aus einiger Entfernung gesehen, welche Wirkung sie hatte. Wütend machte ihn nur die Tatsache, dass keine Munition mehr in der Waffe war. Absichtlich hatte er Artuhr einen Kurier geschickt, statt das Funkgerät zu benutzen, weil er in Artuhrs Augen einfältig wirken wollte. Der Kurier sollte ihm lediglich mitteilen, dass er die Belagerung fortsetzte. Aber das stimmte nicht. Er hatte nämlich bemerkt, dass seine anderen drei Mitstreiter, von denen einer bereits ausgeschaltet war, lange nicht seinen Intellekt hatten. Sie waren zwar seinesgleichen, sie waren A1er, aber doch anders. Eher nur funktionierende Befehlsempfänger.

Aber auch Hano war nur Befehlsempfänger. Er wusste es nicht, denn er dachte, die Stimme in seinem Kopf, wären seine eigenen Gedanken. Doch das stimmte nicht. Das konnte er auch nicht ahnen, als er den Befehl gab, dass sich alle Einheiten in die Hamburger Kanalisation begeben sollen, um dort auf ihren neuen Anführer zu warten. Sie sollten nur warten, er würde sie schon finden. Er hatte diesen Befehl an einen der zwei restlichen A1er weitergegeben. Zuerst konnte er gar nicht beurteilen, ob der ihn auch begriffen hatte, aber als sich kurz danach eine aus fast hundert Off-Scores und bestimmt siebzig Score-Dogs bestehende Streitmacht erhob, hatte er das Gefühl, alles in der Hand zu haben.

Hano stellte seine Sehstärke auf hundert Prozent und sah sie jetzt in einiger Entfernung zu kleinen Punkten werdend, verschwinden. Dann wendete er seinen Blick wieder mit normaler Sehkraft auf die Tolstoy. Er war allein. Das tat gut. Denn neben der Befehlsstimme in seinem Kopf gab es noch eine andere. Einen Wunsch. Er wollte sich die Munition holen, die er für seine neue Waffe brauchte und er wusste, wo er sich die holen konnte. Er saß in der Hocke am Rand des versunkenen Stadtteils, der mit ein paar kleinen Inselchen gespickt war, und spielte mit seinen Fingern im Wasser. Lange war er noch nicht auf dieser Welt, aber er war eine lernende Intelligenz. Das war ihm bewusst. Nicht ganz klar war ihm, warum er die Menschen unbedingt ausmerzen wollte. Na ja, einen Grund gab es da auf jeden Fall. Er fand sie widerlich! Grund genug, sagte er sich. Durch die Hitze stieg Wasserdampf von der Oberfläche des unnatürlichen Sees in die Luft. Fast sah es so aus, als würde Hano es genießen, langsam ins Wasser zu gleiten und kurze Zeit später komplett unterzutauchen.

*

Dregger war außer sich. Dieser verdammte Maschinen-Idiot. Er musste schon auf Plan B zurückgreifen und jetzt auch noch das. Nicht nur, dass er mit der Herstellung der A1er zu langsam war. Man hätte früher damit beginnen sollen, aber das war aus technischen Gründen nun mal nicht möglich gewesen. Nun stellte sich diese beschissene Maschine auch noch so fürchterlich hirnlos an und hatte nun sogar noch einen eigenen Plan. Er wollte Rache an Voice nehmen. Rache war ein menschliches, aber doch kein maschinelles Bedürfnis. Artuhr lief völlig aus dem Ruder. Er musste beseitigt werden, doch zunächst brauchte er ihn noch. Zu den A24ern hatte er schon lange keinen Kontakt mehr gehabt, er wusste er nicht einmal so ganz genau, wo die steckten. Das Einzige, das ihn wirklich beruhigte, war sein guter Kontakt zu Cäsar. Bei diesem A1 konnte er zumindest ins Unterbewusstsein eindringen und er hatte es geschafft, den Angriff auf die Tolstoy zu beenden. So konnte nun noch Plan B verwirklicht werden. Er würde sich das Heft nach jahrelanger Vorbereitung doch nicht einfach so aus der Hand nehmen lassen. Nicht von einem Menschen und schon gar nicht von einem seiner Geschöpfe. Hätte er mit der Hand auf den Tisch hauen können, er hätte es jetzt getan.

*

Am nächsten Tag war in fast allen europäischen Tagesblättern eine Meldung zu lesen. Mal größer mal kleiner, es kam ganz darauf an, wie sehr sich das jeweilige Land mit der Wetterglocke über Hamburg beschäftigte. In Hannover schaffte es der Text sogar auf die Titelseite.

```
Major Felix Jäger bei Pressekonferenz getötet.
  Ein scheinbar Geisteskranker erschoss gestern mit
zwei Schüssen Major Felix Jäger vom United Police De-
partment. Gerade als er mit den Ausführungen über die
Wetterglocke geendet hatte und erklären wollte, dass
es sich nicht um eine Umweltkatastrophe handeln
würde, sondern um einen terroristischen Anschlag,
fielen plötzlich zwei Schüsse. Major Felix Jäger war
sofort tot. Mehr darüber Seite 14.
```

Die Guten und die Bösen

Denn wo das Strenge mit dem Zarten,
Wo Starkes sich und Mildes paarten,
Da gibt es einen guten Klang.
Drum Prüfe, wer sich ewig bindet,
Ob sich das Herz zum Herzen findet!
Der Wahn ist kurz, die Reu ist lang. *

Dr. Jo Brückner wischte sich immer wieder den Schweiß von der Stirn, der ihm in die Augen zu laufen drohte, während er blinzelnd durch ein kleines Fenster der Krankenstation beobachtete, wie das Flug-Boot von Eva Gardes beladen wurde. Die Glocke wirkte wie die glühende Umrandung einer neu entstehenden Wüste. Die Hitze war wirklich unerträglich. »Vielleicht sollten Sie mal Ihre Uniform anprobieren, Dr. Brückner.«

Jo drehte sich um und stand vor Wladimir Korkoff, der ihm in letzter Zeit in der Krankenstation sehr hilfreich zur Hand gegangen war. Korkoff hielt ihm einen weißen Hut und einen weißen Mantel entgegen.

»Es ist nicht ihr ernst, dass ich bei diesem Wetter einen Mantel und einen Hut dazu aufsetzen soll. Das wirkt gerade zu lächerlich auf mich. Wollen Sie mich verkaspern?«

Jo sah irritiert in das lächelnde Gesicht von Wladimir Korkoff.

»Aber ganz und gar nicht, mein Lieber. Wie Sie sehen, trage auch ich Hut und Mantel. Es wirkt unheimlich erfrischend. Aber probieren Sie doch selbst ...«

Jo streifte sich kopfschüttelnd den Mantel über und setzte sich den Hut auf.

»Ich habe es bereits für sie eingestellt, Doktor.«

Er konnte es kaum glauben, der Hut kühlte seine Stirn und der Mantel den Rest seines Körpers. Der Gestank, der auch bis auf die Krankenstation vorgedrungen war, wurde von einer Sekunde auf die andere erträglicher. Jo lächelte und sah wieder aus dem Fenster, wo jetzt in gut dreißig Meter Entfernung bei glühender Hitze die letzten Vorbereitungen für die Abfahrt getroffen wurden.

»Ich muss wahrscheinlich noch viel über die Errungenschaften des U.P.D. lernen. Am besten, ich setze erstmal jedem meiner Patienten einen Hut auf.«

»Das ist schon erledigt, Doktor!«

Die beiden grinsten sich an.

»Ich kann sie verstehen, Doc. Sie sind nicht vom U.P.D. Es muss alles total verstörend auf Sie wirken.«

»Das kann man wohl sagen!«

Korkoff lehnte sich an die Wand und wischte mit dem Ärmel seines Mantels ein wenig auf dem Glas des Bullauges herum. Dabei drehte er langsam den Kopf und sah Dr. Brückner direkt in die Augen. »Seit über fünfzehn Jahren verbringe ich die meiste Zeit damit, neue Substanzen miteinander zu verbinden, um die Ergebnisse meinen Mitarbeitern mitzuteilen. Dann diskutieren wir nächtelang darüber, ob es verwertbar ist, welche Konsequenzen sich ergeben könnten und so weiter, und so weiter. Vielleicht klingt das langweilig ...« Er schüttelte amüsiert den Kopf und lächelte. »Aber Sie werden lachen, Dr. Brückner, mir macht der Job Spaß. Wenn ich sehe, wie vielen Leuten diese Hüte und Mäntel schon das Leben gerettet haben, kann ich Genugtuung empfinden. Einfach das Gefühl, dass es sich lohnt.« Korkoff zuckte mit den Schultern und sah dabei auf den Boden. »Da spielt das Dasein von diesem seltsamen Dr. Dregger fast nur eine Nebenrolle. Ich nehme normalerweise an solchen Einsätzen gar nicht teil. Für mich ist das fast so wie für Sie, Dr. Brückner«, er hob seinen Blick und blieb an der Tischkante hängen: »Ehrlich gesagt, bin ich hier zum ersten Mal dabei und ich muss ihnen gestehen, es macht mir wirklich Angst.« Brückner stellte sich neben Korkoff und beide sahen für einen Moment lang wortlos dem Treiben hinter dem Bullauge zu, während das Glas von außen durch den Wasserdampf immer mehr beschlug, sodass die Vorbereitungen des Beladens des Flugbootes so aussahen, als fänden sie im dichten Nebel statt.

»Und wie kommt es, dass Sie ausgerechnet jetzt dabei sind?«

Korkoff zuckte erneut mit den Schultern. »Major Jäger wollte mich zuerst nicht gehen lassen, aber nach dem ich ihn überzeugt hatte, dass ich einer der besten Communicator bin, die das U.P.D. zu bieten hat und das dass der Tolstoy auf keinen Fall schaden könnte, willigte er ein ...« Er drehte sich vom Bullauge weg und bohrte mit seinen Augen ein Loch in die Decke. »Für mich war das aber nicht der wirkliche Grund«

»Sondern?«

»Neugierde!«

Brückner sah ihn erstaunt an. »Wie bitte?«

»Nun, Dr. Brückner, es ist ja auch nicht so, dass Dr. Dregger die letzten hundert Jahre jeden Tag einen Anschlag gemacht hätte. Wir vom United Police Department sind zwar in erster Linie dafür da, uns mit Dr. Dregger zu befassen, aber nichtsdestotrotz, werden wir auch bei ganz normalen Verbrechen zurate gezogen und haben auch schon eine Menge Erfolge vorzuweisen. Es vergingen dabei einige Jahre, in denen man keinen Score zu Gesicht bekam, geschweige denn den Beweis, dass es sie überhaupt noch gibt!«

Jo fühlte sich erheblich wohler, seitdem er den Mantel und den Hut angezogen hatte. »Entschuldigen Sie, Mister Korkoff, sind im Notfall Hut und Mantel auch so eine Art Heizung?«

»Genauso ist es!«

Er war wirklich beeindruckt. »Wahnsinn. Und das ist ihre Erfindung?« Aufgrund des freudigen Beiklanges in Jos Stimme, fühlte sich Korkoff jetzt wirklich geschmeichelt. »Wie sind Sie darauf gekommen. Max erzählte mir irgendetwas von der Cuba-Rübe.«

Korkoff lachte kurz auf. »Ja, das ist die Substanz, die jeder, der sich nicht weiter damit beschäftigt, merken kann. Sie ist nicht ausschlaggebend, aber verleiht der ganzen Sache etwas mehr Geschmeidigkeit. Drauf gekommen bin ich allerdings durch Dr. Dregger.« Wieder sah er Brückner in die Augen. »Sie hatten sicherlich noch nicht das Vergnügen, einen A1 aus nächster Nähe zu betrachten?«

»Oh, doch!« Korkoff sah ihn verblüfft an.

»Max hatte einen im U-Bahn-Tunnel erwischt und ich hatte etwas Zeit, mich mit ihm zu beschäftigen. Zu kurz, um wirklich grundlegende Analysen durchzuführen, aber ...«

»Haben Sie diese seltsame Beschichtung bemerkt, mit der er überzogen war?«

Brückner nickte.

»Na ja, die Schwierigkeit war, dass diese Schicht die Haut einfach ersticken lässt, wenn man sie direkt auf den Körper eines Menschen legt oder so etwas Ähnliches wie einen Taucheranzug anfertigt ... So kam ich auf die Mäntel und entwarf dann nach ähnlichem Muster den Hut. Ein vielleicht etwas seltsames Outfit, aber sehr effektiv, wie ich finde.«

Jo nickte wohlwollend. Ein warmer Wind fegte durch die Risse und Türschlitze der Tolstoy und legte ihnen einen pelzigen Geschmack auf die Zunge.

»Kommen Sie, Dr. Brückner, ich sehe gerade, dass Voice und Honah bereits an Bord des kleinen Flugschiffes eingetroffen sind, lassen Sie uns runtergehen und unsere Helden verabschieden. Außerdem hab ich noch ein paar Schutzbrillen, die sie sicherlich bei ihrem Einsatz noch gut gebrauchen können.«

Jim Beam, der sich unauffällig zu den beiden ans Fenster gesellt hatte, entdeckte jetzt auch Bell-Bob an Bord und sah mit einem flehenden Blick Jo ins Gesicht.

»Ja klar, du kommst auch mit runter zum Verabschieden, Jim. Für einen Moment schaffen das Tom und die Sanitäter auch alleine mit unseren Patienten.«

Als sie den Gang vom Mitteldeck zum Unterdeck erreichten, fiel Jo plötzlich auf, dass Jim Beam seinen neu erworbenen braunen Mantel und den dazugehörigen Hut mit sehr viel Stolz trug. Jim hatte sich in der letzten Zeit sehr verändert. Sehr zu seinem Vorteil. Selbstbewusster. Auf seinem Rücken trug er den Stumper, den Voice ihm geschenkt hatte, in einer großen Lederscheide. Es gab sehr verschiedene Modelle, wie Jo mittlerweile festgestellt hatte. Jims war ganz schwarz und hatte unterhalb des Knaufs einen goldenen Ring. Jo hatte ein paar Mal beobachtet, als er mit dem Teil geübt hatte. Erstaunlich! Er selbst konnte gar nichts damit anfangen. Wie das Teil richtig funktionierte, würde er sich mal von einem Fachmann erklären lassen müssen. Sie erreichten das Unterdeck und Jo wollte Korkoff gerade fragen, ob es sich beim Stumper auch um eine seiner Erfindungen handeln würde, als plötzlich eine gewaltige Explosion die Tolstoy erschütterte und alle drei zu Boden warf. Der Abwehr-Energieschirm flackerte. Aber Jo ahnte irgendwie, dass es sich nicht um einen Angriff handeln würde. Die Drei rappelten sich wieder auf. Das Alarmlicht sprang an und eine Sirene begann, zu heulen.

»Jim, du rennst hoch und holst noch einen Sani und meine Arzttasche!«

Jim nickte und setzte sich sofort in Bewegung. Brückner und Korkoff tauschten einen kurzen Blick aus und rannten in die Richtung, aus der die Explosion zu hören war. Nach einigen Metern des Laufens blieben die beiden abrupt am Ausgang des Unterdecks stehen. Jo hatte recht, es war kein Angriff. Das Flug-Boot von Eva Gardes war gerade in die Luft geflogen.

*

Scheiße! Er hatte tatsächlich seinen Laptop in der Umhängetasche in seiner Kajüte vergessen. Verdammt, den brauchte er ja nun wirklich zum Aufspüren des Radiodroms. Bell-Bob wollte gerade den Startknopf drücken, ließ es aber, als er die Stimme von Max hinter sich hörte.»Tut mir leid, Leute.« Voice wedelte mit beiden Händen in der Luft.»Ich hab da noch etwas Dringendes vergessen.« Und zu Cliff Honah gewandt: »Ich mach das hier schließlich zum ersten Mal!« Diejenigen an Bord, die zuvor gehört hatten, wie Honah seinen Freund mit genau dem Spruch aufgezogen hatte, prusteten vor Lachen laut los.

Das Boot war jetzt zu beiden Seiten offen, sie hatten die Meschnukscheiben abmontiert, damit es im Innern nicht zu heiß wurde, und Voice sprang raus an Land. Cliff zog seinen Hut ein Stück tiefer ins Gesicht. Das wäre jetzt vermutlich eine der wenigen Möglichkeiten, nochmal mit Voice unter vier Augen zu sprechen. Er hatte da noch etwas, was er loswerden wollte. Außerdem war es wichtig für die Ermittlungen. Weil Voice sich im Laufschritt vom Flugboot entfernte, stand Cliff auf und rief ihm hinterher.»Warte mal! Ich muss noch mal mit dir reden.«

Voice blieb verwundert stehen und drehte sich um.

Bevor auch Cliff das Schiff verließ, fingen seine Augen noch einen Blick von Janina Seidenmeyer auf. Sie lächelte ihn an. Er lächelte zurück. Irgendwann, dachte er, werde ich was mit dir haben. Wenn nicht in diesem, dann in einem anderen Leben. »Warte!«

Cliff sprang von Bord und lief auf Voice zu. Als er ihn erreichte, setzte sich dieser sofort wieder in Bewegung.»Was gibt es denn noch so Wichtiges. Willst du heimlich noch ein Bier trinken oder was?«

Cliff sah ihn fast richtig beleidigt an.

»Quatsch, wenn ich das wollte, hätte ich das auch gleich an Bord getan. Es ist wegen dieser blonden Frau ...«

Voice blieb stehen.

Genau in diesem Moment beugte sich Head-Hunter Karek zu Bell-Bob herüber. »Lassen Sie die Karre doch schon mal warm laufen, bevor die beiden wieder eintreffen, Käpt'n.« Von dem Wort »Käpt'n« geschmeichelt, machte Bell-Bob es sich auf dem Pilotensessel bequem und drückte den Vorheizknopf. Von der Explosion bekam er fast gar nichts mit. Er merkte nur noch, dass das Boot plötzlich ganz rot wurde. Und fürchterlich heiß.

*

Hano hatte schon fast aufgegeben. Die Energiewand schien unüberwindlich. Dann hörte er, als er sich gerade mit aller Kraft gegen die Energiewand stemmte, über Wasser eine Explosion und die Energiewand gab nach. Er war drin. Hinter ihm schloss sich die Wand sofort wieder. Wie er wieder rauskäme? Das Problem würde er lösen, wenn es soweit wäre. Er lugte aus dem Wasser. Fast direkt vor ihm, vielleicht fünf Meter entfernt, sah er drei Matrosen und einen Soldaten mit diesem Wundergewehr vor diesem Riss in der Tolstoy stehen, der zum Maschinenraum führte. Sie sahen alle in die Richtung der Explosion.

Er schoss plötzlich aus dem Wasser heraus.

Dann ging alles ganz schnell.

Er stach mit seinen Fingern zwei Matrosen in die Augen und riss ihnen die Köpfe ab. Dann wollte er mit einem seitlichen Tritt dem Menschen die Gedärme aus dem Leib treten, was ihm aber nicht ganz so gut gelang, da er das Gefühl hatte, der Tritt würde von dem Mantel irgendwie abprallen und den Menschen schützen. Aber immerhin ging der Mann zu Boden und er hatte Zeit, den dritten Matrosen zu Boden zu reißen und das Genick zu brechen. Der Soldat war zwar sehr schnell wieder auf den Beinen, aber Hano war etwas schneller. Er traf ihn mit einem harten Schlag im Gesicht und stürzte sich auf ihn. Dann ertränkte er ihn trotz starker Gegenwehr im Maschinenraum.

Draußen prasselte das Feuer der Explosion und eine Hitze stieg in ihm auf. Selbst das Wasser im Maschinenraum schien immer wärmer zu werden. Hano stellte seine Kühlung auf über 90 Prozent und machte sich dann in das Dunkel auf, wo er am anderen Ende eine Tür zum Mitteldeck entdeckte. Wenn er jetzt schlau war, konnte er die Tolstoy ganz alleine zerstören oder vielleicht sogar erobern und zu seinem eigenen Schiff machen. Er streichelte fast sanft den Lauf der P110. Die tollsten Gedanken schossen ihm durch den Kopf, als er langsam und leicht geduckt die Treppe zum Mitteldeck erklomm.

*

Die Explosion hatte beide zu Boden gerissen und brennende Teile des Flugbootes prasselten auf sie nieder. Dennoch war Voice im Nu wieder auf den Beinen und ging mit dem Arm vorm Gesicht auf das Boot zu. Am Boden blieb ein völlig entsetzt dreinblickender Cliff Honah zurück, der sich aber kurze Zeit später wieder aufrappelte. Während er auf das Flugboot zulief, zog er sich seinen Mantel aus, schlug dann verzweifelt auf die Flammen ein. Eine weitere, bei Weitem aber nicht so große Explosion, schleuderte ihn wieder in den Dreck zurück, während Voice nur in die Knie sank und seinen Körper mit Hut und Mantel bedeckte. Jetzt erreichten auch die anderen, Jo Brückner, Wladimir Korkoff, Jim Beam sowie einige Matrosen das brennende Flugboot. Die Feuerlöscher spuckten ihren Inhalt mit lautem Zischen in die Flammen. Das Einzige, was man als positiv werten konnte, war die Tatsache, dass alle Insassen des Bootes auf der Stelle tot gewesen sein mussten, denn man hörte nicht einmal einen Schrei in den Flammen. Alle anderen tauschten fassungslose Blicke miteinander, ohne auch nur ein Wort zu wechseln. Der Schock saß allen tief in den Gliedern.

Cliff Honah stand mit hängenden Schultern da und schmiss seinen Mantel zu Boden. Er schüttelte seinen Kopf, wobei er seinen Hut in den Händen drehte und wandte seinen Blick von dem brennenden Boot ab. Dann sah er noch einmal in die Flammen und murmelte: »Dann eben im nächsten Leben ...« Er brauchte jetzt unbedingt etwas zu trinken und ohne die anderen weiter zu beachten, ging er langsam auf die Tolstoy zu. Er war sich sicher, dass er in der Offizier-Messe noch irgendwo ein Bier auftreiben würde.

*

Eva Gardes nutzte ihre Chance, genauso wie sie Hano genutzt hatte. Nur eben zur anderen Seite. Raus, nicht rein. Und sie war etwas besser vorbereitet. Schließlich war das kleine Feuerwerk da draußen auf ihrem Mist gewachsen. Sie tauchte tief ins Wasser und machte ein paar kräftige Züge. Alles lief nach Plan. Sie hatte es geschafft. Beim ersten Versuch schon. Grandios. Ja, sie würde ihren Auftrag ausführen. Koste es, was es wolle. Es machte ihr fast ein wenig Spaß. Auch wenn sie nicht genau wusste, was dieses Wort eigentlich genau zu bedeuten hatte.

*

Cliff Honah leerte die Flasche fast in einem Zug. Er setzte noch einmal kurz an und hielt dann das leere Bier Otto, dem Koch der Tolstoy mit den Worten »Hast' noch eine für mich?« hin. Otto nahm die leere Flasche, watschelte zum Kühlschrank, stellte die Flasche vor Cliff hin, verzog sich sofort wieder auf seinen Stuhl neben seinem Herd und sah zu Boden. Sergeant Honah setzte sich an einen der hinteren Tische, steckte sich eine Zigarette an. Er vergrub sein Gesicht in den Händen, wobei er sich seinen Hut ein wenig in den Nacken schob. Wie hatte das geschehen können? Er nahm einen tiefen Zug von seiner Zigarette und starrte durch das kleine Bullauge des Bordrestaurants in eine unwirkliche, in gleißendes Licht getauchte Landschaft, die ihm so vorkam, als wenn er auf irgendeinem fremden Planeten gelandet wäre, der alles wollte, nur keine Menschen auf seiner Oberfläche. Nichts, so hatte er gedacht, könne ihn noch schocken. Aber noch nie hatte er so viele von seinen Leuten auf einen Schlag verloren und noch nie hatte er das Gefühl gehabt, dass ihm jemand ein Stück von seinem Herzen herausgerissen hätte. Vielleicht sollte er irgendwann mal sein Leben ändern, denn was machte er schon großartig, außer sich den Kopf mit Drogen vollzuhauen und hinter irgendwelchen Maschinen herzujagen. Und das jetzt schon seit etlichen Jahren. Ihm wurde schlecht bei dem Gedanken. Plötzlich sprang Cliff auf, riss die Tür zur Toilette auf, warf sich über die Kloschüssel und übergab sich. Kurze Zeit später saß er wieder am Tisch und leerte auch das nächste Bier. Diesmal in einem Zug.

Warum habe ich vor dem Start das Boot nicht überprüft? Wie konnte ich das vergessen?

Knapp zehn Minuten später flog plötzlich die Tür zur Offiziers-Messe auf und Voice kam außer Atem herein gelaufen. »Hier steckst du!« Er machte eine kleine Pause und sah in das blasse Gesicht von Cliff. »Wir haben noch mehr Besuch bekommen. Irgendein Score oder was auch immer muss während der Explosion durch die Energiewand geschlüpft sein!«

»Wie viele?«, Cliff drückte seine Zigarette aus. Es war die fünfte in kurzer Zeit.

»Keine Ahnung! Wir haben vier Tote im Maschinenraum entdeckt.« Max atmete noch einmal tief aus. »Leider war noch einer von deinen Leuten dabei.«

»Scheiße ...« Honah schlug wütend mit der flachen Hand auf den Tisch. Die Blicke der beiden trafen sich und ohne ein weiteres Wort stand Cliff Honah auf. »Wenn es viele wären, hätten sie uns schon ohne Überlegung angegriffen. Nein, ich tippe auf einen oder zwei. Höchstens drei. Aber auf keinen Fall mehr, dennoch denke ich, dass es sich um einen unserer intelligenteren Gegner handeln wird.«

Honah sah kurz auf den Boden. »Du meinst wir haben es mit einem A1 Typ zu tun?«

Max nickte.

»Was willst du tun?«

Obwohl Voice immer noch seinen Mantel und seinen Hut trug, wischte er sich ein paar Schweißperlen von der Stirn. »Wir müssen die Brücke sichern, und die Krankenstation; unsere Eindringlinge erwarten, aber nicht suchen. Unsere Haut so teuer wie möglich verkaufen und denen den Arsch versohlen.«

Max hatte das Gefühl, als wenn Cliff am liebsten zu ihm sagen würde. 'Ja mach das doch, ich warte hier so lange.'

»Cliff, nun komm schon!«

Für ein paar Sekunden lag etwas in der Luft, was vielleicht niemand beschreiben könnte, der nicht dabei war, aber was sich durchaus wie Angst anfühlte und einem die Kehle zuschnürte.

»Dann ist wohl keine Zeit mehr für ein Bier?«

Voice schüttelte den Kopf. Sergeant Honah stand auf, rückte seinen Mantel zurecht und nestelte mit zwei Fingern an seiner Hutkrempe. »Gut, dann gehen wir denen mal den Arsch versohlen.«

Die beiden wollten gerade die Küche verlassen, als Voice sich noch einmal zu Otto Hauke umdrehte. »Otto verhalte dich ganz ruhig und pack ein paar Eisbeutel für die Krankenstation. Ein Head-Hunter holt dich gleich hier ab. Und: Wasser! Otto, wenn du noch einen frischen Eimer hast ...«

»Kein Problem, Sir!«

Die beiden verließen die Küche, und Otto hörte, wie vorsichtig sich Voice und Cliff über den Flur bewegten.

Max wurde das Gefühl nicht los, dass er hereingelegt worden war. Welchen Grund es auch immer dafür geben würde, ihn erst zu verführen und dann zu versuchen, ihn in die Luft zu sprengen, aber er würde es rauskriegen. Ganz bestimmt.

*

»Felix, hörst du mich? Felix!« Wie, als wenn jemand dessen Stimme man ganz genau kannte, von der anderen Seite eines Flusses zu dir rüber ruft. Major Felix Jäger öffnete die Augen und sah ein verzerrtes Bild, in dem sich so etwas wie ein Gesicht abzeichnete.

»Felix, wenn du mich hörst, blinzle einmal mit den Augen.« Die Stimme gehörte dem 1. Chief des U.P.D. Lord Hellbrek. Jäger blinzelte, obwohl er das Gefühl hatte, dass er nur mit seinem rechten Ohr etwas hörte. Links war nur eine starke Betäubung zu spüren.

»Gott sei Dank! Wir hatten dich schon fast aufgegeben.« Hellbrek lächelte ein wenig. »Sei unbesorgt. Du musst dich erholen. Das war wirklich knapp. Wir bringen dich in Sicherheit, nach Perlgrün.«

Wieso wollten sie ihn in Sicherheit bringen, er war doch gar nicht in Gefahr? Ach, dieses Knallen, das waren Schüsse gewesen. Man hatte ihn erwischt. Trotz aller Sicherheitsvorkehrungen auf einer Pressekonferenz. Er hatte nicht die Kraft sich aufzurichten, nahm aber alle Energie zusammen, um wenigstens eine Frage stellen zu können. Es war nur ein ganz leises Hauchen, als er seine Stimme mit aller Kraft erhob. »Wie sieht es aus da draußen?«

Es tauchte etwas Weißes auf in dem Zerrbild. Das waren Zähne. Wieder ein Lächeln. »Mann, Felix, es ist alles in Ordnung. Wir haben die Sache gut in den Griff gekriegt. Ruh du dich aus, erhol dich. Wir brauchen dich noch.«

Jäger schloss die Augen, weil ihm die Kraft fehlte, sie weiter aufzuhalten. Kaum hatte er sie geschlossen, verlor er auch schon wieder das Bewusstsein. Lord Hellbrek schloss ganz leise die Tür des Krankenzimmers hinter sich. Den beiden Wachen vor der Tür gab er noch genaue Anweisungen, denn er hatte das Gefühl, dass Major Jäger immer noch Gefahr drohte. Vielleicht nicht so sehr von Dregger. Er hatte bei diesem Anschlag tatsächlich das Militär in Verdacht. Obwohl er mit seinen 48 Jahren noch kein alter Mann war und auf jeden, der ihn kannte, einen sehr durchtrainierten Eindruck machte, ging er leicht nach vorne gebeugt auf seinen Stumper gestützt, durch die Flure des Krankenhauses auf den Ausgang zu.

Natürlich hatte er Major Jäger angelogen. Die Wettermauer glühte seit drei Tagen so heiß, dass die Front wieder nach hinten verlegt worden war. Sie hatten den Fall verloren. Die Regierung hatte jetzt dem Militär die höchste Befehlsstufe eingeräumt. Das Schlimmste aber war, dass er wahrscheinlich auch noch seine besten Männer verloren hatte. Die 4. Einheit, war im Großen und Ganzen seine stärkste. Es beschlich ihn das Gefühl, dass er manche Sachen nicht richtig einschätzen konnte. Er wusste nicht, inwieweit er der Theorie von Major Jäger Glauben schenken konnte. Sicher waren die Scores in den letzten fünf Jahren immer mal wieder aufgetaucht und es gab erheblich mehr Auseinandersetzungen und auch blutigere, als in den gesamten 15 Jahren davor, in denen man geglaubt hatte, Dregger würde gar nicht mehr existieren. Aber was Jägers Theorie anging, so hatte er von Anfang an das Gefühl gehabt, Jäger würde übertreiben. Seit Kennedy konnte man Dregger immer mal wieder etwas beweisen oder eben auch nicht, das kam auf die Betrachtungsweise an. Der erste wirkliche Beweis war der Anschlag auf das World-Trade-Center. Damals hätte man schon an die Öffentlichkeit gehen müssen, aber das war weit vor seiner Zeit. Er war damals ja nicht einmal am Leben gewesen. Noch nicht einmal geplant. Wir sind die Guten und die anderen sind die Bösen. So leicht war das. Oder eben auch nicht. Er hatte genau wie sein Vater sein Leben der Sache verschrieben, einem Hirngespinst hinterherzulaufen. Einem Menschen, den er nur von Fotos kannte, nie persönlich gesprochen hatte. Was wollte dieser Mann eigentlich? Konnte das irgendjemand erklären?

Lord Hellbrek richtete sich noch einmal auf, als er vor dem Schnell-Flugboot stand, und sah Richtung Norden. Noch immer verlieh die wie glühend erscheinende Glocke über Hamburg dem Horizont etwas Unheimliches. Etwas widerlich Unnatürliches. Kurze Zeit später betrat er das Schnell-Flugboot mit den Gedanken, dass er morgen den Transport von Major Jäger persönlich überwachen sollte. Die beiden Krankenschwestern, die sich ein wenig über sein Äußeres lustig machten, bemerkte er gar nicht. Sie fanden es irgendwie überaus witzig, dass man zur heutigen Zeit mit einem grauen Anzug, einem Zylinder und anscheinend mit einem Gehstock, durch die Gegend rannte. Sie gingen sofort in ein ernstes Gespräch über, als sie bemerkten, dass Chefarzt Dr. Foll aus dem Fahrstuhl stieg. Der konnte Lachen nämlich nicht ertragen.

*

Dr. Dregger war fasziniert. So nah war er noch nie bei einem seiner Geschöpfe gewesen. Nicht mal bei Artuhr. Cäsar gab ihm das Gefühl, wirklich dabei zu sein. Er spürte sogar die Hitze ein wenig. Ja, Kälte hatte einem A1 noch nie sehr viel ausgemacht, aber mit der Hitze konnte er nur wenig besser umgehen, als der Mensch selbst. Cäsars Kühlung stand jetzt bei 92 Prozent. Aber das Beste war für Dregger, dass er Artuhr auf diese Weise den bescheuerten Plan ausreden konnte. Teilweise zumindest, er wollte ihm das Gefühl geben, dass alles nach seiner Nase lief. Der Zeitpunkt war jetzt günstig. Artuhr saß auf der Veranda vor dem Glüsinger Hof auf einem alten Schaukelstuhl im Schatten und sammelte beim Dösen neue Energie. Cäsar hatte sich leise neben Artuhr postiert, ohne dass er es bemerkt hätte, verschränkte die Arme vor der Brust und ließ seinen Blick ins Weite schweifen. Sie waren in der Nähe der Glockenwand und der Boden in der Umgebung dampfte. Die Helligkeit war kaum zu ertragen. Für einen Menschen wahrscheinlich gar nicht, aber Cäsar und Artuhr hatten ihre Augen mit über 70 Prozent verdunkelt. »Du hast mich zwar nicht gefragt, wie ich deinen Plan finde, aber ich sage es dir trotzdem ...« Artuhr schreckte zusammen, stand auf und brachte sich auf Augenhöhe mit seinem Gegenüber.

»Und?« Artuhrs Stimme klang ein wenig gereizt.

Jetzt muss ich mich einigermaßen schlau anstellen, dachte Dr. Dregger in Cäsars Kopf.

Cäsar stopfte die Hände in die Taschen und ließ weiter seinen Blick schweifen. »Also, ich stimme eigentlich in fast allem mit dir überein.« Dann drehte er sich zu Artuhr und seine Augen fraßen sich in seinen Blick. »Vor allem in der Sache, dass uns dieser Dregger wirklich am Arsch lecken kann und ...«, Cäsar machte eine kleine Kunstpause. »... und dass du mein Schöpfer bist und nicht dieser Mensch!« Dann wandte er seinen Blick wieder ab. Artuhr fühlte sich sichtlich geschmeichelt und verzog sein Gesicht zu einer abscheulich aussehenden Fratze, die wohl wieder einmal ein Lächeln werden sollte. Dann berührte er fast freundschaftlich die Schulter von Cäsar und drehte ihn zu sich herum. »Und was stimmt nicht?«

Das war schlau, dachte Dregger in Cäsars Kopf. »Nun, du willst selbst das Radiodrom dekodieren. Mich und deine beiden Frauen mit einigen anderen Menschen auf einen LKW setzten und nach Süden gondeln lassen. Mit dem Radiodrom! Uns wird man durchwinken, denn wir sind Flüchtlinge ... Richtig bis hierher?«

»Richtig!«, bestätigte Artuhr fast stolz.

»Du wartest hier auf Voice, erledigst ihn und fährst mit dem zweiten LKW, ebenfalls beladen mit Menschen, hinterher. Richtig?«

Artuhr nickte.

»Dann hat die ganze Sache wirklich einen Haken!«

»Und der wäre?« Artuhrs Stimme klang jetzt wieder etwas schroffer.

Cäsar räusperte sich und Dregger ging noch einmal in dessen Kopf hin und her. »Wie soll Voice dich finden, wenn du in ein paar Stunden das Radiodrom dekodierst? Es ist sein einziger Anhaltspunkt, dich zu finden. Sonst tappt er doch völlig im Dunkeln. Da hinkt dein Plan. Aber wir bräuchten ihn nur geringfügig zu ändern und schon würde er funktionieren!«

Cäsar gelang ein Lächeln und Artuhr forderte ihn mit einer kleinen Geste auf, weiter zu reden.

»Du schickst uns vor und nimmst selbst das Radiodrom mit. Du kannst es dekodieren und Voice diesen Triumph auch noch nehmen. Direkt, wenn er vor dir steht und dann ...« Cäsar fuhr mit dem Zeigefinger an seiner Kehle entlang. Dies Geste war zwar eine sehr veraltete, menschliche, aber auch bei den Scores sehr beliebt und häufig verwendet. Vermutlich, weil sie mit so einer Handbewegung tatsächlich Menschen enthaupten konnten.

Artuhrs Blick war glasig, aber sein Gesicht wirkte zustimmend. Plötzlich griff er nach Cäsars Hand und umfasste sie mit seinen beiden. »Zwar bin ich dein Schöpfer, aber du hast recht. Deswegen werde ich auf dich hören, denn der zukünftige Herrscher der Welt wird sich nie eines guten Vorschlages verweigern.« Er holte tief Luft und sah Cäsar noch einmal in die Augen. »So sei es! Mach dich bereit zum Aufbruch!«

Eins war jetzt wirklich ganz klar, bei Artuhr war auf jeden Fall eine Sicherung durchgebrannt. Er war außer Kontrolle, war verrückt geworden und musste beseitigt werden. Und, dass das so der beste Weg war, erschien Dregger in Cäsars Kopf nur plausibel und logisch.

Siegerprognosen

*Wenn die hellen Kirchenglocken
Laden zu des Festes Glanz.
Ach! des Lebens schönste Feier
Endigt auch den Lebensmai,
Mit dem Gürtel, mit dem Schleier
Reißt der schöne Wahn entzwei.* *

Niemand auf der Tolstoy konnte sich des Eindrucks erwehren, das Gefühl zu haben, die Zeit würde stillstehen. Wäre da nicht der aufsteigende Wasserdampf, die immer weiter schrumpfenden Tümpel, hätte man mit einem Blick aus den Bullaugen der Tolstoy es für ein Stillleben halten können. Die Hitze der Glocke hatte das große Meer, welches sie umgeben hatte, in ein Biotop, mit stündlich wachsenden Inseln verwandelt, auf denen sich Reste von Häusern befanden. Trümmer! Ratten waren jetzt die neuen Eigentümer, die sich zu Tausenden auf den kleinen Inseln tummelten. Die Zeitmessung war insofern sehr schwierig, da sich keine der Zeitanzeigen auf der Tolstoy mit der anderen im Einklang befand. Einige waren Stunden auseinander, während andere sich um Tage unterschieden. Wenn also alle ihre Uhren und ihren Datumsanzeiger verglichen, war seit ihrem Eintritt in die Wetterglocke eine Zeit von zwei Monaten und neun Tagen verstrichen? Völliger Schwachsinn! Die Differenzen, meinte Wladimir Korkoff, hätten auf jeden Fall was mit der Glocke zu tun. Aber egal, wie viel Zeit auch immer vergangen war, sie hatten immer noch ihren ungebetenen Gast an Bord. Oder Gäste. Die Hitze und der Gestank machten alle sehr schläfrig.
Müde.
Ausgelaugt.
Es passierte nichts. Kein Angriff. Nur die Glocke glühte in atemberaubenden Farben. Sie hatten alles mit den Leuten, die ihnen noch geblieben waren, geschützt. Die Brücke, die Krankenstation und das Mitteldeck, weil es der Übergang zu allen anderen Decks war. Den Maschinenraum, in dem sich, seitdem das Wasser wieder verschwunden war, ein müder, aber doch fleißiger Steve Colbrek sich zu schaffen machte. Aber bei jedem Geräusch, selbst bei jedem Schatten, den man unvermutet in irgendeiner Ecke entdeckte, zuckte man zusammen. Schnellte herum. Hatte die Kondeck im Anschlag. Dann starrte er mit müde brennenden Augen in das Dunkel, aber nichts geschah. Nur die Glocke glühte.
Cliff Honah und Max Voice saßen in einem etwas abgedunkelten Korridor, der zum Mitteldeck führte, und versperrten so den Weg zur Krankenstation. Ihre Wache hatte gerade angefangen. Die andere Seite des Mitteldecks wurde von drei Matrosen bewacht, die die Aufgänge zum Oberschiff versperrten.

Sowie jemand irgendetwas komisch vorkam, sollte er sich melden, sodass alle schnell zusammenkommen konnten. In der anfänglichen Aufregung kam es häufig zum Fehlalarm, sodass, wenn jetzt Alarm geschlagen wurde, man ein etwas träges Verhalten bei allen bemerken konnte. Es war einfach zu heiß, um schnell auf die Brücke zu hecheln und festzustellen, dass eigentlich gar nichts los war. Um dann in den Maschinenraum zu hetzen – mit dem gleichen Ergebnis.

Das schlauchte.

So saßen die beiden sehr müde nebeneinander und starrten in das von der Glocke milchig erhellte Mitteldeck. Max musste noch einmal an das verdatterte Gesicht von Jo denken, als er ihm die Fischgeschichte erzählt hatte. Ja, natürlich es klang etwas seltsam. Für einen Außenstehenden vielleicht, aber er hatte es ja selbst erlebt. Wie der Fisch in diesem warmen Geysir auf Island plötzlich wie aus dem Nichts von unten auf ihn zu geschossen kam und ihm seine spitze Schnauze in die Seite rammte. Wie er sich zappelnd, noch mit dem Fisch, der in seiner Seite steckte, an Land rettete. Dieser Schockmoment als Kind.

Ein kleiner Tropfen des Kondenswassers, das sich an der Decke sammelte, klatschte auf seinen Hut und riss ihn in die Wirklichkeit zurück. Seine Augen suchten das Mitteldeck ab. Dann kreuzten seine Blicke die von Cliff Honah. Während Cliffs Blick weiter über das Mitteldeck huschte, erhob er leise seine Stimme.»Meinst du, dass es weiterhin so schlau ist, auf unseren Eindringling zu warten? Also, ich meine: Vielleicht ist es doch besser, wenn wir ihn aufspüren würden?«

Voice war sich seiner Sache alles andere als sicher geworden und stöberte ebenfalls mit seinen Augen über das gespenstisch wirkende Mitteldeck.»Lass uns noch ein bisschen warten. Ich glaube, er wird sich bald rühren.«

Sergeant Honah kam es so vor, als hätte er den Spruch vor ein paar Stunden oder vor ein paar Tagen schon mal gehört, er wusste es nicht mehr so genau. Sein Kopf fühlte sich schwammig an. Es kam ihn vor, als wenn er Fieber hätte.

Ein warmer Wind durchzog die Risse der Tolstoy und ließ noch ein wenig Kondenswasser auf ihre Hüte träufeln. Der Gestank, der von draußen herein zog, legte sich auf ihre Zungen. Beide mussten einen Reizhusten über sich ergehen lassen, von dem sich Max als Erster wieder erholte. Er wischte sich mit dem Ärmel seines Mantels den Schweiß von der Stirn.

»Aber eines würde mich jetzt wirklich mal interessieren.«

Cliff drückte ein wenig sein Rückgrat durch und rutschte an der Wand hinter sich herunter.» Na, da bin ich ja mal gespannt.«

Max musste noch einmal Husten. »Was wolltest du eigentlich von mir? Na ja, ich mein als du vor ein paar Stunden ...« Voice sah Hilfe suchend in die Luft, weil er seiner Zeiteinschätzung auch nicht mehr so ganz traute und ihn diese Sache mehr als nur verunsicherte. «... oder vor ein paar Tagen aus dem Flugboot ausgestiegen bist. Worüber wolltest du mit mir reden? Was war mit der Blonden?« Voice war jetzt ebenfalls an der Wand hinter ihm heruntergerutscht und die beiden saßen sich in der Hocke gegenüber.

Honah kratzte sich am Kinn, nahm seinen Hut ab und sah Max ein paar

Sekunden lang mit zusammen gepressten Lippen direkt in die Augen. »Weißt du, sie stand plötzlich auf dem Korridor vor Dr. Belwiks Kajüte und ich hatte schon ein paar genommen, weißt du? Na ja, ich kam gerade von der Lagebesprechung mit Briggs und die war alles andere als erfreulich. Und deswegen hatte ich mir dabei ein paar Whisky und ein paar Nasen gegönnt. Und deswegen fiel es mir auch gar nicht auf, dass sie gar nicht zur Crew gehörte und schon längst hätte von Bord sein müssen ...« Er machte eine um Verständnis bittende Geste, die Max mit einem leichten Schulterzucken und einem Schmunzeln quittierte. Cliff holte tief Luft. »Ich dachte erst, es wäre ein Traum gewesen.«
Voice sah ihn mit gerunzelter Stirn an.
»Ja, wirklich!«
Noch einmal holte er tief Luft.
»Es war ein Wahnsinn, sag ich dir. So eine erotische Ausstrahlung hatte ich ehrlich gesagt noch nie erlebt!« Sein gedankenversunkener Blick verfolgte einen Wassertropfen, der sich gerade entschieden hatte, sich selbstmörderisch von der Decke auf den Boden fallen zu lassen. »Mein Gott, haben wir gebumst! Boah! Es ging schon auf dem Flur los und endete dann irgendwann in der Wäschekammer. Stundenlang, sag ich dir. Ich hab mir dabei auch wirklich nichts mehr gedacht. Bin morgens einfach zu meinen Leuten gegangen. Hab mich in den Fly-Case gesetzt und auf die Durchquerung der Glockenwand gewartet.« Cliff sackte ein wenig in sich zusammen. »Aber als ich dann ihre Beschreibung hörte, wurde mir augenblicklich klar, dass das genau die Frau war, die Dr. Belwik in den Türrahmen genagelt hatte.« Er sah Max fragend an: »Kannst du mir das erklären, was für eine Logik dahinter steckt? Bumst mit mir, erledigt kurz davor oder auch meinetwegen kurz danach Dr. Belwik und verschwindet von Bord, nachdem wir die Glockenwand durchbrochen hatten?« Er machte eine kleine Pause. »Was wollte sie hier? Ganz allein? Hier will doch niemand freiwillig her!« Cliff wischte sich seine schwitzigen Hände in seinem Mantel ab, setzte sich seinen Hut wieder auf und zog ihn sich tief ins Gesicht. »Bleibt noch eine Frage. Warum hat sie mich nicht umgebracht, sondern nur mit mir gebumst? Das ist doch Schwachsinn, oder?«
Sergeant Honah sah in die Augen eines völlig verdutzt dreinblickenden Detektiv Max Voice. »Was ist mit dir, Max? Ich weiß, das klingt alles wirklich ein bisschen komisch, aber glaub mir ... Vielleicht habe ich auch ein wenig übertrieben, aber so ähnlich war es wirklich!«
Max schüttelte den Kopf. »Nein, Cliff! Es ist nicht so, dass ich dir nicht glaube, sondern ...«
»Sondern, was?«
Voice nahm mit der linken Hand seinen Hut ab, um mit seiner rechten Hand ein paar Mal über seinen schwitzenden Kopf zu streichen. Dann setzte er den Hut wieder auf und strich mit einem Finger an der Krempe entlang. »Ich habe das Gleiche erlebt wie du. Nur in dunkelhaarig ... Du erinnerst dich an die Frau, die ich dir als Eva Gardes vorstellte, als wir an Bord kamen?«
Cliff guckte jetzt ebenfalls verdutzt und nickte nur ganz schwach.

»Diese erotische Ausstrahlung. Wir hatten Sex. Sehr guten Sex!« Voice schmunzelte leicht und schüttelte dabei ein wenig den Kopf. »Tja, und dann, während wir Sex hatten, machte sie mir den Vorschlag, doch ihr Flugboot zu nehmen und damit zum Radiodrom zu fliegen. Den Rest kennst du. Das Boot fliegt uns um die Ohren, etliche deiner Leute kommen dabei ums Leben und Eva Gardes verschwindet genau wie deine blonde Freundin irgendwo im Nichts der Glocke. Was will sie da?«

Von der anderen Seite des Mitteldecks hörten sie plötzlich ein mechanisches Klacken, dass ihr Blut in Erschaudern versetzte und ihre Muskeln in Spannung geraten ließ. Aber es war nur eine Abdeckung, die sich gelöst hatte, die der heiße Glockenwind über die Seitenflächen der Tolstoy jagte und dann klatschend in einer kleinen austrocknenden Pfütze landete. Die Augenpaare der beiden durchstöberten wieder suchend das Mitteldeck. Dann entspannten sie sich etwas und Sergeant Honah räkelte sich.

»Das hat doch einen Zusammenhang oder denkst du, dass das einfach nur ein Zufall ist?« Max zuckte mit den Schultern. Plötzlich ging ein Regenschauer von Kondenswasser auf sie nieder und die Tolstoy wurde kräftig durchgeschüttelt. Wie ein Erdbeben durchzuckte es das Flugschiff und sie rutschte wieder in die Waagerechte. Die beiden stießen mit den Schultern zusammen. Draußen schossen Blitze durch die Luft und die Glocke verdunkelte sich um die Tolstoy herum. Schreie ertönten, die aber sehr schnell wieder verstummten. Die Temperatur fiel rasch und man konnte leichtes Plätschern auf dem Oberdeck der Tolstoy vernehmen. Es fing wieder an, zu regnen.

Sergeant Honah wischte sich hustend den Schweiß von der Stirn und richtete sich wieder auf. Mit dem Fallen der Temperatur stellte sich zwar eine gewisse Erleichterung ein, aber gleichzeitig erschien es jedem, als wenn irgendjemand an einem Schalter gedreht hätte, um ein neues Programm zu suchen. Die Glocke wurde durchzuckt von Blitzen, die ab und an auch irgendwo in Hamburg einschlugen und wie Bomben beim Detonieren helle Lichtblitze erzeugten. So, als wenn die Stadt noch nicht genug abbekommen hätte. Der Regen war plötzlich wieder so stark geworden, als ob es sich um die Peitsche Gottes handeln würde, die unermüdlich anfing, wieder auf die Tolstoy einzuschlagen. Wie eine Strafe.

Dann sahen sie plötzlich einen Schatten, der über das Mitteldeck huschte.
Im Blitzlichtgewitter.
Wie aus dem Nichts.
Er hatte eine P110 in der Hand, mein Gott. Ein A1, wie er im Buche stand, hoch aufgeschossen, über zwei Meter groß! Er hatte fast eine Art Uniform an, sonst kamen sie doch immer mit freiem Oberkörper, sagte eine Stimme in Max Hinterkopf, sollte es sich wieder um eine neue Generation der A1er handeln? Die beiden tauschten kurz einen Blick aus und zogen fast synchron ihre 21er aus dem Holster. Einer der Matrosen machte den grandiosen Fehler, nach vorne zu springen und seine 21er auf ihn abzufeuern. Der A1 kam zwar ein bisschen ins Torkeln, riss aber seine Waffe hoch und feuerte noch drei Mal in die Richtung des Matrosen. Die erste Kugel fetzte ihn einfach auseinander, die

zweite erwischte einen tragenden Pfeiler und das Oberdeck wurde ein Stück tiefer gelegt. Zerberstendes Titan und Carbon flogen durch die Luft. Im Fallen verschoss der A1 noch eine ungezielte Kugel und der Boden unter Honah und Voice brach weg. Mit einem Schrei stürzte Sergeant Honah in die Tiefe des Unterdecks, während Voice sich gerade noch an der Kante festhalten konnte und sich wieder nach oben schwang. Jetzt eröffneten auch die anderen beiden Matrosen das Feuer, wurden aber durch zwei Schüsse aus der P110 wieder in Deckung gezwungen. Durch die Explosion flogen wieder Tausende Splitter quer über das Mitteldeck.

Voice rollte sich in seinem Mantel zusammen und ging in Deckung. Er spürte, wie tausend kleine Splitter auf seinen Mantel niederprasselten. Dann konnte er aus dem Augenwinkel erkennen, wie der A1 auf ihn zulief. Er ließ den Schrei an seinem Arm entlanggleiten. Es war der so oft geübte Nahkampf. Der A1 wirbelte durch die Luft, rutschte über den Boden und wurde durch die Bordwand des Mitteldecks wieder zum Stillstand gebracht. Es krachte fürchterlich laut. Dann stand er wieder auf und lud sein Gewehr durch. Aber er konnte den Schuss nicht mehr ausführen, denn er wurde von einem Stromschlag getroffen, der von dem hereinstürmenden Jim Beam ausgelöst wurde, weil er in einer wirren Geste verharrend, den Stumper auf ihn gerichtet hatte. Der Stromschlag riss den A1 zu Boden. Voice nutzte die Chance und schoss noch einen seiner entsetzlichen Todesschreie hinterher. Jim Beam schien das nichts auszumachen, dem A1 riss er damit fast den Kopf vom Hals. Aber eben nur fast.

Voice wollte auf ihn zulaufen, aber Hano hatte sich wieder aufgerappelt, richtete seine Waffe auf ihn und schoss. Max wollte sich zu Boden werfen, aber es war zu spät. Er schloss die Augen und merkte nur wie er auf den A1 zu rutschte, ihm mit seinem Rücken die Beine weg schlug, gegen die Bordwand klatschte und ein lautes Klicken hörte. Der A1 hatte keine Munition mehr! Dann sah er aus dem Augenwinkel, wie Jim auf den A1 zusprang und ihm seinen Energiestab durch die Brust rammte. Ein paar Mal hintereinander! Eigentlich war das unmöglich! Er hatte das nur einmal bei Lord Hellbrek gesehen. Das musste man können, ja, studieren. Und Jim war doch nur ein Penner.

Der Schmerz in seinem Rücken kroch in seinen Kopf und ließ ihm schwindelig werden. Die Tolstoy rotierte. Egal, aber der A1 war tot! Max hielt sich seinen Rücken und sah Jim völlig erstaunt an. Dieser lächelte und verdrehte leicht die Augen, so als wenn er sagen wolle, er wisse selbst nicht so ganz genau, wie er das gemacht habe. Der A1 bewegte sich noch einmal und ein mechanisches Geräusch durchzuckte den Raum und ließ die beiden abrupt stehenbleiben. Max und Jim starrten gebannt auf den A1, wobei Max langsam seine Waffe hob. Eine Sekunde später ließ die Maschine so etwas wie ein Zischen hören und das Letzte, was er an Leben in sich hatte, sackte in ihm zusammen. Wenn diese Maschinen wirklich sterben konnten, dann war dieser eben gestorben. Sie sahen sich schwer atmend an.

Jetzt trafen auch einige Matrosen und Head-Hunter ein, unter der Führung eines beunruhigt drein blickenden Israel Hands. Nach einer kleinen Ewigkeit, in der man sich die Zeit damit vertrieb, sein Gewehr im Anschlag zu halten und in die angehende Dunkelheit zu starren, während man das angestrengt ängstliche Atmen anderer Menschen um sich herum wahrnahm. Wie alte hechelnde Dampfmaschinen. In dieser kleinen Ewigkeit passierte nichts. Nur der Glockenwind pfiff eine seiner Melodien durch die Ritzen der Tolstoy. Eine kalte Melodie. Langsam nahm Israel Hands seine Waffe herunter und brach das Schweigen. »Ist alles Okay, Sir?«

»Danke, Mister Hands, sehen Sie lieber nach Sergeant Honah, der ist ins Unterdeck gefallen! Ich weiß nicht, wie doll es ihn erwischt hat. Aber wir müssen ihn da so schnell wie möglich rausholen!«

Israel Hands nickte kurz, gab dann seinen Leuten einige Anweisungen und verschwand mit zweien von ihnen in dem durch Explosionen verqualmten Mitteldeck. Unter Schmerzen versuchte Voice, sich wieder aufzurichten. Dabei trafen sich die leicht verwirrten Blicke von Max und Jim. Jim steckte fast verlegen seinen Stumper wieder in die Lederscheide, die er auf dem Rücken trug. Natürlich dachte auch er, dass das hier eine wirklich große Scheiße war, aber seinem Selbstbewusstsein ging es, seitdem es die Glocke gab, besser! Viel besser.

*

Aufgrund des immer stärker zunehmenden Windes war die Tolstoy von dem Mauerwerk heruntergerutscht, lag jetzt mit dem Vordeck in die Höhe gerichtet auf einem Untergrund bestehend aus Schlamm und Trümmerresten. Das ständige Flackerlicht ließ in seiner Deutlichkeit noch mehr nach, sodass man immer weniger sagen konnte, ob es nun Tag oder Nacht wäre. Die Temperatur lag bei minus 9 Grad. Dr. Jo Brückner stand mit hochgeschlagenem Kragen seines weißen Mantels in einem Türrahmen des Maschinenraums und sah auf eine gespenstische Landschaft. Er sog an seiner Zigarre und pustete den Rauch genussvoll in die Luft, während er seinen Hut noch ein Stückchen tiefer ins Gesicht zog. Vor ein paar Stunden hatte sich die glühende Landschaft da draußen wieder in eine Regenschlacht verwandelt. Es war unglaublich, wie diese ständig wechselnden Szenarien das Zeitgefühl durcheinanderbrachten. Er zog abermals an seiner Zigarre und verteilte den Tabakrauch in der Luft. Seit den Kämpfen mit den Scores hatte sich die Mannschaft der Tolstoy um einiges verringert. Es waren siebenundzwanzig Tote zu beklagen und auf seiner Krankenstation waren es noch zwölf Verletzte. Eigentlich hätte das Verhältnis anders herum sein müssen, aber die Scores waren grausame Gegner. Er hatte Angst. Dieses dumpfe Gefühl in der Magengegend hatte er so noch nicht gekannt. Vielleicht lauerte da draußen in dieser düsteren Landschaft schon der Nächste, der plötzlich auf ihn zurannte und ihm einen Arm abriss oder sogar den Kopf, um mit ihm Handball zu spielen. Welches Motiv konnte ein Mensch haben, solche Wesen in die Welt zu setzten? Wenn dieser Dregger überhaupt ein Mensch war. Wie würde überhaupt alles weitergehen, wenn sich die Glocke erst einmal aufgelöst hatte? Wie würde sein Leben weitergehen? Er besaß doch gar nichts mehr, nicht einmal Papiere, um zu beweisen, wer er war. Jo wurde immer klarer, dass sich sein Leben völlig verändert hatte. Aber sich damit abfinden? Das war schwerer. Er sog erneut sehnsüchtig an seiner Zigarre. Doch er konnte auch viel Gutes tun. Vor zwei Stunden hatte er Sergeant Honah das Gefühl in seinen Beinen zurückgegeben, indem er die Wirbelsäule mit einem Stück Knochenersatz verschweißen konnte. Jetzt konnte Honah wieder seine Zehen bewegen. Ein kleines Meisterstück, jedenfalls unter diesen Umständen und den Mitteln, die zur Verfügung standen. Natürlich war er noch nicht geheilt, und ob er je wieder laufen könnte, blieb eine Frage, aber er hatte eine Chance, völlig gesund zu werden. Auch mit der Hand von Kapitän Briggs war er sehr zufrieden. Die richtige Prothese würde sicherlich gut funktionieren, denn der Mikrochip, den er Käpt'n Briggs eingesetzt hatte, hatte alle Nervenstränge angenommen. Schon die provisorische Handprothese funktionierte.

Der Messenger piepte. »Doktor Brückner?«

Das war die Stimme von Käpt'n Briggs. Jo schüttelte den Kopf und konnte sich ein anerkennendes Lächeln nicht verkneifen. Dieser Mann hatte wirklich eine tolle Konstitution. »Ja, Sir!«

»Sie haben doch nicht unsere kleine Besprechung vergessen, Doc?«

Mit dem Zigarrenstumpen zwischen den Fingern kratzte er sich am Hinterkopf. »Das habe ich sicherlich nicht, Sir. Es ist nur ... ich komme mit den Zeitabständen nicht so gut zurecht, Sir.«

Jo vernahm ein Lachen durch den Messenger. »Da sind sie nicht der einzige, Doc. Deswegen melde ich mich ja. Am Besten Sie setzen sich in Bewegung und kommen in das Kapitänbesprechungszimmer im Oberdeck, das ist die Tür mit der Nummer Eins.«

»Ich komme sofort, Sir.«

»Bis gleich, Doc. Ende.«

Mit einem leisen Zischen klatschte die Zigarre auf den feuchten Boden. Jo verschloss wieder die Tür. Beim Hochgehen auf der Treppe bemerkte er, wie sehr ihm seine Beine schmerzten. Er fühlte sich wahrlich ausgelaugt, wie wohl jeder hier an Bord.

*

»Dem Logbuch der Brücke zufolge, welches in meiner Abwesenheit Mister Hands geführt hat, haben wir uns nicht gerade mit Ruhm bekleckert, meine Herren.« Käpt'n Briggs saß auf seinem Kapitänsstuhl hinter seinem Schreibtisch wie auf einem Podest. Über seinen Beinen lag eine karierte Decke, unter die er seinen verwundeten Arm geschoben hatte, sodass er für niemandem sichtbar war. Er war blass und hatte trotzdem eine zuversichtliche Ausstrahlung, als sein Blick von einem zum anderen glitt. »Wir müssen handeln, meine Herren, es sind zu viele Dinge passiert, mit denen wir nicht gerechnet haben ...« Briggs beugte sich ein wenig nach vorne und holte tief Luft. Das Sprechen schien ihn mehr anzustrengen, als ihm lieb war. »Mit denen wir auch nicht rechnen konnten.«

Briggs musste husten und Voice ergriff das Wort. »Darf ich, Sir?«
Briggs nickte ihm immer noch hustend zu.

»Wir wissen doch immer noch, wo sich das Radiodrom befindet, richtig?« Sein Blick blieb an Wladimir Korkoff hängen und der streckte einen Daumen nach oben. »Gut! Wie genau, Mister Hands, können Sie unseren Standort bestimmen?«

Hands zuckte zusammen. »Das war eine Heidenarbeit ...« Er sah müde in die Runde und zog seinen Hut ein wenig tiefer ins Gesicht. Diese seltsame Bewegung, den Hut ins Gesicht zu ziehen, machten so einige vom U.P.D. Das fiel Dr. Brückner auf, der an dieser Runde mehr schweigend teilnahm. »Das Glückliche an der ganzen Geschichte ist, dass das Navigationsgerät, mit dem wir das Radiodrom aufspüren können, das einzige zu sein scheint, welches zuverlässig arbeitet. Hoffen wir zumindest ...« Auch Hands' Blick blieb jetzt an Korkoff hängen. »Es funktioniert!«, bestätigte Korkoff. Sein Blick glitt einmal in die Runde, wo er auf ungläubig dreinblickende Augenpaare stieß: Wieso sollte ein kompliziertes Navigationsgerät funktionieren, wenn die einfachsten Uhren nicht richtig oder zumindest ungenau arbeiteten?

Korkoff seufzte. »Es funktioniert, warum weiß ich auch nicht so ganz genau. Aber es ist ein recht neues System und so weit ich es beurteilen kann, funktioniert es tadellos. Es ist wie ein Spürhund. Der beste Finder, den ich kenne!«

Korkoff wurde von einer beschwichtigend Geste des Käpt'ns unterbrochen. »Bitte, Mister Korkoff, ersparen Sie uns die Details, ich glaube Ihnen, dass Sie bei ihrer Erfahrung, die Sie zweifellos haben, uns hier keinen Mist erzählen. Ich baue da einfach auf ihre Fachkompetenz. Fahren sie fort, Mister Hands ...« Kapitän Briggs fiel wieder etwas in seinen Sessel zurück und sah Israel Hands an.

»Ich erspare Ihnen auch die Details meiner Arbeit und sage ihnen nur, dass wir uns laut unserer Berechnungen etwa 12 Kilometer Luftlinie vom Radiodrom entfernt befinden.« Es wurde plötzlich etwas unruhig im Raum, da viele Stimmen durcheinander sich erhoben hatten.

»Das wäre ja zur Not auch gut zu Fuß zu schaffen!« Dieser Ausspruch von Max entfachte eine rege Diskussion. Als das Gespräch langsam anfing, sich im Kreis zu drehen, wurde es durch ein lautes Räuspern und den Worten: »Meine Herren, bitte!« von Kapitän Briggs, zur Ruhe gebracht. »Bei allen Argumenten, die Sie da anführen, meine Herren, haben Sie doch vergessen, Mister Colbrek zu fragen, ob er die Maschine nicht wieder flottkriegt. Und Mister Colbrek, was denken Sie?«

Jetzt sahen alle gespannt auf den Maschinisten der Tolstoy.

»Ich kann keine genaue Zeitangabe machen, die Zeit spielt hier in der Glocke verrückt. Aber nach normalem Empfinden: In 20 Stunden könnten wir einen Startversuch machen. Wenn nichts Unvorhergesehenes mehr geschieht ...«

Die Zeit haben wir einfach nicht mehr, schoss es Voice durch den Kopf, und er wollte gerade seine Stimme erheben, als ihn jemand davon abhielt. Bis jetzt hatte die Ranghöchste der Head-Hunter, Katy Neumann – Sergeant Honah konnte aufgrund seiner starken Verletzung nicht an dieser Unterredung teilnehmen – noch nicht das Wort ergriffen. Jetzt tat sie es und sie tat es spektakulär. Durch die Notbeleuchtung war auch dieser Raum, nur in ein schales Licht getaucht und die Enden verliefen sich im Dunkel. Und genau aus diesem trat sie plötzlich hervor. Obwohl sie sich am Anfang des Gespräches jedem vorgestellt hatte, war ihr Name und ihre Anwesenheit niemandem wirklich aufgefallen. Bis zu diesem Zeitpunkt. Langsam bewegte sie sich in die Mitte des Raumes, wobei der abgewetzte braune Mantel ihre Beine umspielte. Am Tisch angekommen blieb sie stehen, nahm ihren Hut ab und drehte diesen in ihren Händen. »Mein Vorschlag ist der: Wir haben zwar viele Down-Trains verloren, als die Tolstoy bei ihrer Bruchlandung etwas gestreift hatte und der ganze untere Frachtraum aufgerissen wurde, und wir haben fast alle restlichen bei der Explosion des Flugbootes verloren, aber wir konnten sechs Stück retten.« Ihr Blick ging einmal in die Runde, dann fuhr sie fort. »Die aber würden reichen, um Mister Voice und weitere fünf Head-Hunter zum Radiodrom zu bringen. Die zwölf Kilometer sind wahrlich zu schaffen, fast egal bei welchem Wetter.« Sie setzte sich ihren Hut wieder auf und sah noch einmal in die Runde von müden unrasierten Gesichtern. »Ich weiß natürlich, dass der Start sehr schwierig sein kann bei diesem Wetter. Aber wir sollten es probieren.«

Kapitän Briggs kratzte sich an seinem verwundeten Arm.

»Bei allen Gefahren spielt der Zeitfaktor auch eine sehr große Rolle und es könnte viel eher losgehen als in 20 Stunden oder so. Und so, wie ich Mister Voice kennengelernt habe, wird er sich zutrauen, ein paar Kilometer mit einem Down-Train durch die Luft zu segeln. Egal, bei welchem Wetter.«

Natürlich würde er einen Trupp anführen, der sich mit Down-Trains auf dem Rücken ins Ungewisse aufmachte. Das war klar, schließlich nannte ihn ja auch kein Mensch Max Taelton, er wurde Voice genannt. Er war wie eine Comicfigur, hatte Jo gesagt. Einer, der sich nicht fürchtete und der sich scheinbar auch noch aufdrängte, total bescheuerte Sachen zu übernehmen. So war er eben, auch wenn er sich manchmal fragen musste, warum er so war. Deswegen sagte er wie aus der Pistole geschossen: »Auf jeden Fall, Sir!«

Briggs richtete sich leicht auf. »Gut, meine Herr ... äh, meine Dame, meine Herren, bereiten sie alles für den Abflug vor. Die Startkoordination überlasse ich Mister Hands. Sie benachrichtigen mich, wenn es soweit ist.«

»Aye, Sir!«

Kurz bevor Dr. Brückner die große Besprechungskajüte wieder verlassen wollte, wurde er von Briggs und Voice zurückgehalten.

»Wie geht es Cliff, Doc?«

»Den Umständen entsprechend gut. Ich weiß ehrlich gesagt nicht, ob er je wieder laufen kann.« Er sah plötzlich in zwei traurige Gesichter, deswegen fügte er schnell einen Satz hin zu: »Aber er hat eine Chance!«

Kapitän Briggs lächelte Dr. Brückner mit zusammengekniffenen Lippen an und gab ihm einen sanften Schlag auf die Schulter beim Rausgehen. Für Max war es ein regelrechter Tritt in den Magen, denn er hatte immer das Gefühl gehabt, und es war mit den Jahren, in denen er Cliff jetzt kannte, sogar noch stärker geworden, dass weder ihm noch Cliff irgendetwas Schlimmes passieren könnte. Nach allem, was sie schon unbeschadet überstanden hatten. Aber da hatte er sich wohl getäuscht.

*

Cäsar legte die Hände aufs Lenkrad und drehte sich zu seinem Nachbarn. »Hier bleiben wir erst einmal.« Er sah sich mithilfe des Rückspiegels um. »Wir parken die Lastwagen zwischen den beiden Hügeln dort. Da schützen sie uns am besten vor dem kalten Wind« Er berührte seinen Nachbarn leicht an der Schulter und schenkte ihm ein Lächeln. »Mach nicht so ein Gesicht, wir schaffen das schon«

»Wenn wir dich nicht hätten, Cäsar, dann ...«

Er machte eine abwehrende Handbewegung. »Du sagst jetzt erstmal den anderen Bescheid und richtest unser Lager her und glaub mir, bald wird auch die Glocke verschwunden sein. Nun mach schon!« Cäsar öffnete die Tür und sprang aus dem Führerhäuschen in den Matsch.

Dregger fühlte sich jetzt so, als wenn er auf einem Schaukelstuhl in dem Kopf von Cäsar saß und durch riesige Fenster seine Umwelt betrachten konnte. Er hatte es geschafft, Artuhr drei Lastwagen abzuringen, ohne dass irgendetwas auffällig gewesen wäre. Im Gegenteil. Artuhr hatte ihn mit einer Umarmung verabschiedet und ihm versprochen, einen sehr nahen Platz am Thron zu bekommen, wenn Artuhr erstmal die Welt regieren würde.

36 Jahre funktioniert der so gut und jetzt wird der einfach größenwahnsinnig.

Dregger musste den Kopf schütteln, während er in Cäsars Kopf begann, wieder hin und her zu gehen. Artuhr hatte doch so gut funktioniert. Er war immer sein erster Mann gewesen. Rundum zuverlässig! Dregger setzte das Fernglas an Cäsars Augen und versuchte von der Höhe eines kleinen Hügels aus die Landschaft zu erkunden und bei der Gelegenheit noch einen kleinen Blick auf den Glüsinger Hof zu werfen. Sie waren jetzt etwa fünf Kilometer von dem alten Gasthof entfernt und hatten sich in südöstlicher Richtung bewegt. Cäsar gab die Positionsdaten in das Fernglas ein und setzte es wieder an die Augen. Oh Gott, Artuhr hatte wirklich, wie er es ihm geheißen hatte, das Radiodrom auf einem kleinen Podest vor dem Glüsinger Hof aufgebaut! Unglaublich! Zum großen Show-Down mit Voice. Als Cäsar kopfschüttelnd, aber lächelnd, den kleinen Hügel wieder herunterging, schoss ihm ein neuer Gedanke durch den Kopf. Nie wird er es erfahren, aber was hat Mister Voice nur Mister Maschine getan? Ihn aber amüsierte dieser Gedanke auch mehr, als dass er ihn beunruhigte. Es war sicherlich alles andere als nach Plan verlaufen, aber trotzdem konnte er bis hierhin doch auch durchaus zufrieden sein. Der wirklich große Durchbruch war ihm nicht gelungen, aber er hatte mit Cäsar wieder etwas gefunden, das er glaubte, auf ewig verloren gehabt zu haben. Er konnte sich wieder frei bewegen! Egal wie gut oder schlecht der alte Plan auch gewesen sein mochte, er hatte soviel Off-Scores und Score-Dogs im Einsatz wie noch nie. Artuhr hatte mit der Herstellung gute Arbeit geleistet. Nur seines Gleichen wollte ihm diesmal nicht so recht gelingen. Wie viele A1er dabei rausgekommen waren, konnte Dregger nicht genau sagen. Aber es waren deutlich zu wenig, um sich wirklich mit einer Armee anzulegen und die Glocke würde auch nicht ewig halten. Vielleicht könnte er Sie mithilfe des A24, von dem er bis jetzt aber noch nichts gehört hatte, noch mehr in die Irre führen, sodass er besser im Geschäft wäre, als je zuvor. Seine Motive, das alles zu tun, hatten sich mit den Jahren verändert, wurden verwässert von den Dingen, die alle schon passiert waren. Am Anfang war er wirklich der kleine trotzige Junge gewesen, der allen einfach nur zeigen wollte, was für ein toller Hecht er war. Unersetzlich! Ein recht dürftiges Motiv, wenn er sich vorstellte, was er schon alles angerichtet hatte. Aber es war wie ein Spiel, das sich verselbstständigt hatte, bei dem man immer dachte: Es geht noch mehr, es geht noch etwas mehr. Es ging auch immer mehr, und so stark, wie er sich jetzt fühlte, war er noch nie gewesen. Und er konnte seine Macht noch vergrößern. Und mit diesem Gedanken zauberte er Cäsar ein Lächeln auf die Lippen und sein Blick ging langsam durch die ganze Runde, die sich um ihn versammelt hatte. Seine neuen Schäfchen sahen anders aus als irgendeine Killermaschine. Er war umgeben von halb verhungerten, in Lumpen gewickelten Wesen, die ihn ein wenig schwachsinnig anlächelten. Nach all dem, was sie erlebt hatten, würden sie ihm hörig werden und wer konnte wissen, was dann noch alles geschah.

»Hier nimm noch die Decke, Mary, sonst wird dir kalt.« Cäsar hielt ihr fürsorglich die Decke hin und berührte dabei ein wenig ihre Finger. »Danke, Meister, ohne euch hätten wir es nie bis hierher geschafft. Ich danke euch.«

Was hat diese dumme Fotze gerade gesagt, dachte Dregger in Cäsars Kopf, Meister? Er drückte die dürre Frau an sich und gab ihr einen Kuss auf die Stirn.

*

Major Felix Jäger verschwamm das Tapetenmuster vor den Augen, solange hatte er darauf gestarrt. Nur einer dummen Marotte hatte er es zu verdanken, noch am Leben zu sein. Bei allen offiziellen Angelegenheiten trug er eine schusssichere Weste. Ob es angebracht war oder nicht.

Wie man sieht, war es immer irgendwie angebracht, dachte Jäger.

Die andere Kugel hatte ihm die Hälfte seines linken Ohres abgerissen und verursachte immer noch reichlich Kopfbrummen. Das Schlimmste aber war, dass der Attentäter eine Kondeck 21 benutzt hatte, sodass sein Körper auch noch zu allem Überfluss von Stromschlägen durchzogen worden war. Aber er hatte es überlebt. Jetzt, da er langsam auf dem Weg zur Besserung war, machte es ihn wahnsinnig, im Bett zu liegen und nichts zu tun. Der Kontakt zur Tolstoy war noch nicht wieder hergestellt. Große Teile seiner 4. Einheit waren damit vermisst. Auch von Voice keine Spur. Die Oberbefehlskraft war ans Militär gegangen. Das U.P.D. konnte sogar noch mit einer Anzeige wegen »Verschleierung von Beweismaterial« rechnen. Bei solchen Gedanken hier immer noch im Bett liegen zu müssen, war eine Qual. Aber durch die Stromschläge fühlten sich seine Beine immer noch gelähmt an. Ein Klopfen riss ihn aus seinen Gedanken. Da er kein Klingeln vernommen hatte, ging er davon aus das auch die automatische Türöffnung nicht funktionieren würde und rief laut »Herein!«

Die Tür wurde etwas ungeschickt geöffnet und Lord Hellbrek erschien in Begleitung zweier Graumäntel, zweier Blaumäntel und Kapitän Jane Corbet, Kapitän der Brahms.

Jäger zog erstaunt die Augenbrauen hoch. »Ist irgendetwas Wichtiges passiert? Irgendetwas, wo Sie ohne meine Fachkenntnisse, einfach nicht mehr klarkommen?« Jäger lächelte und versuchte eine untertänige Handbewegung, blieb aber fast wie eine Mumie stocksteif.

Jane Corbet musste ein wenig schmunzeln und drehte ihren Kopf zur Seite, während Lord Hellbrek sich einen Stuhl heranzog, auf den er sich rittlings setzte. »Mir ist im Moment alles andere als zum Scherzen zumute. Deswegen kommen wir gleich zur Sache ...«

Lord Hellbrek forderte Käpt'n Corbet auf, das Wort zu ergreifen. Sie räusperte sich und ließ sich von einem der beiden Detektivs eine Mappe geben. Es war mehr ein Überreichen. »Bevor ich beginne, die Sachlage zu schildern, möchte ich mich doch noch erkundigen, wie es Ihnen geht, Major Jäger?«

Jäger fing an, sie als angenehme Zeitgenossin einzustufen und bemerkte jetzt, dass sie eine sehr attraktive Frau war. Er versuchte, ein heldenhaftes Gesicht zu machen. »Danke, Käpt'n. Es ist eigentlich ganz okay.«

Corbet lächelte freundlich und fuhr fort. Jäger schoss bei ihrem Lächeln durch den Kopf, dass es schon sehr lange her war, seit er guten Sex gehabt hatte. »Ich hab mich mit meinem Schiff während der letzten Hitzeperiode ziemlich dicht an die Glockenmauer gewagt.« Sie kratzte sich mit zwei Fingern am Kopf. »Wir sind in diesen Sog gekommen, der immer stärker wird, je näher man der Glockenwand kommt. Wir hatten es gerade noch geschafft, hatten sogar einige Verletzte an Bord, deren Brandblasen wir nach unserem Einsatz pflegen mussten. Aber es hat sich gelohnt, wie ich finde.«

Jäger richtete sich neugierig in seinem Bett auf.

»Wir konnten einen Funkspruch auffangen, der eindeutig belegt, dass Max Taelton die Tolstoy angefunkt hat.« Sie lächelte ein wenig.

Eigentlich hätte er sich jetzt freuen müssen, aber er kam sich so erbärmlich vor, weil er das ganze Unternehmen schon aufgegeben hatte.

Corbet fuhr fort. »Den genauen Zeitpunkt konnten wir nicht festlegen, da alle unsere Uhren ausgefallen waren. Je näher wir der Feuerwand kamen, desto mehr spielten sie verrückt ...« Sie ließ ihren Zeigefinger vor sich in der Luft rotieren.

»Sie leben also noch«, fuhr es aus Jäger heraus.

»Jedenfalls haben wir wieder Hoffnung«, unterbrach ihn Lord Hellbrek. »Und außerdem ...«, die Wörter betonte er so sehr, dass Jäger ein wenig zusammenfuhr, »... hat Kapitän Corbet noch eine Entdeckung gemacht. Fahren sie fort, Käpt'n!«

»Noch eine Frage«, schoss es aus Jäger heraus, der sich aufrichten wollte, was ihm aber misslang und er in eine etwas komische Haltung verfiel, die auch noch recht unbequem aussah. »Wann haben Sie den Funkspruch aufgefangen?«

»Vor zwei Tagen. So gegen Nachmittag. Wie gesagt, die genaue Zeit ließ sich nicht so einfach festlegen.« Sie rotierte abermals mit dem Finger. Dann fuhr Sie fort. »Aber wie Lord Hellbrek schon sagte, wir haben noch etwas entdeckt. Es gibt einen seelischen Kontakt von drinnen nach draußen oder umgekehrt. Mein Communicator hatte da etwas entdeckt. Wir konnten es nicht genau entschlüsseln, aber es war ein Kontakt.«

Jäger kniff die Augen zusammen und sah Käpt'n Corbet direkt ins Gesicht. Jetzt war er plötzlich hellwach. »Sie meinen doch nicht etwa einen TGT?«
Sie nickte. »Doch, so eine Art Seelenwanderung findet gerade statt. Nur: Von wem zu wem oder von was zu was, können wir beim besten Willen nicht sagen. Ich bin der Meinung, dass es sich wohl um Dr. Dregger handelt.« Sie legte ihm die Mappe vorsichtig auf den Nachtschrank, so, als wenn sie damit bekräftigen wollte, dass sie es wirklich für eine Spur hielt. »Ich habe Ihnen hier ein paar Fakten mitgebracht. Sehen Sie sich das an, Major, und ziehen Sie ihre Schlüsse.«
Es war ein Lichtstreifen am Horizont, eine kleine Spur, die sich vielleicht auch zu einer großen entwickeln könnte. Eine Spur zu Dregger.

Nachdem alle das Krankenzimmer wieder verlassen hatten und Lord Hellbrek ihm zugesichert hatte, dass er ihn vor einem neuen Anschlag schützen würde, wurde das Licht, welches durch die Scheiben drang, noch milchiger. Noch unwirklicher! Sein Instinkt versuchte, ihm in einer Traumversion die Wirklichkeit zu offenbaren. Die anderen lebten also noch. Sie saßen da noch irgendwo in der Glocke und warteten auf Hilfe. Lord Hellbrek waren durch die ganzen Androhungen des Militärs die Hände gebunden. Er selbst musste etwas unternehmen. Er konnte etwas unternehmen und er würde etwas unternehmen. Nachdem er wieder in die Wirklichkeit zurückgekehrt war, nahm er seinen Laptop, klappte ihn auf und gab seinen Geheimcode ein.
Dann wählte er eine Nummer. Nach einigem Rauschen auf dem Bildschirm tauchte ziemlich klar das Bild von Leutnant Curven Jones auf. Käpt'n des kleinen Schnellflugbootes »Surprise«.
Leutnant Jones wirkte überrascht. »Schön Sie zu sehen, Sir. Hätte schwören können, dass mir irgendjemand erzählt hätte, sie wären tot, Sir.« Er legte eine kleine Pause ein, in dem er noch einmal seinen Laptop überprüfte, ob sich nicht vielleicht doch nur um einen schlechten Scherz handeln würde. Dann drehte er ein wenig den Kopf zur Seite und sah seinen Gegenüber aus schrägem Winkel an. »Also, Sir, was kann ich für Sie tun?«
Major Jäger lehnte sich hinter seinem Laptop ein wenig zurück und faltete die Hände vor der Brust.« Können Sie mich aus Perlgrün in fünf Stunden abholen, mit voller Mannschaft und kampfbereit? Wir müssen zusammen etwas erledigen!«
Jones machte sich vor seinem Bildschirm etwas gerader, sodass sein Gesicht auf Jägers Monitor, halb verschwand. »Aye-Aye, Sir. Geht klar!«
»Dann bis gleich.« Major Jäger schlug seinen Laptop schwungvoll zu.
Mit erheblich weniger Schwung brachte Jäger seine schmerzenden Beine aus dem Bett. Vielleicht konnten sie ja Dregger doch noch das Handwerk legen. Irgendeiner musste es ja irgendwann mal tun. Major Jäger versuchte mit schmerzverzerrtem Gesicht in seine Hose zu schlüpfen, wobei er bemerkte, dass sein Hörgefühl auf der linken Seite mehr als nur zu wünschen übrig ließ. Der Schmerz donnerte ständig durch seinen Kopf. Er musste sich erst einmal wieder auf die Bettkante setzten, weil ihn Übelkeit überkam. Major Jäger legte

sich noch einmal auf das Bett zurück, schließlich würde es ja noch etwas dauern, bis Jones eintreffen würde.

*

Sie hätten lieber mit Hano die Tolstoy angegriffen, aber sie waren hörig gewesen, hatten seinen Befehl befolgt und es hatte sich gelohnt. In der Hamburger Kanalisation hatten sie ihren neuen Anführer getroffen. Es waren zwei. Der eine hielt eine große Rede, die bei allen Off-Scores und Score-Dogs wirklich gut ankam. Am Besten aber war, dass die neuen Anführer, für ihn und seinen Partner Namen hatten. Ja, sie waren anders als die anderen Scores. Sie waren A1er. Nachdem die beiden Anführer wieder verschwunden waren, führten sie die Scores gegen die Menschen. Verteilen, hatte der neue Anführer gesagt. Hinterhalte legen. In kleinen Gruppen kämpfen. Brutal und rücksichtslos sein. Aber sie sollten abwarten. Auf das Zeichen warten, das sie erkennen würden.
Stand-by.
Kain und Abel. Das war biblisch, hatte der eine ihnen gesagt. Aber es klang gut! Dann waren die beiden Anführer wieder verschwunden. Fast genauso schnell, wie sie aufgetaucht waren. Warum die Menschen so widerlich auf sie wirkten, war weder Kain noch Abel so ganz klar. Die Menschen waren halt anders, nicht so wie sie. Töten war eine Aufgabe und den Befehlen des A24 gehorchen, war die andere. Mit drehenden Köpfen tauchten sie in das stinkende Wasser der Kanalisation ein. Stand-by.

Scheißhausgedanken

Die Leidenschaft flieht,
Die Liebe muss bleiben,
Die Blume verblüht,
Die Frucht muss treiben.
Der Mann muss hinaus
Ins feindliche Leben *

In den letzten Stunden war ihm aufgefallen, dass fast alle an Bord husteten und ein wenig verschnupft wirkten. Bei ihm war es so, dass sein Magen sich immer wieder gemeldet hatte. Aber nach einer kleinen Sitzung wird sich das schon wieder geben, dachte er. Waren vielleicht einige Bakterien in der Luft, die dem menschlichen Körper richtig etwas anhaben konnten? So wie in Sidney? Ein plötzlicher Schmerz durchzog sein Bein, die Narbe war zwar kaum noch zu sehen, aber er wusste noch, dass ein Stock quer in seiner Wade gesteckt hatte. Wie lange war er jetzt schon in der Glocke? Ewig, so kam es ihm jedenfalls vor. Als er es sich endlich auf der Kloschüssel bequem machte, verschaffte ihm die Erleichterung das Gefühl, einen freien Kopf zu bekommen. Obwohl es fürchterlich stank, da Wasser Mangelware geworden war. Über den Bericht, den er später, wie immer Felix Jäger geben sollte, musste er jetzt ein kleines Resümee ziehen, sonst kam er durcheinander. Er holte seinen Laptop, aus seiner kleinen Umhängetasche, die er an der Hüfte trug. Öffnete ihn, gab seinen Geheimcode ein und fing an einfach drauf loszuschreiben. Sortieren konnte er später ja noch.

Er legte den Laptop auf seine Oberschenkel. Dann tippte er Major Jägers Nummer ein, um es ihm, falls er irgendwann mal wieder Kontakt hatte, mit einem einzigen Knopfdruck senden zu können.

Bericht: Für Major Felix Jäger
Datum: Unbekannt
Uhrzeit: Unbekannt
Zu den Ergebnissen der folgenden Punkte kam ich durch die Logbuch Eintragungen von Kapitän Edward Briggs und seinem 1. Offizier und Navigator Israel Hands, auf die ich mich jederzeit berufen könnte, wie mir zugesichert wurde. Dazu kommen noch meine eigenen Ahnungen und Beobachtungen und die von Sergeant Honah.
1. Das Radiodrom befindet sich in einem Ort mit dem Namen Glüsingen.
2. Es schmuggelte sich ein Steuermann an Bord, der die gesamte Expedition fast scheitern ließ. Wie konnte das geschehen bei all den Sicherheitsvorkehrungen? (So einfach wird man nicht Steuermann beim U.P.D!) Zwei Jahre fuhr er auf der Tolstoy, nur um auf diesen Tag zu warten? Woher wusste er davon? Ein

Verrückter oder ein von Dregger eingeschleuster? Janina Seidenmeyer, der zu verdanken ist, dass der Anschlag doch noch einigermaßen glimpflich verlief, könnte uns sicherlich erheblich mehr über Thomas Brinks erzählen, weil sie ihn vor etlichen Jahren schon einmal verhaftet hatte. Leider ist sie bei einer Explosion ums Leben gekommen. Seine Herkunft lässt sich sofort über den Namen »Thomas Brinks« herausfinden. Selbst wenn es der Falsche sein sollte, unter diesem Namen war er beim U.P.D.

3. Eine blonde Frau, konnte nur in Perlgrün an Bord gekommen sein. Diese blonde Frau tötete Dr. Belwik, (um nicht zu sagen, sie hat ihn hingerichtet) hatte Sex mit Cliff Honah, dann ist sie verschwunden. Was wollte Sie?

4. Eine andere Frau, mit Namen Eva Gardes, hatte Sex mit mir, schlug mir dabei vor, doch ihr Flugboot zu nehmen! Weil es ja die beste Möglichkeit sei, zum Radiodrom zu gelangen. Dann explodierte das Flugboot beim Anlassen und Eva Gardes war verschwunden! Was sollte das? Was wollte Sie? Eins steht außer Frage, dass diese Glocke über Jahre vorbereitet worden sein muss. Den Schluss ziehe ich daraus, dass ich hier so viele verschiedene und die höchste Anzahl von Scores angetroffen habe, die ich je gesehen hab. Um die herzustellen, braucht man länger als drei Monate. Es ist Dreggers Werk, vielleicht sogar sein größtes Werk, wenn man es denn so bezeichnen will. Dadurch kommt natürlich der Verdacht auf, dass das alles irgendwie zusammenhängt?

Ich denke, dass Cliff Honah und ich auf ziemlich identische Weise Sex mit zwei verschiedenen Frauen hatten, ist kein Zufall. Es kam mir der Gedanke, als wir es hier an Bord mit einem A1 zu tun bekamen. Das war zwar ein A1, aber irgendwie weiterentwickelt. Vielleicht hatte es Dregger ja geschafft, zwei frauenähnliche Wesen zu kreieren, die uns anders bekämpfen. Ich werde den Verdacht nicht los. Dennoch ist mir ihre Vorgehensweise völlig schleierhaft.

Ich möchte noch diesen persönlichen Eintrag machen. Unsere Verlustrate ist erschreckend hoch. Ohne Dr. Jo Brückner hätten wir noch mehr Tote. Er hat hier einen phantastischen Job gemacht und wo ich gerade bei Job bin. Er hat keinen mehr. Das U.P.D. sollte ihm ein Angebot machen und auch meinem zweifachen Lebensretter Jim Beam. Seine Fähigkeiten mit dem Stumper sind enorm.

Bis auf Weiteres, Ihr Max Taelton

Er ließ den Laptop wieder in seine Tasche gleiten und wollte so schnell wie möglich sein mittlerweile stinkendes Domizil wieder verlassen. Er streckte den Rücken durch, als er durch ein Bullauge auf dem Oberdeck versuchte, irgendetwas zu erspähen, was sich vielleicht auf die Tolstoy zubewegte. Und da bewegte sich etwas! Der Sturm hatte zwar nachgelassen, aber immer noch durchschnitten Lichtspiegelungen die Luft wie kleine runde wirbelnde Bälle. Woher sie resultierte, konnte er sich selbst bei genauer Beobachtung nicht erklären. Kein Score und keine anderen Lebewesen waren zu sehen.

Nachdem sich seine Augen an die blendenden Lichtspiegelungen und der danach folgenden Dunkelheit gewöhnt hatten, erkannte er doch ein paar Lebewesen. Ratten! Allein oder in kleinen Gruppen durchschwammen sie einige kleine Seen, um danach den nächsten Hügel zu erobern. Max erinnerte sich an eine Radiosendung, die er ungefähr vor einem Jahr mal gehört hatte. In der behauptete ein Wissenschaftler, dass auf eine Ratte, die man sah, 1200 kommen würden, die man nicht sah.

Der Gedanke verursachte einen kalten Schauer, der über seinen Rücken lief. Denn er konnte, ohne sich anstrengen zu müssen, über Hundert zählen. Ob es wirklich Menschen überlebt hatten? Wie mochte es jetzt Dr. Meyler in Altona gehen? Oder waren alle schon tot? Der Anblick dieser totalen Zerstörung. Vor allem aber die Sinnlosigkeit, der eigentlichen Tat. Wozu? Wofür? Cliff sah bei der Verabschiedung auf der Krankenstation wirklich nicht gut aus. Aber Voice spürte auch, dass sie beide das Gleiche fühlten. Sie hatten schon einige Einsätze zusammen gemacht und fühlten sich schon unverwundbar. Doch dieser Bann war jetzt gebrochen und beide hatten das Gefühl, als sie sich mit einem Handschlag verabschiedeten, dass diese Berührung vielleicht ihre Letzte sein könnte.

*

»Danke, Mister Hands, alles in Ordnung!« Max kontrollierte noch einmal die Riemen, mit denen der Down-Train auf seinem Rücken befestigt war, schlug den Kragen seines Mantels hoch und sah, dass Katy Neumann bereits die befestigte Leiter erklomm und die Luke entriegelte, die zum Masttop führte. Als der Wind ihnen entgegen pfiff, zog Max seinen Hut noch etwas tiefer und sein Blick fiel auf Katy. Sie bewegte sich wirklich mit geschmeidigen, katzenartigen Bewegungen, dachte Voice. Der Masttop der Tolstoy war zirka acht Quadratmeter groß, sodass sich jeder bequem einen Startplatz suchen konnte. Das wäre ansonsten auch keine Schwierigkeit gewesen, aber der Wind hatte wieder zugenommen und die Temperatur bewegte sich zwischen minus 11 und minus 21 Grad immer rauf und runter. Das Licht war vom nervösen Flackern in graues Dimmerlicht übergegangen und die Spiegelungen waren verschwunden. Die Heizungen ihrer Mäntel und Hüte liefen auf Hochtouren. Obwohl Israel Hands dicht an Voice herangekommen war, musste er dennoch schreien. So laut pfiff ihnen der Wind um die Ohren. »Vielleicht haben wir ja Glück und haben Funkkontakt!«

Hands sah noch einmal in die Runde und versuchte in den eingewickelten Gesichtern ein paar Augen zu erkennen. Er erhob wieder seine Stimme, wobei alle Anwesenden, bis auf Voice, nur Mundbewegungen sahen. »Ich weiß nicht was ich sagen soll. Ich hoffe wir sehen uns wieder. Mach es gut, Max! Ich drück euch die Daumen!«

Hands streckte seinen Daumen in die Luft, tippte mit der anderen an seinen Hut und verschwand wieder in der Luke. Max setzte seine Flugbrille auf, streifte die Handschuhe über und ließ seinen Blick in die Runde schweifen. Alle waren bereit.

Eine Böe traf die Tolstoy, schüttelte sie und brachte alle im Masttop derart ins Torkeln, dass die Sicherheitsleinen, die Max immer als überflüssig empfunden hatte, durchaus ihre Berechtigung fanden. »Einzelstart!«, schrie Voice. »

Sonst schlagen wir bei dem Sturm sofort gegeneinander.« Die anderen gaben das Zeichen, dass sie verstanden hatten. Wie von Geisterhand erhoben, schwebte der erste der Sechs über der Tolstoy.

Kurze Zeit später versuchten sie, in einer Formation zu fliegen, was sich bei diesem Sturm aber als absolut unmöglich herausstellte. Sie wurden mehr vom Wind getrieben, als von den Down-Trains geflogen. So war es auch nicht verwunderlich, dass Voice die anderen Head-Hunter kaum im Auge behalten konnte. Nur Katy Neumann konnte er ein paar Meter neben sich noch erkennen.

*

Dr. Jo Brückner hatte aus dem Bullauge der Krankenstation den Start ein wenig mit verfolgen können, zumindest wie sie alle weggeflogen waren, und verspürte schon wieder den unheimlichen Drang, die Toilette besuchen zu müssen.

»Schon geimpft, Doc?« Das war die Stimme von Wladimir Korkoff, der plötzlich hinter ihm stand.

Jo drehte sich zu ihm. »Eigentlich gegen alles, aber ...«

»Ich verpass dir erst mal das Universalmittel des U.P.D., Tirotin.«

Jo zog die Augenbrauen hoch und sah Korkoff fragend an: »Besteht denn Seuchengefahr?«

Korkoff lächelte ihn an: »In solchen Gegenden doch eigentlich immer, Jo. Es ist mir aufgefallen, dass viele an Bord Durchfall haben, einige Fieber ...«

Jo kam erschreckt hoch. »Verdammt, wieso ist mir das denn gar nicht aufgefallen? Wir müssen erstmal die Verletzten impfen, denn die sind alle ziemlich schwach.«

Korkoff hob beschwichtigend die Hand. »Wir vom U.P.D. sind alle geimpft. Nur du und Jim Beam noch nicht!«

»Aber du sagtest doch, dass viele husten. Dann sind sie doch auch infiziert!«

»Bei den Geimpften kommt die Krankheit nicht zum Ausbruch. Es geht ihnen schlecht, sie fühlen sich elend, bekommen Fieber, aber nicht sehr hoch. Nach ein paar Tagen geht es dann wieder bergauf.« Er sah Jo in die Augen. »Nur die Nicht-geimpften sterben, ersticken sozusagen.«

»Von welchen Viren redest du eigentlich?«

Korkoff krempelte Jo den Ärmel hoch, band den Arm ab und klopfte gegen die Spritze um die letzten Luftblasen zu vertreiben. »Genau weiß ich das nicht. Ich hab einfach nur so ein Gefühl, dass Dregger, auf welchen Weg auch immer, einige seiner Lieblingsbakterien einsetzen könnte ...« Er zuckte mit den Schultern und piekste dabei die Nadel in die Vene. »Und wenn ich mich täusche, ist das auch nicht schlimm, schaden kann es ja nicht.« Er drehte sich um und warf die Spritze in den Papierkorb.

»Mein ganzes Weltbild wird hier auf den Kopf gestellt, aber ich stelle die Frage trotzdem: Ist dieser Dr. Dregger auch für einige Epidemien verantwortlich, die die Menschheit gequält haben?«

Wladimir Korkoff steckte seine Hände in die Taschen seines dunkelblauen Communicator-Mantels, lehnte sich gegen die Bordwand und sah Jo lächelnd in die Augen.

»Ja, er konnte einige schwere Anschläge landen. Jedenfalls das, was wir ihm nachweisen können.«

Jo krempelte seinen Ärmel wieder herunter und sah dann sein Gegenüber an. »Und das wäre?«Korkoff lächelte. »Sein größter Erfolg vielleicht?« Er sah Jo fragend an, der ihn seinerseits mit einer auffordernden Geste mitteilen wollte, dass er dazu bereit wäre, es zu hören.

»Das war im letzten Jahrtausend Aids.«

»Alter Schwede!«, rutschte es aus Jo heraus, »das war DIE Krankheit des letzten Jahrtausends! Heute ist die Krankheit lächerlich. Aber damals ... Das liegt lange zurück ...« Jo atmete einmal tief durch. »Hatte er auch jüngere Erfolge?«

Korkoff zuckte mit den Schultern. »Wir waren ihm nach einer gewissen Zeit immer eine Nasenlänge voraus.« Jetzt nahm er seinen Hut ab, drehte ihn in seinen Händen und setzte sich an den kleinen Tisch, an dem auch schon Jo Platz genommen hatte. »Allerdings nicht immer. Er hatte einige Erfolge mit seinen Bakterien vorzuweisen. Aber ...« Er drehte den Hut etwas schneller: »Es klingt vielleicht ein wenig lächerlich, aber ich konnte oft das Gefühl nicht loswerden, dass es sein eigentliches Ziel war, den Menschen eine Maschine zu präsentieren, die uns einfach überlegen ist. An der wir verzweifeln könnten. Mit Bakterien wären wir meiner Meinung nach viel leichter zu schlagen, aber Dregger wählte den Weg des direkten Kampfes. Warum auch immer ...«

Jo stand auf, sah aus dem Bullauge und drehte sich dann wieder zu Korkoff um. »Ich habe eine von diesen Maschinen untersucht, nachdem Voice ihn mit der Hilfe von Jim Beam außer Gefecht gesetzt hatte. Also wie soll ich es sagen? Mir erschien die Herstellung des A1 fast ein wenig altmodisch ...«

Jetzt sah Korkoff mit hochgezogenen Augenbrauen, fragend in das Gesicht von Jo.

»Nun ja, dieser A1 besteht ja tatsächlich auch aus wirklichen Organen. Ein Herz, die Nieren, das Gehirn. Es erschien mir in dem Sinne unheimlich, da ich mir das alles nur mit Mikrochips ...«

Korkoff unterbrach Jo. »Du hast bei deiner Untersuchung doch aber auch sicherlich bemerkt, dass er diese Organe sehr gut und auch sehr geschickt, mit der Elektronik verbunden hat. Dieser Dregger hat ein Wesen konstruiert, welches man nicht einfach mit ein paar DNA-Proben klonen kann, jedes dieser Wesen muss schon wirklich gebaut werden. Dregger hat sozusagen eine lernende Intelligenz geschaffen, die sich auch verselbstständigen kann.« Korkoff schnippte mit seinem Zeigefinger gegen die Hutkrempe. »Ob er das nun zugeben würde oder nicht, er hat sie nicht immer unter Kontrolle. Aber das wirklich große Geheimnis der A1er ist.« Er machte eine kleine theatralische Kunstpause. »Die Zusammensetzung der Legierung, mit der alle A1er überzogen sind und die ihnen ihre starke Unverwundbarkeit verleihen. Wir wollten etwas gegen sie unternehmen und deswegen haben wir die Kondeck 21 und die

P110 entwickelt. Sie ist zwar laut Amnestie International auf jedem Schlachtfeld verboten, aber damit können wir ihnen doch ein wenig zu Leibe rücken. Wie ich finde, sogar ziemlich gut!«

Jo musste schlucken. »Und was ist mit der Bekota-Seuche vor 25 Jahren?«

Korkoff schüttelte den Kopf. »Ein Laborfehler des 3. Clans der Amerikaner.«

Der Messenger von Korkoff summte. Käpt'n Briggs Stimme erklang. »Ich weiß nicht, wie viel Sie auf der Krankenstation noch zu tun haben, aber ich brauch sie für ein paar Stunden auf der Brücke ...«

Die Blicke von Jo und Wladimir trafen sich und Jo nickte nur zustimmend. »Aye-Aye, Sir! Bin schon unterwegs!«

Gerade als der Communicator der Tolstoy aus der Tür schlüpfen wollte, hielt ihn Jo am Arm fest. »Wieso habt ihr ihn nie erwischt? Bei dem ganzen Aufwand den Dregger für seine Arbeit doch betreiben muss? Das ist doch total auffällig ...«

Wladimir Korkoff wollte keine Ausrede gebrauchen, aber diese Antwort war einem Außenstehenden schwierig zu vermitteln. »Ich kann dir das nicht so ganz erklären. Vielleicht verstehst du es, wenn du dich irgendwann mal näher mit Dregger befasst hast.«

Jo hatte zwar noch etwas auf dem Herzen, aber ein Hustenanfall unterdrückte die nächste Frage und Korkoff nutzte die Chance, um sich mit einem Schulterklopfen und den Worten zu verabschieden, dass Jo auch Jim Beam noch eine Spritze mit Tirotin verabreichen müsse. Dr. Brückner rief Jim Beam über Messenger zu sich. Er schüttelte den Kopf.

Ein einzelner Mensch soll das alles veranstaltet haben? Einen Kampf gegen die Menschheit? Abstrus. Indiskutabel. Lächerlich. Er hatte diese beißenden Wildschweine gesehen. Die anderen Biester! Wie nannte Voice die noch? Egal, diese Motorradfahrer-Typen. Und den gefährlichsten, den A1. Die existierten. Er hatte sie gesehen. Es quälten ihn zwar viele Fragen, auch was diese Person Max Taelton anging, aber er fühlte sich viel zu müde, um sich über den Verlauf der Welt Gedanken zu machen. Es ist, wie es ist. Er wollte hier nur lebend herauskommen. Das hatten sie sich vorgenommen, an dem Tag, an dem er mit Bell-Bob und Jim Beam Voice kennengelernt hatte. Bell-Bob hatte es nicht geschafft.

Die Tür ging auf und ein hüstelnder, blasser Mensch mit Schweißperlen auf der Stirn stand vor ihm. Jim Beam musste dringend geimpft werden.

*

Kapitän-Leutnant Curven Jones hatte Wort gehalten und Major Jäger abgeholt. Und der saß nun leicht beengt auf der kleinen Toilette der Surprise Die Surprise konnte man nicht mit der Tolstoy vergleichen, da es sich nur um ein kleines Schnellflugboot handelte mit einer neunköpfigen Besatzung. Er versuchte, die Nachricht zu verdauen, die er vor zehn Minuten von dem Kapitän der Brahms, Jane Carbot, bekommen hatte. Der Ursprung des Kontaktes, was diese Seelenwanderung anging, endete im Pazifischen Ozean.

Da war auch nach allen Überprüfungen keine Insel, nicht mal ein Inselchen zu entdecken. Vielleicht lebte Dregger ja in einem großen Walfisch? Oder er war in all den Jahren zu einem Hai mutiert? Felix Jäger stellte zufrieden fest, dass er der ganzen Sache nach all den Jahren eine Art von sarkastischem Humor abgewinnen konnte. Wie sonst sollte man auch damit umgehen? Aber bei allem Sarkasmus, der ihm durch den Kopf ging, musste er zugeben, dass sie dort wirklich noch nicht nach ihm gesucht hatten. Und sie hatten wirklich schon die ganze Welt nach Dregger durchforstet. Mitten im Pazifischen Ozean! Jäger wischte sich den Hintern ab und ging wieder auf die Brücke der Surprise. Mit den Worten: »So, Leutnant Jones und jetzt fliegen wir, Richtung Süden. Wir kreuzen in der Nähe von Lüneburg. Und so wie die Wetterglocke sich auflöst, schlagen wir zu ...«

»Wenn sie sich denn auflöst, Sir.«

Jäger sah alle auf der Brücke Anwesenden durchdringend an und erhob ein wenig seine Stimme. »Sie wird sich auflösen, meine Damen und Herren!« Jäger klatschte seine Hände auf die Lehnen seines Co-Pilotensitzes und schnallte sich danach demonstrativ an. »So, und jetzt an die Arbeit! Bewegen Sie unsere Ärsche mal nach Süden und kreuzen Sie dann so dicht es geht an der Glocke, Mister Jones!«

»Aye, Sir!«

Zwei Stunden später kreuzte die Surprise nördlich von Lüneburg, ungefähr dreihundert Meter von der Glocke entfernt. Major Felix Jäger starrte durch sein Fernrohr auf die Glocke und redete sich ein, immer wieder positive Veränderungen in der Wand zu entdecken, die zu ihrer Auflösung führen würden. Die Schmerzen in seinem Körper quälten ihn. Schlimmer aber noch empfand er, dass das Trommelfell seines linken Ohres ihn mit einem Piepton malträtierte, der mal mehr, mal weniger laut war. Fast ihm gegenüber, ein paar Kilometer entfernt, starrte auch jemand auf die Mauer und wünschte sie sich weg. Obwohl er sie selbst verursacht hatte. Dregger machte Klimmzüge an den Gehirnwindungen Cäsars.

Scheibenschießen

Rühmt sich mit stolzem Mund:
Fest, wie der Glocke Grund,
Gegen des Unglücks Macht
Steht mit des Hauses Pracht!
Doch mit des Geschickes Mächten
Ist kein ew'ger Bund zu flechten *

Das Navigationsgerät gab dieses leise Tackern von sich, welches den Arm durchrüttelt. Das Radiodrom muss ganz in der Nähe sein, dachte Voice, während ihm eine plötzliche Böe arge Schwierigkeiten bereite, sich gerade in der Luft zu halten. Er musste runter gehen. Leider hatte er auch Katy Neumann aus den Augen verloren, die vor ein paar Minuten aufgrund des starken Windes, nach Backbord abgedriftet war. Als er mit den Füßen die Erde berührte, rutschte er auf dem matschigen Boden aus und bremste etwas ungeschickt mit dem Hintern. Dann bemerkte er, dass mit ihm noch ein paar andere Dinge zu Boden fielen.

Es fing wieder an, zu schneien. Max lief ein paar Meter und ließ sich dann nach Steuerbord in einen Graben fallen, um sofort in Deckung zu gehen. Obwohl es bestimmt minus 15 Grad waren, war das bisschen Wasser in dem Graben nicht gefroren.

Wenn es dafür eine Erklärung gibt, dachte er, würde ich sie wirklich gerne wissen.

Gerade als Voice aus dem Graben lugte und in ungefähr 150 Meter Entfernung ein Haus erspähte, fing es wieder so stark zu schneien an, dass man das Gefühl bekam, irgendjemand hätte ein Federkissen hastig in der Luft zerrissen. Der Glüsinger Hof sah aus wie eine alte Kneipe, die ihre besten Tage vor sehr, sehr langer Zeit gehabt hatte. Etwas schräg dahinter konnte Max jetzt noch eine ziemlich hohe Halle erkennen, die zu einem alten Fuhrunternehmen gehörte. Da standen noch diese alten LKW auf dem Parkplatz. Verwunderlich war, dass die beiden Gebäude die einzigen waren, die das Unwetter einigermaßen gut überstanden hatten. Er wollte auf Nummer sicher gehen und zog hastig sein Fernglas aus der Tasche. Kein Zweifel! Im Schneegestöber vor dem Glüsinger Hof stand, wie für eine Parade geschmückt, auf einem kleinen Podest das Radiodrom!

Diese einmeterneunzig große Röhre.
Als ob sie auf ihn warten würde.

Max zog noch einmal den Kopf ein, versuchte, Kontakt zu Israel Hands auf der Tolstoy zu bekommen. Vergeblich! Der Wind nahm jetzt wieder so stark zu, dass er froh war, nicht mehr in der Luft zu sein. Wie auf dem Präsentierteller stand das Radiodrom da.

Eine Falle?

Es war logisch, es besser zu verstecken. Vielleicht war es ja nur eine Attrappe und das richtige Radiodrom würde sich ganz woanders befinden, aber genau das würde er gleich feststellen. Voice suchte noch einen Augenblick die Glockenwand und die Umgebung mit seinem Fernglas ab, aber er konnte keinen seiner Mitstreiter entdecken. Max schnallte den Down-Train ab und warf ihn in den Graben. Dann lugte er wieder mit den Augen über die Rasenkante, die den Graben begrenzte. Gerade als er aufspringen und auf das Radiodrom zupreschen wollte, öffnete sich die Tür vom Glüsinger Hof und ein paar Gestalten wankten scheinbar in Lumpen gekleidet, auf einen der LKW zu, die auf dem Parkplatz standen.

Das waren keine Scores! Das waren Menschen!

Aber jetzt sah er, dass sie von einigen Off-Scores bewacht wurden, die Anweisungen von einem A1 entgegen nahmen. Der A1 benahm sich aus der Entfernung sehr seltsam und blieb plötzlich abrupt stehen und sah mit zusammen gekniffenen Augen, in Max' Richtung. Es ertönte ein Pfiff, der wohl vom A1 ausging und zwei Score-Dogs, standen plötzlich wie aus dem Boden geschossen neben dem A1. Die Menschen blieben erschreckt stehen und die Scores spähten in alle Richtungen. Dann rasten plötzlich die beiden Score-Dogs unter lautem Zirpen direkt auf ihn zu.

Sie haben mich bemerkt, dachte Voice. Scheiße!

Blitzschnell zog Voice die P110, die er auf dem Rücken unter dem Mantel verstaut hatte. Der Lauf surrte über seinem Kopf hinweg und er hatte die Waffe im Anschlag. Zweimal drückte er ab und verwandelte die beiden Killermaschinen in zuckende Haufen, die selbst im Todeskampf kein Mitleid erregten. Sie wühlten sich immer noch Voice entgegen und fletschen dabei ihre Zähne. Dann eröffneten die Scores das Feuer.

Selbst wenn sie ihre Sehkraft auf 100 Prozent stellen, können sie mich auf diese Entfernung nicht so einfach treffen.

Aber die ersten Einschläge schienen ihn Lügen zu strafen. Laser surrten. Befehle wurden geschrien. Er konnte auch nicht einfach blind zurück feuern. Schließlich waren da ja auch noch Menschen. Wasser spritzte plötzlich neben ihm hoch. Aus der Hocke warf er sich mit einem kraftvollen Sprung aus der Gefahrenzone. Die Granate explodierte mit einem lauten Knall und bedeckte ihn mit einem Haufen Matsch und Erde. Max sprang sofort wieder auf, wurde aber von einem Laserstrahl an der linken Schulter getroffen, der ihn direkt wieder in den Matsch schleuderte. Der Mantel war an der Stelle verdammt heiß geworden, aber sonst war ihm nichts weiter passiert.

Wieder sprang er auf, aber dieses Mal vorsichtiger. Er lief geduckt ein Stück in die verschneite Dunkelheit des Grabens. Und prallte gegen einen Off-Score, der aber langsamer reagierte als er. Die Kugel der P110 verteilte seine Gebeine in unzählige Richtungen. Voice schnellte herum, gerade noch rechtzeitig, um einen gezielten Schrei auszustoßen. Der Score-Dog, der auf ihn zu gesprungen war, verharrte plötzlich in der Luft, so, als wenn ihn eine unsichtbare Glasscheibe aufhalten würde, und fiel dann, wie von einem Kopfschuss getroffen, zu Boden.

Ein Laserschuss streifte erneut seine linke Seite. Mit einem Hechtsprung, der in dem Sinne sehr gewagt war, weil er nicht ganz genau wusste, wo er landen würde, konnte er den Ring von Scores, die ihn bereits fast umzingelt hatten, durchbrechen. Er hielt seinen Arm gestreckt in ihre Richtung und stieß einen Schrei aus, der einige der Scores zu Boden riss oder aber zumindest taumeln ließ. Dann schoss er noch sein Magazin leer. Zeit! Er wollte Zeit gewinnen! Aber es waren zu viele.

Hau hier ab, skandierte eine Stimme in seinem Kopf.

Er versuchte, sich zu orientieren, um sich beim Flüchten möglichst auch dem Radiodrom zu nähern. In einigen Metern Entfernung sah er einen Platz, der seinen Kriterien entsprach. Ein großer, umgestürzter Baum, vor dem noch ein kleiner Felsen lag.

Das ist zu schaffen.

Voice fing an zu laufen und die Scores nahmen die Verfolgung auf. Er wusste, dass er im Wasser schneller und wendiger war als sie, aber nicht an Land. Durch das Schneegestöber kam es Max fast so vor, als wenn sich die Entfernung zu seiner neuen Deckung nicht verringern würde. Wieder standen ihm plötzlich zwei Off-Scores im Weg, die er durch eine kleine Körpertäuschung verwirrte und dann wegschrie. Dem einen riss es den Brustkorb auseinander, den anderen kostete es den Kopf. Vielleicht waren es noch zwei Meter gewesen, als er einen ungeheuren Schmerz in der Wade verspürte. Ein Score-Dog hatte ihn erwischt. Max ging zu Boden und drehte sich dabei um sich selbst, rutschte und schoss den Score-Dog mit der P110 den Körper weg. Nur das Gebiss hing noch mit Resten vom Kopf an seiner Wade. Festgebissen. Er sah in das Schneegestöber und stellte fest, dass sich schon wieder etliche Off-Scores auf ihn zubewegten. Voice rappelte sich auf, kniete sich hin, zog die 21er und stieß noch drei, vier gezielte Schreie aus, so schnell er konnte. Leider konnte er die 110er nicht gleichzeitig laden. Erneut traf ihn jetzt ein Laserstrahl an der Schulter und beförderte ihn in den Matsch zurück. Die Kiefer des Score-Dog an seiner Wade zuckten noch. Dann hörte er plötzlich Schüsse. Einige Scores wurden auseinandergerissen, andere schienen zurück zu weichen.

»Los beeilt euch! Holt ihn hier rüber!«

Wieder bellte eine P110.

Voice sah aus dem Augenwinkel, wie ein Off-Score den Matsch küsste. Starke Arme packten ihn und er schrie laut auf, als sie ihn hinter den Baumstamm verfrachteten. »Das tut bestimmt weh, Sir, das glaub ich. Aber es ist gleich vorbei!« Katy Neumann fasste in den Kopf des Score-Dogs, fummelte daran herum und der Kiefer klappte auseinander. Die Erleichterung war enorm und Max atmete tief durch.

»Das war knapp, Sir!«

Max atmete tief durch. »Das kann man wohl sagen, Mam.«

Nachdem Katy seine Verletzung notdürftig genäht und desinfiziert hatte, verpasste sie ihm noch einen festen Verband, der das Bein stützte. Währenddessen umringten sie die anderen vier Head-Hunter, die in verschiedene Richtungen zielten und unruhig hin und her rutschten und ab und zu auf irgendwelche

Schatten schossen. Der Head-Hunter, der in die nördliche Richtung zielte und den Namen Martin Stookker trug, bemerkte ein tiefes Ziehen in der Magengegend und stellte fest, dass er noch nie soviel Angst in seinem Leben gehabt hatte, wie in diesem Moment.

Es kam ihm alles nur noch wie ein Alptraum vor.

Noch einmal kam es zu einem kurzen Feuergefecht, bei dem er und seine Kameraden überhastet auf irgendwelche Schatten schossen, bis ein Treffer in seinen Rücken ihn in den Matsch schleuderte. Langsam versuchte er, sich an dem Baumstamm, hinter dem er Deckung gesucht hatte, wieder hochzuziehen. Vor und neben ihm schlugen noch einige Geschosse ein und dann wurde es plötzlich still. Martin dankte dem Erfinder dieses Mantels, auch wenn sein Rücken sehr schmerzte. Aber ohne den Mantel wäre er wohl bei so einem Lasertreffer in tausend Teile geflogen. Er ging mit schmerzenden Rücken und zitternden Fingern wieder in Stellung und starrte mit zusammengekniffenen Augen auf Frau Holles große Vorstellung.

Das Schneegestöber hatte jetzt gigantische Ausmaße angenommen, und die Sicht beschränkte sich auf höchstens zehn Meter. In diesem Umkreis waren keine Scores mehr zu sehen.

Warum greifen sie nicht weiter an, dachte Voice.

Er drehte sich halb liegend zur Seite. »Miss Neumann?«

Sie wandte ihr schmutziges Gesicht in Max' Richtung. »Aye, Sir.«

»Versuchen Sie, Funkkontakt mit der Tolstoy zu bekommen.«

Katy nickte und holte ihren Laptop unter dem Mantel hervor, der zwar reichlich mitgenommen aussah, aber nach zweimaligen draufschlagen sofort ansprang. Er sah ihr aus dem Augenwinkel beim Eingeben des Geheimcodes zu. Sie war eine verwegene Frau oder zumindest machte sie den Eindruck. Max drehte sich unter Schmerzen wieder auf den Bauch und starrte über den umgestürzten Baum hinweg in die Richtung, in der er das Radiodrom vermutete. Ein stechender Schmerz schoss noch einmal von seiner Wade direkt in sein Hirn und ließ ihn tief durchatmen, während er in ein weißes Nichts starrte und kaum etwas erkennen konnte. Aber das Navigationsgerät stimmte seiner Vermutung zu.

*

Cliff Honah setzte das Bier an und leerte es fast in einem Zug. Dann paffte er noch, unter leichtem Hüsteln, an seiner Zigarette. Um sein Bett herum standen vier ausgemergelte, übernächtigte Typen, die mit unrasierten Gesichtern und ausdruckslosem Blick sein Treiben verfolgten. Es waren die beiden Sanitäter Jeckyll & Hyde – sie wurden so genannt, weil man verschiedener als die beiden gar nicht sein kann – Tom Smutgard und Dr. Jo Brückner, der Cliff kurz vor seinem letzten Bier noch eine Betäubungsspritze gegeben hatte. Kapitän Briggs hatte vor zehn Minuten – oder war es schon eine Stunde her – einen Rundruf über alle Messenger gemacht, dass Mister Colbrek das Unglaubliche geschafft hatte und die Tolstoy wieder startklar wäre. Da die Stabilisatoren durch die

Risse im Mitteldeck und im Maschinenraum nicht mehr funktionierten, konnte man sich schon mal auf einen unruhigen Flug vorbereiten. Für Dr. Brückner hieß das, seine Schwerverletzten so gut wie möglich zu fixieren. Das traf vor allem auf Sergeant Honah zu, denn das geschweißte Rückgrat konnte durch ein paar unkontrollierte Bewegungen sofort wieder brechen und dann würde er den Rest seines Lebens tatsächlich im Rollstuhl verbringen müssen. Es war schon erstaunlich, dass er seine Beine wieder ein wenig spürte. Allerdings mit dem Heilungsprozess, den er bei Voice erlebt hatte, war das nicht zu vergleichen. Der würde wahrscheinlich schon wieder irgendwelchen Scores hinterherlaufen.

Cliff lächelte alle an. »Meinetwegen können wir, meine Herren.«

Smutgard und Hyde mussten husten und Dr. Brückner sah etwas besorgt in ihre Richtung. Hauptsache sie bekamen nicht im falschen Moment einen Hustenanfall. »Okay, Mister Honah, wir versuchen, Sie jetzt mit ganz ruhigen Bewegungen in das Kranken Fly-Case zu befördern. Wir schnallen Sie dann dort fest. Bitte versuchen Sie, jede eigene Bewegung zu vermeiden.«

Sergeant Honah nickte.

»Vermeiden hab ich gesagt, Sergeant!«

Kurze Zeit später lag er in dieser Röhre, in der man ohne Weiteres Platzangst bekommen konnte, weil nur noch das Gesicht rausguckte.

Die Motoren waren angesprungen und ein fast angenehmes Grummeln, drang vom Maschinenraum hoch in die Krankenstation. Gleich würde der Start erfolgen.

Sergeant Honah fühlte sich schlecht. Versteinert. Ausgeliefert. So oft schon war er zwischen Lasersurren und Gewehrschüssen hindurch gerannt und irgendwie hatte er das Gefühl, Max im Stich gelassen zu haben. Schließlich hatte er an dem Abend mit Käpt'n Briggs in Perlgrün laut getönt, er wolle Max da rausholen. Cliff konnte die Augen kaum noch aufhalten, die Spritze von Dr. Brückner tat langsam ihre Wirkung. Er hatte natürlich bei der Betäubung einen Sextraum gewählt, aber Dr. Brückner war der Auffassung, dass das auch unwillkürliche Bewegungen verursachen könnte. Selbst in dieser Röhre. Sergeant Honah würde sich also die nächsten zwei Stunden eine nette Aquarium-Landschaft ansehen. Mit ganz ruhigen Fischen.

*

»Mister Colbrek?« Käpt'n Briggs Stimme dröhnte aus dem Lautsprecher im Maschinenraum.

»Meinetwegen kann's losgehen, Sir.«

»Gut, ich melde mich bei Ihnen, wenn wir auf der Brücke soweit sind.«

»Aye, Sir!«

Kapitän Briggs ließ seinen Blick über die Brücke schweifen, wobei er bei jedem bemerkte, dass die Kraftreserven langsam aufgebraucht waren, bis er bei Israel Hands hängenblieb, der seinen Blick müde erwiderte. »Mister Hands?«

»Bei mir ist alles bestens, wenn ich das mal so sagen darf, Sir. Mister Rose ist unser Rudergänger und erfahren genug, ihre Befehle auch umzusetzen.« Er räusperte sich kurz und warf Rose einen vertrauensvollen Blick zu. »Mit der Navigation habe ich sowieso keine andere Möglichkeit, als mich auf dieses neue System zu verlassen.« Dabei traf ein etwas misstrauischer Blick, Wladimir Korkoff, der diesen stoisch erwiderte und seinen rechten Daumen in die Luft streckte. Israel Hands wischte sich den Schweiß von der Stirn, obwohl man die Temperatur als alles andere als warm bezeichnen konnte, hustete ein paar Mal und fuhr dann fort. »Jack Bowens Fähigkeiten können wir natürlich nicht so einfach ersetzen, Sir, aber wenn dieses neue System nicht funktioniert ...«

Mit einer kurzen Handbewegung brachte Käpt'n Briggs Hands zum schweigen. »Sie denken aber, es geht, Mister Korkoff?«

Korkoff fühlte sich irgendwie zu müde, um zu antworten. Deswegen streckte er erneut seinen rechten Daumen in die Höhe. Briggs holte noch einmal tief Luft, wobei sein Augenmerk, auf die Frontscheibe der Brücke gerichtet war. Die Sicht war durch das Schneegestöber in den letzten Minuten schon wieder schlechter geworden. Wenn man überhaupt von Sicht sprechen konnte.

Was für eine Hölle, dachte Briggs. Er sah noch einmal aufmunternd in die Runde. »Gut, meine Herren. Wir machen einen Flanell-Bodenstart ...«

Rose begab sich, seinen Kragen zurechtrückend, an das hölzerne Steuerrad und Israel Hands beugte sich noch etwas tiefer über seinen Computer. Käpt'n Briggs neigte sich ein wenig nach vorne und sprach in das Mikro, welches ihn direkt mit Steve Colbrek im Maschinenraum verband. »Mister Colbrek ... Öffnen Sie die Achterdeckventile, 16, 17, 82, 76 und alle Schockventile. Geben Sie, was Sie haben auf die hinteren Düsen 71 bis 90. Achten Sie aber darauf, dass die Bodendüsen genug Energie abbekommen ... Sonst kriegen wir die alte Tolstoy nicht hoch!«

»Aye, Sir, wird erledigt!«

»Mister Rose?«

»Aye, Sir?«

»22 Prozent Steigungswinkel, bei zwei Strich Steuerbord Südsüdost, vier Grad abfallend. Ruder leicht angerissen ...«

»Aye, Sir ...«

»Mister Hands? Sind Sie soweit?«

Israel Hands tippte mit einem Finger an seinen Hut, ohne von seinem Laptop hochzugucken. » Aye, Sir ...«

Briggs holte noch einmal tief Luft, wobei er wieder bemerkte, dass sein linker Arm wie ein Stück in einer Schlinge vor seinem Bauch baumelte. Dass der Arm immer noch seiner war, merkte er nur daran, dass ein unregelmäßiger Schmerz von der linken Seite seines Leibes, durch den ganzen Körper zog. Dann setzte er sich auf seinen Kapitänsstuhl und schnallte sich an. Briggs drückte auf die Rundruftaste seines Messengers. »Meine Damen und Herren, hier spricht Kapitän Briggs! Machen Sie sich für den Start bereit.« Briggs machte eine kleine Pause. »Ich weiß, dass Sie alle unheimlich fertig sind und schon einige unter uns Menschen verloren haben, die wir durchaus als Freunde bezeichnen durften ...«

Bei dem letzten Satz, zuckte Israel Hands ein wenig zusammen und er sah das lächelnde Gesicht von Jack Bowen vor sich.

Jim Beam kauerte sich bei den Worten in seinem Fly-Case auf der Krankenstation zusammen und hätte jetzt gerne Bell-Bob auf die Schulter geklopft

Käpt'n Briggs fuhr fort. »Ich will ihnen hier auch keine Motivationsrede halten. Ich will ihnen nur sagen, dass ich alles Erdenkliche tun werde, um uns hier heil wieder rauszubringen. Wir werden das schaffen. Gott schütze Sie!«

Dann wurde der Messenger ein paar Sekunden lang still und die angenehm weibliche Stimme des Bordcomputers erklang.

»Startkoordination. Noch 10 Sekunden bis zum Start!

10 – 9 – 8 – 7 – 6 – 5 – 4 – 3 – 2 – 1 – Lift off ...«

Unter lautem Kreischen und Knarren erhob sich die Tolstoy langsam vom Boden. Wie das Aufbäumen eines alten Pferdes, dachte Briggs, welches weinen muss, weil es fühlt, dass sein letzter Ritt kurz bevorsteht.

»Geben Sie alle dreißig Sekunden ohne Aufforderung eine Höhenangabe, Mister Hands.«

»Aye, Sir. Jetzt 16 Meter!«

Niemand auf der Tolstoy konnte sich dem Gefühl erwehren, sich in einem Fahrstuhl zu befinden, der nur noch an einem angerissenen Drahtseil befestigt war. Obwohl die Situation haarsträubend war, konnte Korkoff gerade noch seine Augen offen halten. Er hatte keine Ahnung, wie lange er schon nicht mehr geschlafen hatte.

Irgendwann bekommt man Halluzinationen, dachte er.

Aber das, was er jetzt gerade auf seinem Laptop sah, war keine Halluzination. Er hatte einen Funkkontakt aufgefangen. Plötzlich war er hellwach und hämmerte auf seinen Laptop ein. Er hatte die Frequenz.

»Hier Head-Hunter Neumann. Rufe die Tolstoy. Bitte kommen! Kann mich jemand hören?«

Er stellte die Frequenz noch etwas genauer ein. »Hier Korkoff. Brücke der Tolstoy. Schön, Sie zu hören, Miss Neumann. Wie sieht es aus?« Ein Knirschen drang durch die Leitung.

»Beschissen ist geprahlt, Sir ...« Wieder kratzte und knirschte es. »Hier ist alles voller Scores ... Sind aber nicht so weit vom Radiodrom entfernt ... Wann können Sie starten, Sir?«

»Wir sind bereits auf dem Weg!«

Ein helles Pfeifen, dann war wieder Neumanns Stimme zu hören. »... klingt gut, aber beeilen sie sich. Sonst finden sie hier nur noch ein paar Gedärme vor. Haben sie unsere Koordinaten?«

Bevor Korkoff antworten konnte, war die Verbindung schon wieder tot. Aber er hatte ihre Koordinaten.

»Höhe 28 Meter, Sir!«

Die Tolstoy rumpelte ein bisschen, so, als ob ihr jemand ein Bein gestellt hätte.

*

Dregger sah durch die Augen Cäsars in sein Fernglas. Durch dieses Schneetreiben konnte er nicht mehr erkennen, was am Glüsinger Hof geschah. Er hatte die Befürchtung, dass Artuhr noch mehr Mist machte, als ihm lieb war. Die Glocke war immer noch nicht verschwunden, und wenn das Wetter noch schlechter würde, dann könnte er noch ein paar seiner neuen Jünger verlieren. Außerdem fiel ihm auf, dass einige an schwerem Husten und Fieber litten. Er hatte sich vor langer Zeit und auch mit viel Erfolg an Bakterien und Viren versucht. Aber es war immer sehr gefährlich gewesen, fast hätte er sich selbst damals mit Cute infiziert.

Nein, das war nicht sein Fachgebiet, das überließ er lieber anderen. Sein Fachgebiet waren Maschinen, Kampfmaschinen. Killermaschinen. Und das alles war gar nichts gegen den A24. Sein Meisterwerk.

Der wird euch alle machen, meine lieben Menschenfreunde.

Er rieb sich in Cäsars Kopf bei der Vorstellung die Hände, was der erste Wissenschaftler für Augen machen würde, wenn er mal einen A24 analysierte. Das wäre ein Spaß. Aber mit den Viren und Bakterien, die hier durch die Luft flogen, mit denen hatte er nichts zu tun. Die entstanden hier wie von selbst innerhalb der Glocke. Nachdem er eine Bodenanalyse gemacht hatte, wurde ihm klar, dass, wenn die Glocke noch ein paar Monate bestehen blieb, die gesamte Gegend langsam verfaulen würde. Keine Pflanze, kein Tier, kein Mensch konnte hier länger überleben. Es würde alles verschimmeln. Das klang, so empfand es Dregger in Cäsars Kopf, gar nicht mal so übel. Der einzige Haken war nur, dass die Menschen, die hier um ihn herum saßen, sein Schutzschild waren, um die Glocke unauffällig verlassen zu können. Welcher Posten würde schon halb verhungerte Menschen, die vor Angst und Kälte nur so schlottern würden, nach den Papieren fragen. Wenn wenigstens Plan B noch funktionieren sollte, musste die Glocke weg. Er versuchte einen TGT zu Artuhr zu bekommen, aber es gelang ihm nicht. Kurze Zeit später nahm er sich wieder sein Fernglas und sah auf die Glocke. Nichts tat sich. Die Glocke machte weiterhin ihre stürmische Runde um die Eingeschlossenen.

*

Immer noch, nur auf der anderen Seite der Glocke, Dr. Dregger beinahe gegenüber, schnellte plötzlich ein aufgeregter Felix Jäger an seinen Laptop. Er hatte das Gefühl, einen Funkkontakt aufgespürt zu haben. Ein Zeichen von drinnen. Aber da war nichts.

*

Sie sprach so leise es nur irgendwie ging. »Haben Sie das mitgekriegt, Sir?«
»Ja, sicher, Miss Neumann, sie sind auf dem Weg«, flüsterte Voice zurück.
Das war zumindest eine gute Nachricht. Der Gestank, der ihm in die Nase zog, bewirkte, dass sein versuchtes Lächeln in einer hustenden Grimasse endete. »Ich habe einen Plan, Miss Neumann.«
»Bin ganz Ohr, Sir!«
Voice richtete sich ein wenig schwerfällig auf, wobei er die Seite, wo das Ra-

diodrom stand, nicht aus den Augen ließ. »Sie geben mir mit Ihren Jungs Feuerschutz, in dem sie ihre P110 links und rechts von mir ausrichten, während ich auf das Radiodrom zurenne.«

Katy Neumann sah ihn erstaunt an. »Mit dieser Wade, Sir, rennen Sie nirgendwo hin.«

»Wenn ich Ihren medizinischen Rat brauche, Miss Neumann, werde ich mich melden.«

Sie sah verlegen zu Boden.

»Entschuldigung, Sir.«

Voice sah sie ernst an und dann wieder in die Richtung des Radiodroms. »Wie gesagt, links und rechts von mir. Schießen Sie, was das Zeug hält. So wie Sie den Sichtkontakt zu mir verloren haben, folgen Sie in die gleiche Richtung. Bewegen Sie sich Rücken an Rücken vorwärts.« Max musste wieder ein wenig husten, dann fuhr er fort. »Vergessen Sie dabei nur nicht das Schießen.« Voice wischte sich mit dem Daumen ein Stück Dreck aus dem Auge und grinste. »Aber bitte nicht in meine Richtung.«

»Auch wenn Sie es vielleicht denken, Sir, aber ich bin nicht total bescheuert.«

Obwohl es eiskalt war, wischte er sich den Schweiß von der Stirn. »Vielleicht schaffen wir es so, das Radiodrom zu erreichen.« Er machte eine kleine Pause. »Oder zumindest einer von uns schafft es, um das Ding zu dekodieren. Was denken Sie?«

Sie machte eine nachdenkliche Miene und schob den Hut in den Nacken. »Am Wichtigsten ist, dass Sie das Radiodrom erreichen, Sir, denn Sie sind hier schließlich der Fachmann im Dekodieren. Ich bräuchte sicherlich die dreifache oder vierfache Zeit, wenn ich es überhaupt schaffen würde.« Sie zuckte kurz mit den Schultern. »Wir lenken sie ab, so gut wir können. Wir halten Ihnen den Rücken frei, Sir.«

Voice strich mit seiner rechten Hand über seine verletzte Wade und sah Katy Neumann aus dem Augenwinkel an. Irgendwie kamen ihm ihre Augen bekannt vor. Vertrauensvoll, aber doch mit Vorsicht zu genießen. Er strich den Gedanken aus seinem Hirn, denn es gab jetzt wahrlich wichtigere Dinge als sich Gedanken über die Augen einer Frau zu machen. »Die erledige ich dann schon selbst, Miss Neumann.«

Jetzt musste sie ein paar Mal kräftig husten, nahm ein Taschentuch aus ihrer Tasche, entleerte ihre Nase und sah dann wieder Max ins Gesicht. »Wann geht es los, Sir?«

»So wie wir die Motoren der Tolstoy hören. Und jetzt sagen Sie ihren Leuten Bescheid.«

»Noch eine Frage, Sir?«

Max sah sie auffordernd an.

»Wieso zerstören wir das Radiodrom denn nicht einfach. Ich meine ...«

Der Wind peitschte ihm ein paar Schneeflocken ins Gesicht. »Wir haben diese Erfahrung bei der zweiten Wetterbombe gemacht, dass, wenn man das Radiodrom nur zerstört, sich die Glocke noch länger als vier Wochen halten würde.« Max räusperte sich kurz. »Das liegt daran, dass bei einer Zerstörung des Radiodroms der Wettersatellit, der angesteuert worden war, keinen richtigen Befehl von unten mehr bekommt und sich dann selbständig auf die Suche nach seinem Partner auf dem Boden macht, also dem Radiodrom. Dadurch hält er sich weiter an dem Punkt auf, an dem er angehalten wurde, und kann dann bis zu vier Wochen die Glocke noch aufrechterhalten. Bei einer Dekodierung, höchstens ein paar Stunden. Und wenn man Glück hat, nur ein paar Minuten« Das erschien ihr einleuchtend und ihre Flüsterton-Unterhaltung war beendet.

Kurze Zeit später bemerkte Voice, dass ihn jemand von hinten an der Schulter berührte. Er sah in das kühl erscheinende Gesicht von Katy Neumann, die, ohne ihn eines Blickes zu würdigen, ihren Daumen in die Luft reckte. Voice war ihr sympathisch. Natürlich hatte sie schon einiges von ihm gehört. Aber mit dieser Wade konnte niemand wirklich laufen. Jedenfalls kein Mensch, den sie kannte. Irgendetwas an ihm erinnerte sie an sich selbst. Dann lauschte sie wieder ihrer Umgebung und hoffte ein Brummen in der Luft zu vernehmen, das sie an die Motoren der Tolstoy erinnerte.

Warum die Scores nicht wieder angegriffen, konnte sich Voice nicht erklären. Aber er hatte das Gefühl, dass auch Dregger seinen Plan nicht einwandfrei durchführen konnte.

Nicht nur uns sind Fehler unterlaufen.

Der Schnee stand jetzt fast schon in der Luft, so dicht war er geworden. Da sich die weiße Masse aber, sobald sie den Boden berührte, in eine braune verwandelte, bekam sie ohnehin schon unwirkliche Umgebung noch etwas Traumatisches. Das war nicht mehr die Erde, das war ein anderer Planet.

Er hörte das Zirpen der Score-Dogs, die trotz schlechter Sicht ihren Standort schon längst gewittert hatten. Wer hielt sie zurück? Und warum? Egal, Voice hatte keine Lust mehr, seinen Kopf mit diesen Gedanken zu zermartern. Er würde es schon merken, wenn sie kämen, aber vielleicht ... Voice reckte seinen Kopf in die Luft und versuchte mit zusammengekniffenen Augen das Brummen in der Luft zu orten. Da war doch was? Dann war es plötzlich eindeutig. Die Tolstoy! Das war der Gesang ihrer Motoren. Einer der Scheinwerfer sprang an und warf eine helle Schneise in das Schneetreiben. Jetzt kamen die nächsten Scheinwerfer dazu und warfen Spotpunkte auf die Erde, die über den Boden tanzten. Schatten von Score-Dogs und Off-Scores huschten durch die Lichtkegel und über den großen Vorplatz des Glüsinger Hofes.

Die Tolstoy eröffnete das Feuer.

Die Laserschüsse, die von der Brücke aus koordiniert wurden, schlugen in den Matschboden ein und verursachten meterhohe Schlammfontänen. Dann kreischten die 44er Archer los, die in ihrer Explosionsgröße die Laser noch bei Weitem übertrafen. Off-Scores und Score-Dogs wurden zerfetzt durch die Luft geschleudert. Max hatte jetzt keine Zeit mehr zu überlegen. »Los geht's, Miss Neumann! Viel Glück!«

Max setzte sich in die Hocke, machte eine Rolle vorwärts, über den Baum hinüber, hinter dem sie sich die ganze Zeit verschanzt hatten. Dann drehte er sich einmal auf dem Boden um sich selbst, um dann mit einem Sprung wieder auf die Beine zukommen. Der Schmerz, der in seiner linken Wade aufloderte und seinen ganzen Körper schüttelte, fühlte sich an, als wenn sich unter dem Verband Millionen von pissenden Ameisen befanden, die sich langsam zu seinem Knochen durchfraßen. Max versuchte den Schmerz aus seinem Hirn zu vertreiben, was ihm allerdings nicht ganz gelang. Er lief etwas geduckt mit seiner P110 im Anschlag in ein Nichts, welches von einem Schneetor bewacht wurde. Die Lichtkegel und das Feuer, das von der Tolstoy ausging, war jetzt auch verdammt gefährlich für ihn.

Friendly Fire nennen sie das, wenn der Schuss, den du abgibst, einen deiner Jungs trifft.

Ein heftiger Einschlag neben ihm riss ihn von den Beinen und schleuderte ihn in eine riesige Schlammpfütze. Genau vor die Füße eines Off-Scores, der aber wiederum von der Wirkung einer P110 zerrissen wurde. Voice sprang wieder auf, sah kurz auf sein pochendes Navigationsgerät. Das Radiodrom war jetzt ganz in seiner Nähe. Vom Schnee eingeschlossen fast blind rannte er weiter in die Richtung. Nur weiter. Rote Laserschussbahnen durchschnitten durch die Schneeluft.

Katy Neumann konnte nicht mehr überlegen, sie wusste nur, dass der letzte Schuss, den sie abgefeuert hatte, ein Volltreffer war. Voice war kurz vor ihnen, ganz knapp zu erkennen. Einschläge. Immer wieder schrie die Luft. Sie ging heftig atmend für ein paar Sekunden in die Hocke, um die Kondeck nachzuladen. Ein Schuss zischte über sie hinweg und riss Martin Stookker, der hinter ihr gestanden hatte, den Kopf ab. Sie hatte jetzt nur noch einen Begleiter hinter sich. Zum ersten Mal in ihrem Leben hatte sie das Gefühl, aus einer Sache nicht mehr heil rauszukommen, dem Ende nahe zu sein. Aber sie hatte hier noch etwas zu erledigen und so leicht ließ sie sich davon nicht abringen. Einfach weiter laufen.

Für einen Augenblick hielt Voice inne und schoss dabei zwei auf ihn zustürmende Score-Dogs auseinander. Dann schnellte er herum und traf mit einem Schrei einen weiteren Off-Score. Es riss ihn den Brustkorb auseinander und beförderte ihn dahin, wo er hingehörte. In den Dreck. Instinktiv ging Voice in die Hocke. Gerade noch rechtzeitig. Der Laserstrahl zischte rot glühend über ihn hinweg.

Obwohl das Navigationsgerät an seinem Arm wilder pochte als zuvor, was bedeutete, dass er dem Radiodrom jetzt verdammt nahe sein musste, hatte er trotzdem keine Ahnung, wie er es im Blindflug erreichen sollte. Max holte tief Luft und wollte gerade wieder aufspringen, als etwas geschah, was niemand wirklich begreifen konnte, der es nicht erlebt hatte.

Mit einem ohrenbetäubenden Krachen schoss plötzlich ein Blitz durch die Wetterglocke und das Schneetreiben kam abrupt zum Erliegen. Die Glocke flackerte und wurde so grell, dass selbst einige der Scores geblendet auf der Stelle stehen blieben. Dann sah es so aus, als ob die Glocke wie von Geisterhand gedreht um sie herumwirbelte. Der Regen, der dann innerhalb von ein paar Sekunden den gesamten Boden der Glocke bedeckte, stand in seiner Heftigkeit dem Schneetreiben nichts nach. Immer wieder schossen Blitze aus der Glocke. Die Lautstärke war enorm.

Max versuchte, die Umgebung zu sondieren. Er war wirklich nur noch ein paar Meter vom Radiodrom entfernt, nur der Regen lief von seiner Hutkrempe und verschleierte seinen Blick. Dennoch sah er, dass ein A1 ihm den Weg versperrte und ihn mit höhnischem Blick musterte, während er von sicherlich über 30 Off-Scores und Score-Dogs umringt war. Die Tolstoy hatte ihr Feuer eingestellt, um eine kleine Drehung zu fliegen.

Der A1 zog eine Grimasse und forderte Voice mit einem Fingerzeig auf, in die von ihm vorgegebene Richtung zu sehen. Mit verschwommenen Blick stellte Voice erschreckt fest, dass er in einiger Entfernung ein Rohr aus dem Boden ragen sah, an dem sich etlichen Off-Scores zu schaffen machten.

Wenn es das ist, was ich meine, dachte Voice, dann ist das eine riesige Falle.

Die Zeit stand still! Die Röhre gab ein schrilles Pfeifen von sich und ein glutroter Strahl schoss aus dem Rohr. Und drang mit lautem Knacken in den Rumpf der Tolstoy ein. Sekunden später schlugen Flammen aus dem Bauch der Tolstoy.

Sie haben eine Flugabwehrkanone. Unglaublich!

Die Tolstoy taumelte in der Luft und trudelte wie ein großer Vogel, der bei der Landung Schwierigkeiten mit der Balance hat, auf die Erde zu. Dann schlug sie auf und das hintere Unterdeck explodierte. Unter lautem Getöse rutschte die Tolstoy auf der Seite liegend auf den Glüsinger Hof zu. Sie drückte mit dem unteren Teil ihrer Nase den terrassenförmigen Vorbau zu Boden und schnitt das Haus in zwei ungleiche Teile. Sie ächzte noch einmal laut auf und blieb dann wie erstarrt liegen.

Die Regentropfen prasselten weiter lautstark auf Max' Hut. Während des ganzen Schauspiels bemerkte Voice, dass ihn der A1 nicht aus den Augen gelassen hatte. Mit einem Blick, den er bei diesen Maschinen noch nie entdeckt hatte. Diese Blicke waren sonst immer kalt und direkt. Dieser hier guckte irgendwie ... verrückt.

Die Tolstoy fing Feuer im Maschinenraum und etliche Scores rannten auf sie zu. Das waren hier nicht die letzten, die um mich rumstehen, dachte Voice. Obwohl in der Tolstoy eine Explosion stattfand, eröffnete der 1. Shooter Jett Weinberg sofort das Feuer und wischte mit einem gezielten Treffer das aus der Erde ragende Rohr von der Bildfläche. Die riesige Explosion wirbelte Trümmerteile durch die Luft. Durch die Regengardine konnte Voice gerade noch erkennen, dass es bei der Tolstoy eindeutig zu Kampfhandlungen kam. Dann wieder Einschläge um ihn herum. Einige Scores flogen auseinander oder gingen zu Boden. Er hörte deutlich, dass eine P110 hinter ihm ein paar Mal aufschrie und er in Deckung springen musste, um nicht selbst getroffen zu werden.

Als er sich gerade wieder aufgerappelt hatte, sah er aus dem Augenwinkel, dass der A1 langsam auf ihn zu kam. Ohne sich Deckung zu nehmen, fast so, als ob ihm nichts passieren könnte. Max bemerkte, wie sein Griff etwas fester die P110 umschloss. Es war ein A1 der etwas älteren Sorte, freier Oberkörper, also nur eine Art schusssichere Weste an. Die Kampfstiefel, die schwarze Hose und dieses kleine Käppi auf dem Kopf. Typisch eben. Der war nicht so neu wie der, den Max in der Tolstoy erledigt hatte. Und lange nicht so dumm wie der im

Altonaer Bahnhof. Aber auf jeden Fall gefährlicher als beide zusammen. Der Regen prasselte und schlug auf seinen Hut und Mantel ein und er bereitete sich innerlich auf einen Schrei vor. Warum töten sie mich nicht einfach? Warum greifen sie nicht an?
»Ich habe hier auf dich gewartet.«
Was hatte der A1 gerade gesagt? Er hat was?
Der A1 kam noch einen Schritt näher und Voice spannte seine Stimmbänder an. »Nun, mein Name ist Artuhr und ich weiß, wer du bist.«
Es war nicht der erste A1, den Voice sprechen hörte, aber wahrlich der erste, der sich mit Namen bei ihm vorstellte und obendrein auch noch behauptete, ihn zu kennen.
»Ich habe noch eine Rechnung mit dir offen!«
Max war einfach zu verblüfft, um antworten zu können und starrte Artuhr nur an. Die anderen Scores standen wie angewurzelt um sie herum. Von der Tolstoy wehte der Wind jetzt Schreie und Schusswechsel herüber.
Der A1 lächelte wieder.
»Wir kennen uns."
»Woher?«, fragte Voice mit leicht belegter Stimme.
»Das weißt du nicht mehr?«
Voice schüttelte den Kopf. Die ganze Szene erschien Max absurd. Wieder zuckte ein Blitz und der Regen steigerte seinen Beifall.

*

Sie konnten keinen Abwehr-Energieschirm aufstellen, die Tolstoy brauchte die gesamte Energie um sich in der Luft haltend, fortzubewegen. Er hatte auch damit gerechnet, dass die Tolstoy beschossen werden würde, aber von einer Flugabwehrkanone? Kapitän Briggs machte sich einige Vorwürfe, aber jetzt war es dafür eigentlich zu spät. Denn die Tolstoy war bereits schwer getroffen und kippte mit ihrem Bug steil nach unten. Über Messenger wurden nur noch Befehle durcheinander geschrien. Mister Rose, der Rudergänger, reagierte blitzschnell, in dem er das Steuer herumriss und den Schwerpunkt der Tolstoy nach hinten verlagerte. So kam es zu einer gekonnten Bauchlandung, bei der sie knapp an dem Waldstück vorbeirauschten und quer über den stinkenden, vermoderten Vorplatz.
Kurz bevor die Tolstoy in den Glüsinger Hof reinkrachte, bekam Käpt'n Briggs noch über Messenger eine Nachricht von Jett Weinberg ins Ohr geschrien: »Ich hab das Ding weggeputzt, Sir!«
Briggs wusste sofort, dass er die Flugabwehrkanone meinte, aber er konnte nicht mehr antworten. Es sah so aus, als ob das Gebäude die Tolstoy umarmen wollte, so schob sich der Bug in ihre Mitte. Für einen Wimpernschlag erfror der Moment. Dann rüttelte eine laute Explosion das ganze Schiff durch und Wladimir Korkoff und Tom Smutgard gingen beide zu Boden, während Briggs und Israel Hands, sich gerade noch festhaltend, einen kurzen Blick tauschten. Das kam aus dem Maschinenraum! Käpt'n Briggs drückte auf seinen Messenger.

»Mister Colbrek, hören Sie mich? Mister Colbrek?«
Keine Antwort. Kapitän Briggs starrte erschrocken auf seinen Messenger. Er schüttelte etwas fassungslos den Kopf. Das Feuergefecht wurde wieder heftiger. »Alle Mann Vollbewaffnung, fünf Matrosen und zwei Sanitäter in den Maschinenraum. Mit Feuerlöschern! Bewachung der Krankenstation. Alle Übrigen auf Gefechtsstation!«, rief Briggs in den Messenger.

Käpt'n Briggs sah über eine Außenbord-Kamera, die verschont geblieben war, auf einem Monitor, dass Flammen aus einem Riss im Mitteldeck schossen. Einige Matrosen leisteten, mit Decken und Feuerlöschern bewaffnet, dem Feuer bereits Widerstand. Mit mäßigem Erfolg. Es muss sofort etwas geschehen, schoss es Briggs durch den Kopf. Sofort! Wenn wir schon alle draufgehen, dann sollten wir wenigstens versuchen, unseren Auftrag zu erfüllen. Nicht nur aus Pflichtbewusstsein! Nein! Die durften hier nicht gewinnen. Diese Mistviecher! Er strich sich mit seiner rechten Hand über seine provisorische Armprothese und ein Schmerz zuckte durch ihn hindurch, den er bisher nicht gekannt hatte. Er stöhnte kurz auf, fing sich aber dann gleich wieder. »Mister Hands?«

»Aye, Sir.«

»Haben wir wirklich keine Down-Trains mehr an Bord?«

Israel Hands sah seinen Kapitän mit leicht fragendem Blick an. »Nein, Sir! Die letzten die übrig geblieben waren, sind mit der letzten Patrouille von Mister Voice rausgegangen.«

»Scheiße!«

Nachdem er für kurze Zeit mit starrem Blick sitzengeblieben war und noch ein paar Mal husten musste, sah er wieder seinen Navigator an. »Mister Hands, wie viele Head-Hunter sind noch an Bord?«

»Fünf, Sir!«

Briggs rückte seinen Mantel zurecht und zog seinen Kapitäns-Hut ein Stückchen tiefer ins Gesicht. Fünf, mein Gott, das waren doch über dreißig gewesen. Dann öffnete er den Waffenschrank und warf jedem auf der Brücke, eine P110 zu. Zu guter Letzt hängte er sich selbst noch eine über die rechte Schulter und schloss den Waffenschrank wieder. »Mister Hands, geben Sie den Head-Huntern den Befehl, sich sofort an der hinteren, kleinen Ausstiegsluke auf dem Mitteldeck zu treffen. Und zwar mit uns beiden, Mister Hands. Wir machen einen Ausbruch!«

Der Navigator der Tolstoy war weder ein Held, noch ein Feigling, aber bei dem Gedanken wurde ihm doch etwas mulmig. Doch er ließ sich nichts anmerken. »Aye, Sir!«

Käpt'n Briggs wandte sich von Hands ab und sah in die Gesichter von Korkoff, Smutgard und Rose. Der Regen hatte wieder in einem Maße zugenommen, dass man den Eindruck bekommen konnte, es mit einer übergroßen und zu weit aufgedrehten Dusche zu tun zu haben. Die Tolstoy dröhnte unter dem Schauer. Briggs Blick blieb an Korkoff hängen, während er sich das Navigationsgerät an sein linkes Handgelenk anlegte. Wobei er wehmütig feststellen musste, dass es sich dabei nicht mehr um sein Handgelenk handelte.

»Mister Korkoff: ihre Brücke.«

Gerade als Briggs und Hands die Brücke verlassen hatten, fiel das gesamte Licht dort aus. Korkoff schaltete seine Hutlampe ein und sah in die erschrockenen Gesichter von Smutgard und Rose. »Ehrlich gesagt, hab ich mir das auch anders vorgestellt, wenn ich mal die Brücke von einem Flugschiff übernehmen würde.« Er versuchte die beiden aufmunternd anzulächeln, aber es gelang ihm nicht so ganz. »Ich finde aber trotzdem, dass wir das Beste draus machen sollten.«

Die beiden nickten.

»Gut, meine Herren, dann lassen Sie uns versuchen, die Verletzten in Sicherheit zu bringen. Ich weiß, dass das bedeutet, dass wir die Brücke verlassen müssen.«

Die beiden nickten erneut.

»Also versuchen wir, über Messenger Doc Brückner zu erreichen.«

Nachdem Kapitän Briggs und Israel Hands das Feuer auf dem Mitteldeck passiert hatten und einer der Head-Hunter die Ausstiegsluke geöffnet hatte, fühlte Briggs das Navigationsgerät an seiner Prothese pochen. Das Radiodrom war nicht mehr weit. Die Scores, so machte es zumindest den Anschein, hatten sich ein wenig zurückgezogen. Käpt'n Briggs Stimme erklang auf dem Messenger von Jett Weinberg.

»Vielen Dank noch mal für den hervorragenden Treffer bei unserer Landung, Mister Weinberg. Der hat uns zunächst mal allen das Leben gerettet und nun seien Sie doch so gut und geben uns bei unserem kleinen Ausflug ein bisschen Feuerschutz.«

Obwohl Jett Weinberg nur mit einem kurzen »Aye, Sir!« antwortete, konnte man in seiner Stimme hören, dass er sich geschmeichelt fühlte. Israel Hands bewunderte seinen Käpt'n dafür, dass er in wirklich kniffligen Situationen seine Mannschaft immer wieder zu motivieren wusste. Er stand wirklich gern unter dem Befehl von Kapitän Briggs. Nachdem sie vorsichtig die ersten Schritte in den Matsch gesetzt hatten, fingen sie nach einem Handzeichen von Käpt'n Briggs an, sich schneller zu bewegen. Trotz des Mantels spürte Briggs, wie der Regen auf seinen verletzten Arm eindrosch und ihm ungeheure Schmerzen zufügte. Dann schrie wieder die Luft auf. Einschläge um sie herum und Schlamm wirbelte durch die Luft. Ein Head-Hunter brach neben Israel Hands getroffen zusammen und ihr Vormarsch geriet ins Stocken. Das Feuer wurde plötzlich eingestellt. Von beiden Seiten.

Briggs versuchte, den Regen vor den Augen wegzuwischen. Es gelang ihm natürlich nicht, aber er war der Meinung, dass da in einigen Metern Entfernung Voice umringt von etlichen Scores vor einem A1 stand. Sie schienen sich zu unterhalten.

*

»Es gibt da etwas, dass uns beide verbindet.«
Voice versuchte, seine Fassung wiederzugewinnen.

»Und was wäre das?«

Artuhr machte wieder eine Grimasse. »Erinnerst du dich an den Flugzeugträger Milwaukee?

Voice musste für einen kurzen Augenblick überlegen. Dann fiel es ihm wie Schuppen von den Augen. Er hatte damals einen Kampf, auf den er gar nicht vorbereitet gewesen war. Es waren drei A1er gewesen. Der Überraschungsmoment war auf seiner Seite gewesen, sodass er schnell zwei von ihnen ausschalten konnte. Aber mit dem Letzten ging er über Bord und hatte mit ihm den vielleicht schwersten Kampf seines Lebens. Fast wäre er damals draufgegangen, wenn ihm nicht noch ein Trick unter Wasser eingefallen wäre. Der A1 tauchte nicht mehr an der Oberfläche auf, sodass alle dachten, er wäre erledigt. Doch Voice ahnte, dass genau dieser A1 jetzt vor ihm stand.

»Du erinnerst dich?«

Das war jetzt schon bestimmt zehn Jahre her. Ohne eine Antwort abzuwarten, redete der A1 weiter.

»Es war die größte Demütigung, die ich je erfahren habe«, er streckte seinen Zeigefinger in die Luft und sah Voice weiter mit diesem Blick an, den Max noch nie bei einem A1 gesehen hatte. »Heute bin ich dran, dir zu zeigen, dass ihr Menschen ausgedient habt, dass selbst jemand wie du nichts mehr ausrichten kann!« Artuhr bewegte sich jetzt rückwärtsgehend, wobei er Voice nicht aus den Augen ließ, langsam auf das Radiodrom zu. Dann erklomm er das kleine Podest. »Dein Weg war umsonst!« Artuhr versuchte wieder ein Lächeln. »Denn ICH werde das Radiodrom dekodieren. ICH werde veranlassen, dass diese Wetterglocke beseitigt wird und nicht du. ICH bin jetzt nicht mehr darauf angewiesen. ICH bin auf niemanden mehr angewiesen.« Er machte eine bedächtige Pause. »ICH bin Gott viel näher, als ein Mensch es je sein könnte.«

Eins wurde Voice jetzt völlig klar. Dieser A1 oder Artuhr, wie er sich nannte, war total durchgeknallt. Das hier lief auch nicht mehr unter Dreggers Regie ab. Die Kampfhandlungen um sie herum waren zum Erliegen gekommen, da alle, Scores wie Menschen, die beiden anstarrten. So weit das durch die schlechte Sicht möglich war. Nur von der Tolstoy hörte man noch ein paar Schüsse und Lasersurren. Voice hätte jetzt natürlich einen Schrei loslassen können, der Artuhr einfach vom Podest fegen würde. Aber warum sollte er? Schließlich würde der A1 ja seinen Job übernehmen und wer weiß, ob nicht das Radiodrom durch die Erschütterung des Schreies zerstört werden würde. Vielleicht, schoss es ihm durch den Kopf, sollte ich ihm mit einer kleinen Provokation, beim Dekodieren behilflich sein.

»Ich kann mir einfach nicht vorstellen, dass ein A1 so etwas könnte. Du bist vielleicht dazu gemacht, Menschen zu ermorden, aber um ein Radiodrom zu dekodieren, bedarf es einiger anderer Fähigkeiten «

Plötzlich durchzuckten mit lautem Krachen etliche Blitze die Glocke.

»Schließlich bist du nur so, wie du bist, weil ein Mensch dich erschaffen hat. Ohne einen Menschen, wärst du doch gar nicht hier!«

Artuhr spuckte aus und starrte Voice wütend ins Gesicht. »Du denkst immer noch, Dr. Dregger wäre ein normaler Mensch? Du dummes Arschloch von

Mensch meinst, du kannst mich wirklich provozieren?«

Voice machte jetzt Anstalten sich dem Radiodrom so unauffällig wie nur möglich zu nähern. Es gelang ihm einigermaßen. Artuhr öffnete die kleine Klappe an der Seite des Radiodroms und begann mit dem Dekodieren, während der Regen dabei auf seine Hände platschte. Er gab die verschiedenen Zahlencodes in ungeheurer Geschwindigkeit ein.

Er macht es tatsächlich, dachte Voice.

Artuhr tippte auf die letzte Zahl und sah Voice für einen Moment triumphierend an. Dann geschah es. Die Wetterglocke implodierte. Es gab einen ohrenbetäubenden Knall und eine Flutwelle aus nebeliger Luft bestehend, riss Scores wie auch Menschen von den Beinen und schleuderte sie in den Dreck. Max schüttelte ein paar Mal den Kopf, um sich wieder zu sammeln.

Der Regen hatte aufgehört. Jetzt war es eine Art leichter Nebel, der die Sicht verschlechterte. Doch die Glocke bestand jetzt plötzlich aus dichtem, wabernden Nebel, der jetzt langsam auf sie zugekrochen kam.

Aber es gab auch eine wirklich positive Veränderung.

Das Gefühl empfand Voice als befreiend, so, als ob er drei Wochen in einem engen Raum mit Hunderten von Menschen eingepfercht gewesen war und nun endlich jemand das Fenster aufriss. Jetzt erst wurde ihm bewusst, wie verbraucht die Luft schon gewesen war, die sie die ganze Zeit atmen mussten. Wie hoch der Geräuschpegel war, der ihnen fast die ganze Zeit zugesetzt hatte. Max atmete tief durch und genoss die frische Luft, während er im Liegen aus dem Augenwinkel erkennen konnte, dass das Radiodrom einen tief blauen Strahl gen Himmel schickte, der langsam schwächer wurde und dann ganz erlosch. Dann kippte auch das Radiodrom vom Podest und schlug klatschend auf den Boden. Gefolgt von Artuhr.

Obwohl sein Geist durch den lauten Knall noch leicht verwirrt war, wusste Max, dass er jetzt ganz schnell handeln musste. Er fasste unter seinen Mantel und drückte die Sendetaste seines Laptops. Vielleicht hatte er Glück und konnte so Felix Jäger seinen Bericht zukommen lassen. Ohne Glocke müsste das mit dem Funkkontakt nach außen eigentlich sofort hinhauen. Mehr Gedanken konnte er sich darüber allerdings nicht machen, denn ein fürchterlicher Schlag streckte ihn zu Boden, nachdem er sich gerade aufgerappelt hatte. Noch während er durch den Matsch schlidderte, versuchte er wieder auf die Beine zu kommen. Der Schlag hatte ihn im Gesicht getroffen, auf seiner linken Seite am Kinn. Er spuckte Blut aus, welches mit kleinen weißen Stücken verziert war.

Ein Kreisel brummte in seinem Kopf, der ihn in ein tiefes Tal reißen wollte. Dann traf ihn noch ein Tritt in die Seite, der zwar nicht so schmerzhaft war wie der erste Schlag, da er ja durch seinen Mantel geschützt war, aber ihn erneut noch ein Stück rutschen ließ. Durch den aufsteigenden Bodennebel konnte er jetzt eine Gestalt erkennen, die sich auf ihn zu bewegte. Dann sah er in Artuhrs Gesicht.

12 Uhr mittags

Wohl! nun kann der Guss beginnen,
Schön gezacket ist der Bruch.
Doch bevor wir's lassen rinnen,
Betet einen frommen Spruch!
Stoßt den Zapfen aus!
Gott bewahr das Haus! *

Von der einen auf die andere Sekunde war plötzlich alles anders. Unter den erstaunten Augen der Besatzungsmitglieder der Surprise zog sich die Glocke ein wenig zusammen, so, als ob sie tief Luft holen wollte, und löste sich in qualmenden Nebel auf. Im näheren Umkreis der Glocke veränderte sich das Wetter in einen ganz normalen Herbsttag. Die Sonne kam fast schlagartig durch, ein lauer Wind wirbelte den Glockennebel durcheinander. Das alles in ein paar Sekunden. Der Erste, der sich bei diesem Anblick wieder fing, war Major Felix Jäger.
»Ich weiß zwar nicht genau, was gerade geschehen ist, aber ich vermute ...«
Ein lautes Surren unterbrach ihn. Es kam von seinem Laptop. Major Jäger stürzte auf seinen Computer zu und riss ihn auf. Seine Augen überflogen die Zeilen, und als er von seinem Laptop wieder aufsah, umspielte für eine Zehntelsekunde ein schmales Lächeln seine Lippen. »Meine Damen und Herren!«
Obwohl sie alle von der äußerlichen Veränderung der Umgebung der Surprise fasziniert waren, lag die Aufmerksamkeit der Matrosen jetzt voll bei Felix Jäger. »Mister Taelton hat das Radiodrom dekodiert!«
Den Applaus, der gerade aufkommen wollte, unterbrach Major Jäger jedoch mit einer Handbewegung. »Jetzt fängt unser Job an, Leute.« Er machte eine kleine Pause, wobei er sich nach vorne beugte und mit den Händen am Tisch abstützte. »Sie wissen alle genauso gut wie ich, dass hier unsere Kompetenz eigentlich aufhört. Ich weiß auch nicht genau, ob Voice das Radiodrom dekodiert hat. Ich schließe es nur aus seiner Nachricht und dem Zustand der Glocke. Dem Militär steht es jetzt zu einzuschreiten, aber nicht mehr uns.« Er räusperte sich. »Wie sie alle wissen, ist uns der Fall entzogen worden und somit ist das, was ich ihnen jetzt vorschlagen werde, illegal.« Er sah in die Runde. »Voice hat die Koordinaten durchgegeben, wo sich das Hauptlager der Scores befindet. Das ist unser Ziel. Wie viele es genau sind, kann auch er uns nicht mitteilen. Es wird sicherlich gefährlich, Leute. Aber ich würde mir einfach scheiße vorkommen, hier draußen auf das Militär zu warten oder sonst wen, während hinter diesen mysteriösen Wolken vielleicht die letzten unserer Männer und Frauen ihr Leben lassen müssen.« Jägers Blick ging noch einmal in die Runde und er sah alle neun Marines eindringlich an.
»Sir?«

»Mister Jones?«

»Worauf warten wir?«

Ein paar Minuten später verschwand die Surprise in Begleitung der zwei Sanitätsschiffe im Glockennebel, während Major Jäger dem Communicator der Surprise, Mister Fish, laufend Zettel mit neuen Funksprüchen zusteckte. An das Militär; General Morkof; Lord Hellbrek; an alle Offiziere, der sich hier im Süden zusammengezogenen Bodentruppen; an alle vor Ort befindlichen Flugbooteinheiten der Militärs, auch wenn das nicht viele sein konnten. Vor allen Dingen aber sollte die Brahms so schnell wie möglich zum Glüsinger Hof kommen. Käpt'n Jane Corbet wäre mit Sicherheit eine große Hilfe.

*

Dr. Meyler in Altona betrat gerade den Raum, in dem er seine beiden Lieblingspatienten untergebracht hatte. Das blonde Früchtchen nannte sich Loh und sah fast noch verführerischer aus als Eva Gardes. Die Glocke war weg. Sie hatte sich im wahrsten Sinne des Wortes in Luft aufgelöst. In Nebel! Die Erschütterung war wirklich enorm gewesen, aber keinem seiner Patienten oder Mitarbeiter war irgendetwas passiert. Nachdem die beiden Schwestern den Raum verlassen hatten, lehnte sich Dr. Meyler an die Bettkante von Eva Gardes. Er drehte sich noch einmal zur Tür, so, als ob er sich vergewissern wollte, dass sie auch wirklich alleine waren. Dann sah er die beiden an. Selten hatte er zwei so verführerische Frauen gesehen.

»Was denken sie, meine Damen. Sollen wir uns an Dr. Dreggers Plan halten?«

Eva Gardes berührte mit ihren Lippen ganz leicht ihren Mittelfinger und schob ihn dann wieder unter ihre Decke. Es wirkte zufällig, fast sah es gedankenversunken aus. Aber sie war sich ihrer Wirkung mehr als nur bewusst.

»Dregger konnte doch seinen Plan selbst nicht einhalten oder sehen Sie hier etwa ein paar Hundert A1er die Hamburg besetzt halten?«

Meyler schüttelte mit dem Kopf.

Sie klopfte mit ihrer linken Hand ein paar Mal leicht auf die Kante ihres Bettes und sah Meyler dabei tief in die Augen. »Setzen Sie sich doch einen Augenblick zu mir, Doc.«

Wie hypnotisiert nahm er neben ihr Platz, wobei er bemerkte, dass ihre Hand plötzlich auf seinem Knie ruhte. Dann sah sie wieder mit ihren großen dunklen Augen in seine. »Wir müssen improvisieren, Doc. Wir müssen! Aber ich habe vorgesorgt. Was wir zwei schwache Frauen brauchen, ist ihre Hilfe, Doktor Meyler. Sie wollen uns doch helfen?«

Eva Gardes Hand wanderte von Dr. Meylers Knie über seinen Oberschenkel und kam kurz vor seinem Schoß zum Stillstand. Dr. Meyler musste tief durchatmen und stammelte dann ein leises »Sehr gerne, Mam!« Als wollte Dr. Meyler mit seinen Augen, dem Blick von Eva Gardes entfliehen, kroch sein Blick über den Boden und landete bei Loh. Er wollte seinen Augen nicht trauen. Sie lag auf dem Rücken und hatte ihr langes weißes Krankenhemd, bis über die Taille hoch gezogen und war gerade dabei ihr Höschen über die Knöchel zu streifen. Dann streckte sie ihm lächelnd ihre Weiblichkeit entgegen. Ihr Anblick hinterließ ein paar Schweißtropfen auf seiner Stirn. Es war mehr als nur ein plumper Striptease. Es war eine der erotischsten Anblicke, die er je in seinem Leben gesehen hatte. Da Eva Gardes Hand an seinem Oberschenkel immer höher gewandert war, blieb ihr die Wirkung, die Loh auf seinen Hoseninhalt hatte, nicht verborgen.

Meylers Blick wanderte wieder wie hypnotisiert zu Loh, die auf dem Rücken liegend anfing, an sich herumzuspielen, während Eva Gardes bemerkte, dass Dr. Meyler nicht allzu viel begriff. Vielleicht war das im Moment auch ganz gut so. Auf jeden Fall erleichterte das einiges. Er wird uns beiden sehr schnell hörig werden, dachte sie und legte ihm ihren feuchten Zeigefinger auf den Mund.

Sie fasste zwischen seine Beine und berührte ganz sanft seinen Penis. Dr. Meyler atmete zischend aus, wobei er bemerkte, dass er eine Erektion hatte, wie schon lange nicht mehr. Sie erschien ihm fast schmerzhaft. »Sie funken jetzt die Militärs an und geben unsere Koordinaten durch, wo wir zu finden sind. Wir sammeln uns dann in der Bahnhofshalle, damit meine ich alle, ihre Angestellten und Patienten. Und natürlich auch uns.« Sie drückte ein wenig gezielter und fester, mit ihren Fingern in seinem Schoß und bemerkte eine harte Vergrößerung an der Stelle zwischen seinen Beinen. »Versuchen Sie, eines der Sanitätsflugschiffe, die eintreffen werden, davon zu überzeugen, dass sie uns, ich meine damit allerdings nur uns drei, in der Nähe von Elmshorn in Kiebitsreihe absetzen. Da können wir einen Menschen treffen, seinen Namen hab ich mir notiert: Er arbeitet schon sehr lange mit Dregger zusammen und wird uns helfen, damit wir uns verstecken können.«

Langsam begann Eva, den Reißverschluss von Dr. Meylers Hose zu öffnen. »Und Sie, Doc, werden uns helfen. Wir brauchen Sie, dass ist ihnen doch klar?« Meyler bemerkte, dass Eva seinen Penis aus der Hose hervorgeholt hatte und langsam anfing, an ihm zu reiben. Er schluckte hart herunter und nickte.

»Gut, deswegen werden meine Freundin und ich auch sehr nett zu ihnen sein. Sie bringen uns zu unserem Freund. Versprechen sie das, Dr. Meyler! Unauffällig! Auch wenn Dr. Dregger vielleicht etwas dagegen haben könnte?«

»Ich werde alles tun, was in meiner Macht steht. Und wenn es sein muss noch mehr ...«

Lasziv sah ihn Eva Gardes jetzt in die Augen, kam ein Stück mit ihrem Oberkörper hoch und hauchte ein leises erotisches »Wir auch Doc, wir auch ...« Dann begann sie, seinen Penis noch erheblich kräftiger zu reiben. Plötzlich spürte er, dass sich die Lippen von Loh um sein bestes Stück legten und er ließ sich einfach rückwärts aufs Bett fallen.

Ungefähr eine halbe Stunde später lief Dr. Meyler durch die Gänge seines Bahnhofskrankenhauses und gab hastig Instruktionen weiter. Er fühlte sich so ausgeglichen, wie schon lange nicht mehr. Seit ein paar Jahren arbeitete Meyler schon mit Dr. Dregger zusammen, ohne ihn je getroffen zu haben. Hätte er nicht jeden Monat diesen Batzen Geld auf seinem Konto vorgefunden, hätte er

Dregger auch gut und gerne nur für einen Spinner halten können, denn seine Wünsche und Aufgaben erschienen ihm teilweise lächerlich.

Dieser lang geplante Anschlag auf Hamburg und dann auch noch die Durchführung, hatten ihm wirklich imponiert. Meyler war eigentlich alles so ziemlich egal gewesen, sein Leben war eh verpfuscht. Dass diese beiden göttlichen Geschöpfe für Dregger arbeiteten und was ihre genaue Funktion war, konnte er sich überhaupt nicht erklären. Dregger hatte ihm, bevor die Glocke, das Leben in und Hamburg herum völlig änderte, Fotos zukommen lassen von vier verschiedenen Personen. Drei Frauen und ein Mann. Er hatte die beiden sofort wieder erkannt. Eva Gardes hatte er natürlich schon erkannt, als sie mit Dr. Brückner und diesem Voice verschwunden war. Da brauchte er sich auch noch nicht zu erkennen geben, da Dr. Dreggers Anweisungen ganz klar waren. Falls der Mann auftauchen würde, brauchte er nur zu warten, bis er ihn ansprechen würde. Würde er das nicht tun, sollte Dr. Meyler ihn einfach ignorieren. Von den vier Personen waren diese beiden Frauen aufgetaucht.

*

Dr. Dregger ging wieder mal seiner Lieblingsbeschäftigung nach und rannte in Cäsars Kopf hin und her. Er war aufgeregt nach dem, was alles passiert war. Die Glocke zerbrach genau in dem Moment, als er seine Schäfchen gerade zusammengetrommelt hatte und die Befreiungspredigt halten wollte. Mittendrin! Wie abgesprochen. Genau in dem Moment, als es donnerte und blitzte, schrie er mit zum Himmel gestreckten Armen: »Befreie uns, oh Herr!« Da geschah es. Die Glocke zerbrach. Die Erde bebte und riss alle zu Boden. Bis auf ihn selbst. Cäsar stand da und federte das Beben der Erde einfach mit seinen Beinen ab. Für alle seiner neuen Jünger, die bis jetzt noch gezweifelt hatten, gab es jetzt keine Zweifel mehr! Er war der Meister! Er hatte eine tiefe Verbindung zu Gott! Sie würden ihm folgen! Und Cäsar sah seine Chance und nutzte sie auf der Stelle. Während er langsam die Arme erhob und seine Jünger wortlos aufforderte, ihm näher zu kommen, erzeugte der Nebel, der von allen Seiten herankroch, ein Gefühl des Himmlischen. Alle waren schon tief beeindruckt, bevor er überhaupt seine Stimme erheben musste. Doch jetzt wollte er alle für sich gewinnen, sodass sie auch für ihn sterben würden. »Ihr habt gesehen, dass der Herr mich erhört hat!«

Lautes Gemurmel ging los, welches durch einige »Ja«-Rufe noch übertönt wurde.

»Ich werde euch hier rausführen. Glaubt ihr mir das?«

Die »Ja«-Rufe wurden noch lauter.

»Nichts wird euch mehr geschehen. Ihr müsst mir nur folgen. Wollt ihr das?«

»Ja«, schrien jetzt alle wie ein bestellter Chor.

»Ich führe euch in ein besseres Leben. Wollt ihr das?«

»Jaaaa«, schrien jetzt alle ganz hysterisch, während sie noch mehr seine Nähe suchten. Der Nebel wurde jetzt noch stärker.

»Schwingt euch alle in die Lastwagen. Verteilt euch gut. Alle drei Wagen halten Sichtkontakt. Ich fahre vor. Benjamin und Lolek fahren die anderen beiden Wagen.« Er blickte noch einmal eindringlich in die Gesichter seiner Jünger. »Der Herr wird bei euch sein, meine Kinder!« Ein tiefes Seufzen ging durch die Menge und alle begannen, sich eilig auf die Wagen zu verteilen. Sie fuhren durch den dicken Nebel gen Süden, sie fuhren Richtung Lüneburg.

Wenn Cäsars Kompass stimmte, dachte Dregger in Cäsars Kopf, dann könnten wir wirklich etwas Großes gründen, zum Beispiel eine Sekte. Die Idee war gar nicht mal so schlecht. Dregger fiel plötzlich ein, dass er noch ein paar Leute in der Nähe von Lüneburg kannte, die ihm noch einen Gefallen schuldig waren. Scharnebeck, oder so, hieß das Kaff, wo einer seiner Spezis vor etlichen Jahren ein Kloster eröffnet hatte. Er würde das schon noch rauskriegen.

Er konnte die Zeit nicht so ganz genau einschätzen, die vergangen war, aber er sah jetzt helles Licht gepaart mit Blaulicht, welches durch den Nebel schemenhaft zu erkennen war. Die ersten Soldaten bewegten sich geduckt und Deckung suchend langsam auf die Lastwagen zu. Jetzt kam es drauf an. Aber er war sich seiner Sache sicher und lächelte die neben ihm sitzende Marie an, die jetzt schon seit geraumer Zeit nicht mehr von seiner Seite gewichen war. Soll sie doch, dachte diesmal Cäsar. Einer der Soldaten klopfte plötzlich an die Scheibe der Fahrertür und Cäsar drehte sie herunter. Der Bodennebel war jetzt so dicht geworden, dass Cäsar die Beine des Soldaten nur erahnen konnte.

»Schön Sie zu sehen, Sir, Sie haben überlebt! Wie viele seid ihr?«

Cäsar runzelte ein wenig die Stirn und sah dem Soldaten fragend ins Gesicht.

»Ist das nicht im Moment völlig egal, Soldat?«

Er hatte seine Herrscher-Stimme aufgelegt. »Diese Menschen brauchen einfach nur einen Platz, wo sie sich ein wenig ausruhen können, etwas Gescheites zu Essen bekommen und sich waschen können. Wieder ein wenig Mensch sein können, nach allem was sie durchgemacht haben.« Er sah dem Soldaten noch einmal tief in die Augen. »Und Sie fragen mich allen Ernstes, wie viele wir sind? Ist das ihr ernst, Soldat? Ich finde wir essen und trinken erst, dann können wir ja durchzählen. Was denken Sie, Soldat?«

Der sehr junge Soldat versuchte es, mit einem sympathischen Lächeln, was ihm gar nicht mal so schlecht gelang. »Entschuldigen Sie, Sir, die Aufregung ... Folgen sie einfach den Lichtern unseres Jeeps.«

Während sich Marie nach dem Gespräch mit dem Soldaten, noch etwas fester an seine Schulter drückte, hatte Cäsar zum ersten Mal das Gefühl, dass es wirklich gut lief. Und auch Dregger lehnte sich ein wenig in Cäsars Kopf zurück und sinnierte darüber, warum er keinen TGT zu einem A24 bekommen konnte.

*

Jo Brückner hatte plötzlich dieses starke Gefühl, dass er Voice helfen musste, koste es, was es wolle. Es kam ganz plötzlich, wie das Bild einer alten Erinnerung, dass einem vor Augen gehalten wird. Max steckte da draußen wirklich in der Tinte. Es ging um Leben und Tod. Nach dem Absturz hatten die Sanitäter mit Hilfe von Tom Smutgard und Jim Beam die Verletzten versorgt und geborgen. Das Licht auf der Krankenstation war ausgefallen und der Raum war nur durch ihre Hut-Lampen erleuchtet worden. Die Krankenstation hatte bei der unsanften Landung der Tolstoy einen Riss in der Bordwand abbekommen, durch den eine ungeheure Kälte und ein widerlicher Gestank ins Innere drangen. Dem Himmel sei Dank war den meisten bis auf ein paar Hautabschürfungen nichts Schlimmes passiert. Selbst den vielen Schwerverletzten ging es den Umständen entsprechend nach gut.

Jim Beam legte gerade ein feuchtes Tuch auf die Stirn von Cliff Honah und hatte das Gefühl, dass ein Lächeln über dessen bewusstloses Gesicht huschen würde, als er neben sich in das fragende Gesicht von Dr. Jo Brückner blickte. Sie hatten sich in der Zeit auf der Tolstoy, in der sie fast die ganze Zeit zusammen die Kranken betreut hatten, verdammt gut kennengelernt. So gut, dass sie sich ohne viele Worte zu gebrauchen, verständigen konnten.

Jo sah Jim Beam mit diesem fragenden Blick an, der da heißen sollte: »Kannst du dich um die Verletzten kümmern?« Jim nickte nur ganz kurz und Jo begann hastig einige Utensilien zusammenzusuchen und packte sie in seinen Arztkoffer. Dann sahen sie sich im Licht ihrer Hut-Lampen mit zusammengepressten Lippen kurz in die Augen und nahmen sich herzlich in die Arme. Jim Beam sah dem weißen Mantel und Hut hinterher, unter dem Dr. Brückner eiligen Schrittes die Krankenstation verließ. Dann wandte er sich wieder Cliff Honah zu, dem schon wieder ein Lächeln übers Gesicht huschte und ihm irgendwie das Gefühl vermittelte, dass alles gut werden würde. Was auch immer das heißen mochte.

Als Jo geduckt, durch die mit Trümmer übersäten Gänge der Tolstoy lief und von draußen die Einschläge, die Explosionen, die Schüsse und die Schreie vernahm, wurde das Gefühl, welches ihn trieb immer unwirklicher. Einige zischende Laser rissen ihn wieder aus seinen Gedanken. Als er fast hechtend die Tolstoy aus dem kleinen Unterdeck-Backbord Ausgang verließ und kopfüber im Matsch landete, während sich in seiner Nähe Laserstreifen in den Boden bohrten und Dreck durch die Luft wirbelten, fiel ihm auf, dass er sich gar keine Waffe mitgenommen hatte.

*

Max' Mund war voller Blut und er musste wieder ausspucken. Trotz des harten Schlages, den er einstecken musste, spürte er noch die Kraft in sich, sich vom Boden abzustoßen und mit einem Überraschungstreffer an der Schulter von Artuhr diesen in einem ziemlich hohen Bogen wegzuschleudern, um so etwas Zeit zu gewinnen. Er musste ein paar Mal mit dem Kopf schütteln, um seinen Blick wieder einigermaßen klarzukriegen. Bilder flogen durch sein Hirn, die sich in die unwirkliche Nebellandschaft projizierten und sich mit der Wirklichkeit vermischten. Wie Joan Trademark ihn angesehen hatte, als er vor ihren Augen länger als acht Minuten unter Wasser geblieben war. Wie sie am Beckenrand tanzte und immer wieder schrie: »Das ist Wahnsinn!« Sie wurde seine erste große Liebe! Esnikek stand plötzlich da und streichelte ihm sanft über den Kopf, während aus dem Nebel eine nackte Eva Gardes auf ihn zu tanzte. Er musste sich auf die Wirklichkeit konzentrieren, sonst war er verloren. Er hielt sich mit letzter Kraft auf den Beinen. Obwohl sein Kopf so stark schmerzte, dass er ein wenig taumelte und ihm klar wurde, dass er innere Verletzungen haben musste, sah er aus dem Augenwinkel, dass Artuhr wie in Zeitlupe durch den Nebel, mit einer Laserpistole, die er mit ausgestrecktem Arm vor sich hielt, auf ihn zu kam. Wenn es überhaupt noch eine Chance gab, Dregger oder zumindest diesen Artuhr vernichtend zu schlagen, dann war sie jetzt gekommen. Sein Verstand sendete noch immer seltsame Bilder an sein Hirn und so kam es, dass für eine Hundertstelsekunde seine Eltern durch seinen Kopf spazierten, um sich winkend von ihm zu verabschieden. Und genau in diesem kleinen Augenblick, wurde ihm klar, dass er gar keine Eltern hatte. Er nahm alle Kraft zusammen und setzte zu diesem Schrei an, von dem er wusste, dass die Technik des Schreies schon im gesunden Zustand weit über sein Können hinausging. Max hatte den Schrei bisher nur beim Training ausprobiert, noch nie im Ernstfall. Er wusste auch nicht genau, ob die Scores darauf überhaupt reagieren würden. Er wusste nur, dass er für Menschen ungefährlich war.

Viel zu hohe Frequenz!

Einen Versuch war es auf jeden Fall wert und etwas Besseres fiel ihm im Moment auch nicht ein. Aber auch für ihn war er gefährlich, denn bei der Intension, die er aufbringen musste, könnte dieser Schrei sein letzter sein. Max starrte Artuhr in die Augen und atmete tief ein.

Ein Blutschwall schoss aus Voice' Gesicht Artuhr entgegen, der seine Laserwaffe in den Matsch klatschen ließ und seine Hände gegen die Seiten seines Kopfes presste, wobei er ein wenig in die Knie ging. Einen Schrei hörte niemand, man sah nur das Vibrieren der Luft vor Voice' Gesicht, das jetzt mit kleinen Blutstropfen gesprenkelt war. Aber die Scores reagierten und zwar alle. Ob Off-Scores oder Score-Dogs, sie stellten alle die Kampfhandlungen ein. Viele standen plötzlich auf der Stelle und wiegten sich hin und her. Andere warfen sich zu Boden und drehten sich um sich selbst. Wie psychisch kranke Menschen.

Katy Neumann war der einzige Mensch, der diesen Schrei auch mit bekam. Sie hielt sich die Ohren zu, musste ihre Waffe fallen lassen und ging in die Knie. Sie sah mit kurzem Blick ihren letzten Mitstreiter an, den das zwar ein wenig verwunderte, der aber sofort wusste, was zu tun war. Er lud seine P110 noch einmal durch. Knapp zwei Sekunden später eröffnete auch die Patrouille von Käpt'n Briggs das Feuer. Und Jett Weinberg ließ die Rohre der 44er Archer glühen. Mit lauten Explosionen beim Aufschlag wurden die Scores auseinandergerissen. Score-Dogs und auch die Off-Scores gaben sich einfach wehrlos ihrem Schicksal hin. Wie Schießbuden Figuren auf einem Jahrmarkt. Aus der Tolstoy strömten jetzt noch bestimmt zehn Matrosen, die mit ihrer Kondeck im Anschlag das Feuer eröffneten. Das Blatt schien sich zu ihren Gunsten zu wenden. Käpt'n Briggs Stimme donnerte über den Platz. »Schießt, was das Zeug hält. Wer weiß wie lange Voice diesen Schrei oder was auch immer er da macht, aufrechterhalten und sie am Kämpfen hindern kann. Schießt! Das ist vielleicht unsere letzte Chance.«

Briggs schrie zwar laut, aber seine Stimme überschlug sich keineswegs. Nicht nur, dass seine Leute sofort ihren Befehl ausführten und das Feuer eröffneten. Irgendwie gab ihnen diese Stimme auch Kraft.

Bei Israel Hands war jeder Schuss ein Treffer. Das machte Mut und rang ihm beim Nachladen sogar ein kleines Schmunzeln ab. Kurz bevor er die P110 wieder ansetzte, konnte er in einer Nebelschwade, die von dem aufkommenden Wind zerzaust wurde, Max Taelton erkennen. Langsam ließ er seine Waffe sinken und erkannte, dass Voice schwer angeschlagen war. Hands setzte sich in Bewegung und versuchte, sich den Weg freizuschießen, was ihm, durch den Zustand der Scores verhältnismäßig leicht fiel. In einiger Entfernung konnte er jetzt schemenhaft erkennen, dass Katy Neumann scheinbar getroffen am Boden lag und einer der Head-Hunter sich über sie beugte.

Artuhr rannte, während er seine Hände auf seine Ohren presste, auf den LKW zu. Gehör auf null Prozent. Es nützte nichts. Was war das nur für ein Ton? GRAUENHAFT. So etwas hatte er noch nie gehört, oder besser gesagt: gespürt. Und wenn ihn nicht alles täuschte, machte es den Menschen nichts aus. Voice folgte ihm taumelnd in einigen Metern Entfernung mit ausgestrecktem Arm, um den Schrei genauer steuern zu können.

Artuhr musste zwar ein paar Mal zu Boden gehen und flog umkontrolliert kopfüber in den Matsch, erreichte aber dennoch mit einigem Vorsprung vor Voice das Führerhaus des LKW. Max versuchte noch etwas schneller zu laufen, denn er wollte Artuhr um alles in der Welt nicht entkommen lassen.

So durchgeknallt, wie der war.

Aber Voice war mit seiner Kraft am Ende und fiel erneut zu Boden. Artuhr drehte den Zündschlüssel des LKWs herum und plötzlich schossen Flammen aus seinen Augen. Eine Explosion zerriss die Luft, und die Druckwelle schleuderte Voice durch die Luft und die verirrte Kugel einer P110 streifte seinen Hals, veränderte seine Flugbahn ein wenig und jagte ihm einen Stromstoß durch den Körper, der ihn noch im Flug bewusstlos werden ließ. Er knallte mit der Seite gegen einen Stein und blieb reglos liegen. Artuhr stieg brennend aus dem Auto aus, ging mit der Kraft seiner letzten Schaltkreise, noch ein Stück auf Voice zu. Eine weitere Kugel traf ihn im Gesicht und er ging zu Boden, röchelte und ergab sich dann seinem Schicksal. Artuhrs letzter Gedanke war, dass Menschen widerliche Kreaturen sind. Vor allen Dingen, aber dieser Voice.

Als Erste traf Katy bei Max ein, die sich schnell wieder erholt hatte, in Begleitung ihres Head-Hunters, der noch zwei Off-Scores zerschoss, während sich Katy mit ruhigem Blick über Voice beugte. Dann erreichte auch Israel Hands sein Ziel und bemühte sich, die Blutung am Hals von Voice zu stoppen, in dem er mit bloßen Händen auf die Stelle am Hals drückte. Hands versuchte, die schusssichere Weste, die er unter seinem Mantel trug, zu öffnen, wobei er die Temperatur seines Mantels runter regelte. Dann bemerkte er, dass ihn jemand von hinten an der Schulter berührte.

»Lassen Sie nur, Mister Hands, ich übernehme das hier.« Die Stimme von Jo Brückner holte Israel Hands wieder in die Gegenwart zurück. Hands nickte und erhob sich langsam, wobei er noch zwei gezielte Schüsse abgab, die zwei weitere Off-Scores zerstörten, die sich gerade ein wenig erholt hatten.

Jo versuchte die Ader am Hals zu verschweißen, um so die Blutung wenigstens einigermaßen in den Griff zu bekommen. Voice öffnete plötzlich die Augen und sein Mund bewegte sich ein wenig. Nur kein Wort kam heraus. Nur Blut.

»Ganz ruhig, mein Junge, ich hol dich hier raus.« Hatte Jo nicht so etwas Ähnliches gesagt, als sie sich kennengelernt hatten? Das war sein letzter klarer Gedanke. Dann wurde alles schwarz.

Käpt'n Briggs drückte den Kopf zwischen seine Schultern und hatte auf einmal das Gefühl Flugmotorengeräusche in der Luft zu hören. Er hatte seine Gedanken noch nicht einmal ganz zu Ende gedacht, als er einige Lichtkegel erkannte, die sich durch den aufsteigenden Nebel bohrten. Die Surprise setzte sachte zu Landung an, während ihr Bordschütze mit seiner 44er Archer den letzten Scores den Garaus bereitete. Auch die Sanitätsschiffe gingen zu Boden und wirbelten einigen Matschbrocken durch die Luft. Die Gegenwehr der Scores war gebrochen. Kapitän Briggs wischte sich den Schweiß von der Stirn und setzte sich im Schneidersitz einfach in den Matsch. Dann nahm er seinen Hut ab und stülpte ihn sich über sein rechtes Knie. Er sah durch den Nebel hindurch einen völlig blutbeschmierten Israel Hands auf sich zu kommen. Scheinbar schien ihm aber nichts zu fehlen. Er lächelte seinen Navigator an. »Ich glaube wir haben gewonnen, Mister Hands und ich hab das dumpfe Gefühl, das wir hier sogar noch lebendig rauskommen werden.«

Israel Hands sackte einfach neben ihm zusammen und ließ seinen Hintern ebenso wie sein Käpt'n in den Dreck plumpsen. »Wie hat er das bloß gemacht? Ich mein, der hat doch geblutet wie ein Schwein und hält dabei noch alle Scores in Schach? Ich hab nicht mal einen Schrei oder irgendwas gehört. Sie, Sir?«

Briggs wischte sich mit seiner rechten Hand über den Mund. »Nein, ich auch nicht, Mister Hands, aber ich glaube, ohne ihn hätten wir das nicht geschafft. Was auch immer er da gemacht hat. Es hat uns allen wahrscheinlich das Leben gerettet.«. Er machte noch gedankenverloren eine kleine Pause und sah dann Israel Hands direkt in die Augen. »Kümmern Sie sich um die anderen Verletzten und weisen Sie die neuen Sanitäter und Ärzte ein, Mister Hands. Ich will, dass unsere Leute so schnell wie möglich medizinisch versorgt werden.«

Israel Hands nahm den Befehl mit einem Kopfnicken entgegen, schrie einigen Marines etwas zu, die in ihrer Nähe standen, und rannte dann auf eines der Sanitätsschiffe zu, die gerade gelandet waren. Schüsse oder das Bellen der Kanonen der Tolstoy waren verstummt. Eine seltsame Stille überzog jetzt den Platz des Geschehens. Sie wirkte furchteinflössend und kalt. Briggs erhob sich langsam und bemerkte dabei, dass die Müdigkeit und auch seine Schmerzen die seinen Körper durchzogen, ihn fast überwältigten. Aber eine Sache wollte er noch klären und torkelte mit verschwommenem Blick, er wusste nicht, ob es an dem Nebel lag oder ob seine Augen einfach zu müde waren, auf Dr. Brückner zu. Der redete wild gestikulierend auf zwei Sanitäter ein, die Voice gerade auf eine Trage hievten. »Bringen Sie diesen Mann so schnell es geht in eines ihrer Sanitätsschiffe. Haben Sie einen Arzt an Bord?«

Der eine der Sanitäter nickte.

»Dann mal los, meine Herren.« Jos Stimme überschlug sich fast.

Gerade als die beiden Sanitäter die Trage angehoben hatten, spürte Jo eine Berührung an seiner Schulter. Er schnellte herum und sah in das besorgte, müde Gesicht von Kapitän Briggs. »Wie schlimm ist es denn, Dr. Brückner?«

Jo wischte seine blutverschmierten Hände noch einmal in seinem ehemals weißen Mantel ab. »Ich weiß es nicht, Sir, ich will wirklich alles versuchen, Sir, aber ich glaube ...« Jo machte eine kurze Pause und sah dabei zu Boden. »Er wird sterben.«

»Versuchen Sie, ihn zu retten, Dr. Brückner!«

Jo lächelte müde und hob seine rechte Hand an den nicht mehr ganz so weißen Rand seines Hutes. »Aye-Aye, Sir.« Obwohl die Sonne jetzt durchbrach, fing es ein wenig an zu regnen. Bevor Jo das Sanitätsflugschiff betrat, atmete er noch einmal tief durch. Sein Körper genoss jetzt die frische Luft, die nach dem Verschwinden der Glocke wie ein Lebenselixier in seine Lungen strömte. Beim Start sah Jo aus dem Sanitätsflugzeug herauf in den Himmel. Es hatte sich tatsächlich ein Regenbogen innerhalb der nicht mehr vorhandenen Glocke gebildet. So, als ob Gott den Spuk mit ein bisschen Farbe beenden wollte. Sein Kopf schmerzte. Er spürte jeden seiner Knochen. Jo beugte sich nach vorne und schob seinen Hut in den Nacken. Dann massierte er mit seiner rechten Hand sein Genick. Wie würde es weitergehen? Was wird geschehen? Er hatte doch alles verloren. Seine Frau Mary, seine Kinder. Er hatte ja nicht einmal einen Beweis, dass er wirklich Arzt war. Sie verließen den Bereich der Glocke. Als Hannover in Sichtweite kam und Dr. Jo Brückner eine ganz normale Stadt vor sich sah, die jetzt bei der langsam hereinbrechenden Dämmerung die ersten Lichter entzündete, musste er weinen. Einfach so. Aus tiefstem Herzen.

*

Er lag zusammengekrümmt auf der Seite und hatte sich seine dünne Decke ein wenig über das linke Ohr gezogen. Dennoch hörte er aus einiger Entfernung irgendein Gemurmel. Was ihn eigentlich nicht weiter gestört hätte, aber es war ein Wort gefallen, was seine Aufmerksamkeit erregt hatte. »Esnikek!« Was bedeutete es denn bloß noch? Dr. Brückner schüttelte sich, um etwas wacher zu werden. Esnikek? Jetzt erinnerte er sich, dass er das Wort zweimal aus dem Mund von Voice gehört hatte. Sie hatten ihn nicht mit in den Operationssaal gelassen. Nicht unfreundlich, aber bestimmt. So wie er aussah, war das ja auch kein Wunder gewesen. Die Klamotten, die er trug, hatte er sich bei Dr. Meyler aus irgendeiner Tonne gefischt. Die Stiefel hatte er vom U.P.D. bekommen und sahen noch ganz anständig aus. Der weiße Mantel war genauso wie sein Hut mit Dreck überzogen und er trug mittlerweile schon einen Vollbart. Seine dunklen Haare waren während der Zeit in der Glocke fast alle ergraut und lugten viel zu lang unter seinem Hut hervor. Als er blinzelnd die Augen aufschlug und einen in Neonlicht sterilen Krankenhauskorridor erblickte, kam er sich fast noch dreckiger vor, als vor ein paar Stunden beim Betreten des Krankenhauses.

Es war ein nur für U.P.D.-Angehörige zugängliches Gebäude.

Das Gemurmel kam von ein paar Ärzten, die sich drei, vier Meter von ihm entfernt leise unterhielten. Esnikek! Jetzt wusste er es wieder! Er setzte sich hin und schüttelte seine Müdigkeit von den Schultern. Dann stand er auf und ging auf die Gruppe der Ärzte zu. »Dr. Esnikek?« Die Unterhaltung verstummte und der dunkelhaarige Mann, dessen Rücken ihm zugewandt war, drehte sich langsam herum.

»Was kann ich für sie tun, Mister?«

Jo berührte mit zwei Fingern ein wenig seine Hutkrempe. »Brückner, Dr. Jo Brückner.«

Der Mund von Dr. Esnikek verwandelte sich in ein breites Grinsen. »Sie? Sie müssten doch schon längst selbst auf einer Krankenstation liegen und sich ausruhen. Verpflegt werden und sich ausschlafen. Stattdessen liegen Sie hier auf einem ungemütlichen Flur auf einer Holzbank?!«

Die Empörung von Dr. Esnikek war keineswegs gespielt und der nächste Satz dröhnte regelrecht durch den Flur. »Wer ist denn dafür verantwortlich?«

Jo hob beschwichtigend die Hände. »Ich selbst! Ich wollte nicht weg, solange Voice da drinnen ... Wie geht es ihm, Sir?«

Dr. Esnikek runzelte ein wenig die Stirn und sah Jo für ein paar Sekunden stumm in die Augen. »Kommen Sie, Dr. Brückner, wir gehen in das Büro vom Chefarzt, da werden wir in Ruhe ein paar Minuten sprechen können.«

Jo folgte Dr. Esnikek auf müden Beinen und wunderte sich, das diese ihn überhaupt noch trugen. Kurze Zeit später schloss Dr. Esnikek eine Tür auf und sie betraten einen sehr steril wirkenden Raum, der aber mit altmodischen Aktenordnern übersät war. Auf jedem Schreibtisch lagen bestimmt zehn Stück herum. »Rauchen Sie, Dr. Brückner?«

»Zigarre.«

»Das trifft sich gut. So wie ich Dr. Flo, diesen alten Miesepeter, kenne, hat der bestimmt Zwei für uns über. Möchten Sie?«

Jo nickte. Dr. Esnikek ging an einen Schrank, öffnete ihn und zog zwei Zigarren hervor. Dann führte er beide mit geschlossenen Augen unter seiner Nase entlang. »Gutes Zeug. Welche möchten Sie?«

Jo nahm ihm einfach eine aus der Hand und bemerkte zu seinem Vergnügen sofort, dass es sich um eine Kubanische handelte. Nachdem sie die Zigarren entzündet hatten, schenkte ihnen der Rauch eine wohlige Atmosphäre. Dr. Esnikek legte die Zigarre im Aschenbecher ab und die Zeit des Schweigens war beendet. »Bevor ich Ihre Frage beantworte, wie es unserem Patienten geht, würde ich gerne erstmal Ihnen eine Frage stellen. Darf ich?«

»Nur zu, Kollege.«

»Danke. Haben Sie Voice untersucht? Ich weiß, dass Sie ihm die richtige Ader abgebunden haben, sonst hätte er gar keine Chance mehr gehabt, aber ...« Er macht eine kleine Pause. »Haben Sie ihn sonst schon mal untersucht?«

Jo zog nochmal an seiner Zigarre und folgte dann dem Beispiel von Dr. Esnikek und legte sie in den Aschenbecher. »Nein, nicht wirklich untersucht. Ich habe sein Bein verbunden und genäht so gut es ging. Als er die Auseinandersetzung mit dem A1 in Altona hatte, wurde er von Dr. Meyler auch am Kopf operiert.« Jo wurde von einer kurzen Handbewegung unterbrochen.

»Dabei ist ihnen nichts aufgefallen? Ich meine ...«

Er schüttelte den Kopf. »Eigentlich nichts weiter. Jedenfalls nichts, was die Operation betrifft.«

Die beiden guckten sich für die Zeit eines Wimpernschlages in die Augen. »Seine Wunden verheilen in atemberaubender Geschwindigkeit. Das habe ich noch nie bei einem Menschen gesehen.« Jo nahm wieder seine Zigarre in die Hand. »Was ist anders bei ihm, Dr. Esnikek?«

Esnikek machte noch eine abwehrende Handbewegung. »Nur ganz kurz, Dr. Brückner. Sie haben aber seine Fähigkeiten mit erlebt, die seine Stimme betreffen?«

»Ja, sicher! Das war wirklich beeindruckend.« Er machte eine kleine Pause, in der er seine Zigarre wieder ablegte und tief durchatmete. »Wäre er bei dem letzten Kampf nicht dabei gewesen, hätte ihn wohl kaum einer von uns überlebt. Er hat einen Schrei von sich gegeben, den scheinbar nur die Scores hören konnten.«

»Ja, ich weiß. Kapitän Briggs hatte es mir schon in seinem mündlichen Kurzbericht geschildert. Ich kann daraus nur seine Verzweiflung erkennen, denn er kann bei diesem Schrei sehr leicht selbst drauf gehen.«

Jo wischte sich mit seinem Ärmel über den Mund. »Also, Doktor, wie geht es ihm?«

»Sie haben seine Verletzungen gesehen?«

Jo nickte.

»Diese Verletzung am Hals und diesen Schlag ins Gesicht überlebt kein Mensch. Stimmen Sie mir da zu, Dr. Brückner?«

Jo wiederholte sein Nicken.

»Aber er lebt noch. Voice ist noch nicht außer Gefahr, aber er lebt noch. Dank Ihnen, Dr. Brückner haben wir noch eine Chance. Wie gesagt. Kein Mensch würde das überleben.«

Jetzt sah Dr. Jo Brückner Esnikek erschrocken ins Gesicht und legte langsam seine Zigarre in den Aschenbecher. »Sie wollen doch damit nicht sagen ...« Jo wollte es nicht glauben.

»Doch, Dr. Brückner, er ist kein Mensch.« Dr. Esnikek machte eine kleine Pause und starrte dabei in das völlig fassungslose Gesicht von Dr. Brückner und fuhr fort. »Er hat dazu gelernt. Er ist eine lernende Intelligenz. Er ist ein feiner Kerl geworden. Er hat schon verdammt vielen Menschen das Leben gerettet. Er kann lieben und er kann genießen. Aber er ist kein Mensch. Er ist meine Konstruktion ...« Esnikek holte tief Luft. »Er ist die höchste Entwicklungsstufe eines Scores, wenn Sie so wollen. Ich allerdings sehe das anders.« Esnikek strich mit beiden Händen seine vollen dunklen Haare nach hinten. »Er ist mein Sohn. Ich liebe ihn. Und ich will nicht, dass er stirbt. Verstehen Sie das Dr. Brückner?«

Jo sah ihn kopfschüttelnd an. »Er hat Adern! Er hat Muskeln! Er blutet, wenn er sich schneidet. Und das soll eine Maschine sein?«

Dr. Esnikek nickte, wobei er noch ein wenig den Kopf senkte. »Er hat viele Mikrochips im Körper, die seine Fähigkeiten ausmachen und ihn überleben lassen. Er ist eine Menschmaschine, Dr. Brückner. Er glaubt, dass ich sein Vater bin, weil ich es ihm so einprogrammiert habe.« Esnikek sah den leicht verstört dreinblickenden Dr. Brückner noch einmal in die Augen. »Falls er das hier überleben sollte, liefern Sie ihn nicht ans Messer. Er ist auch so menschlich, weil er echte Freunde hat. Denn nicht sehr viele Menschen wissen davon. Er selbst auch nicht. Er glaubt immer noch, er hätte seine Fähigkeiten von einem Fisch. Wenn das Militär das rauskriegt, ist das U.P.D. erledigt.« Er machte noch eine kleine Pause. »Und wenn er es jemals selbst erfahren sollte, würde es ihn wohl den Verstand kosten.« Doktor Jo Brückner, ehemals leitender Chefarzt der Chirurgie in St. Georg, glaubte jetzt gar nichts mehr. Er hatte einer Maschine das Leben gerettet und tiefe Unterhaltungen mit ihr geführt? Diese Maschine aber wiederum hatte etlichen Menschen im Kampf mit anderen Maschinen das Leben gerettet? Er hatte wirklich Angst um das Leben einer Maschine gehabt? Die ganze Zeit hatte er das Gefühl, einen wirklich besonderen und aufopferungsvollen Menschen vor sich zu haben. Und der war eine Maschine!? Jo bemerkte zwar, dass Esnikek noch mit ihm redete, aber er verließ einfach wortlos das Zimmer. Er brauchte jetzt unbedingt frische Luft. Ihm war fürchterlich schlecht geworden.

Sieger und Verlierer

Wohltätig ist des Feuers Macht,
Wenn sie der Mensch bezähmt, bewacht,
Und was er bildet, was er schafft,
Das dankt er dieser Himmelskraft,
Wenn sie der Fessel sich entrafft,
Einhertritt auf der eignen Spur
Die freie Tochter der Natur. *

    Die Wassertropfen liefen an seinem Körper herab, während der warme Strahl der Dusche ihn direkt auf der Stirn traf. Drei Monate waren vergangen. Wenn man die Fakten zusammenzählte, konnte man durchaus von einer Katastrophe sprechen, die es von ihrer Zerstörungsgewalt noch nie in Deutschland, aber auch noch nie in Europa gegeben hatte. Allein die Umweltschäden. Die Elbe, die sich ja über Monate an der Wetterglocke gestaut hatte, überflutete Geesthacht und fast die ganze Umgebung bis Lauenburg. Das gesamte Herzogtum Lauenburg war eine Schlammwüste. Die Feuerwehr hatte hier durch einen Dauergroßeinsatz noch Schlimmeres verhindern können. Hamburg war in einem Umkreis von 1750 qm Kilometern so verwüstet, dass es sicherlich Jahre dauern würde, hier wieder eine einigermaßen vernünftige Infrastruktur herzustellen.
    Die Glockenmauer, die Hamburg eingeschlossen hatte, war an ihrer dünnsten Stelle 3,8 Kilometer und an der dicksten 5,2 Kilometer stark gewesen. Das ließ sich dadurch so genau feststellen, da innerhalb der Glockenmauer alles verbrannt war. Sie hatten im Verlauf der Glockenmauer nur noch Sand vorgefunden. Der Anblick des völlig zerstörten Hamburgs war bizarr, aber der Moment, in dem Einheimische anstelle von Winsen nur noch Sand vor sich fanden, verschlug vielen die Sprache.
    Das Gleiche in Bargteheide, Henstedt-Ulzburg, Buxtehude – nur halb verbrannt –, Wedel, ein fünf Kilometer breiter Sandstreifen. Doch die schlechteste Nachricht ereilte die Menschen, als sie feststellten, dass, nachdem die Glocke verschwunden war, eine wahre Bakterienflut auf den Umkreis nieder prasselte. Niemand vom U.P.D. kam allerdings durch Bakterien oder Viren ums Leben, da Lord Hellbrek als Chef der Organisation großen Wert darauf legte, dass die Impfausweise seiner Leute auf dem neuesten Stand waren. Das war in diesem Fall wirklich absolut lebensrettend gewesen. Nach dem Öffnen der Glocke starben innerhalb der nächsten 14 Tage über dreitausend Menschen der vermeintlich Geretteten. Auch über hundert Soldaten der Vereinten Nationen infizierten sich nach wenigen Tagen innerhalb der Glocke mit unheilbaren Krankheiten. Die Regierungen der verschiedenen Clans in Deutschland bekamen ihren Segen von den Führern der Vereinten Nationen – da es sich nach Meinung der UN um eine weltpolitische Entscheidung handeln müsste – und konnten ein

internationales Sperrgebiet errichten. Die Grenzstädte waren Kiel, Lübeck, Boizenburg, Rotenburg, Bremervörde, Glückstadt, Itzehoe und Neumünster. Zwischen diesen Städten verlief eine Sicherheitsenergiewand, damit niemand durchschlüpfen konnte: Das 3. Bataillon der Vereinten Nationen patrouillierte dort und wurde vom U.P.D. unterstützt. Rein nur mit Genehmigung, ärztlicher Untersuchung und ausreichend Impfungen. Raus nur mit Genehmigung, ärztlicher Untersuchung und ausreichend Impfungen. Die deutschen Regierungsclans nahmen die Sache verständlicherweise besonders ernst, da die Ansteckungsgefahr immer neuer Krankheiten und Infektionen einfach noch nicht einzuschätzen war. Man hatte die Lage zumindest so weit im Griff, dass es noch in keiner Grenzstadt zu einem Ausbruch einer ansteckenden Krankheit gekommen war. Das war doch wenigstens etwas.

Er drehte das heiße Wasser ab und ließ sich für einen Moment noch das eiskalte Wasser über die Schultern laufen. Dann verließ er die Dusche und schwang sich ein Handtuch um die Hüfte. Major Felix Jäger war fast die ganze Nacht unterwegs gewesen, um sich Lageberichte von verschiedenen Posten anzuhören. Keine Scores weit und breit. Immer wieder kam es zu Auseinandersetzungen mit Plünderern und kleinen Banden von Flugschiff-Piraten. Aber keine Scores. Bis jetzt.

Trotz des Duschens war er immer noch hundemüde. Er setzte sich im Schneidersitz auf das Bett und sah in den großen Spiegel, der auf einem Gestell befestigt, mitten im Raum stand. Bis auf ein paar Schmerzen in der Brust, wo ihn die Kondeck bei dem Attentat erwischt hatte und seinem halben Ohr, was er im Spiegel begutachtete, ging es ihm eigentlich recht gut. Nur der Husten, der in unregelmäßigen Abständen auftauchte, nervte ihn. Major Jäger ließ seinen Blick durch das alte Hotelzimmer schweifen, das durch zwei kleine Fenster den Sonnenstrahlen der aufgehenden Sonne Einlass gewährte, um den Raum, wie durch zwei Lichtschranken, zu trennen. Im Licht der Sonne tanzten die Staubkörner um sich selbst.

Das Zimmer sah ein wenig veraltet und etwas spakig aus, aber es hatte eine Dusche mit warmen Wasser. Das war in dieser Gegend sicherlich fast zweihundert Jahre lang selbstverständlich, aber jetzt nicht mehr. Er hatte sich bei Lord Hellbrek zur Verfügung gestellt, innerhalb des Sperrgebietes zu arbeiten. Das war zwar für einen Major etwas ungewöhnlich, aber schließlich hatte er diese Bakteriendämpfe ja auch schon eingeatmet. Es ließ ihn auch das Gefühl nicht los, dass er innerhalb der Energiewand besser aufgehoben sei, als außerhalb.

Ihm fielen die neuen Pillen ein, die Wladimir Korkoff ihm hatte zukommen lassen. Seitdem ging es seinem Husten erheblich schlechter und ihm besser. Jäger setzte sich auf die Bettkante und fingerte nach den Pillen, die auf dem Nachtisch lagen. Er hatte dieses kleine Hotel in der Nähe von Elmenhorst gefunden und er genoss es auch, der einzige Gast zu sein. Major Jäger zog sich gedankenversunken seine Uniform an, wobei sein Blick immer wieder an dem Tisch hängen blieb, auf dem diese furchtbaren Bilder lagen.

Nichts, hatte er gedacht, könne ihn nach all den Jahren noch schocken. Dieser Anblick, als sie die Halle des Fuhrunternehmens betreten hatten, das neben dem Glüsinger Hof stand. Eine Schlachterei für Menschen! Abgeschlagene Köpfe, die in Glasbehältern mit Keringu-Säure gelagert wurden. Die Säure hält die Gehirnfunktionen am Leben, sodass man tatsächlich in lebende tote Augen starrt. Ein furchtbarer Anblick! Sechs Tauchbecken voller menschlicher Herzen, die durch Stromschläge am Schlagen gehalten wurden. Eine sich bewegende rote Masse. Menschen, die an Fleischerhaken aufgereiht zu Hunderten in verschiedenen Reihen hingen, in der Mitte aufgetrennt, um die Gedärme, die man noch gebrauchen konnte, zu entnehmen. Ein paar fast fertiggestellte A1er, die halb menschlich, halb schon zur Maschine geworden waren. Sie mussten alle töten, obwohl auch ängstliche Augen darunter waren. Und dann noch dieser widerliche Gestank! Die Fotos mussten jetzt endlich an die Öffentlichkeit. Aber nicht nur die Fotos. Alles.

Die Menschen müssen verstehen lernen, dass es zwar Wesen gibt, die wie sie aussehen, aber eben doch keine Menschen sind.

Wozu diese Biester in der Lage waren.

Noch nie hatte er so viele Scores auf einem Haufen gesehen. Was ihm etwas seltsam vorkam, war die Tatsache, dass sie nur einen A1er gefunden hatten. Viele Off-Scores und Score-Dogs, aber die waren doch eigentlich schon lange aus der Mode. Major Jäger beruhigte seine Gedanken damit, dass es eben auch etwas anderes war, einen Score oder einen A1 herzustellen. Der Aufwand war eben doch noch ein ganz anderer und egal wer jetzt einen A1 baute, er musste sich medizinisch erheblich besser auskennen, als beim Bau eines Scores. Vielleicht hatte Dregger es doch zeitlich nicht geschafft, und sie waren gerade noch rechtzeitig gekommen, um Schlimmeres zu verhindern.

Wer weiß, was geschehen wäre, wenn wir gar nicht eingegriffen hätten.

Er nahm die Fotos vom Tisch, damit ihm nicht wieder schlecht würde. Jäger packte sie in seine Mappe und diese in seine Nachttischschublade. Dann setzte er sich an den kleinen Tisch, nahm sich eine Zigarette und öffnete seinen Laptop. Der Computer machte ein leises surrendes Geräusch, während Felix Jäger den Rauch seiner Zigarette in den Raum blies und seine Gedanken ihn auf der linken Spur überholten. Er hatte wirklich viele gute Leute verloren. Aufgrund der guten Fürsorge eines gewissen Dr. Brückners, der dafür gesorgt hatte, dass Voice im Krankenhaus abgeliefert wurde, konnte Kapitän Edward Briggs eine Handprothese angepasst werden. Der Arzt, der die Prothese ansetzte, meinte, dass das ohne die grandiose Vorarbeit nicht möglich gewesen wäre. Bei Cliff Honah genau das Gleiche. Er würde jetzt nicht mehr laufen können.

Doch Dr. Brückner war einfach verschwunden und blieb es auch. Jäger setzte seine besten Detektive auf die Suche von Dr. Brückner an. Bis jetzt ohne Erfolg. Schade, so einen Arzt hätte das U.P.D. gut gebrauchen können. Aber es gab da noch eine andere Sache, die Voice betraf. Brückner war einer der wenigen, die die wahre Herkunft von Voice kannten. Jäger hatte einen heftigen Streit mit Dr. Esnikek gehabt, wie er so töricht sein konnte, einem Fremden das einfach so anzuvertrauen und ihn zu allem Überfluss auch noch gehen ließ. Wo doch selbst beim U.P.D. nur drei Leute Bescheid wussten und alle anderen wie auch Voice selbst, diese Fisch-Geschichte glaubten.

»Vielleicht ist das einfach alles nicht mehr so wichtig, Major Jäger«, sagte ein wirklich deprimiert wirkender Dr. Esnikek einem überrascht drein blickenden Felix Jäger. Dann statteten die beiden Max Taelton einen Besuch ab und Major Jäger wusste, was Dr. Esnikek meinte. Max war bereits mehr tot als lebendig. Trotzdem wollte Dr. Esnikek Voice noch in seine Spezialklinik nach Island bringen. Es wird nichts mehr nützen, dachte Jäger, aber was sollte es? Esnikek spielte sich immer ein wenig wie der Vater von Voice auf. Warum auch nicht, schließlich hatte er ihn ja erschaffen. Jäger mochte Voice wirklich, aber er glaubte, dass es vergebene Liebesmüh war, ihn noch retten zu wollen. Er nahm Abschied von Max »Voice« Taelton.

Das war jetzt gut zwei Monate her und er hatte seitdem nichts mehr aus Island von Dr. Esnikek gehört. Der Computer klackte und das Gesicht eines Mannes füllte den Desktop und schwebte kurze Zeit später als Hologramm über der Tastatur. Es sah aus wie ein sehr altes Foto, das so um die Jahrtausendwende gemacht worden sein musste. Der Blick des älteren Mannes hatte etwas Verschlagenes. Etwas Widerliches! Jäger pustete den Rauch gegen das Gesicht. »Irgendwann krieg ich dich mein Freund und wenn nicht dich, dann den, der in deinem Namen das alles angerichtet hat. Ich weiß, dass du eigentlich tot sein müsstest, aber irgendetwas sagt mir, dass du gar nicht mal so weit von mir weg bist. Vielleicht hast du dir mit dieser Glocke auch ein Eigentor geschossen.« Er lachte kurz auf. »Vielleicht wissen wir auch sehr bald, wo wir dich suchen sollen, du Drecksack.« Er dachte an die Koordinaten, die Jane Corbet, Kapitän der Brahms an ihn gesendet hatte. Es gab einen Transzentralen Groove Tack. Ganz klar! Wahrscheinlich Dregger mit einer seiner Maschinen. Wo die Spur hinführte, war aber nur Wasser. Keine Insel. Nur Wasser.

Jäger hatte sich jetzt mit seinem Gesicht etwas dem Hologramm genähert. Jetzt musste er plötzlich stark husten und stand auf, um sich am Waschbecken ein Glas Wasser zu holen. Über dem Hahn stand: »Kein Trinkwasser! Lebensgefahr!« Dann eben nicht, dachte er. Er ließ sich immer noch leicht hustend aufs Bett fallen und kam sich plötzlich müde und alt vor.

Ich bin jetzt 48 Jahre alt, dachte er. 27 Jahre meines Lebens habe ich doch tatsächlich damit verbracht, einem Phantom hinterher zu jagen. Er musste erneut ein wenig schmunzeln. Na ja, nicht ausschließlich, denn er war ja auch ganze drei Jahre verheiratet gewesen. Bis sie es nicht mehr ausgehalten hatte. Vielleicht hätte er vieles anders machen sollen, aber jetzt war es dafür wohl schon zu spät. Er fühlte sich plötzlich um Jahrhunderte gealtert. Ausgelaugt. Schlafen, einfach nur schlafen. Felix Jäger legte sich in Uniform aufs Bett und schlief in Embryo-Haltung ein. Wie ein kleiner Junge. Die aufgehende Sonne beleuchtete den immer noch schwebenden Kopf über dem Desktop. Zu dem leisen Surren des Computers begannen die Staubkörner mit ihrem akrobatischen Tanz durch die Sonnenstrahlen.

*

Cliff Honah fühlte sich überhaupt nicht ausgelaugt, im Gegenteil, wie neugeboren. Seine Beine funktionierten wieder und das war großartig. Drei Monate hatte er hier im Rehabilitationszentrum zugebracht. Jetzt langte es aber auch. Sein Blick glitt suchend über die Unendlichkeit des Meeres. Das war schon ein schöner Ort, diese kleine Magnetinsel. Vierzig Kilometer vor der isländischen Küste, die umringt war mit acht oder neun künstlichen Inseln, die mal mehr und mal weniger im dichten Nebel zu sehen waren. Seitdem er hier war, hatte es nicht einen Tag gegeben, an dem es nicht irgendwann neblig geworden war. Die Ärzte und seine Trainer aber meinten, dass es an der Jahreszeit läge. Wenn er in zwei Monaten wieder kommen würde, hätte er einen ungetrübten Ausblick. Cliff wollte diese Insel aber so schnell nicht wiedersehen. Wer wünscht sich schon in ein Krankenhaus zurück?

Dann entdeckte er den kleinen schwarzen Punkt am Himmel, der den Anschein machte, dass er sich auf ihn zu bewegen würde. Er sah auf seine Uhr und musste feststellen, dass die Linien-Flugschiffe doch erheblich pünktlicher waren, als ihnen nachgesagt wurde. Während der kleine schwarze Punkt immer größer wurde und so langsam Formen annahm, ging Detektiv Cliff Honah zum Start und Landeplatz. Er war befördert worden nach dem Einsatz in der Glocke. Was ihm fast ein bisschen unangenehm war. Denn wofür? Dass fast alle seine Leute draufgegangen waren und er in einer Art Zinkwanne vom Schauplatz des Geschehens weggetragen wurde? »Genau deswegen!«, hatte Major Jäger gesagt.

Aufgrund des Einsatzes waren alle Head-Hunter befördert worden, die überlebt hatten. Fünf Head-Hunter wurden Sergeants und er wurde Detektiv. Sechs Überlebende von 32 Menschen. Als er nach kurzer Zeit auf der Insel noch eine Virusinfektion bekam, hatte er sich gewünscht, er würde daran sterben. Hatte er verantwortungslos gehandelt? Er hatte viele Gespräche darüber in den letzten Monaten mit den Psychologen auf der Insel geführt. Er war sicherlich nicht allein schuld, aber schuldfrei fühlte er sich nicht. Vielleicht kam seine Beförderung auch dadurch zustande, dass Major Jäger seinen Krankenbericht gelesen hatte und einfach dachte, dass es besser wäre, wenn er jetzt mehr allein, also als Detektiv arbeitete und nicht einen ganzen Trupp anführte. Andererseits war der Job als Detektiv natürlich eine andere Herausforderung. Anspruchsvoller. Außerdem kleideten ihn der graue Hut und der leicht graue Mantel ganz hervorragend. Es sah einfach auch mit dem Ausgehanzug zusammen vornehmer aus, als mit seiner braunen, alten Kluft. Wie dem auch sei, er würde seine Arbeit genauso ernst nehmen wie vorher.

Das Linienflugschiff landete mit einigem Getöse und Cliff erkannte, das es sich bei dem Model, um eine alte Aircraft100 handelte. Vierzig Sitzplätze. Sechs Mann Besatzung. Höchstgeschwindigkeit zirka 65 Knoten. Nicht ganz so komfortabel wie die Tolstoy, aber immerhin. Er musste lächeln. Durch die aufwirbelnde Luft wurde der restliche Schnee hochgeschleudert, den der Frühling übrig gelassen hatte. Die Steuerbord- und Backbordseile wurden abgeworfen und von zwei Männern der Landemannschaft an die Poller vertäut. Die Gangway wurde heruntergelassen, obwohl die Motoren noch liefen. Die Aircraft100 machte nicht den Anschein, sich lange aufhalten zu wollen.

Cliff bewegte sich jetzt etwas schnelleren Schrittes auf die Gangway zu und sah, dass ein etwas älterer Herr in Uniform der Aircraft100-Linie, die Gangway herunter mit einem größeren Sack auf dem Rücken ihm entgegen lief.

»Sind Sie? Augenblick ...« Er faste mit seiner freien Hand in die Innenseite seiner Uniformjacke und holte einen kleinen Timer hervor. »Detektiv Cliff Honah vom United Police Department?«

Cliff hielt ihm seinen Ausweis unter die Nase, den er kurz begutachtete. »Okay gehen sie schon mal an Bord, ich muss noch den Sack mit den Medikamenten nach oben bringen.«

Die Aircraft100 hatte einen Start, so wie es Cliff Honah erwartet hatte. Leicht wackelig, sich nach 30 Sekunden in die Waagerechte begebend. Dann für ein paar Minuten in einer Höhe von knapp 50 Metern stehend, um dann abzufallen auf eine Höhe von 25 Metern mit steigender Geschwindigkeit. An Bord befanden sich 36 Fluggäste. Wie zur guten alten Zeit, dachte Cliff und ließ seinen Blick aus dem Fenster übers Meer schweifen.

»Detektiv Honah? Na, das nenn ich aber eine Überraschung.«

Cliff drehte seinen Kopf nach rechts und sah in das lächelnde Gesicht von Sergeant Katy Neumann.

»Setzen Sie sich doch zu mir ...«

Sie lächelte weiterhin und nahm Platz. »Schön, dass Sie wieder laufen können. Hab ich gesehen, als Sie an Bord kamen.«

Er wusste nicht so ganz genau, woran es lag, aber er fand sie auf seltsame Weise bezaubernd. Katy war immer ein recht unauffälliger Head-Hunter gewesen. Immer sehr gewissenhaft, aber eben doch unauffällig. Cliff überlegte und kam zu dem Schluss, dass sie bestimmt schon zwei oder drei Jahre bei seiner Einheit gewesen war. Warum war ihm nur nicht aufgefallen, wie hübsch sie war und diese Augen erinnerten ihn scheinbar an irgendjemand. An Janina Seidenmeyer? Vielleicht ja, dachte Cliff.

»Wollen wir vielleicht etwas trinken, Sergeant?«

»Gern, Sir!«

Die Aircraft100 erreichte ihre Höchstgeschwindigkeit und Cliff Honah bemerkte nach dem zweiten Bier, dass er die letzten drei Monate überhaupt keine Drogen zu sich genommen hatte. Er fühlte sich wirklich ein wenig beschwipst. »Wie kommt es, Miss Neumann, dass Sie in diesem Flieger sitzen? Waren Sie auch im Krankenhaus?«

Sie lachte, und es wirkte ein wenig gewollt, laut auf. »Nein, nein, ich hatte einen Einsatz in Thorshavn auf den Faröer Inseln. War aber blinder Alarm. Jetzt geht es über England nach Moskau. Dort sind ein paar seltsame Morde geschehen.« Sie lächelte erneut ein wenig aufgesetzt. »Ist es schwer für Sie?«

Cliff sah sie leicht verdutzt an. »Ich meine die Sache mit Max. Sein Tod hat doch alle schwer erschüttert, aber Sie waren ja auch sein bester Freund.«

Cliff bestellte gedankenversunken noch ein Bier beim Stewart. Er wusste nicht so ganz genau, ob er sein bester Freund war, aber der Tod von Max hatte ihn tatsächlich schwer mitgenommen. »Ja, ich werde ihn sehr vermissen.« Ganz tief in seinem Innern aber konnte er sich nicht so recht damit abfinden. Wenn es noch irgendwo auf dieser Welt Scores gibt, werde ich ihn, wenn ich vor einem von denen stehe, ganz besonders vermissen. Und ich werde seine unnachahmliche Art vermissen, wie er einem zuhören konnte. Seinen Witz, all diese Sachen, dachte Honah. Dann lenkte Katy Neumann das Gespräch in angenehmere Gefilde. Immer wieder trafen sich ihre Augen. Nach dem fünften Bier lachten beide abwechselnd über die Witze des anderen.

»Wir sind doch nicht mehr in einer Einheit zusammen, das stimmt doch, Sir?«

Wenn er darauf geachtet hätte wäre ihm sofort aufgefallen, dass sich ihre Stimme verändert hatte. So lächelte er nur und nickte. »Das ist völlig richtig, Miss Neumann.«

Sie setzte sich etwas gerader auf ihren Stuhl und leerte ihr nächstes Bier in einem Zug. »Dann könnten wir es doch tun, Sir, wenn Sie Lust hätten?«

Cliff setzte sein Bier ab. »Was meinen Sie, Miss Neumann?«

Sie sah ihm direkt in die Augen. »Sex haben, Sir. Ich hatte schon lange keinen mehr. Ich weiß ja nicht, wie das bei Ihnen ist?«

Sie sah ihn herausfordernd, aber auch fragend an.

Cliff lächelte und versuchte so locker wie möglich zu wirken.

»Das hat doch aber nichts damit zu tun, ob man in der gleichen Einheit ist oder nicht.«

Katy zog ihre Augenbrauen hoch. »Sir, Sie waren mein direkter Vorgesetzter. Da fragt man so was nicht.« Sie lächelte wieder so seltsam.

Auch Cliff hatte schon lange keinen Sex mehr gehabt, und wer weiß, wann oder ob er überhaupt noch mal so ein offenherziges Angebot bekommen würde? »Es überrascht mich jetzt ein wenig, aber wenn wir ein Plätzchen finden, wo wir es uns ein wenig gemütlich machen könnten ...«

Sie beugte sich zu ihm herüber, wobei er einen kleinen Blick in ihren Ausschnitt werfen konnte. »Oh, da weiß ich schon was, Sir. Darf ich Cliff sagen?«

Jetzt empfand er sie als etwas plump, aber das Bier tat seine Wirkung und in seinem leicht benebelten Zustand, nickte er einfach nur. »Dann folge mir doch einfach in zehn Minuten in den Frachtraum.« Sie machte eine kleine Pause und kam ihm dann noch etwas näher und flüsterte in sein Ohr. »Ich lasse mir auch etwas Besonderes einfallen, Cliff.« Sie stand auf und ging zur Rückseite des Passagierraums, um dann die Treppe in den Frachtraum zu nehmen. Zehn Minuten, dachte Cliff, das langt sicher noch für ein Bier. Er winkte noch einmal den Stewart zu sich herüber. So wahnsinnig sexy fand er sie eigentlich gar nicht, aber mit einer Sache hatte sie sicherlich recht. Er hatte auch schon ewig keinen Sex mehr gehabt.

Detektiv Honah öffnete die Tür zum Frachtraum. Der Raum war stickig und warm. Die Beleuchtung an den Seitenwänden, war heruntergefahren, sodass der Raum in ein milchiges Licht getaucht wurde. Die Pressluft- und Wasserstoffmotoren dröhnten und jaulten hier besonders laut.

»Komm her, du Arschloch.«

Das war die Stimme von Katy Neumann gewesen, die plötzlich hinter ihm erklungen war. Ach du liebe Zeit, dachte Cliff, die steht auf die harte Tour. Es rührte sich allerdings gar nichts in seiner Hose, sodass er ein wirklich komisches Gefühl bekam. Irgendwie musste er aus dieser Nummer wieder rauskommen.

»Miss Neumann, wollen wir nicht doch wieder nach oben gehen. Wir können das ja irgendwann mal nachholen. Nur im Moment ...« Cliff traf eine knallharte Ohrfeige an der Wange, die ihn fast zu Boden schleuderte. Er konnte sich gerade noch fangen. Cliff musste sich einmal kurz schütteln. »So, das langt, Sergeant Neumann. Ich gehe sofort wieder nach oben ...«

»Du bleibst schön hier, du blödes Arschloch.«

Er starrte in den Lauf einer Kondeck 21. »Sergeant, was soll das?«

Sie war jetzt näher rangekommen und Detektiv Honah versuchte, seine Augen schneller an dieses Zwielicht zu gewöhnen und die Wirkung des Bieres abzustreifen. Aber er schaffte es nicht und die ganze Szene wirkte wie eine Traumsequenz auf ihn. Er konnte ihre Augen sehen und wusste jetzt wieder, woher er sie kannte. Das waren nicht die Augen von Janina, sondern ... die Augen dieser kleinen Schlampe, mit der er es auf dem Flur der Tolstoy getrieben und die zwei seiner Leute ermordet hatte. Genau die gleichen Augen! Nicht nur der gleiche Blick, sondern auch die gleichen Augen!

»Zieh dich aus.«

»Sergeant, was!?«

Die nächste Ohrfeige klatschte ihm ins Gesicht. Cliff versuchte, seine Gedanken zu ordnen. »Sergeant, wenn ihnen irgendjemand erzählt haben sollte, dass ich auf so was stehe, dann hat er gelogen.«

Sie lud die Kondeck durch.

»Ausziehen hab ich gesagt und ich meine das ernst, du Arschloch ... Los!«

Cliff zog seine Jacke aus und knöpfte langsam sein Hemd auf.

»Beeilen Sie sich Detektiv!«

Ein paar Sekunden später stand er in Unterhose vor ihr.

»Das auch ausziehen!«

Er tat, wie ihm befohlen. Sie starrte auf seinen Penis, der zwischen seinen Beinen schlaff herunterhing.

»Bei anderen Frauen wird er hart, nur bei mir nicht?« Sie spuckte ihm ins Gesicht. »Mach ihn hart und befruchte mich.«

Die ist verrückt, dachte er. Wirklich verrückt.

»Es ist meine Bestimmung, zu gebären. Mich fortzupflanzen.« Sie schnalzte mit ihrer Zunge. Cliff hatte das Gefühl, dass seine einzige Chance war, auf sie einzugehen. »Das kann ich ja durchaus verstehen, aber muss es jetzt unbedingt in einem ungemütlichen Frachtraum sein? Wo es laut und heiß ist, es gibt doch so viele schöne ...«

Sie drückte ihm die Kondeck gegen die Stirn und Cliff verstummte. »Begreifst du denn überhaupt nichts?«

Honah sah sie verständnislos an.

»Was soll ich begreifen?«

Sie versetzte ihm einen tritt in den Magen und Cliff flog gegen die

Bordwand, die kurz hinter ihm seinen Flug auffing. Der Tritt war unheimlich schmerzvoll. Dennoch versuchte Cliff, sich wieder aufzuraffen. Er hob den Kopf und starrte in den Lauf der Kondeck. »Das tat weh, oder? Für so einen Tritt braucht eine durchschnittliche Frau all ihre Kraft. Ich nicht mal ansatzweise! Ich könnte dich hier einfach zerquetschen. Also, wer bin ich?«

Der Schmerz durchschnitt immer noch seinen ganzen Körper und er konnte kaum Luft bekommen. Deswegen zuckte er nur mit den Schultern. »Wie dumm ihr Menschen doch seid.« Sie strich sich ein paar Haarsträhnen aus dem Gesicht. »Begreift ihr denn nicht? Früher konnte man einen A1 noch an seinem etwas wackeligen Gang oder an einem abstehenden kleinen Finger erkennen. Die aufgeblähte Brustmuskulatur, durch den Panzer. Die Zeiten sind vorbei.«

Er starrte sie fassungslos an. »Der Anschlag auf Hamburg war von langer Hand vorbereitet. Seit fast sieben Jahren. Vor knapp fünf Jahren bin ich bei euch eingeschleust worden. Über ein paar Umwege, und wenn ich mal so sagen darf ...« Sie verzog etwas ihren Mund: »Ihr habt aber auch wirklich ein paar undichte Stellen beim U.P.D.«

Detektiv Honah wusste nicht genau, was er davon halten sollte, was er da hörte. War das wirklich wahr?

»Wenn du jetzt glaubst, du kleiner Scheißer, dass ich ein beschissener A1 bin, hast du dich geschnitten. Ich bin die neuste und wahrscheinlich auch die letzte Schöpfung des Meisters. Es gibt aber eine Sache, die mich ganz besonders vom A1 unterscheidet.« Sie patsche leicht mit der Kondeck an Cliffs Wange. »Ich bin ein A24 und von meiner Sorte gibt es nur vier Stück. Drei Weibchen, ein Männchen. Nicht gerade sehr viele, denkst du jetzt vielleicht, aber wir sind die ersten Maschinen, die sich mit menschlicher Hilfe fortpflanzen können. Ich habe jahrelang darauf verzichtet, weil es wichtigere Sachen gab. Jetzt will ich meiner Bestimmung folgen.« Sie machte eine kurze Pause, bevor sie fortfuhr. »Du hast jetzt zwei Möglichkeiten. Die Erste ist, du machst ihn dir steif und gibst mir das, was du in deinem Sack hast oder ich schieße dich einfach in Stücke. Wie entscheidest du dich?« Sie schob den Lauf der Kondeck unter sein Kinn und hob ein wenig seinen Kopf an.

Sie war scheinbar wirklich eine Maschine und mit Sicherheit in der besseren Situation als er, aber sie hatte keine Ahnung von Erotik. Da war die andere Maschine besser gewesen. Ich habe es tatsächlich mit einer Maschine getan! Unglaublich! Cliff versuchte, sich zu fangen.

»Ich wähle natürlich die erste Möglichkeit, aber du musst mir eine Chance geben.«

»Und die wäre?«

Cliff setzte sich etwas gerader hin und räusperte sich. »Geh einfach ein Stück von mir weg. Dann fühl ich mich nicht so bedrängt und zeig mir einfach deine Brüste. Dann wird er schneller hart. Wenn es soweit ist, sag ich dir Bescheid und du setzt dich einfach drauf. Was denkst du, ist das okay?«

Sie nickte und entfernte sich ein kleines Stück und machte ihre Bluse auf. Die Brüste, die er zu sehen bekam, waren wirklich wohl geformt. Cliff fing an, an sich herumzuspielen. Seine Gedanken rasten durch seinen Kopf. Er versuchte so unauffällig es ging, den Raum, mit seinen Augen abzusuchen. Sein Penis vergrößerte sich ein wenig und der A24 zog sich seine Hose aus. Dann bemerkte Cliff plötzlich, dass er auf einer Not Ausstiegsluke saß. Der Druckknopf, mit dem man sie öffnen konnte, war links von ihm in zwei Meter Entfernung. Keine Chance ihn zu erreichen. Doch, schoss es ihm durch den Kopf. Eine gab es!

Sein Penis war zwar noch nicht wirklich steif, hatte sich aber doch um einiges vergrößert. Cliff kniete sich hin und der A24 kam wieder ein Stück näher. »So einen kleinen Augenblick noch, dann ist es soweit.« Cliff ließ seinen Hintern auf seine Hacken fallen, beugte sich dann blitzschnell nach vorne und hob seinen Schuh auf und warf ihn nach links. Es zischte einmal ganz laut und Cliff verlor den Boden unter seinen Füßen. Er hatte getroffen!

Der A24 war so überrascht, dass er zu spät reagierte.

Trotzdem war es nicht der Glückstag von Detektiv Honah. Als der Boden unter ihm verschwand, fiel er ein Stück nach vorne und prallte mit dem Kopf gegen die Kante der Ausstiegsluke. Der Schlag war so hart, dass er sofort bewusstlos wurde. Als er aus fast 30 Meter Höhe auf das Wasser aufschlug, brach er sich noch ein Bein. Aber das hatte er schon nicht mehr mitbekommen.

Am nächsten Tag waren die Überschriften der beiden größten englischen Tageszeitungen, die sich ansonsten die Mühe gaben sich völlig voneinander zu unterscheiden, fast identisch:

Terroranschlag. Vor der Küste Englands, explodierte ein Linien-Flugschiff der Gesellschaft Aircraft100. Es gab keine Überlebenden.

*

Dr. Dregger sah durch Cäsars Augen hindurch in einen, kahlen, kalten und sehr spartanisch eingerichteten Raum. Der Rest seiner Jünger, so wie er sie jedenfalls nannte, hatten sich um ihn versammelt. Sie waren mit ihren Lastwagen durch alle Kontrollen geschlüpft. Was seine Jünger am meisten erschreckt hatte und ihn am meisten beeindruckte, war die Sandgrenze, die sich um Hamburg herumzog. Da war nichts mehr gewesen. Gar nichts. Nur Sand! In Lüneburg hatte ein derartiges Chaos geherrscht, dass die Leute zwar verpflegt werden konnten, aber nach Papieren oder etwas Ähnlichem fragte an diesem Tag keiner. Bevor die hier wieder den Überblick gewinnen, müssen wir unsere Chance nutzen, dachte Dregger in Cäsars Kopf. So schaffte er es noch am gleichen Tag, ein paar Telefonate zu führen, um den Mann zu erreichen, der ihm jetzt helfen konnte: Esmael Bendik. Der hatte hier in der Nähe ein Kloster gegründet und stand finanziell tief in Dreggers Schuld. Als er ihn telefonisch erreichte, hatte er wirklich das Gefühl, dass er sie alle herzlich willkommen heißen würde. Ganz aufrichtig.

Das Kloster lag in einer recht abgelegenen Gegend mit dem Namen Nutzfelde«. Ja, es lief auch alles gut an, bis ... bis diese ganzen Bakterien Krankheiten und Virus-Infektionen fast alle seiner Jünger dahin raffte. Nicht nur seine Jünger, sondern auch die ganze Umgebung wurde menschenleer. Kurze Zeit später wurde das Sperrgebiet ausgerufen.

Er fühlte sich wie ein Verlierer. Fast nichts war so geschehen, wie er es ausgedacht hatte. Jahrelang hatte er an diesem Plan getüftelt. Artuhr sollte in der Zeit, in der die Glocke ihren Dienst tat, mindestens sechzig A1er bauen und ein paar Hundert Score-Dogs und Off-Scores. Nicht einmal ansatzweise hatte Artuhr sein Soll erfüllt. Im Gegenteil, er flippte sogar noch aus und fing an, sich für den Herrscher der Welt zu halten. Peinlich. Zu den A24ern hatte er überhaupt keinen Kontakt mehr. Schon lange nicht mehr. Nein, wie ein Sieger kam er sich wahrlich nicht vor, eher wie jemand der völlig die Kontrolle über seine Schöpfungen verloren hatte und das war wahrlich nicht Sinn und Zweck der Übung gewesen. So langsam bekam er auch Angst, dass sich ein paar Dutzend U.P.D.-Communicator an seine Fersen geheftet hatten und seinen TGT verfolgten.

Dregger musste schon mehr als einmal seine Frequenz wechseln, weil er das Gefühl hatte, dass da jemand mithören würde. Zuviel durfte er nicht riskieren, sonst könnten diese Spinner tatsächlich sein letztes Versteck entdecken und das wäre sein Ende. Eigentlich hatte er gar keine andere Möglichkeit mehr.

Er musste Cäsars Kopf verlassen und das eigentlich so schnell wie möglich. Von seinen über vierzig Jüngern hatten nur acht überlebt. Was sollte er hier noch. Dregger hatte sich ausgemalt, dass Staatsmänner einzelner Clans mit ihm über dieses Gebiet verhandeln würden und er sie alle übers Ohr hauen würde. Alles Quatsch. Nein, er brauchte sich nichts mehr schönzureden. Er hatte verloren. Wenn auch nicht den Krieg, aber diese Schlacht. So sehr er es auch genossen hatte, in Cäsars Kopf hin und her zu laufen und durch seine Augen wieder das Gefühl zu haben, einen richtigen Körper zu besitzen. Er musste aus diesem Kopf raus.

Cäsar stand plötzlich auf und fühlte sich wie befreit. Die ganze Zeit war irgendetwas in ihm gewesen, was ihn störte. Das war verschwunden. Er spürte nur noch sich selbst. Cäsar sah sich in dem kahlen, kalten und spartanisch eingerichteten Raum um. Sein Blick blieb bei dem kümmerlichen Haufen von Menschen kleben, die sich hier um ihn versammelt hatten. Er fand sie einfach widerlich.

*

Genau an dem Tag, als Major Jäger wie ein Kind auf seinem Bett einschlief, Detektiv Cliff Honah aus dreißig Meter Höhe nackt ins Wasser klatschte und Dr. Franz Ferdinand Dregger den Kopf von Cäsar verließ, an dem Tag landete eine Regierungserklärung aller sechs deutschen Clans, auch unterzeichnet von allen Ländern der Vereinten Nationen, auf Lord Hellbreks Schreibtisch. Daraus ging hervor, dass das Gebiet um Hamburg herum, zunächst für drei Jahre zum Sperrgebiet erklärt werden würde. Als Begründung wurde angegeben, dass die hohe Ansteckungsgefahr und die daraus folgenden Krankheiten, weder abzusehen noch einzuschätzen waren. Die Menschen, die sich noch im Sperrgebiet aufhalten würden, dürften dieses nur nach vierzehntägiger Quarantäne in einer der Grenzstädte und nach einer Untersuchung durch einen von der Regierung genehmigten Arzt verlassen.

Weiterhin wurde erwähnt, dass die Menschen innerhalb des Sperrgebietes, von den Grenzstädten aus mit Medikamenten und Nahrungsmitteln versorgt werden würden. Es standen viele Verbote, neue Regelungen und alles erdenklich Mögliche in diesem Schreiben, welches nicht nur an Lord Hellbrek, sondern an alle Geheimdienste und Militärs ging. Nur kein Wort von Dr. Dregger. Neben diesem Schreiben erhielt Lord Hellbrek noch einen Haftbefehl.

Nicht gegen sich selbst ausgestellt, sondern gegen Major Felix Jäger wegen Beweisunterschlagung und Vorspiegelung falscher Tatsachen in über dreißig Fällen. Lord Hellbrek stand hinter seinem Schreibtisch auf und ging zum Fenster. Es wurde sehr großer Wert darauf gelegt, dass es vor Gericht zu einer Stellungnahme von ihm kam. Was für ein Schwachsinn, dachte er, die Welt wird von einem Wahnsinnigen terrorisiert und Felix Jäger soll vor Gericht. Er wusste nicht wieso, aber nach über hundert Jahren versuchte der amerikanische Geheimdienst immer wieder zu verschleiern, dass es einen Dr. Dregger gab. Warum? Nur, weil die eigene Regierung vor über hundert Jahren den Universal Soldier in Auftrag gegeben hatte? Das könnte man doch mittlerweile einfach zugeben, schließlich lebte von den Auftraggebern niemand mehr. Vielleicht ging es den immer arroganter gewordenen Amerikanern ja um etwas anderes. Nur um was?

Durch das Fenster hindurch sah er auf die Schaumkronen, die sich in der Brandung tummelten. Als wenn er nicht schon Sorgen genug hätte, jetzt kam auch noch die strafrechtliche Verfolgung von einem seiner Leute dazu. Einem seiner Besten. Die Verlustliste hatte ihm schon genügt. Insgesamt fünfundvierzig Tote und neun Verletzte. Die Toten und Verletzten standen zahlenmäßig in einem so schlechten Verhältnis, dass es eigentlich hätte andersherum sein müssen. So meinten jedenfalls einige hoch stehende Militärs. Lord Hellbrek enthielt sich dabei jedes Kommentars.

Je mehr sich das Militär mit Scores befassen würde, desto mehr würden sie einsehen, dass, wenn man sich mit ihnen anlegte, es einen gravierenden Unterschied zu vielen anderen Gegnern gab. Scores machen keine Gefangenen. Ein Name auf der Verlustliste machte ihm besonders zu schaffen. Vielleicht auch nur, weil er nicht damit gerechnet hatte, nachdem was der schon alles überlebt hatte.

Epilog

Auf einem kleinen Kinderspielplatz in der Nähe von Elmshorn, um genau zu sein in Kiebitsreihe, setzte sich eine junge Mutter, die gerade ihren Sohn in der Sandkiste abgeliefert hatte, auf eine Bank neben einen gut aussehenden jungen Mann. Sie lächelte ihn an. Dem jungen Mann fiel sofort auf, dass er schon lange nicht mehr eine so attraktive Frau im Sperrgebiet gesehen hatte. Sie war ihm vor ein paar Tagen bei der Essensausgabe aufgefallen. Wenn ihn jetzt nicht alles täuschte, fing sie tatsächlich an, mit ihm zu flirten. Warum nicht, dachte er, hier gibt es ja wirklich nicht mehr sehr viel zu lachen.

»Geht's Ihnen gut?«

»Oh, ja«, antwortete er, »in letzter Zeit habe ich nicht einmal mehr Husten. Die Medikamente schlagen bei mir recht gut an.« Jetzt lächelte er in ihre Richtung. »Und Sie selbst? Ich mein, Sie sehen sehr gut aus!« Er wurde ein bisschen rot. »Entschuldigung. Ich meinte natürlich ...«

Sie legte einfach ihren Zeigefinger auf seine Lippen. »Oh, das freut mich, dass ich Ihnen gefalle, denn ich hätte da noch eine Frage an Sie, wenn ich ...«

»Nur zu, fragen Sie mich, was Sie wollen.«

Sie sah ihn mit einem Augenaufschlag an, der ihn sofort zwischen die Beine fuhr. »Wenn Sie Lust haben, kommen Sie mich doch heute Abend besuchen.« Sie berührte zärtlich seine Hand. »Wir könnten uns ein paar schöne Stunden machen.«

Er hätte jetzt gerne etwas Tolles gesagt, stammelte aber nur ein: »Sehr gerne!«

Sie drückte ihm einen Zettel mit ihrer Adresse in die Hand und machte sofort wieder Anstalten aufzustehen. »Dann bis heute Abend, schöner Mann!«

Er nickte und steckte den Zettel in seine Brusttasche. Als er etwas später auf dem Weg nach Hause war, fasste er immer wieder an seine Tasche. Bloß nicht die Adresse verlieren, dachte er. Sie verließ kurze Zeit nach ihm, mit ihrem Sohn an der Hand den Kinderspielplatz. Der Kleine war zwar erst 2 1/2 Monate alt, hatte aber schon das Aussehen und die Größe eines sechsjährigen Kindes. Wäre aber jemand in der Nähe gewesen, der Max »Voice« Taelton gekannt hätte, dann wäre dem noch etwas aufgefallen: Dieses Kind war ihm wie aus dem Gesicht geschnitten.

Glossar

A1, der: die gefährlichste, menschenähnliche Maschine, die Franz Ferdinand Dregger entwickelt hat. Er war, bevor der A24 das Licht der Welt erblickte, das Meisterstück von Dregger. Detektivs des U.P.D. behaupten, das schon bei der Zerstörung des Twin Towers in New York zwei der Prototypen zum Einsatz kamen. Das lässt sich allerdings bis heute nicht wirklich beweisen.

A24, der: nach den Thesen von Dr. Franz-Ferdinand Dregger, ist es die erste Maschine der Welt, die etwas kann, das noch nie eine Maschine zuvor vollbracht hat.

Archer 44, die: wird aufgrund ihrer Leichtigkeit und Zerstörungskraft sehr gerne auf Kriegsflugschiffen eingesetzt. Die Handhabung allerdings ist nicht ganz einfach. Um die Archer 44 bedienen zu können, bedarf es einiger Lehrgänge, die man durch eine Abschlussprüfung bestätigen muss.

Bandotablette, die: ein Schmerzmittel, das zur Erstversorgung verabreicht wird.

Beam, Jim: fiktiver Name. Jo Brückner und Bell Bob haben den Mann so genannt, weil sie ihn innerhalb der Glocke bewusstlos in einer Seitenstraße gefunden hatten – mit einer Flasche Jim Beam in der Manteltasche.

Bekota-Seuche, die: eine der schlimmsten Epidemien, die fast zwei Millionen Menschen innerhalb von 36 Stunden das Leben kostete.

Belwik, Dr: Schiffsarzt der Tolstoy.

Blaumäntel, die: Ausgangsuniform der Matrosen des U.P.D.

Brahms, die: zweites Flaggschiff des U.P.D. Seit über drei Jahren ist Jane Corbet Kapitän.

Briggs, Edward: fliegt seit über zwanzig Jahren Flugschiffe. Elf Jahre ist er beim U.P.D. und hat seit sechs Jahren das Kommando über die Tolstoy.

Brückner, Jo: ehemaliger Arzt im St.Georg Krankenhaus, Ausbildung an der neuen medizinischen Universität in Buchholz.

Colbrek, Steve: 1. Maschinist der Tolstoy

Communicator, der: muss immer an Bord eines Großflugschiffes sein. Ohne ihn können viele Flughäfen nicht angelaufen werden. Er ist einfach ein wichtiger Bestandteil der Sicherheitsbestimmungen auf einem Flugschiff.

Detektiv, der: Dienstgrad innerhalb des U.P.D. Innerhalb eines anderen polizeilichen Unternehmens würde er wahrscheinlich als Spezial-Agent bezeichnet werden. Wie viele Detektivs für das U.P.D. arbeiten, kann nur geschätzt werden, da sich das United Police Department mit genauen Zahlen sehr bedeckt hält.

Down-Train, der: dient oft als Ersatz für den Fallschirm. Allerdings muss man die Handhabung eines Down Trains sehr lange trainieren.

Dregger, Dr. Franz Ferdinand: einige halten ihn für genial, andere für einen der größten Verbrecher der Menschheitsgeschichte. 1953 stellte er in den U.S.A. seinen Universal Soldier der amerikanischen Regierung vor. Dabei kam es zu einem Fiasko und der Auftrag wurde zurückgezogen. Dregger aber ließ von der Idee nicht los und entwickelte über Jahre oder sogar Jahrzehnte, seine Kampfmaschinen. Dregger müsste nach menschlichem Ermessen schon lange tot sein. Die Beweise sprechen jedoch dafür, dass der Wissenschaftler noch am Leben ist.

Esnikek, Dr.: Ziehvater und Vertrauter von Max Taelton während seiner Jugend.

Flanellbodenstart, der: Bedarf einiger Übung, sollte wirklich nicht von jedem Piloten geflogen werden.

Flugschiff, das: hat in den vergangenen Jahren den Durchbruch als Transportmittel geschafft. Die Wetterbeständigkeit und die niedrige Unfallrate stechen alle anderen Transportmittel aus. Wenn man sich heute vorstellt, dass vor knapp zwanzig Jahren die meisten großen Güter noch mit Schiffen über die Weltmeere geschippert worden sind, wäre das heute bei den Wetterverhältnissen unvorstellbar. Ökonomisch hält auch kein anderes Fortbewegungsmittel mit dem Flugschiff mit. Einziger Nachteil: Das Flugschiff ist nicht leicht zu fliegen. Wenn man ein Flugzeug landen und starten kann, kann man das noch lange nicht mit einem Flugschiff.

Glocke, die: Umfasst einen Umkreis von 1725 Quadratkilometern. Die Breite der Glockenwand beträgt in dem Fall von Hamburg zwischen 3,5 und 5 Kilometern.

Hands, Israel: 1. Navigator der Tolstoy, der aber auch eine Ausbildung als Steuermann gemacht hat.

Head-Hunter, der: Freiberufler, wird von Einsatz zu Einsatz immer wieder engagiert. Einige Head Hunter sind aber auch fest beim U.P.D.

Hellbrek, Lord: Finanzier und Kopf des United Police Departments. Er hat sich dem Kampf gegen Dregger verschworen und hilft, wenn nötig, mit seinen Flugschiffen bei Katastropheneinsätzen.

Honah, Cliff: bester Freund von Max Tealton bezeichnen kann. Er hat mit ihm schon so manche schwierige Situation überstanden. Trotz seines viel zu hohen Drogen- und Alkoholkonsums ist auf ihn immer Verlass.

Jäger, Major Felix: erbitterter Gegner von Dregger – aus welchen Beweggründen das so ist, ist niemandem klar.

Kondeck 21, die: Handfeuerwaffe, die speziell für das U.P.D. entwickelt worden ist. Sie hat 21 Schuss und wurde nach ihrem Erfinder John Kondeck benannt. Da John Kondeck einen großen Hang zu altertümlichen Waffen besitzt, erinnert die Kondeck 21 ein wenig an eine Muskete.

Korkoff, Waldimir: einer der hellsten Köpfe des Universums. Seinem Kopf entsprangen schon die unwahrscheinlichsten Erfindungen. Bei allen Beiträgen, die er dem U.P.D. geliefert hat, hat ihn die Erfindung eines Organ-Stabilisierung-Sprays in den Medien berühmt gemacht.

Laptop, der: den Individuellen Wünschen des Benutzers absolut angepasst ist, was Größe, Gewicht, Farbe und Handling betrifft.

Meschnuk, das: Zusammenstellung verschiedener chemischer Substanzen, die durch die Zuführung von Glasfasern zu einem fast unzerstörbaren, transparenten Material geführt hat. Die Entdeckung wurde nur durch einen Zufall gemacht. Heute gehört Meschnuk-Glas zu denen am häufigsten verwendeten Baustoffen für Hochhäuser. Lewis Meschnuk wurde durch seine Erfindung zu einem der reichsten Menschen der Welt.

Meyler, Dr.: Leiter eines der letzten, improvisierten Krankenhäuser der Stadt **Milwaukee**, die: Schlachtschiff des 3. Clans der Amerikaner
Navigator, der: Darf auf keinem größeren Flugschiff fehlen. Er ist ein wichtiger Bestandteil der Brückencrew.

Off-Score, der: erste wirklich menschenähnliche Kampfmaschine, die Franz Ferdinand Dregger hergestellt hat. Nach vielen Jahren der Recherche des U.P.D und einigen Augenzeugen berichten, vermutet man, das die ersten Off-Scores schon in den Siebziger Jahren des letzten Jahrtausends gesehen worden sind.

P110, die: die Fortentwicklung der Kondeck 21. Ebenfalls von John Kondeck erfunden. Die Zerstörungskraft der P 110 ist enorm. Sie hat ein Magazin von elf Patronen und sollte in geschlossenen Räumen nicht verwendet werden.

Perlgrün: Magnetinsel in der Lübecker Bucht. Hier gibt es alles, was das Matrosenherz erfreut. Zur Zeit der Glocke dient Perlgrün aber auch als Evakuierungslager der Flüchtenden und Überlebenden.

Radiodrom, das: durch Ansteuerung eines Wettersatelliten beeinflusst das Radiodrom das Wetter in einem Umkreis von zirka 2000 Quadrat Kilometern. Einige Nationen behaupten, das Radiodrom sei eine Erfindung der Japaner gewesen, die das wiederum abstreiten. Wie viele Radiodrome nun wirklich existieren, ist trotz reichhaltiger Nachforschungen nicht zu erfahren.

Score, der: Oberbegriff der Kampfmaschinen von Franz Ferdinand Dregger. Unterteilt sind sie in folgende Kategorien: Off-Score, Score-Dog, A1 und A24. Warum Dregger seine Wesen Scores genant hat, ist nicht bekannt.

Shooter, der: Bezeichnung für die Kanoniere auf bewaffneten Flugschiffen. Der Mann, der als 1. Shooter bezeichnet wird, bestimmt die Schussreihenfolge der Geschütze und ermittelt das Ziel.

Smutgard, Tom: Steward auf der Tolstoy
Stumper, der: ein Energiestab, der nach Wilhelm Stumper benannt wurde. Hierbei handelt es sich um einen Stab mit einer Länge von 1,20 Meter bis höchstens 1,40. Die Zusammensetzung ist nur einigen engen Mitarbeitern von Wilhelm Stumper bekannt. Der Stumper überträgt die Energie seines Trägers in den freien Raum und wird dadurch oft als Waffe benutzt. Die Handhabung des Stumpers kann man in einigen Ländern studieren, unter anderem an einer Privatakademie in Holland. Selbst nach langem Studium ist es manchen Studenten nicht vergönnt, besondere Dinge damit anzustellen, während bei einigen Menschen die Energieübertragung sofort funktioniert. Mit dem Stumper werden sogar vereinzelt Wettkämpfe ausgeführt.

Taelton, Max: von vielen Menschen »Voice« genannt, da er mit seiner Stimme Fähigkeiten besitzt, die mehr als nur außergewöhnlich erscheinen. Oft wird er auch als bester Detektiv des United Police Departments bezeichnet.

TGT, der: Kurzform für Transzentraler Groove Tack. Eine Verbindung, die

Franz Ferdinand Dregger sehr gerne mit seinen Maschinen aufnimmt. Vor hundert Jahren hätte man einen TGT wohl als Zauberei bezeichnet, genauso wie ein Handy. Doch beim TGT geht es nicht um Zauberei, sondern um eine Funkwellenverbindung, die man nur durch die vorhandene Technik und sehr vielem mentalen Training verursachen kann.

Tirotin, das: bestes Gegenmittel gegen Infektionskrankheiten aller Art. Es wurde bei vielen Epidemien erfolgreich eingesetzt. Die Erfolgsrate liegt bei über 96 Prozent.

Tolstoy, die: seit sechs Jahren in Betrieb und das Flugschiff des U.P.D. mit der besten technischen Ausstattung.

Traumstoff, der: basierend auf einer chemischen Substanz, welche die Wirkung eines Heroin-Kokain-Cocktails besitzt. Fälschlicherweise gingen aufgrund des Namens der Droge viele Menschen davon aus, das es sich um ein Schlafmittel handeln würde. Die Droge wurde nach ihrem Erfinder Dr. Winfried Traum benannt.

TS, der: *siehe Traumstoff*

Universal Soldier, der: von der amerikanischen Regierung 1953 in Auftrag gegeben. Nach dem 2. Weltkrieg hatte man aufgrund der hohen Verluste die Idee, anstatt Menschen Maschinen in den Krieg zu schicken. Entwickelt wurde die Maschine von Franz Ferdinand Dregger. Bei der ersten Vorführung kam es allerdings zu einer Katastrophe und die Idee wurde von den Amerikanern wieder auf Eis gelegt.

U.P.D., das: zunächst 2003 als freier Beobachtungsausschuss gegen terroristische Aktivitäten ins Leben gerufen. Doch schon 2004 machte sich das U.P.D. unabhängig von allen Regierungen, um so freie Handhabung gegen den Terrorismus und vor allen Dingen gegen Franz Ferdinand Dregger zu bekommen. Seit 2016 ist die polizeiliche Funktion das U.P.D. von allen Staaten anerkannt.

Weinberg, Jett: 1. Shooter der Tolstoy

Karte der Glocke

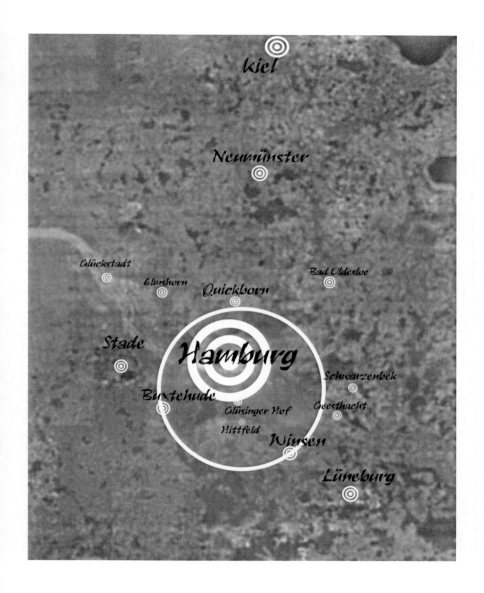

Danksagung

Mein Dank gilt der schwedischen Regierung, die mir ohne großes Getue einen Einblick in die Forschung gegeben hat, die die Hovercraft-Boote betrifft.

Armin Sengbusch für seine liebevolle Arbeit, Viktor Hacker für seine großartigen Tipps, Christof Osburg für seine Freundschaft und den besten Trailer, den ich je für ein Buch gesehen hab. Wolfgang Glawe für seine Kenntnisse, die er mir über die Schifffahrt vermittelt hat. Meiner Schwester Birgit, ohne die ich niemals soweit gekommen wäre und meiner großartigen Frau Melanie, ohne die ich nur ein alter, dummer, einsamer Mann wäre!

Claire und Jana Pape dafür, dass sie mein Leben so reich gemacht haben!

Ich bin so froh, dass es euch alle gibt!